天才小毒妃

천재소독비 19

초판1쇄 인쇄 2019년 12월 3일
초판1쇄 발행 2019년 12월 17일

지은이 지에모 芥沫
옮긴이 전정은 · 홍지연

펴낸이 박대일
편집 이문영 · 임유리 · 신지연 · 전보라 · 곽현주
마케팅 임유미 · 손태석
디자인 박현주
일러스트레이션 우나영

펴낸곳 파란미디어
출판등록 2004년 9월 14일 제313-2004-00214호

주소 03992 서울시 마포구 동교로23길 14 국제빌딩 6층
전화 02.3141.5589 영업부 070.4616.2012 편집부
팩스 02.3141.5590
전자우편 paranbook@gmail.com
카페 http://cafe.naver.com/paranmedia
페이스북 http://www.facebook.com/paranbook

ISBN 978-89-6371-712-8(04820)
978-89-6371-656-5(전28권)

천재소독비

19

天才小毒妃

지에모 芥沫 지음 | 전정은 · 홍지연 옮김

파란

차례

天才小毒妃

"The WORK was firstly serialized on Xiangwang."

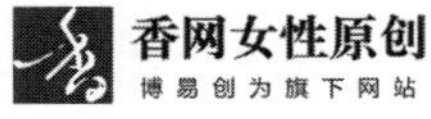

무슨 일이 있어도 데려갈 거야

한운석이 영정의 방에 도착했을 때, 목령아는 서재에서 약 조제에 몰두하고 있었다.

"뭐 하는 거야?"

한운석은 의아했다.

"이 두 약방문을 배합해서 영정이 약을 더 잘 흡수하고, 태아에게 미치는 약의 영향은 줄이는 방법을 생각하고 있었어."

목령아가 진지하게 말했다.

"영정은 좀 어때?"

한운석이 낮은 목소리로 물었다.

"한나절 넘게 말이 없어. 나도 감히 말을 붙일 수 없었어."

목령아는 말하면서 소리를 낮추어 물었다.

"언니, 영정과 당리는 진심으로 서로 사랑하는 거야?"

"서로 사랑하지 않는데 결실이 생겼겠어?"

한운석이 반문했다.

목령아는 풀이 죽은 채 고개를 끄덕였다.

"언니, 칠 오라버니 소식은 없어? 흑루에서 여기까지 반나절이면 되는데, 왜 아직도 돌아오지 않지?"

목령아가 물어보지 않았다면, 한운석도 바빠서 깜빡할 뻔했다.

"그러게, 돌아올 때가 됐는데. 설마 찾아내지 못했나?"

그녀와 용비야는 먼저 돌아왔지만, 적족 사람과 용비야의 비밀 시위들은 아직 악산 근처에서 백옥교의 행방을 추적하고 있었다. 고칠소가 흑루가 폭발한 다음 날 서둘러 갔다면 그 시위들을 만났어야 했다.

"칠 오라버니는 분명 그곳에 갔을 거야!"

목령아는 말하다가 갑자기 크게 놀라며 한운석의 손을 붙잡았다.

"언니, 칠 오라버니에게 무슨 일이 생긴 건 아니겠지?"

한운석도 좀 걱정스러웠다. 그녀는 얼른 시종에게 분부해 오장로가 사람을 더 보내서 찾게 했다.

"함께 영정을 보러 갈래?"

한운석이 물었다.

목령아는 지금까지도 미안한 마음에 영정의 얼굴을 제대로 보지 못했다.

"언니 혼자 들어가. 난…… 방금 봤어."

한운석은 멀찌감치 갔다가 고개를 돌리고 말했다.

"언니라는 소리가 하나도 어색하지 않구나."

그녀는 말을 마치고 자신만만하게 웃으며 앞머리를 가볍게 쓸어 올리고는, 위풍당당하게 안으로 들어갔다. 멍하니 제자리에 남아 있던 목령아는 그제야 자신이 이틀 동안 그녀를 '언니'라고 불렀다는 사실을 깨달았다.

한운석이 들어오자 영정은 바로 도박장과 경매장 상황에 관해 물었다.

"당리가 어떤지는 안 물어?"

한운석이 반문했다.

"그 사람 이야기는 그만해! 경매장과 도박장 소란이 네 유일한 기회라는 걸 알잖아."

영정은 회복이 더뎠지만, 기분이 많이 좋아진 상태였다.

한운석은 영정에게 오늘 회의 내용을 자세히 말해 주었다. 영정은 한참 동안 침묵하고 있다가 마침내 엄지를 치켜세웠다.

"한운석, 대단한데!"

안타깝게도 목령아는 그 자리에 없었다. 그녀가 들었다면 분명 울어 버렸을 텐데!

목령아는 칠 오라버니가 어떻게 영승을 모함하여 곯려 주려고 했는지는 몰랐다. 하지만 금익궁의 주인이 칠 오라버니라는 사실은 알았다!

물론 고칠소가 지금 삼도 암시장에 있었다면, 금익궁도 한운석에게 줘 버렸을지도 몰랐다. 그런데 싸움은 무슨?

"금익궁은 풍족 재산이 아닐까?"

영정이 의심하며 물었다.

"아니야. 풍족이 금익궁을 갖고 있었다면, 군역사의 군비가 부족했을 리가 없어."

한운석이 진지하게 말했다. 북려국 황제가 군역사를 견제하는 여러 조치 중 하나가 바로 모든 군비를 제공하지 않는 것이었다. 군마 삼만 마리는 이미 도착했고, 이동 중인 삼만 마리에

곧 이동할 삼만 마리까지 돌보려면 돈이 필요했다.

"네 오라버니가 백언청에게 잡힌 게 아닐지도 몰라. 그랬다면 백언청과 군역사가 가만히 앉아서 죽기만 기다리고 있을 리 없잖아. 벌써 위협하러 왔겠지."

한운석이 진지하게 분석했다.

"그럼 백옥교가 오라버니를 데리고 어디로 갔을까?"

영정뿐 아니라 한운석도 가늠이 되지 않았다. 백언청과 군역사 사이에 벌어진 틈을 이들이 어찌 알겠는가. 백옥교가 이 사제 관계를 어떤 지경으로 악화시킬지는 더욱 알 수 없었다.

한운석과 영정은 이렇게 한담을 나누었다. 영정이 당리 이야기를 꺼내고 싶어 하지 않으니, 한운석도 언급하지 않았다. 그녀는 자신을 통해서가 아니라 당리가 직접 영정에게 진심을 고백할 수 있기를 바랐다. 게다가 지금 진상을 말했다가 영정이 말을 듣지 않고 침상에서 내려와 옥방에 가겠다고 고집을 부리면, 다 그녀의 잘못이 될 터였다.

이야기를 나누다가 한운석이 무심코 말했다.

"영정, 정 숙부는 어떤 사람 같아?"

"아버지를 모시던 분인데 아버지가 돌아가신 후에는 내내 오라버니를 따랐어. 적족 가운데 감히 오라버니에게 자기 의견을 낼 수 있는 사람이지."

한운석은 떠보는 질문을 했다.

"그럼…… 우리가 협력한다는 사실은……."

말이 끝나기도 전에 영정이 끊고 나섰다.

"누구에게도 말해선 안 돼. 특히 그 사람에게는! 한운석, 오라버니 곁에 있는 사람이면 오라버니처럼 고집스럽지 않겠어? 적족을 장악하려면 정 숙부부터 제압해야 해!"

한운석은 고개를 끄덕였다. 무슨 말인지 알 것 같았다.

"넌 잠시 몸조리를 하고 있어. 좀 이따가 내가 나가서 연극을 할 거야. 네가 도박장에서 갑자기 과로로 쓰러졌는데, 의원이 한동안 침상에서 요양하라고 했다고 말할게."

한운석이 작은 소리로 설명했다.

"의원과 시녀는 내가 적당한 사람으로 붙여 줄 테니, 넌 마음 놓고 몸조리하도록 해. 한동안 도박장과 경매장 일은 내가 사람을 보내서 알려 줄게. 실수가 없도록 너도 날 도와서 살펴봐 줘."

"안심해. 나도 예의 주시할게."

영정이 진지하게 말했다.

한운석은 나와서 계획한 대로 영정이 병이 나 반드시 침상에서 지내야 한다고 거짓말한 후, 오장로 쪽에서 시녀 한 명을 매수하고 밖에서 의원 한 명을 불러와 이 일을 잘 속여 넘겼다.

일을 다 처리한 후 그녀는 서둘러 시녀를 불러 그녀를 옥방에 데려가게 했다.

아주 멀리서도 당리의 고함 소리가 들렸다.

"형수님……, 형수님!"

"누가 쓰러지기라도 했어? 왜 이렇게 소리를 질러?"

한운석이 언짢아하며 물었다.

"영정은요?"

당리는 한나절을 기다렸고, 한운석이 영정을 데리고 올 거라 생각했다.

한운석은 원래 사실을 말해 줄 생각이 없었다. 하지만 한참 동안 망설인 끝에, 영정의 임신과 그녀가 하마터면 유산할 뻔했다는 사실이 아주 심각한 일이라는 생각이 들었다. 지아비로서 당리는 이 일을 알 권리가 있고 의무도 있었다.

어쨌든 당리도 언젠가는 알 일이었다. 지금 말해 주지 않으면 나중에 당리의 원망을 들을 게 틀림없었다.

한운석은 당리를 향해 손가락을 까딱였다.

"이리로 와 봐. 비밀을 하나 더 말해 줄 테니."

지난번과 달리, 이번에 당리는 쏜살같이 달려와 얌전히 몸을 구부려 공손하게 귀를 기울였다.

그러나 한운석의 이야기를 듣고 난 후의 그는 더 이상 얌전하지 않았다. 그는 두말하지 않고 바로 밖으로 뛰쳐나가려고 했다. 다행히 선견지명이 있었던 한운석은 방금 들어올 때 옥문을 잠가 놨었다.

밖에 궁수들이 가득 깔려 있어서 당리는 어차피 나갈 수 없었다. 그가 나간다고 해도 뭘 어쩔 수 있단 말인가? 지금 그와 영정은 그녀와 용비야처럼 공개할 수 없는 관계였다.

적족은 여전히 당문과 용비야의 관계를 몰랐다. 하지만 폭우이화침 때문에 적족과 당문의 관계는 철저하게 깨졌다. 영정의 임신 사실이 전해지면, 가장 불리한 것은 영정이었다. 당리도 적족에게 시달릴 수밖에 없었다.

당리는 힘껏 옥문을 걷어찼다. 전에 영정이 의성에서 했던 말을 떠올리니 자기 뺨을 몇 번이고 후려치고 싶었다.

어쩜 그리 어리석었을까. 왜 주의를 기울이지 못했을까?

당시 그는 영정을 가둔 후 사흘 밤낮 음식도 주지 않고 물만 먹였다. 그녀의 두 손을 매달아 괴롭혔고, 성문에 매달아 버리겠다고 위협까지 했다.

그때, 영정은 웃으며 그에게 말했었다.

'아리, 나 임신했어.'

당리는 마음이 무너질 듯이 아팠다.

"영정, 이 어리석은 여자! 바보 같으니!"

당리는 화가 나서 욕을 퍼붓고 있었지만, 말 속에 사랑이 느껴졌다. 마치 영정이 그의 앞에 서 있는 듯했다.

그제야 줄곧 고집을 부리던 영정이 그때 왜 타협을 했는지 깨달았다. 배 속 아이를 위해서였구나. 영정이 타협한 게 얼마나 다행인지 몰랐다. 안 그랬다면 그가 성문 밖에 매달 것도 없이, 사흘 밤낮을 굶다가 그녀는 버티지 못했을 것이고 그의 아이는 사라졌을 것이었다!

쾅!

당리가 주먹으로 옥문을 무섭게 내리치는 소리가 크게 울렸다.

당리가 분을 터뜨리고 나자 한운석이 담담하게 말했다.

"당리, 당신 아이를 지키려면 냉정해져야 해. 그렇지 않으면

산모와 아이가 더 힘들어져. 이곳이 어딘지 잊지 마."

사실 한운석이 말할 것도 없이, 결과의 심각성은 당리가 더 잘 알았다. 그는 불끈 쥔 주먹을 옥문에 갖다 댄 채 마음을 진정시키고 인내심을 발휘했다.

한참 후, 당리가 입을 열었다.

"형수님, 정말 나를 내보낼 방법이 없어요?"

"방법은 있어. 하지만 지금 시기에는 너무 위험해."

한운석이 곤란해했다.

그런데 뜻밖에 당리가 아주 단호하게 말했다.

"그럼 나 대신 두 사람을 잘 보살펴 줘요……."

그는 잠시 침묵했다가 말을 이었다.

"형수님, 백언청을 상대하게 되면 내게 말해 줘요. 무슨 일이 있어도 영정을 데리고 당문으로 돌아갈 거예요!"

한운석은 문득 당리가 어른이 된 것 같은 느낌이 들었다. 그녀는 망설이지 않고 대답했다.

"그래. 그때가 되면 당신 형에게 도와주라고 할게."

그녀는 마침내 용비야가 생각났다. 날이 밝기도 전에 그를 버려두고 나와서 지금까지 바쁘게 돌아다니다 보니, 어느새 날이 어두워지고 있었다.

용비야는 지금쯤 이미 서주국으로 향하고 있겠지.

당리의 아이라면 용비야를 큰아버지라고 불러야겠네. 용비야가 큰아버지가 되는 건가?

한운석은 정말 믿어지지 않았다. 그리고 용비야가 그녀에게 여러 차례 물었던 질문이 떠올라, 씁쓸한 마음이 들었다.

아이라……. 원한다고 어찌 그리 쉽게 가질 수 있을까. 나중에 서로 전쟁을 벌이게 되면 아이는 어찌한단 말인가?

한운석은 고개를 흔들며 더 생각하려 하지 않았다. 서둘러 도박장과 경매장 일을 처리해야겠다고 생각했다. 용비야가 돌아오기 전까지 서둘러 두 가지 일을 잘 처리하여 만상궁 장로회를 손에 넣으면, 이들도 더 빨리 백언청을 찾아서 결판낼 수 있을 것이었다.

고북월의 상황과 꼬맹이의 행방은 여전히 알 수 없었다. 정말이지, 그들이 너무도 그리웠다.

한운석은 옥방에서 나온 후 면사를 쓰고 시녀에게 그녀를 경매장으로 데려가게 했다.

그녀가 앞문으로 나간 순간, 용비야가 뒤에서 숨어 들어왔다. 용비야는 또 방 안에서 저녁 내내 그녀를 기다렸다. 한운석은 삼경이 되었을 무렵에야 돌아왔다.

이번에 그는 한운석이 목욕하는 모든 과정을 지켜보았다. 한운석이 깨끗하게 정리하고 비단 잠옷을 두르고 침상에 오르자, 그는 그제야 불쑥 병풍 뒤에서 걸어 나와 무심하게 물었다.

"피곤해서 자려는 것이냐?"

한운석은 진짜 깜짝 놀랐다. 하마터면 침상에서 굴러떨어질 뻔했다. 그녀는 믿을 수 없다는 듯 그를 쳐다봤다. 꿈을 꾸는 게 아닐까 의심스러웠다.

"당신…… 왜 빨리 나오지 않았어요!"

한운석은 어젯밤에도 이렇게 물었었다.

그러나 오늘 말의 속뜻은 전혀 달랐다! 어젯밤 그는 그녀가 목욕을 절반쯤 했을 때 나타났다. 하지만 오늘 그는…… 소리 없이 그녀가 목욕을 마칠 때까지 다 본 후에야 나타났다.

방금…… 대체 얼마나 본 거야?

그런 생각을 하며 용비야의 눈동자를 바라보는데, 한운석은 그들의 처음이 떠올랐다. 그녀가 옷을 다 벗었을 때, 그는 이렇게 진지하고 패기 넘치는 눈빛으로 그녀의 몸을, 그녀의 모든 것을 주시했었다.

그녀를 바라보는 이 남자의 눈빛은 때로는 언제든지 자신을 삼켜 버릴 것만 같아 두려움을 불러왔다.

"다 보았다."

용비야는 어젯밤처럼 또 노골적으로 말했다. 그리고는 곧 조롱하듯 말했다.

"동작이 아주 재빠르더군."

한운석은 마침내 그의 눈 속 불쾌감을 읽어 냈다.

사실 그녀는 다리가 많이 회복되어 몰래 두세 걸음 정도는 걸을 수 있었다. 하지만 그는 절대 허락하지 않았고, 한동안 요양한 뒤에 재활 훈련을 하라고 했다.

한운석은 얼른 화제를 돌렸다.

"용비야……, 서주국에 간 게 아니었어요?"

노력이 부족하면 전력을 다해

용비야는 애초에 서주국에 가려고 하지 않았다. 일찌감치 한운석을 만나러 올 변명을 생각해 두었는데, 또 하룻밤을 기다리게 될 줄은 몰랐다.

기다리는 것은 둘째 치고, 그녀가 시녀의 시중도 받지 않고 직접 두 다리를 끌고 목욕을 한 데다가, 몰래 몇 걸음 걷는 것까지 목도했다.

그가 지금 한운석의 행동을 모른 척한 것만 해도 많이 봐준 것이었다. 한운석이 또 그를 노하게 하면, 직접 그녀를 동래궁에 가둬 놓고 치료를 받게 한 후, 두 다리가 완전히 회복된 후에야 나오게 할 수도 있었다.

용비야가 모른 척하자 한운석도 용비야의 비위를 건드리지 않고…… 애교를 부리기 시작했다!

"용비야, 속인 거군요? 나랑 떨어지기 싫어서 그랬죠?"

용비야가 어두운 눈빛으로 바라보자, 한운석이 그의 팔을 잡아끌며 말했다. 그녀의 한마디에 용비야의 눈빛이 완전히 변했다. 그는 그녀의 웃음기 가득한 눈빛을 피했다.

"내 말이 맞죠?"

한운석이 다정하게 기대며 부드러운 목소리로 물었다.

용비야는 한두 번 잔기침하고는 대답하지 않았다. 한운석은 한참 달래야 그의 화가 풀릴 것이라 생각했다.

아양을 떠는 말투는 정말 따라 하기 힘들었다. 그녀는 부드러운 목소리로 물었다.

"용비야, 우리 내기해요."

한운석의 이 부드러운 목소리에 하늘같이 치솟았던 용비야의 분노가 순식간에 사그라졌다. 무쇠로 된 것 같은 그의 마음도 그녀의 목소리에 순식간에 부드럽게 녹아내렸다.

그는 고개를 숙이고 그녀를 바라보았다. 당황스럽기도 하고 어찌할 바를 몰라, 어떻게 대답해야 할지도 알지 못했다.

지금 이 여자가 어떤 요구를 하든 그는 다 허락해 줄 수 있었다. 한운석이 그의 약점을 제대로 건드렸다!

한운석은 다른 요구는 하지 않고 그의 팔을 잡아끌며 계속 물었다.

"용비야, 내기할래요?"

"좋다."

그는 무슨 내기인지도 모르면서 바로 대답했다.

"난 당신이 내일도 날 찾아온다에 걸게요!"

한운석은 말을 마친 후 마침내 참지 못하고 폭소를 터뜨렸다.

용비야는 그제야 그녀의 부드러움 속에서 정신을 차렸고, 이 여자가 그를 비웃고 있다는 사실을 뒤늦게 깨달았다! 어젯밤에는 속여 넘길 수 있었지만, 오늘 밤에 또 와 버렸으니 아무리 그럴듯한 이유를 대도 한운석이 믿을 리 없었다.

이 여자에게는 비웃음을 당해도 화가 나지 않았다. 그도 웃음을 참지 못하고 그녀와 함께 즐거워했다.

"용비야, 당신은요? 어디에 걸래요?"

한운석이 또 물었다.

그녀는 그가 내일도 그녀를 찾아온다는 데 걸었다. 그렇다면 그는 당연히 내일 오지 않겠다에 걸어야 했다. 내기에 이기고 싶다면 내일은 정말 참고 오지 말아야 했다.

이건 한운석이 확실하게 이기는 상황이었다!

"이런, 이젠 나까지 함정에 빠뜨리는구나!"

어쩔 수 없다는 듯한 용비야의 미소 속에는 그녀를 사랑스러워하는 마음이 가득했다.

"내가 언제요! 당신이 원해서 하는 내기잖아요. 강요한 적도 없어요!"

한운석은 떳떳하게 반박했다.

처음에는 그가 화낼까 무서워서 그런 거였지만, 그의 반응을 보자 놀리고 싶은 마음이 강하게 일었다. 정말 쉽지 않은 기회였다. 그와 오랫동안 함께 지내면서 그렇게 많이 괴롭힘을 당하다가 드디어 그의 약점을 발견한 것이었다.

용비야는 반박할 수 없었다. 어쩌면 이렇게 사랑스러우면서도 얄미운 여자가 있을 수 있지? 치 떨리게 얄미우면서도, 잡아먹고 싶을 정도로 사랑스러웠다.

그는 두말하지 않고 바로 그의 옆에 기대고 있는 한운석을 침상 위로 넘어뜨린 후, 재빨리 몸을 뒤집어 한운석을 자신의 몸 아래 눕혔다.

이 움직임은 정말…… 오랜만인 듯했다.

한운석은 얼른 두 손으로 그의 가슴을 받치며 거리를 두었다.

"용비야, 꾀부리지 말아요. 당신이 내기하겠다고 했어요!"

"네가 이겼다!"

용비야가 크게 웃으며 말했다.

"말해라. 무엇을 원하느냐."

이 남자가 이리 청량하게 웃는 모습을, 굳은 표정보다 더 보고 싶었다. 너무 오랫동안 이렇게 가까이서 그를 보지 못했다. 한운석은 자신도 모르게 그의 얼굴을 자세히 들여다보았다.

날카롭게 치솟은 눈썹과 반짝이는 눈동자, 반듯하니 잘생긴 코, 정말 수려한 얼굴이었다. 가까이서 볼수록 너무 잘생겨서 진짜 같지 않았다.

한운석은 참지 못하고 용비야의 얼굴을 가만히 어루만졌다. 그제야 눈앞에 있는 사람이 진짜 같고, 그와 서로 사랑한다는 게 실감 났다. 그의 총애를 받는 것이 꿈이 아니었다.

장난치려는 마음이 저도 모르게 조용히 가라앉았다. 그녀가 부드러운 목소리로 물었다.

"용비야, 내기에서 진 벌로 앞으로도 계속 날 찾아올래요?"

용비야는 순간 멍해졌다가, 곧 입가에 큰 미소를 지었다. 한운석은 그의 올라간 입꼬리를 부드럽게 어루만지며, 그가 진짜 존재한다는 사실을 실감했다.

너무 행복해서 꿈을 꾸는 듯했다!

용비야는 대답하지 않고 눈을 내리뜬 채, 입꼬리를 어루만지는 그녀의 손을 보고 있었다. 그녀의 손가락이 무심코 그의 입술을 스쳤을 때, 그는 손가락을 물어 버렸다.

한운석은 웃기 시작했지만, 용비야는 그녀와 웃을 여유가 없었다. 조용히 그녀의 손가락을 따라서 간 그의 입맞춤이, 그녀의 하얀 팔에 머물렀다가 어깨에 이르렀다.

"비야……."

한운석이 그를 부드럽게 불렀다.

"음."

원래도 나지막한 그의 목소리는 욕망에 사로잡혔을 때 더욱 낮아졌고, '음.'이라는 한마디는 마치 주문처럼 한운석의 몸과 마음을 안절부절못하게 했다.

'목소리만으로도 임신할 것 같다'는 이야기는 아마도 용비야 같은 사람을 두고 하는 말이겠지.

용비야가 어깨에서부터 그녀를 도발해 내려가자 한운석은 더는 억제할 수 없었고, 온몸이 떨리기 시작했다. 용비야가 정상에 올랐을 때, 한운석은 마침내 견디지 못하고 그를 껴안았다. 봐 달라고 애원함과 동시에 요구하는 것 같은 모순적인 모습이었다.

그녀의 모순 앞에서 용비야는 절대적인 패기를 부렸다. 그는 손을 휘저어 휘장을 내린 후 그녀가 원하는 대로, 온 힘을 다해 그녀를 기쁘게 하고 만족시켰다.

어둠 속에서 주체할 수 없는 비명이 터져 나왔다. 야릇하고 낮은 숨소리가 뒤엉켰고, 휘장에 비치는 두 그림자도 엉켜 있었다. 때로는 붙었다가 때로는 떨어지는 모습에 호흡마저 멎을 것만 같았다!

한운석은 영혼까지 관통당하는 느낌이었다. 두 사람은 평정을 되찾았지만 용비야는 계속 물러나려 하지 않았다. 그녀는 우습기도 하고 화도 나서 그를 안고 말했다.

"뭘 더 어쩌려고요?"

"백 걸음은 가지 않아도 되겠지?"

용비야가 나른하게 물었다.

한운석은 그제야 두 사람의 거리가 단 한 걸음도 떨어져 있지 않다는 것을 깨달았다. 너무 부끄러워 안 그래도 홍조를 띠고 있던 얼굴이 더 붉어졌다.

"저질!"

그녀는 애교스럽게 삐죽였다.

용비야는 그녀의 어깨 우묵한 곳에 고개를 파묻고 소리 없이 웃었다. 한운석이 몇 번이나 밀어냈지만 그는 움직이지 않았다. 사실 그녀도 그를 어찌할 수 없을 때가 많았다. 잠시 이렇게 놔두기로 했다.

서로를 안고 있는 순간은 단순한 포옹의 시간이 아니라 서로를 소유하는 시간이었다. 그녀도 그를 꼭 안고 있을 때만 먼 길을 외로이 가지 않는다는 느낌을 받았다.

방금 그렇게 가까이서 그의 얼굴을 보았을 때조차 지금처럼 이렇게 가깝고 뚜렷하지 않았다.

성경에 그런 말이 있다.

'내가 해 아래에서 행하는 모든 일을 보았노라. 보라, 모두 다 헛되어 바람을 잡으려는 것이로다.'

한운석은 생각했다.

실재한다는 것은 바로 소유를 의미해! 소유해야만 진짜 존재한다고 할 수 있어!

한운석이 딴생각에 잠겨 있는 동안 용비야는 물러나서 비단 이불을 대충 몸에 둘렀다. 그는 대충하는 동작조차도 멋있고 육감적이었다. 한운석은 그제야 그의 왼손 손아귀에 물린 자국이 흉터로 변했음을 발견했다.

위아래로 있는 흉터는 구부러진 초승달 모양에 짙은 감색이었다. 물려서 생긴 상처가 흉터로 남는 경우도 있지만, 시간이 지나면 점점 희미해지기 마련이었다. 하지만 용비야의 손에 있는 이런 깊은 상처는 묘약을 쓰지 않는 한 평생 흉터로 남았다.

흉터로 남기는 데 성공했으니 한운석이 뭐라 말할 수 있을까? 그녀는 용비야의 팔을 잡아당겨 자세히 살펴보았다.

"용비야. 만약, 그 뒤는 뭐예요?"

그는 모반이 사실 전생의 연인이 남긴 잇자국이라며, '만약'까지만 말했었다. 그 뒷말이 그녀는 내내 궁금했다.

용비야가 웃으면서 말하지 않자 한운석이 그에게 들러붙었다. 그의 약점을 잡은 그녀가 부드러운 목소리로 간청했다.

"말해 줘요."

용비야는 그래도 말해 주지 않았다. 그는 전에 그리 빨리 말해 주지 않겠다고 굳게 결심했었다.

한운석은 단념하지 않고 진짜 애교를 피우며 아양 떠는 목소리로 부탁했다.

"용비야, 나한테 말해 줘요, 말 좀 해 봐요……."

그녀는 애원하면서 그의 품에서 이리저리 꼬물거렸다. 용비야의 면역 기능은 완전히 그 효력을 잃었다. 아무리 굳은 마음도 그녀의 이 아양 떠는 소리는 견딜 수 없었다!

그는 늘 이런 목소리에 반감을 가져 왔다. 그런데 그녀의 목소리에는 당해 낼 수가 없었다. 그녀가 계속 이렇게 붙잡고 늘어지면, 날이 밝아도 이 침상에서 내려가지 못할 수도 있었다.

"알았다, 알았어. 말해 주마."

용비야가 항복하자 한운석은 바로 붙들고 늘어지기를 멈췄다. 용비야는 이내 조금 후회가 되었다. 사실 그녀가 좀 더 붙들고 늘어져도 괜찮았다.

"말해 봐요."

그녀가 진지하게 말했다.

"모반은 사실 전생의 연인이 깨물어서 생긴 자국인데, 죽은 후에도 그 흔적은 사라지지 않고 다음 생의 모반으로 변한다고 한다……."

용비야는 잠시 멈췄다가 웃기 시작했다.

"한운석, 다음 생에 네가 이 깨문 자국을 보게 되면, 반드시 날 알아봐야 한다."

아름다운 전설이었다. 그런데 듣는 한운석은 왜 울고 싶어지는 걸까? 그녀는 한참 동안 침묵하고 있다가 갑자기 손을 내밀었다.

"용비야, 날 물어요. 아주 세게!"

이렇게 황당무계한 전설을 믿지 않지만, 그녀는 왜인지 그에게만 속한 흔적을 남기고 싶었다.

용비야는 거절했다.

"안심해라. 정말 다음 생이 있다면, 모반 없이도 널 알아볼 수 있다."

그렇다면 이 남자는 대체 전설을 믿는다는 걸까, 안 믿는다는 걸까?

한운석은 눈살을 찌푸리며 그를 흘겨보았다. 뭔가 말해야 할 것 같은데 뭐라고 해야 할지 몰랐다. 그녀는 용비야를 보고, 보고, 또 보다가 갑자기 꽉 껴안았다.

다음 생은 무슨? 이번 생에 머리가 하얗게 세어 늙을 때까지 헤어지지 않을 수 있다면, 그게 곧 영원히 함께라는 뜻이었다. 천하를 차지하든, 평범하게 살아가든 상관없었다.

한운석은 '다음 생'이라는 화제가 싫었다.

"용비야, 좋은 일이 있어요."

"좋은 일?"

용비야는 의외였다.

"영정이 아이를 가졌어요. 넉 달이 넘었어요."

한운석이 작게 말했다.

용비야는 웃음을 지었다.

"당리, 이 녀석……."

"당신 이제 큰아버지가 되는 거예요!"

한운석이 또 말했다.

용비야는 당리 일에 기쁘긴 했지만 한운석만큼 즐겁지는 않았다. 그는 무표정한 얼굴로 한운석의 배를 쳐다봤다.

그는 한마디도 하지 않았지만 한운석도 그가 무슨 생각을 하는지 알았다. 용비야도 한운석이 자신의 뜻을 알아차렸다는 걸 알았기에, 그녀의 말을 기다렸다.

한참 후, 한운석이 한마디 했다.

"날이…… 곧 밝아요."

그 말인즉, 그가 가야 한다는 뜻이었다.

용비야는 아주 진지하게 탄식하기 시작했다.

"아무래도 노력이 부족했나 보군!"

몇 년 전, 두 사람이 궁궐의 가족 연회에 참석했을 당시, 태후가 한운석에게 아기 소식을 물었고, 용비야는 열심히 노력하겠다고 말했었다.

용비야는 침상에서 내려와 곧 떠날 준비를 했다. 한운석은 도저히 참을 수 없어 그의 손을 붙잡았다.

"용비야, 아직은 때가 아니에요."

"안다."

용비야는 담담하게 말했다. 그는 백리원륭은 막을 수 있어도 한운석은 막을 수 없었다.

그녀가 사랑을 나눈 후에 임신이 되지 않도록 조치를 하고 있음을, 그는 사실 알고 있었다.

지금은 확실히 아이를 가질 때가 아니었다. 그녀에게 한 약속도 지키지 못한 상태에서 어찌 그녀에게 책임을 더 지울 수 있겠는가?

그는 확실히 노력이 부족했다…….

용비야가 손해 보지 않도록

지금이 때가 아니라면 그 때는 언제일까?

적어도 그녀가 장막 밖으로 옮겨 놓은 그 해바라기처럼, 이들의 관계는 빛을 볼 수 있어야 했고 떳떳해야 했다. 날이 밝자마자 떠나야 하는 지금과는 달라야 했다.

"은자가 필요하면 강건康乾 전장에 가라. 네 이름을 이야기하면 된다."

용비야는 이 말을 남긴 후에 떠났다. 의심할 것도 없이 그가 또 양보한 것이었다.

지난 이틀 밤 동안 그는 몇 번이나 그냥 한운석을 데리고 가서 바로 자기 계획을 실행하여 백언청을 끌어내고 싶은 충동에 휩싸였다. 하지만 결국 참았다.

한운석은 창밖으로 사라지는 용비야의 고독한 모습을 멍하니 보면서, 마음이 아팠다.

그녀는 물론 용비야가 또 양보했다는 걸 알았다.

만상궁이 지금 위기를 넘기려면 결국 돈이 필요했다. 버텨내야 장사를 할 수 있는 것 아니겠는가?

그녀는 용비야의 한도 없는 금패를 갖고 있었지만, 만상궁에서 공개적으로 쓸 수는 없었다. 하지만 전장이라면 운공상인협회 이름으로 빌릴 수 있었다.

돈 빌리기가 어디 쉬운 일인가. 하물며 운공상인협회가 빌려야 할 돈은 아주 큰 금액일 테니 더 쉽지 않았다.

용비야가 이렇게 말한 걸 보면, 그녀가 얼마를 빌리든 수월하게 빌릴 수 있다는 뜻이었다.

용비야는 그녀를 위해 양보했지만, 결국은 적족이 거저 이익을 본 셈이었다.

"용비야, 설사 서로 전쟁을 하게 되더라도 반드시 살아남아서 당신을 위해 아이를 많이 낳아 줄게요!"

한운석은 눈물을 머금고 웃으면서 혼잣말을 했다.

용비야가 양보했어도 그가 손해 보게 할 수는 없었다. 그녀에게는 방법이 있었다!

이후 며칠 동안 한운석은 정말 바빠지기 시작했다.

용비야는 밤마다 찾아와 그녀의 약을 갈아 주고 그녀를 품에 안고 잠들었다. 아이에 관한 이야기는 두 사람 모두 다시 꺼내지 않았다.

지금은 아무리 노력해도 결과가 없을 것을 알면서도, 용비야는 이전보다 더 전심전력을 다했다. 심지어 하룻밤에 몇 번이나 그녀를 괴롭히며 그녀의 몸에 무수한 흔적을 남겨 놓았다.

한운석은 어쩐지 그가 벌을 주고 있다는 느낌이 들었다. 하지만 그녀는 감수했고, 고통을 달게 여겼다. 그리고 더 열심히 만상궁 문제를 해결할 방법을 생각했다.

정 숙부는 사흘 동안 삼도전장 근처에 있는 가장 번화한 두 성에서 장소 두 곳을 찾아냈다.

하나는 천녕국과 서주국 경계지역에 있는 '서옥원西玉園'이었고, 다른 하나는 삼도 암시장 남쪽이자 천녕국 경내에 있는 '남결원南決園'이었다. 두 정원 모두 면적이 엄청나게 넓은 원림으로, 도박장으로 개조할 수 있는 대청과 객실로 개조할 수 있는 곁채가 충분히 많았다.

정 숙부는 돌아오자마자 두 정원의 도면을 한운석에게 올렸다. 한운석은 자세히 살펴본 후 아주 마음에 들어 했고, 속으로 정 숙부의 장소 찾는 능력에 탄복했다.

"이 두 정원은 본래 천녕국 황족의 피서 별원이었습니다. 몇 년 전 천녕국 내전이 일어났을 때, 천휘황제가 군비 부족 때문에 황실 원림을 많이 팔았는데, 남결원과 서옥원이 바로 그것입니다. 그때는 아주 헐값에 팔아넘겼고, 매입한 사람도 구매 후에 그곳을 비워 두었습니다. 어쨌든 변경 지역은 전란이 많다 보니, 거주하기에 적합한 곳은 아니니까요."

정 숙부가 설명했다.

약재 거래와 중남부 지역의 장사가 막히기 전에 운공상인협회가 아무리 돈 많고 기세등등했어도 비어 있는 원림 저택을 사는 일은 드물었고 대부분 돈은 장사 쪽에 투자했다.

원림 저택은 돈이 되기보다 오히려 돈이 많이 드는 물건이었다. 원림 하나에 배치해야 할 하인과 집사만 해도 적잖은 비용이 들어갔고 원림 안의 벽돌 하나, 기와 한 장, 나무와 꽃 하나하나 모두 정기적으로 유지 보수를 해야 했다.

적족 영씨 집안은 철저한 상인 집안이라 세세한 돈 몇 푼까지 꼼꼼히 따졌다. 필요치 않다면 동전 한 푼도 낭비해서는 안 되었다.

"비어 있다면 가격도 그리 높지는 않겠지?"

한운석이 물었다.

정 숙부는 탄식한 후 손바닥을 펼쳐 보였다.

그러자 한운석을 포함한 모두가 깜짝 놀랐다. 손바닥을 펼치면 다섯이란 의미인데, 오천만이란 뜻인가? 아니면 오억?

이 두 원림은 모두 보통 정원이 아니었다. 원림 하나가 대저택 열몇 개에 달하는 면적을 차지하는데, 당연히 오천만일 리 없었다.

오천만이 아니라면, 설마 오억? 그건 터무니없이 비싼 가격인데?

"대체 얼마란 말인가?"

대장로는 초조해졌다.

"두 저택 모두 한 사람 소유였습니다. 진陳씨 성을 가진 자인데 내력을 알 수 없습니다. 두 저택을 함께 오억에 팔겠답니다."

정 숙부가 대답했다.

"사기 아닌가?"

대장로가 욕을 퍼부었다.

"이게 어찌 된 일이야? 설마 우리가 도박장을 열려고 사는 걸 아는 건가? 정 숙부, 자네 뭔가 정보를 흘린 게 아닌가?"

이장로가 물었다.

"억울합니다. 아무것도 발설치 않았습니다. 그저 우리 주인께서 마음에 들어 하여 잠시 머물고자 하신다고만 했습니다."

정 숙부는 억울한 표정이었다.

사실 정원 주인은 이억을 불렀다. 그런데 정 숙부가 정원 주인에게 사례금으로 오천만 냥을 더 주겠다고 약속하고, 자신과 작당해서 가격을 올리게 했다.

"그럼 어찌 된 일인가?"

한운석도 입을 열었다.

"정원 주인 말로는 우리가 빨리 계약하지 않으면, 이틀 후에는 살 수 없게 될 거랍니다."

정 숙부가 어쩔 수 없다는 듯 말했다.

"누가 또 사려고 한다고? 그게 누구냐?"

한운석이 황급히 물었다.

정 숙부는 고개를 가로저었다.

"정원 주인이 말하려 하지 않았습니다. 동래궁 사람이 아닐까요? 정원 주인이 오억을 부른 걸 보면, 다른 쪽에서 낸 가격도 낮지는 않을 겁니다."

동래궁이 아니라면 누가 이 전란 지역에 이리도 호기롭게 돈을 펑펑 쓰겠는가?

새로 도박장을 여는 방법 또한 한운석만 생각할 수 있는 건 아니었다. 만약 동래궁이 한발 앞선다면 진행하기 어려워졌다.

장로들은 서로 얼굴만 쳐다보며 어찌할 바를 몰라 초조해하기 시작했다.

사실 오억 정도면 만상궁도 살 수는 있었다. 살 수 없는 상황이라 해도 한도 없는 금패로 먼저 지불하면 되었다. 하지만 사놨다가 도박장을 새로 열자는 한운석의 방법이 실패한다면? 그럼 그 비용은 도로 아미타불이 되었다.

아무리 훌륭한 사업 방식이라고 해도 위험 부담은 있었다. 오억은 결코 적은 금액이 아니었기에, 지금 이런 결정적인 시기에 만상궁은 도박을 할 수 없었다.

한도 없는 금패로 지불한 비용은 반드시 한 달 안에 갚아야 했다.

정 숙부는 장로들의 난처한 표정을 보며 속으로 남몰래 기뻐했다. 동래궁 쪽을 의심하게 한 것은 만에 하나 있을 실수도 하지 않기 위해서였다. 우선 장로회의 투지를 불태울 수 있었고, 또 누구도 진상을 알 길이 없었다.

"좋긴 한데 너무 넓은 것 같군. 우리는 이렇게까지 큰 곳은 필요치 않아. 정 숙부, 다른 곳은 없는가?"

대장로가 완곡하게 물었다.

"없습니다. 딱 이 두 곳뿐입니다. 다른 사람에게 선수를 빼앗기면 진행하기 힘들 것 같습니다!"

정 숙부가 말했다.

사실 다른 지역에 도박장을 열 수도 있었지만, 삼도 암시장 근처만큼 좋지는 못했다. 삼도 암시장에 장사하러 오는 사람들은 십중팔구 도박을 좋아했고 모두 호화롭고 사치스러운 사람들이었다.

다들 말이 없는 것을 보고 정 숙부는 어쩔 수 없다는 어조로 말했다.

"공주, 다른 곳을 고를 수도 있습니다. 그러나 이렇게 좋은 곳을 동래궁이 차지하면, 나중에 새로 도박장을 열어도 동래궁이 우리 도박장 방식을 따라 할 경우 우리 쪽에서는 장사를 이어가기 어렵습니다."

그 말에 장로들은 모두 초조해졌다. 사업 방식이 아무리 좋아도 하늘이 내린 기회, 지리적 조건, 거기에 사람 간의 화합이 세 박자가 맞아야 했다. 장사할 때 지리적 조건은 아주 중요했다.

한운석은 복잡한 눈빛을 반짝였다. 정 숙부를 바라볼 때, 그녀의 눈빛은 더욱 깊어졌다.

용비야가 원림을 사려고 하나? 왜 말해 주지 않았지? 원림을 사면 샀지, 왜 저렇게 높은 가격을 불렀을까?

정 숙부가 거짓말을 하는 걸까? 아니면 용비야가 깜짝 선물을 주려는 건가? 진상이 무엇인지 밤에 잘 물어봐야겠다고 생각했다.

한운석은 두 도면을 집어넣으며 담담하게 말했다.

"하루만 생각해 보고 내일 아침에 대답해 주겠네. 다른 장로들도 신중하게 생각해 보게."

정 숙부는 속으로 냉소를 지었다. 이 두 정원으로 한운석을 충분히 곤란하게 할 수 있으니, 경매장을 건드릴 생각은 하지 않아도 되었다.

도박장 이야기를 마친 후 한운석은 경매장 상황을 물었다.

소동을 피웠던 구매자는 이미 만상궁 지하 감옥에 이틀 동안 갇혀 있었다. 대장로는 모든 일을 아주 적절하게 처리했고, 지금 삼도 암시장은 두 여론이 팽팽히 맞서고 있었다.

누구는 만상궁이 그 구매자를 죽였다며, 만상궁이 가짜 제품을 팔고도 인정하지 않고 사람을 죽여 입을 막으려 했다고 주장했다.

누군가는 금익궁 사람이 그 구매자를 납치했다며, 금익궁은 도박장 일에서 만상궁이 우물에 빠져 있을 때 돌까지 던졌으니, 경매장 일에서도 만상궁을 모함하려는 것이라고 주장했다.

모든 것이 순조롭게 진행되고 있었다. 다만 그 구매자는 지금까지도 자백하지 않고 있었다.

"공주, 혹시 우리가…… 실수한 걸까요?"

대장로가 진지하게 물었다.

그는 극형을 써서 고문했지만, 구매자는 어떻게 해도 자신은 무고하다고 주장했다.

"심문할 필요 없네. 잘 치료해 주게."

한운석이 담담하게 말했다.

"공주, 경매장은 이미 엿새나 장사를 하지 않았습니다. 어제 유劉 씨가 십대 진품珍品을 가져와서 많은 사람이 몰려 구경했지만, 가격을 부르는 사람은 없었습니다."

이장로가 유감스러운 듯 말했다.

여론이 어떻든 간에 결국은 다 지나갈 일이었다. 중요한 것은 경매장이 영업할 수 있냐 없냐였다!

"강건 전장을 다들 알겠지?"

한운석이 담담하게 말했다.

이 이름이 나오자 모든 사람의 눈이 밝아지기 시작했다.

강건 전장은 운공대륙에서 제일가는 전장으로, 그 배경을 알 수 없는 것으로 유명했다. 한도 없는 금패 열 개 중 다섯 개가 이 전장에서 발급한 것이었다.

금 집사가 목령아에게 준 그 한도 없는 금패도 바로 강건 전장에서 나온 것이었다. 들리는 바에 따르면 요 며칠 동안 강건 전장 사람이 이미 금 집사를 찾아 나섰다고 했다.

"공주께서 어찌 강건 전장 이야기를 하십니까?"

대장로는 좀 긴장되었다.

"강건 전장과 협력해서 경매장 장사를 하려고 하네. 강건 전장의 낙洛 점주는 동의했네만, 그대들 의견은 어떤지 모르겠군?"

이 말에 다들 더욱 놀라고 말았다. 협력 방식은 둘째 치고, 낙 점주가 동의했다면 협력으로 이익을 취할 수 있다는 소리였다. 다시 말해 경매장 장사에 희망이 있다는 뜻이었다!

그 큰 전장을 관리하는 낙 점주는 이 분야에서 아주 유명한 인물이었다. 그가 승낙한 장사는 반드시 성공했다!

대장로는 감격하여 바로 대답했다.

"모든 것은 공주 뜻대로 결정하시면 됩니다."

"어쨌든 만상궁의 일이니 여러 장로들이 책임지고 결정하는 게 적절할 것 같네."

한운석은 겸손한 척했다.

"공주마마, 지나친 겸손이십니다. 서진에 충성을 다하는 저희가 모든 일에 공주의 뜻을 따르는 게 당연합니다!"

오장로가 이렇게 말하자 대장로도 바로 뒤따라 말했다.

"장로회는 공주마마의 결정에 따르겠습니다."

한운석은 이렇게 입으로만 하는 복종은 필요 없었다. 그녀가 원하는 것은 만상궁의 장로패였다. 영승이 없으니, 만상궁의 장로패는 적족 모든 장로회의 장로패보다 더 힘이 있었다. 대장로가 기꺼이 그것만 내준다면, 그녀의 승리였다.

용비야와 약속한 시간까지 아직 엿새가 남았으니 그녀는 인내심을 발휘할 수 있었다.

"정 그렇다면 내 여러분의 바람을 저버리지 않겠네."

한운석이 진지하게 말했다.

그녀는 곧 강건 전장과의 협력 방식을 이야기해 주었다. 장로들과 정 숙부는 다시 한번 한운석에게 놀랐고, 아주 깊이 충격을 받았다!

한운석이 내놓은 협력 방식은 용비야도 손해 보지 않게 했고, 경매장도 구제하는 방법이었다!

무슨 방법이었을까?

깊이 숨어 있던 자산가

한운석과 강건 전장이 합의한 결과는 이러했다. 만상궁 경매장에서 경매에 참여한 고객은 경매 성공 시 강건 전장에서 돈을 빌려 경매장에 지불할 수 있으며, 빌린 돈의 이자는 일반 이자 보다 일 할이 낮았다.

많은 사람이 각종 진귀한 물품의 고가 경매에 참여하는 것은 정말 쓸모가 있거나 진짜 좋아해서 소장하고 싶어서가 아니라 되팔기 위해서였다.

일단 경매로 얻은 물건은 한 달 안에 팔 수도 있고, 묵혀 두었다가 1년 후에 팔 수도 있었다!

이런 장사를 하는 사람이 한 가지 종류의 경매에만 참여할 리 없었고, 많은 사람이 하룻밤 만에 수많은 물건을 경매로 사들였다. 그리고 그들 중 대부분이 자금 부족 문제에 시달렸다.

이들은 보통 이자를 계산해 보고 돈을 빌려 경매에 참여하기도 했다. 돈을 빌려 경매에 참여해도, 결국 물건을 되팔면 차액을 벌 수 있었다.

한운석이 제시한 이런 협력 방식은 이 사람들을 위해 제공되는 것이었다!

그들이 만상궁 경매장에 와서 경매에 참가하면 강건 전장에서 일반 이자보다 일 할이나 낮은 이자로 돈을 빌릴 수 있는데,

어찌 마음이 동하지 않겠는가?

다른 경매장에 가는 것보다 일 할은 더 버는 셈이었다.

일 할이란 어떤 개념인가?

만약 경매 물품 하나가 천만이면, 일 할은 백만이었다.

한운석이 설명할 것도 없이 자리한 모든 사람은 이것이 얼마나 매력적인 조건인지 알고 있었다!

강건 전장으로부터 이런 강력한 지원을 받을 경우, 만상궁에서 가짜 제품을 반드시 배상하겠다는 정책을 내놓기만 하면 많은 구매자가 부르지 않아도 몰려들 테고, 그럼 경매장 영업을 천천히 일으킬 수 있었다.

한두 달 경매장을 엄격하게 관리해서 다시는 가짜 제품 문제가 발생하지 않으면, 원래보다 장사가 더 잘될 게 분명했다. 어쩌면 금익궁과 동래궁 손님까지 뺏어 올 수 있을지도 몰랐다.

"공주, 강건 전장이 왜 우리에게 이렇게 이윤을 양보하는 겁니까?"

정 숙부가 의문을 제기했다. 다른 사람들도 알고 싶은 부분이었다.

한운석이 강건 전장과 무슨 친분이라도 있나? 이렇게 유리한 조건을 얻어 내다니?

그런데 한운석의 대답은 예상 밖이었다.

"이윤을 양보하는 게 아니라, 비밀 약정을 맺었네. 강건 전장은 경매장의 구매자에게 이자를 일 할 적게 받고, 만상궁은 강건 전장에게 일 할 삼 푼을 보상해 주네. 실제로 강건 전장은 일반 이자보다 삼 푼을 더 버는 셈이지."

그 말에 정 숙부는 다급해졌다.

"공주, 결국 우리 손해가 아닙니까! 일 할 삼 푼을 그냥 손해 보는 겁니다! 구매자들은 싸게 해 주고요! 이런……, 이런 남 좋은 일이 어디 있습니까!"

한운석이 냉소를 지으며 말했다.

"그럼, 좋네. 자네가 지금 나가서 만상궁 경매장에서 경매하는 모든 물품의 거래 가격을 일 할 삼 푼 할인해 주겠다고 알려 보게. 누가 오려고 하겠나! 누가 자네를 믿겠어?"

정 숙부는 할 말이 없었다. 장로들은 그저 서로 얼굴만 쳐다보며 역시 아무 말도 하지 못했다.

"강건 전장이 돈을 잘 버는 이유가 무엇이겠나? 신뢰야. 사람들은 기꺼이 그들을 신뢰한단 말일세. 정 숙부, 강건 전장이 우리와 협력하겠다는 것은 그 신뢰를 우리 경매장에게 그냥 나눠 주겠다는 거야! 강건 전장의 신뢰가 고작 삼 푼밖에 안 되겠나?"

한운석이 물었다.

정 숙부가 말이 없자 그녀가 또 물었다.

"우리가 일 할 삼 푼 손해 본다고 하지만 손해도 아닐세. 기껏해야 적게 버는 것뿐이야! 경매장에서 판매되는 물건은 모두 원래 가격보다 몇 배나 비싸게 팔지 않나? 게다가 구매자들도 전액을 다 빌리지는 않을 테니, 모든 거래에서 적게 버는 일이 발생하지는 않을 걸세."

정 숙부가 대답하지 않자 한운석은 차가운 눈빛으로 쳐다봤다.

"정 숙부, 계산할 줄 모르는가?"

정 숙부는 고개를 더 아래로 떨구었고, 한마디도 대꾸할 수 없었다. 속으로 방금 너무 충동적으로 나선 자신을 원망하고 있었다.

다른 장로들은 한운석을 바라보며 진심으로 탄복했다! 모두 나이가 지긋한 사람들이었지만 평생 살아오면서 이렇게 대단한 여자는 처음 보았다. 장사를 이렇게 할 수 있다니!

한운석 말이 맞았다. 에둘러 말하기는 했지만 경매장은 전혀 손해가 아니었다. 그저 일 할 삼 푼 정도 적게 버는 것뿐이었다. 지금 상황에서는 잠시 손해를 좀 보더라도 장사를 회복해야 할 판인데 고작 일 할 삼 푼 적게 버는 게 뭐 그리 대수일까?

이 여자는 정말 너무 똑똑했다. 강건 전장의 낙 점주가 그녀와 협력하려 할 만했다.

대장로는 속으로 만약 이 일이 정말 성사된다면 장로패를 공주에게 줘야겠다고 생각했다. 그는 이 여자의 능력이면 충분히 만상궁을 이끌고 삼도 암시장의 주도권을 되찾을 수 있을 거라 믿었다!

"공주께서 현명하시니, 장로회는 전적으로 지지하겠습니다!"

대장로가 진지하게 말하자, 다른 네 명의 장로도 모두 앞으로 나와 공손하게 인사를 올리며 충성을 표시했다.

정 숙부는 아무리 내키지 않아도 그들과 함께 몸을 굽혀 인사를 올려야 했다. 그는 또다시 탄식하지 않을 수 없었다. 이 여자가 용비야와 인연을 이어 가지 않았다면 얼마나 좋았을까! 이 여자가 영 족장과 함께한다면, 그는 자신의 남은 목숨과 온 힘을 다 바쳐 충성할 수 있었다!

영 족장을 생각하니 정 숙부는 절로 눈시울이 붉어졌다. 그는 이미 사람을 보내 영승을 찾고 있었다. 심지어 북려국에도 사람을 보냈지만 지금까지도 소식이 없었다.

한운석은 또 장로들과 상세한 내용을 논의했다. 회의가 끝났을 때는 이미 날이 저문 뒤였다. 그녀는 용비야가 올 것을 알았기에 서둘러서 영정에게 갔다.

강건 전장 배후의 주인이 용비야라는 사실을 듣고 영정은 놀라움을 금할 수 없었다. 지기 싫어하고 승부욕이 강한 영정도 이제는 인정할 수밖에 없었다. 적족은 원래부터 용비야를 당해 낼 수 없었다. 그녀는 영승이 이 일을 안다면 어떤 기분일까 하는 생각이 절로 들었다.

한운석이 며칠 동안 당리 이야기를 꺼내지 않자, 영정이 오히려 먼저 물어보았다.

"장로회는 당리를 어떻게 할 생각이야?"

한운석의 눈동자에 마음 아파하는 눈빛이 스쳤다. 그녀가 웃으며 말했다.

"그래도 그 사람한테 관심이 있네."

영정은 그녀에게 눈을 흘기고는 더 말하지 않았다.

한운석도 장난치지 않고 말했다.

"도박장과 경매장 일로 바빠 죽겠는데 장로회가 당리를 신경 쓸 틈이 어디 있겠어!"

영정은 한참 동안 침묵하다가 입을 열었다.

"한운석, 대장로는 분명 너에게 장로패를 줄 거야. 만상궁을 통제하면 운공상인협회와 군대도 다 네 말을 들어야 해. 넌 이제 곧 용비야를 만날 수 있어."

한운석은 뭐라 할 수 없었다. 지금도 매일 용비야를 만나고 있는데! 어디 매일 만나기만 할 뿐인가, 매일 그 사람에게 들볶이고 있다고!

그녀는 영정의 뜻을 알고 있었다. 그녀가 만상궁을 장악하기만 하면 정정당당하게 용비야와 협력할 수 있고, 동진과 서진의 이름으로 연합해서 백언청에게 맞설 수 있었다.

"한운석, 한 가지 부탁이 있어."

영정이 말했다.

"약속할게!"

한운석이 조금도 망설이지 않고 대답했다.

영정은 어쩔 수 없다는 표정으로 말했다.

"내가 뭐라고 할 줄 알고?"

"당리를 풀어 달라고 할 거잖아."

한운석이 또 웃었다.

영정도 숨기지 않고 솔직하게 인정했다.

"한운석, 네가 만상궁을 떠나기 전에 꼭, 반드시, 당리를 풀어 줘!"

'바보, 내가 풀어 주지 않으면 그 사람이 어떻게 널 데리고 가겠어?'

……물론 이 말은 한운석이 속으로 한 말이었다.

"그럼 너는?"

한운석이 물었다.

"만약 동진과 서진 사이에 정말 오해가 있었다면. 그럼, 그럼……."

영정은 한참 동안 주저하다가 겨우 말을 꺼냈다.

"그럼 그 사람에게 전해 줘. 나와 아이는 그 사람이 데리러 올 때까지 만상궁에서 기다리겠다고."

한운석은 참고 또 참았다. 아기가 위험할까 걱정되기도 했고, 당리 역시 그녀에게 잠시 아무 말도 하지 말고 영정이 우선 몸조리를 하게 하라고 당부했었다.

"만약, 만약 함께할 수 없는 운명이라면, 너도 날 내버려 두고 찾지도 마."

영정이 말했다.

한운석은 그저 고개만 끄덕일 뿐 더 말하지 않았다.

한운석은 영정의 원락에서 나와 돌아갔지만, 용비야는 아직도 동래궁에 있었다. 바로 낙 점주가 만나러 왔기 때문이었다.

동래궁이 동진의 국고라면 강건 전장은 용비야의 개인 재산이었다. 강건 전장 사람들에게 나라와 집안의 원한 같은 것은 존재하지 않았다. 그들은 오직 용비야와 돈만 인정했다.

"주인님, 이렇게 똑똑하고 유능한 여주인은 꼭 붙잡으셔야 합니다."

낙 점주가 놀리듯이 말했다.

용비야는 말은 하지 않았지만 그의 입가에는 미소가 피어올랐다. 한운석은 역시 그의 여자답게, 그를 조금도 손해 보게 만들지 않았다.

사실 한운석이 이름을 대지 않았어도 낙 점주는 그녀의 말을 다 들어주었을 것이다.

전장은 돈을 맡기고 빌려주는 장사를 통해 이윤을 남겼고, 위험성과 신뢰를 가지고 노는 사업이었다. 한운석이 삼 푼의 이윤을 거저 주겠다는데 기꺼이 협력하는 게 당연했다.

하물며 한운석의 협력 방식은 정말이지 너무 똑똑해서 그는 진심으로 탄복했다!

"금 집사 일은 어떻게 되었느냐?"

용비야가 물었다.

"오늘 또 사람을 보내 독촉했습니다. 거의 막다른 골목에 몰렸을 겁니다. 주인께서는 조용히 지켜봐 주십시오!"

낙 점주가 대답했다.

용비야는 일찌감치 금 집사를 이용할 생각이었다. 그자는 전장 사업에 일가견이 있었고, 동오족 사람이라 동오족 말에도 능통하니 데리고 있으면 분명 쓸모가 있을 것이었다.

다만 이 인간은 자존심이 너무 강해서 한번 제대로 눌러 준

다음 매수하지 않으면 굴복시키기 힘들었다.

낙 점주가 물러간 후 용비야는 또 비밀 시위에게 물었다.

"백독문 쪽 준비는 다 되었느냐?"

"모두 알맞게 처리해 두었습니다."

비밀 시위는 사실대로 대답한 후 밀서들을 올렸다.

용비야가 백언청을 끌어내려면 백독문부터 손을 대야 했다. 남은 방법은 이것뿐이었다.

용비야가 두 번째 밀서를 뜯었을 때 한 비밀 시위가 나서서 귀띔했다.

"전하, 늦었습니다."

그 말은 한운석이 기다리고 있다는 뜻이었다.

비밀 시위가 어찌 쓸데없이 참견하겠는가. 서동림이 분부해 둔 게 틀림없었다.

용비야는 밀서 더미를 들고 정원을 둘러싸고 있는 담을 뛰어넘어 나갔다.

그가 떠난 후에야, 줄곧 정원에 앉아서 기다리던 백리명향이 방에 돌아올 수 있었다. 최근 그녀는 무예 연마가 아니면 늘 정원에서 멍하니 앉아 있었다.

그녀는 왕비마마와 소옥이 보고 싶었고, 아버지와 조 할멈이 그리웠다…….

용비야가 방에 들어왔을 때, 한운석은 이미 축 늘어진 채로 침상에 누워 있었다.

"날 기다렸느냐?"

용비야가 재미있다는 듯이 물었다. 그러자 한운석은 아주 시원스럽게 인정했다.

"저녁 내내 기다렸어요!"

"그럼 내일 저녁에는 좀 일찍 오마."

용비야는 한운석이 뭔가 볼일이 있다는 걸 알고 일부러 이렇게 말했다.

"용비야, 남결원과 서옥원을 사려는 거예요?"

한운석이 단도직입적으로 물었다.

용비야는 한운석이 반어적으로 한 말을 진짜 질문인 줄 알고 대답했다.

"마음에 드느냐?"

"그게 아니라요!"

한운석이 얼른 해명했다.

"그 두 정원을 살 계획이 있냐는 뜻이에요. 혹시 사람을 보내서 가격 협상을 했어요?"

용비야가 웃었다.

"원래 내 이름으로 된 정원인데 왜 또 사야 하느냐?"

한운석은 천천히 고개를 들고 믿을 수 없다는 얼굴로 물었다.

"대체 가지고 있는 정원이 몇 개예요?"

용비야는 웃으며 말해 주지 않았다.

"그 두 정원이 마음에 들었느냐? 전란 지역이라 좋은 곳도 아니고 몸을 숨길 만한 곳도 아니다. 천휘가 헐값에 팔았는데, 나도 되팔기 위해서 산 것이다."

"처음에 얼마에 샀어요?"

한운석이 다급하게 물었다.

"하나에 삼천만을 주었으니, 두 곳이면 육천만이구나."

용비야가 사실대로 대답했다.

"그럼 파는 건요? 얼마에 팔 거예요?"

한운석이 또 물었다.

"아랫사람에게 다 맡겨 놔서 나도 잘 모른다."

용비야가 담담하게 말했다. 이런 작은 거래는 그에게는 그저 놀잇거리일 뿐이라 별로 관심을 두지 않았다.

한운석은 눈을 가늘게 뜨고 말했다.

"용비야, 누가 오억을 불렀어요! 팔 거예요?"

효율적으로, 앉아서 가격 인상

오억?

용비야는 의심스러웠다. 한운석은 그와 이런 농담을 할 정도로 심심하지 않았다.

만상궁에서 사려 한다고 해도 이렇게 높은 가격을 부를 리 없었다.

"어찌 된 일이냐?"

용비야가 물었다.

용비야의 태도에 한운석은 정 숙부에게 문제가 있다고 확신했다. 용비야의 수하가 정말 오억을 불렀다면, 이런 거액 거래는 반드시 그에게 보고되어야 했다. 용비야가 전혀 모르는 것을 보면 가능성은 한 가지뿐이었다.

바로 정 숙부가 거짓 가격을 보고한 것이었다!

정 숙부는 왜 거짓 가격을 보고했을까. 돈을 가로채서 자기 주머니를 채우려는 걸까, 만상궁에 돈을 벌어다 주려는 것일까. 아니면 그녀에게 곤란한 문제를 안겨서 괴롭히려는 걸까? 그것도 아니면 이 모든 이유가 다 섞여 있나?

정 숙부 이 인간, 영승이 실종되지 않았더라면 아주 간이 배 밖으로 튀어나왔겠군!

"오억으로 팔 거예요?"

한운석은 더 의미심장하게 웃었다.

"육억이면 사겠느냐?"

용비야가 반문했다. 그는 자초지종은 몰랐지만 이 돈을 만상궁에서 낸다는 것만은 확실했다.

"육억이면 하나당 삼억이란 소리잖아요."

한운석은 갑자기 진지하게 계산하기 시작했다.

"육억은 좀 비싼 거 같은데!"

"칠억은 어떠냐, 살 거라면 빨리 계약하는 게 좋을 거다. 그렇지 않으면 십억을 주어도 팔지 않겠다!"

용비야도 아주 진지하게 말했다.

이게 뭐 하는 짓인가. 한마디 말에 일이억 냥이 올라가다니? 오대 장로가 알면 피를 토하며 쓰러지지 않을까? 정 숙부가 알면 또 어떤 생각을 할까?

도박장 사업이 아무리 돈을 잘 벌어도, 지금 용비야만큼 효율적으로 돈을 벌지는 못했다!

"사요, 살게요! 칠억으로 정했어요. 더 가격을 올리면 안 돼요!"

한운석은 말한 후에 결국 참지 못하고 웃기 시작했다.

이건 그녀가 용비야를 도와서 만상궁을 함정에 빠뜨리는 게 아니었다. 영승이 아랫사람 교육을 제대로 하지 못해서, 자기 부하에게 당한 것이었다.

삼천만 냥짜리 저택을 삼억 오천만 냥으로 되팔다니, 용비야가 벌어들인 돈은 웬만한 상인 집안이 1, 2년 동안 버는 돈보다 많았다!

"대체 어찌 된 일이냐?"

용비야가 진짜처럼 경고했다.

"말하지 않으면 일억을 더 준비해야 할 거다."

팔억?

한운석은 입을 실룩였다. 정말 말도 안 되게 비싼 가격이었다. 장로회는 분명 이 두 정원 구매를 극구 반대할 테고, 그럼 이번 일은 허사가 되었다.

그녀는 바로 정 숙부가 그날 말한 상황을 용비야에게 알려주었고, 용비야는 단번에 어찌 된 일인지 파악했다. 그도 이러쿵저러쿵 말하지 않고 입가에 냉소를 지으며 간단히 말했다.

"두 정원을 관리하는 사람 이름은 가대賈戴라고 한다. 내가 내일 사람을 보내 분부해 둘 테니, 남은 일은 네가 처리하거라."

그는 말을 마친 후 밀서들을 꺼내서 침상에 기댄 채 하나씩 뜯어 보았다.

한운석은 두 팔을 침상에 괴고 두 다리를 끌어당겨 앉은 후 용비야를 보면서 말없이 웃기만 했다.

용비야는 고개 들지 않고도 그녀가 자신을 보고 있음을 알고 있었다. 하지만 그는 외면하고 있다가, 들고 있던 밀서를 본 후에야 물었다.

"왜 웃느냐?"

한운석은 더 깊은 웃음을 지었다.

용비야는 그녀의 작은 얼굴을 어루만졌다.

"또 무슨 꿍꿍이냐? 칠억도 다 주겠다. 기억해라, 만상궁에 한 푼도 빚지게 하지 않겠다!"

"당신 돈은 필요 없어요."

한운석이 바로 거절했다.

용비야는 마침내 고개를 들고 그녀를 바라봤다.

"재물을 빼앗지 않고 여색으로 위협하려는 것이냐?"

한운석은 바로 고개를 저었다. 그녀가 입을 열기도 전에 용비야가 바싹 다가왔다.

"그럼 왜 웃느냐?"

한운석은 그의 목을 끌어안으며 아주 진지하게 말했다.

"그냥 당신이 있어서 좋아요. 정말 좋아요."

용비야는 천천히 고개를 숙여 그녀와 이마를 맞대고 부드럽게 말했다.

"너에게만 잘해 주는 것이다."

그는 말을 마치고 고개를 숙여 그녀의 입술에 가볍게 입을 맞춘 후, 그녀의 손을 치우고 다시 집중해서 밀서를 읽기 시작했다.

한운석은 가슴이 살짝 철렁했다. 예상치 못한 상황이었다.

그녀가 그의 목을 끌어안으면 그는 절대 그녀를 놔주지 않았다. 특히 요 며칠 밤 동안 그는 이 침상에만 올라오면 절대 그녀가 쉬게 놔두지 않았고, 그녀가 힘이 다 빠져 혼절할 때까지 괴롭혔다.

그런데 오늘 밤은 어쩐 일이지?

한운석은 의심이 가득해져 베개를 끌어안고 한쪽에 앉았다. 용비야는 밀서에 집중하여 다른 일에 전혀 신경 쓰지 않았다. 한운석은 볼수록 뭔가 이상하다는 생각이 들었다.

그녀가 알던 그 전하가 맞나? 그녀가 두 달 넘게 먹이고 먹여도 만족하지 못하던 그 굶주린 늑대가 맞나?

한운석은 그가 아주 중요한 밀서들을 보고 있는 거라고 생각해서 한쪽에서 가만히 기다렸다. 용비야는 모든 밀서를 다 본 후, 옆으로 누워서 그녀에게 말했다.

"안 오고 뭘 하느냐."

한운석은 속으로 남모를 웃음을 지었다. 역시 오해였구나. 그녀는 순순히 그의 품 안에 기댔고, 이제 그가 무슨 행동을 할지도 예상할 수 있었다.

그런데 한운석이 아무리 기다려도 용비야는 전처럼 그녀를 도발하지 않았다. 그저 가만히 그녀를 안은 채, 조용히 눈을 감고 잠이 들었다.

한운석은 눈을 크게 뜨고 복잡한 표정을 지었다. 그렇게 오랜 시간을 함께 보냈는데 용비야가 이상한 걸 느끼지 못했을 리 없었다.

한참 조용히 있다가 한운석이 가만히 그의 손을 잡자 용비야가 곧 그녀의 손을 잡았다.

"아직 안 잤어요?"

한운석이 낮게 물었다.

"자자."

용비야는 그녀의 손을 잡고 그녀의 허리를 감싸며 더 꼭 안아 주었다.

한운석이 어떻게 잠들 수 있을까? 그녀는 또 잠시 조용히 있다가, 조심스럽게 용비야의 큰 손에서 자기 손을 빼냈다. 하지만 손을 빼자마자 용비야가 다시 잡으며 나직이 말했다.

"착하지, 자자."

한운석은 또 조용해졌다. 하지만 얼마 지나지 않아 그녀의 손이 또 움직였다. 이번에는 용비야도 그녀를 막지 않고 그녀가 자신을 괴롭히게 놔두었다.

한운석은 그를 별로 괴롭히지도 않았다. 그저 가볍게 그의 손가락을 어루만질 뿐이었다. 그의 기다란 손가락을 하나씩 쓰다듬는 모습이 잠이 오지 않아 무료한 듯도 했고, 몰래 뭔가를 꾸미는 것 같기도 했다.

그녀 뒤에 있는 용비야는 사실 내내 눈을 뜨고 있었다. 원래는 정말 자려고 했었다. 하지만 그녀가 움직이자, 그는 그녀보다 더 잠이 오지 않게 되었다.

한운석은 용비야의 손가락을 갖고 놀다가, 용비야가 아무 기척도 내지 않자 아예 그의 손을 입술로 가져와 가볍게 입을 맞췄다.

용비야는 입꼬리를 슬며시 올리며 소리 없이 웃었다. 정말이지 어찌할 수가 없었다.

"용비야……."

마침내 한운석이 낮은 목소리로 입을 열었다.

용비야는 움직이지도 않았고 대답도 하지 않았다. 그는 사랑스러워하면서도 어쩔 수 없다는 표정으로 웃었다. 이제 보니 이 여자도 그와 마찬가지로 상대를 갈망하고 있었다.

"용비야……."

한운석이 또 나지막한 목소리로 불렀다.

그는 그녀를 너무 오랫동안 내버려 둘 수 없었다. 용비야는 그녀의 손을 비단 이불 속에 넣고 꼭 잡으면서 작게 말했다.

"자, 조용히 자자꾸나."

한운석은 마침내 용비야가 오늘 밤 이상하다고 확신했다. 너무 이상했다.

그녀는 몸을 돌려 눈살을 찌푸리며 그를 바라보았다. 묻지 않았지만, 말하지 않아도 서로 마음을 잘 알고 있었다.

용비야는 시선을 피하며 그녀의 머리를 품에 안았다.

"착하지……, 자자꾸나. 내가 안고 재워 주마."

한운석이 또 움직이려고 하자 용비야는 마침내 그녀를 품 안에 꼭 가두면서 낮게 말했다.

"네 몸이 중요하다. 말을 듣거라."

그 말에 한운석은 깨달았다! 그는 그녀가 피임하는 부분을 염려하고 있었다.

쓰라린 마음이 속에서 용솟음쳤다. 이 사람이 얼마나 좋은 남자인지, 그저 '좋다'라는 말로 표현할 수 있을까?

"용비야, 당신이 이렇게 잘해 주는데 난 정말 보답할 방법이 없어요."

한운석이 말하면서 일어나 앉자, 용비야도 앉았다. 그가 설득하려는데 한운석이 다시 한번 그의 목을 끌어안았다. 용비야는 그녀의 손을 떼어 내려 했지만 마음을 모질게 먹을 수 없었다. 그는 고개를 숙이고 낮은 목소리로 말했다.

"운석, 착하지, 이제 자야 한다. 피곤하니……."

목소리에서 그가 참고 있는 게 느껴졌다. 한운석이 물었다.

"용비야, 보답할 길이 없으니 몸으로 갚아도 될까요?"

그가 눈살을 찌푸리며 그녀를 밀어내려고 하는데, 한운석이 갑자기 그의 머리를 자신의 가슴으로 밀어 넣었다.

"이러지 마라!"

용비야가 다급해져서 일어나려고 했으나, 한운석은 꼭 누른 채 놔주지 않았다. 아예 그의 손을 잡아끌어서 그녀의 풍만함을 누르게 했다.

이 세상에 감히 그를 이렇게 몰아갈 수 있는 사람은 이 여자뿐이었다. 이 여자만이 그에게 강요할 수 있었다! 안 그래도 억지로 참고 있던 용비야는 마침내 더는 주체할 수 없었다. 그는 한 손으로 자신의 머리를 누르고 있는 그녀의 손은 밀어냈지만, 그녀에게서 떨어지지 않고 오히려 세게 깨물어 버렸다.

깊이 깨물지는 않았지만 그녀의 가슴에 깨문 자국이 얕게 남았고, 딱 그만큼 아팠다. 그는 그녀를 놔주자마자 곧 으르렁거리듯 말했다.

"한운석, 네가 자초한 것이다!"

"기꺼이."

한운석이 모든 것을 다 걸었는데, 이 남자가 어떻게 그녀를 원치 않을 수 있겠는가?

그녀는 그의 가슴을 부드럽게 어루만졌다. 그가 눈살을 찌푸리자 그녀는 갑자기 더 지독하게 달려들어서 그의 가슴의 민감한 부분에 입을 맞췄다.

"한운석!"

용비야는 바로 고개를 들고 으르렁댔다.

"한운석, 그만해라!"

"그만 못 해요!"

한운석은 아주 모질게 말했다. 그녀는 그의 탄탄하고 또렷한 살결을 따라서 그대로 아래로 내려갔다…….

용비야는 고개를 젖히고 눈을 감았다. 그의 긴 속눈썹이 가볍게 떨렸고, 양쪽 귀밑머리에는 땀이 방울방울 맺혔다. 고통스러운 듯하면서도 도저히 멈출 수 없는 그런 표정이었다.

정말 제대로 된 괴롭힘이었다.

불이 온몸을 불살라 마치 영혼까지 불꽃 속에서 타오르는 듯했다. 그 불을 끌 수 있는 사람은 한운석뿐이었다.

그날 밤, 한운석은 스스로 한 불장난에 자신이 타 죽는다는 게 어떤 것인지 처절하게 경험했다. 밤새 쉬었다가 깨어나기를 반복했다. 날이 밝아서 시녀가 문을 두드리며 식사 시간을 알릴 때까지 용비야는 그녀를 놔주지 않았다.

"몸이 불편하니 좀 늦게 일어나겠다. 누구도 방해하지 말라고 전해라."

한운석은 침상에 엎드린 채 자신의 목소리가 잠긴 것처럼 들리지 않게 하려고 애썼다.

용비야는 그녀를 뒤에서 괴롭히며 어젯밤의 도발을 호되게 벌하고 있었다.

시녀가 떠나자 바짝 신경을 곤두세우고 있던 한운석은 그제야 긴장을 풀고는 그가 질주하게 내버려 두었다.

"용비야……, 너무 피곤해요."

한운석이 곧 잠들 것 같은 이때, 희미하게 용비야의 목소리가 들렸다.

"바보, 다음은 없다."

그 말에 한운석은 바로 정신을 차리고 그를 노려봤다.

홍조를 띤 얼굴로 눈을 크게 뜨고 노려보는 모습에 용비야는 웃음을 금할 수 없었다. 하지만 그래도 그는 여전히 진지하게 경고했다.

"몸조리를 잘하고 있거라. 본 태자에게 아이 열둘은 낳아 줘야 하지 않겠느냐!"

한운석은 손가락을 까딱이며 그를 가까이 오게 했다. 용비야가 다가오자 그녀는 작은 목소리로 그에게 비법을 알려 주었다. 침술과 혈 자리 찾기에 정통한 그녀는 몸을 해치지 않는 자신만의 피임 방법이 있었다.

용비야는 그 말을 듣고 억지로 웃음을 지으며 말했다.

"잘됐구나."

그의 눈 속에 비치는 낙심과 어쩔 수 없어 하는 심정을 그녀는 모두 보았다. 그는 그녀의 가슴에 남은 깨문 자국을 어루만지며 생각에 잠긴 듯했다. 잠시 후 그는 그녀의 앞머리를 어루만지며 사랑스러워하는 표정으로 웃었다.

"자거라. 오늘 밤 초천은이 오기 때문에 좀 늦을 것이다."

한운석은 아무 말도 하지 않았지만, 가슴이 갑갑하고 괴로웠다.

용비야는 어젯밤처럼 별다른 말을 하지 않고 몸을 돌려 떠났다. 한운석은 여전히 멍하니 창밖으로 사라지는 그의 뒷모습을 보고 있었다.

한참 후에 한운석은 자리에 일어나 앉았다. 그녀는 예전처럼 일어나자마자 침을 놓아 피임을 하지 않고 옷차림을 정리한 후에 시녀를 불러 자신을 영정에게 데려다 달라고 했다.

뭘 하려는 걸까?

모반처럼

한운석은 영정의 처소에 영정이 아닌 목령아를 만나러 갔다.

그녀가 갔을 때 목령아는 영정을 위해 약을 달이는 중이었다. 목령아는 지금껏 자라 오면서 칠 오라버니 외에 이렇게 세심하게 누군가를 돌본 적이 처음이었다.

"령아, 물어볼 게 있어."

한운석이 낮은 목소리로 물었다.

"무슨 일인데?"

목령아가 궁금해하며 물었다.

"그런 약이 있을까……."

한운석은 잠시 생각하다가 그냥 대놓고 말했다.

"상처를 흉터로 남게 하는 약 없어?"

"누구한테 흉터를 남기려고?"

목령아는 더 궁금해졌다.

"있나 없나만 말해."

한운석이 다급하게 물었다.

"있기는 한데, 하지만……."

한운석은 '하지만' 뒤에 나올 말은 상관하지 않고 바로 목령아에게 부탁했다.

"하나만 만들어 줘. 당장 필요해."

용비야가 가슴을 깨물어 남긴 자국은 말 그대로 자국일 뿐 피도 나지 않았다. 이렇게 깨문 자국은 길어 봤자 하루면 사라졌다. 시간이 얼마 없었다.

목령아은 더욱 의아하다는 눈빛으로 말했다.

"언니가 쓸 거야?"

목령아는 이제 자기도 모르는 사이에 '언니'라고 부르는 데 익숙해졌다.

"아니야! 다른 사람이 급하게 쓸 데가 있어. 빨리!"

한운석은 초조해하며 재촉했다.

"언니가 쓰든 다른 사람이 쓰든 함부로 사용할 수 없어. 여러 가지로 신경 쓸 게 많아."

목령아가 진지하게 설명했다.

한운석은 그제야 침착해졌다.

"뭘 신경 써야 하는데. 어서 말해 봐."

"부상 상태가 얼마나 심각한지에 따라 약물량도 다르고, 상처 위치에 따라 쓰는 약도 미세하게 달라. 게다가 약물량에 따라서 흉터도 다르게 남아."

목령아는 설명 후 진지하게 물었다.

"언니, 누구에게 흉터를 남기려는 거야? 여자야, 남자야? 혹시 범인을 심문하려는 거야? 상처가 있는 곳의 피부는 원래 약하기 때문에 그런 약까지 쓰면 아주 아플 거야. 상처 위에 소금을 뿌리는 것보다 백배는 아파! 범인을 심문하려는 거라면, 헤헤, 내가 손을 좀 써서 약에다가 고추기름을 넣어 줄 수도 있어."

한운석은 무표정한 얼굴로 차갑게 말했다.

"내가 쓸 거야."

목령아는 깜짝 놀랐다.

"언니, 뭐 하는 짓이야?"

한운석은 목령아에게 어떻게 설명해야 좋을지 생각하기 시작했다. 목령아가 부상 상태를 파악해서 정확하게 약을 쓰게 하면서도, 깨문 자국이란 걸 말하지 않을 방법은 없을까.

하지만 아무리 생각해도, 어떻게 말하든 적절하지 않은 듯했다. 결국 그녀는 모든 것을 다 털어놓기로 했다. 한운석은 목령아에게 자신을 방 안 한쪽으로 데려다 달라고 한 후, 겉옷을 벗어 목령아에게 자기 상처를 보여 주었다.

어젯밤부터 지금까지 벌써 하루 정도 시간이 흘렀다. 깨문 자국은 이미 많이 옅어졌지만, 그래도 윤곽은 뚜렷했다.

목령아는 멍해졌다. 깨문 자국을 본 것도 잠시, 그녀의 시선은 곧 다른 쪽으로 옮겨 갔다. 한운석의 목, 가슴 주변이 온통 어떤 자국으로 가득했다. 푸릇한 자국, 붉은 자국, 깊이가 깊은 자국, 옅은 자국까지 다양했다.

경험해 본 적은 없지만 목령아도 알아볼 수 있었다! 이건 분명 광란이 지나간 후의 흔적이었다. 한운석 가슴 정중앙에 있는 저 깨문 자국 또한 마찬가지였다.

깨문 자국의 깊이로 보면 어젯밤에 남긴 것이 분명한데, 그렇다면…….

목령아는 마침내 고개를 들고 믿을 수 없다는 듯이 한운석을 바라봤다.

"언니, 어젯밤에 정을 통하러 나간 거야?"

목령아는 말하고 나서도 뭔가 잘못된 것 같아 얼른 고쳐 말했다.

"용비야가 어젯밤에 만상궁에 숨어 들어왔어?"

목령아는 속으로 생각했다. 용비야처럼 그렇게 냉담한 사람이 언니를 이렇게 괴롭히다니, 대체 어떻게 한 거야?

목령아는 귀뿌리가 뜨거워졌고, 한운석의 얼굴은 이미 빨개져 있었다. 하지만 한운석은 어색함과 부끄러움을 무시하고 재촉했다.

"어떻게 약을 써야 하는지 어서 살펴봐."

"언니, 어……, 언니……."

목령아는 계속 언니라는 말만 더듬거리다가 겨우 말을 꺼냈다.

"이 자국들을 다 남기려고?"

한운석은 순간 멍해졌다가 곧 다시 얼굴을 붉혔다. 목령아는 아직 이런 흔적들은 남길 필요가 없다는 것을 잘 몰랐다. 어차피 자주 생기기 때문이었다. 용비야의 나쁜 버릇 같은 것이라 거의 매번 자국이 생겼다.

"이것만 남길 거야. 어서 방법을 생각해 봐."

한운석은 민망함을 무시하려고 애쓰면서, 가슴에 있는 깨문 자국을 가리키며 재촉했다.

목령아는 이미 한운석의 얼굴이 새빨개진 것을 알아차리

고는 생각했다. 언니가 이 흉터를 남기려고 진짜 애를 쓰는구나. 부끄러운 줄도 모르고 나서다니.

"언니, 안심해. 절대 발설하지 않을게."

목령아는 아주 진지하게 약속했다.

한운석이 그녀를 보자 그녀 역시 한운석을 바라봤다. 서로 눈이 마주치자 목령아는 마침내 참지 못하고 하하 소리 내며 웃음을 터뜨렸다. 웃다가 눈물이 날 것만 같았다.

'한운석, 너도 이렇게 바보 같을 때가 있구나!'

……그녀는 이렇게 말하고 싶은 것을 간신히 참았다.

한운석은 정색하고 말했다.

"약을 줄 거야, 안 줄 거야?"

목령아는 차분해지려고 노력하면서 웃으며 물었다.

"흉터를 얼마나 깊게 남기려는 거야?"

"깊을수록 좋아. 죽어도 남아 있는 흉터면 좋겠어."

한운석이 진지하게 말했다.

목령아도 덩달아 진지해졌다.

"언니, 대체 뭘 하려는 거야? 그렇게 되면 아주 아프다고!"

"쓸데없는 말이 뭐 그리 많아? 빨리 약을 만들어 줘!"

한운석이 언짢아하며 재촉했다.

목령아는 그래도 망설이고 있었다. 하지만 한운석이 성난 눈빛으로 한 번 쳐다보자 바로 의기소침해져서 말했다.

"그럼 하나만 약속해 줘. 만약 용비야가 물으면 절대 내가 도와줬다고 하면 안 돼."

"당연하지."

한운석이 바로 대답했다.

목령아는 바로 약재 몇 가지를 집어 배합했다. 여러 약재를 찧고 부순 후, 특별 제작한 물약을 넣어 걸쭉하게 만들어서 한운석 앞에 갖다주었다.

"언니, 이걸 바르면 언니 피부가 치지직거리며 타기 시작해. 아주 아플 거야. 다시 생각해 봐."

목령아는 일깨워 줄 수밖에 없었다.

"이런 바르는 약은 몸에 영향을 주지 않지?"

한운석이 진지하게 물었다.

"별다른 영향은 없어. 아플 뿐이야. 참아야 해."

목령아는 안심이 되지 않아 한 번 더 강조했다.

"정말 아주, 아주, 아주 많이 아파."

"발라 줘."

한운석은 망설이지 않았다.

도리어 머뭇거리며 주저하는 것은 목령아였다.

"내가 직접 할게."

한운석이 말했다.

"아냐, 내가 해 줄게."

목령아는 수건을 가져와서 한운석에게 물게 한 후에야 약을 바를 수 있었다.

그녀가 약을 처음 바르자마자 한운석은 수건을 악물고 눈을 크게 떴고, 목령아는 감히 움직일 수도 없었다. 고요한 방 안에 한운석 가슴에서 나는 '치지직' 소리만 들릴 뿐이었다.

목령아는 고개를 돌리고 감히 보지 못했다. 이 소리를 듣기만 하는데도 온몸에 소름이 돋았다. 한운석의 얼굴을 슬쩍 살펴보니, 한운석은 미간을 잔뜩 찌푸리고 얼굴이 새하얗게 질려 있었지만, 눈에는 끝까지 버티겠다는 의지가 서려 있었다.

곧 한운석은 목령아의 손을 잡아당겼다. 계속하라는 뜻이었다. 목령아는 눈 딱 감고 계속할 수밖에 없었다. 약을 다 바르고 나니 고통은 점차 사라졌다. 바퀴 달린 의자에 앉은 한운석은 무겁게 숨을 내쉬었다.

목령아는 조용히 한운석을 바라보면서 멍하니 다른 생각에 잠겼다. 그녀는 속으로 칠 오라버니가 그녀를 깨문다면, 그녀 역시 이런 고통을 참을 수 있을 거라 생각했다. 갑자기 칠 오라버니가 그녀를 깨물어 주었으면 하는 마음이 간절해졌다. 얼굴을 문다 해도 괜찮았다.

한참 지나서 통증이 모두 사라지자, 상처가 차가워지기 시작했다. 한운석이 크게 기뻐하며 말했다.

"령아, 차가운 느낌이 들어. 다 된 거 아니야?"

"어디 봐!"

목령아도 함께 긴장했다. 그녀는 서둘러 한운석의 몸에서 약물 찌꺼기를 제거했다. 한운석 가슴에 있던 깨문 자국의 색깔이 꽤 많이 짙어져 있었다. 좀 짙은 갈색을 띠고 있었는데, 언뜻 보면 모반 같았다.

보기는 좋지 않았지만 목령아는 마음에 들었고, 아주 낭만적이라고 생각했다. 한운석은 거울에 비춰 보면서 이 자국을 가만히 어루만졌다. 그녀는 이 흉터가 용비야 손에 있는 흉터보다 더 깊이 남았으니, 다음다음 생에도 계속 남아 있을지도 모른다고 생각했다.

목령아는 음흉하게 웃기 시작했다.

"언니, 오늘 밤에도 용비야를 만나지?"

한운석은 시치미를 떼며 못 들은 척하고 말했다.

"종이와 붓을 가져와 봐. 내가 약방문을 몇 개 쓸 테니 좀 봐 줘."

목령아는 영문을 알 수 없었다. 이 여자가 또 뭘로 괴롭히려고 이러나?

한운석은 세 가지 약방문을 썼다. 목령아는 보자마자 모두 그녀의 다리 부상을 치료하는 약방문인 것을 알아챘다.

"다 전에 복용했던 것들이지? 이제는 필요 없겠네."

목령아가 말했다.

"좀 봐 줘. 여기……, 이 약들……."

한운석은 한참 동안 고민하다가 마침내 말을 이었다.

"이 약들을 영정이 먹어도 돼?"

"영정은 다리가 멀쩡한데 이 약들을 왜 먹어?"

목령아는 이해가 되지 않았다.

한운석은 이를 악물고 아예 대놓고 물어보았다.

"내가 한 달 전에 먹은 약들인데, 만약에……, 만약에 내가……."

"언니!"

갑자기 깨달은 목령아가 놀라서 외쳤다.

"임신했구나!"

"쉿……."

한운석은 사람을 죽일 듯한 눈빛으로 쏘아보았다. 하지만 목령아는 무서워하지 않고 목소리를 낮추었다.

"정말 임신했어?"

"내가 묻고 싶은 건 이거야. 한 달 전에 이 약들을 먹었는데, 만약 지금 임신을 준비한다고 하면 영향이 있을까?"

한운석이 진지하게 물었다.

목령아는 그제야 어찌 된 일인지 깨달았고, 그녀의 눈동자에 복잡한 기색이 스쳤다. 그녀는 말을 하려다가 잠시 주저하며 우선 약방문을 자세히 살펴봤다. 마침내 그녀가 대답했다.

"모두 다 아무 영향도 없어."

"좀 자세히 봐."

한운석은 환자를 아주 신중하게 대했지만, 자신에게는 더욱 신중했다.

"확실해!"

목령아는 이런 일에 있어 틀림이 없었다.

한운석은 가볍게 한숨을 내쉬고 더 말하지 않았지만, 목령아는 그녀 앞에 앉아서 의심 가득한 표정으로 그녀를 살폈다.

"뭘 보는 거야?"

한운석이 물었다.

목령아가 말없이 그녀의 손을 잡고 진맥을 하려 하자, 한운석이 바로 피했다.

"아직 아니야."

"언니!"

목령아는 속이 탔다.

"지금 이런 시기에 아이를 가지겠다고?"

"장로회에 일이 있어서, 먼저 갈게."

한운석은 화제를 피하면서 나가려 했지만 목령아는 보내 주지 않았다.

"언니, 우리 이 일에 대해서 이야기 좀 해."

한운석은 여전히 이야기하지 않고 목령아를 밀치며 가려고 했다.

"언니, 어쨌든 난 언니 친정 사람이야. 우리 이야기 좀 해."

목령아는 그녀의 바퀴 달린 의자를 꽉 붙들었다. 이렇게 심각한 말투는 처음이었다.

친정 사람?

한운석은 가슴이 철렁했고, 마침내 한 발 물러섰다.

"언니, 두 사람은 백언청과 싸움을 앞두고 있고, 앞으로 어떤 위험이 닥칠지 몰라. 동진과 서진의 원한을 어떻게 해결해야 할지 아직 모르잖아?"

목령아는 담담하게 말했다.

"영정이 어떤지 언니도 봤잖아. 임신한 지 넉 달이나 되었는데도 몰래 숨겨야 해. 설마 언니도 영정처럼 그러고 싶어?"

"용비야는 당리와 달라."
한운석이 반박했다.
"언니도 영정과 달라!"
목령아가 흥분해서 말했다. 그녀의 마음속에 한운석은 영원히 이성적이고 성숙한 여자였다.
"언니, 영정은 언니와 용비야 두 사람이 삼도 암시장을 떠나면 그녀도 떠날 거라고 했어. 영정은 숨어서 몸조리하며 아이를 낳을 수 있어. 언니는 그럴 수 있어?"
목령아가 물었다.
"언니, 용비야는 당장 언니를 데리고 천산으로 돌아가서 치료받게 할 수 있어. 하지만 언니는 그럴 수 있어?"
목령아가 쉬지 않고 또 물었다.
한운석이 그럴 수 있었다면, 그녀와 용비야의 오해가 풀린 후 바로 숨어 버렸을 것이었다. 서진의 공주는 이 세상에서 진작 사라졌을 것이었다.
그럼 그 오랜 세월 버텨 왔던 적족이 얼마나 절망했을까?
당시 용비야도 홧김에 그녀에게 신분을 숨긴 채 자기 곁에 남으라고 하지 않았던가?
한운석은 침묵했다. '지금이 때가 아니다'라는 사실은 목령아보다 그녀가 더 잘 알았다. 하지만 그녀의 머릿속에는 자꾸만 용비야의 쓸쓸한 눈빛이 떠올랐다.

금 집사의 위협

한운석은 늘 흔들리지 않는 사람이었다. 하지만 용비야의 말 한마디, 행동 하나에 그녀의 마음이 흔들렸다. 용비야처럼 그렇게 차가운 사람이 그토록 아이를 기대한다는 사실은 온 세상에서 그녀만 알았다.

그는 아주 높은 지위를 가졌고 가공할 만한 부자인 데다가 원하는 것은 무엇이든 손에 넣을 수 있으니, 그녀가 줄 수 있는 건 정말 많지 않았다.

한운석이 말이 없자 목령아가 나무라기 시작했다.

"다리도 다 낫지 않았고, 요 며칠 너무 바빠서 삼시 세끼도 제대로 챙기지 못했으면서 무슨 아이를 갖겠다는 거야? 정말 그렇게 낳고 싶으면, 빨리 그 백 씨를 해결해! 동진과 서진의 원한을 해결하라고! 그다음에는 몇 명을 낳든 마음대로 해!"

"……."

한운석이 말이 없자 목령아가 또 물었다.

"언니가 임신해서 열 달 동안 버틸 수 있다고 쳐도, 아이가 나온 후에는 어쩔 건데?"

어쩌면, 열 달 후에 동진과 서진이 화해하고 태평천하를 이루어 용비야가 그녀와 함께 단란한 가족의 행복을 누릴 수 있을지도 몰랐다.

하지만 어쩌면, 열 달까지 기다릴 필요도 없이 조만간 동진과 서진 간에 전쟁이 일어날 수도 있었다. 모든 것이 예측 불가였다.

그럼 아이는 어쩐단 말인가? 계속 도망 다니며 숨겨야 할까, 아니면 뭇사람의 공격 대상이 될까. 그것도 아니면 양측에서 서로 빼앗으려는 목표물이 될까?

"언니 자신도 무공을 할 줄 몰라 늘 용비야를 번거롭게 하잖아. 그런데 아이가 생긴 후에 용비야를 번거롭게 하지 않을 자신이 있어? 그 사람이 짊어진 책임은 아주 무겁단 말이야."

목령아는 할 수 있는 말을 다 했다. 하지만 한운석은 여전히 침묵했다.

목령아는 겉으로는 충동적이고 경솔한 것처럼 보이나 사실 누구보다도 영리했다. 만약 영리하지 못했다면, 고칠소에게 괴롭힘을 당하다가 죽었을지도 몰랐다.

목령아는 자신이 한 말들이 한운석도 다 아는 이야기라는 것을 알았다. 한운석을 설득하기란 쉽지 않았다. 그녀는 잠시 망설였다가 마지막으로 말했다.

"언니, 우린 둘 다 어머니가 없어. 그게 어떤 건지 잘 알잖아."

그 말은 마치 칼날처럼 한운석의 마음을 도려냈다.

그녀가 어디 어머니만 없겠는가. 아버지조차 없는데! 어려서부터 지금까지 안정된 생활과 함께할 동반자를 갈망해 왔다. 이리저리 떠돌아다니며 도움받을 곳 하나 없는 고독함의 쓴맛을 봐 왔기에, 아이에게는 가장 좋은 것들을 주고 싶었다.

책임을 다하는 것은 아이를 가진 순간부터가 아니라, 생명을 잉태하기로 결정하는 그 순간부터 시작되었다.

한운석은 여전히 말이 없었다. 그녀는 두 눈을 내리깔고 바퀴 달린 의자를 끌면서 천천히 밖으로 나갔다.

목령아는 쫓아가지 않았다. 점점 멀어지는 한운석의 뒷모습을 보면서, 목령아의 마음이 이유 없이 아파 왔다.

한운석, 대체 어떤 결정을 내린 거야?

한운석은 영정의 원락에서 나온 후 바로 장로회 쪽으로 갔다. 얼굴에 피곤한 기색이 역력했지만, 눈빛은 맑고 확고했으며, 날카롭고 생기가 넘쳤다. 마치 모든 걱정과 갈등이 한 번도 없었던 것 같았다.

"오장로, 강건 전장에서 보낸 사람이 비밀 협의를 체결하러 올 텐데, 그때 자네가 만상궁을 대표해서 협의서에 서명해 주게. 오늘 밤에 잘 준비해 두었다가, 내일 아침이 되면 바로 소식을 발표하게. 그리고 경매장 쪽에 말해서 좋은 물건을 준비하고 내일 개장 후 분위기를 잘 띄우라고 하게."

한운석이 진지하게 당부했다.

"공주께서는 멀리 외출하실 계획이십니까?"

대장로가 궁금해하며 물었다.

"음. 도박장 쪽 일을 더는 미룰 수 없네. 정 숙부 말이 맞아. 만일 동래궁이 선수를 치면 우리 쪽이 곤란해지네! 정 숙부와 함께 가려는데, 자네도 함께 가세. 가격 이야기가 잘되면 오늘 아예 이 일을 처리하세!"

한운석이 말했다.

"이 오억이라는 가격이 참으로……."

대장로는 여전히 돈이 아까웠다.

내내 아무 말 없이 잠잠하던 정 숙부가 바로 입을 열었다.

"대장로, 계속 망설여진다면 그냥 가지 않는 게 좋겠습니다. 동래궁이 사게 하고, 나중에 후회하시죠!"

대장로는 그를 한 번 보고는 말이 없었다.

정 숙부가 또 말했다.

"영 족장께서 계셨다면, 절대 그리 오래 망설이지 않으셨을 겁니다!"

그 말에 모든 사람이 탄식하기 시작했다. 영승은 과감하기로 유명했으니 확실히 오래 망설이지 않았을 것이다. 족장인 영승이 있었다면, 장로회도 이렇게 큰 위험을 감수하지 않아도 되었다.

"영 족장께서 안 계시지만 공주께서 계십니다! 이 일은 공주께서 결정하셔도 똑같습니다!"

오장로의 이 말에 대장로는 더욱 할 말이 없었다.

한운석도 그리 많은 말을 하지 않았다. 그녀는 정 숙부, 대장로와 시간을 정한 후에 방으로 돌아가 잠을 보충했다.

모든 준비를 마친 정 숙부는 아직 시간이 이른 것을 보고 경매장 쪽에 가 보려 했다. 그런데 그가 만상궁에서 나오자마자 누군가가 뒤에서 그의 목을 졸랐다.

"누구냐?"

정 숙부가 반격하려는 순간, 뒤에 있는 사람이 차갑게 경고했다.

"정 숙부, 어디 한번 공격해 보시지? 그럼 당장 한운석에게 가서 당신이 날 찾아왔었다고 말하겠다!"

"아금!"

정 숙부는 크게 놀랐다. 도박장 일로 바빠서 이 녀석을 깜박하고 있었다. 정 숙부가 낮은 목소리로 말했다.

"한운석이 널 믿어 줄 거라 생각하느냐?"

"당연히 날 믿지 않겠지. 하지만 내 수중에 있는 그 세 명의 심부름꾼은 믿을 거다!"

금 집사는 고개를 숙이고 있어 흐트러진 앞머리가 그의 눈을 가렸다. 그의 눈빛은 보이지 않았지만, 정 숙부는 살짝 올라간 그의 입꼬리는 볼 수 있었다. 아주 차갑고 음흉했다.

"한운석이 그 세 심부름꾼을 꽤 오랫동안 찾고 있지."

정 숙부는 결국 흠칫 놀라고 말았다. 그 세 심부름꾼은 바로 그가 도박장을 부수라고 보낸 자들이었다! 그들에게 돈을 주고 삼도 암시장을 떠나라고 했는데? 어떻게 금 집사에게 잡혔지?

"아금, 날 놔다오. 지금 당장 가서 네 매신계를 꺼내 주겠다."

정 숙부가 진지하게 말했다.

금 집사는 하하 소리를 내며 크게 웃기 시작했다.

"매신계? 그걸로 뭘 하라고? 잘 들어라, 만상궁이 강건 전장에 진 내 빚을 갚아 주지 않으면, 너와 나 사이의 일은 끝나지 않는다!"

정 숙부가 어디서 삼억이 넘는 돈이 나서 그의 빚을 갚아 주겠는가? 금 집사는 정 숙부를 잘 알았다. 그는 정 숙부가 한운석과 장로회를 설득해서 그의 빚을 갚아 주게 하려 했다.

하지만 정 숙부는 한운석이 절대 금 집사의 빚을 갚아 주지 않을 것을 알았다.

정 숙부 역시 금 집사를 너무 잘 알았다. 금 집사는 겉으로는 차분해 보여도 실제로는 음험하기 짝이 없는 자였다. 이 일을 제대로 처리하지 않으면 앞으로 영원히 편안할 수 없을 것이었다.

정 숙부는 잠시 망설이다가 낮은 목소리로 말했다.

"내게 이틀 정도 시간을 다오. 어딜 좀 다녀온 후에 갚아 주겠다."

금 집사가 냉소를 짓기 시작했다.

"정 숙부, 나가서 돈이라도 찾아오려는 게냐?"

"한운석과 대장로가 정원 두 곳을 사러 가는데, 내게 큰돈을 손에 넣을 방법이 있다. 이억 오천만 냥 정도 되는데, 거기에 내가 모아 둔 돈까지 합치면 네 빚을 갚기에 충분할 거다."

정 숙부가 진지하게 말했다.

"내가 무슨 근거로 당신을 믿지?"

금 집사가 반문했다.

"날 믿지 않아도 좋다. 네가 지금 한운석을 찾아가면 나도 좋은 결과를 얻지 못하겠지만, 너도…… 마찬가지다!"

정 숙부가 차갑게 말했다.

금 집사는 잠시 망설였다가 마침내 정 숙부를 놓아주었다. 그는 정 숙부가 도망칠까 두려워하지 않고 한번 믿어 보기로 했다.

금 집사가 말했다.

"좋다. 우선 빚부터 갚고, 매신계 일은 그 후에 다시 이야기하자!"

정 숙부는 고개를 끄덕였지만, 눈가에는 차가운 눈빛이 번뜩였다. 그가 세 심부름꾼을 손에 넣은 후에도 과연 금 집사를 봐줄까?

만상궁 세력권에서 행패를 부리다니. 이 녀석, 살고 싶지 않은 게로군!

한운석은 반 시진 정도만 잠을 보충했다. 그러고는 과감하게 일어나 세수로 정신을 차린 후 바로 출발했다.

정 숙부와 정원 주인 가대는 삼도 암시장에서 가까운 남결원에서 만나기로 약속했다. 이들은 한 시진도 안 되어 목적지에 도착했다.

남결원의 옆문으로 들어가서 시종들이 든 가마를 타고 꽤 오래 걸은 후에야 한 원락에 도착할 수 있었다. 원락에는 아주 으리으리한 누각 하나가 있었는데, 가대가 그 누각 아래에서 이들을 맞이했다.

이 가대라는 사람은 쉰 살 정도 되어 보였고, 희끗희끗한 턱

수염이 나 있었다. 검은색 두루마기 차림에 조용하고 침착한 모습이 딱 봐도 내력이 평범치 않음을 알 수 있었다.

"가 어르신, 이분이 우리 집 주인이신 한韓 부인입니다."

정 숙부는 한운석만 소개했다. 대장로는 하인으로 분장했다.

가대는 얼굴에 미소를 띠고 읍을 하며 몇 마디 인사말을 나눈 뒤 누각 위로 이들을 청했다. 차 마시는 자리에 앉았을 때, 가대는 기회를 살피다가 살며시 무릎 대신 손가락 두 개로 한운석을 향해 꿇는 동작을 보인 후 말했다.

"한 부인, 차 대접이 변변치 못한 것을 양해해 주십시오."

"가 어르신, 별말씀을요."

한운석이 예의 바르게 대답하며 자신이 다 알고 있음을 나타냈다.

차를 몇 잔 마신 후 정 숙부가 입을 뗐다.

"가 어르신, 지난번 말씀하신 가격을 우리 주인께서 허락하셨습니다. 오늘 당장……."

정 숙부의 말이 끝나지도 않았는데 가대가 말을 끊고 나섰다.

"이런, 그 가격이……. 아이고, 솔직히 말씀드리면 한발 늦으셨소."

"어째서지요?"

한운석은 초조한 척 연기했지만, 대장로는 정말 초조했다.

"오늘 아침 누가 와서 계약금을 걸고 갔소. 솔직히 말씀드리면, 그 구매자는 아주 호기가 넘쳐서 단번에 육억 냥을 제시했다오. 두 정원을 다 사겠다면서 말이오."

가대는 웃으며 말했다.

"육억?"

대장로는 참지 못하고 소리 냈다.

정 숙부는 계속해서 가대에게 눈짓을 보냈다. 마침내 돌아본 가대가 탁자 아래에서 그의 발을 꾹 밟았다.

정 숙부는 바로 어찌 된 일인지 깨달았다. 이 가대는 한운석을 시험해서 가격을 더 올리려는 게 분명했다. 그런 생각이 들자 정 숙부는 자신이 어떻게 해야 할지 알았다.

그가 물었다.

"가 어르신, 이런 도리가 어딨습니까! 오억으로 약속하지 않으셨습니까."

"정 선생, 지난번 내가 우리 정원 두 곳을 마음에 들어 한 사람이 이미 있다고 하지 않았소. 그때 계약금을 걸지 않았으니 내 탓을 할 수 없지요!"

가대는 당당하게 말했다.

대장로는 한운석을 바라봤다. 애가 탈 게 분명했다.

육억이나 낼 수 있는 세력은 동래궁뿐이었다. 동래궁이 이렇게 과감하게 나섰다는 것은, 이 두 정원이 확실히 가치가 있다는 뜻이었다! 만약 동래궁이 정말 이곳에 도박장을 열면, 정 숙부의 말대로 만상궁은 앞으로 도박장을 할 생각을 하지 말아야 했다.

"가 어르신, 그럼 그쪽에서 계약금을 얼마나 걸었습니까?"

한운석이 입을 열었다.

가대는 손가락 하나를 들어 올렸다. 일억이 분명했다. 이런 거액의 거래 계약금이 천만일 리는 없었다.

"일억이라……."

한운석은 생각에 잠겼다가 낮은 목소리로 대장로에게 물었다.

"어찌 생각하는가?"

대장로는 망설이며 결정을 내리지 못했다.

전에는 그저 동래궁이 살 수도 있다고 추측했지만, 지금은 동래궁에서 정말 사려고 하니, 이 두 장소의 중요성을 다시 생각해 볼 수밖에 없었다. 하지만 이 가격은 그의 예상을 뛰어넘을 정도로 너무 비쌌다.

대장로가 미적대며 말이 없자 정 숙부가 얼른 그를 한쪽으로 끌고 가서 설득했다. 정 숙부는 어쩔 수 없이 영승을 내세워 대장로를 압박했다.

정 숙부의 본래 의도는 한운석을 괴롭히는 데 있었다. 사실 한운석이 장소를 찾아내지 못하면 이런 부당한 돈이야 안 벌어도 괜찮았다.

하지만 지금은 금 집사에게 위협받는 상황이라, 반드시 이 돈을 손에 넣어 금 집사의 빚을 갚아 주어야 했다. 그렇지 않으면 목숨이 위태로웠다.

정 숙부의 권고에 대장로가 정말 설득되었다. 물론 대장로는 여전히 한운석의 의견을 존중했다.

그가 낮은 목소리로 말했다.

"모든 것은 공주의 결정에 따르겠습니다."

정 숙부를 흘끗 본 한운석의 눈빛이 어두워졌다. 그녀가 말했다.

"가 어르신, 우리는 칠억을 내겠으니 한번 생각해 보시지요! 위약 배상금을 생각해도 더 많이 버는 겁니다."

한운석이 칠억을 제시하자 가대는 겉으로는 아주 놀란 표정을 지었지만 속으로는 아주 담담했다. 용비야가 이미 사람을 보내 이 금액을 알려 주었기 때문이었다.

반대로 대장로는 겉으로는 아주 평온해 보였지만, 속마음은 요동치고 있었다. 만상궁에서 이 금액을 지불할 수는 있으나 위험 부담이 너무 컸다. 만약 정 숙부가 영승 이야기를 꺼내지 않았다면 절대 허락하지 않았을 것이었다.

"한 부인이 이렇게 엄청난 가격을 제시하신 걸 보니 이 두 정원이 아주 마음에 드셨나 봅니다. 그럼 이 늙은이가 신의를 저버릴 수밖에요."

가대는 분명 잇속을 챙긴 상황인데도 일부러 탄식하는 척했다. 대장로는 속이 부글부글 끓었지만 겉으로 내색하지 않고 담담하게 말했다.

"기왕 이렇게 되었으니, 가 어르신께서 땅문서를 부인께 확인시켜 주시지요."

대장로는 가대가 사기 치지 않게 조심해야 했다! 이미 구매하기로 결정한 이상 땅문서를 손에 넣어 뜻밖의 사고를 막아야 했다.

게다가 도박장을 다시 여는 일도 급했다. 암시장 도박꾼들이

다 흩어지기 전에 사람들을 끌어모아야 했다. 더 지체했다간 또 온갖 비용을 들여 도박꾼들을 모아야 하기 때문이었다.

가대는 곧 땅문서를 갖고 와서 한운석에게 보여 주었다. 틀림없었다.

가대가 떠보듯이 물었다.

"한 부인, 이 땅문서에 문제가 없다면 그럼……."

말이 끝나기도 전에 대장로가 끊고 나섰다.

"가 어르신, 칠억은 결코 적은 금액이 아닙니다. 우선 절반을 선불로 내고 나머지는 다시 시간을 정해 지불하면 어떨까요?"

대장로가 듣기 좋게 말했지만, 사실 요약하자면 '외상'을 지겠다는 말이었다.

가대는 바로 얼굴이 어두워지더니, 한운석 손에 있는 땅문서를 도로 가져가며 차갑게 말했다.

"나는 절대 외상 거래를 하지 않소이다!"

대장로는 얼굴이 붉으락푸르락했다. 민망하면서도 화가 났다. 운공상인협회에서든 만상궁에서든 언제 이런 말을 들은 적이 있던가? 정말 치욕스러웠다!

대장로는 갑자기 범이 평지에 오니 개에게 모욕을 받는 것 같은 굴욕감을 느꼈다. 그가 입을 떼기 전에 정 숙부가 기분 나빠하며 말했다.

"가 어르신, 무슨 뜻입니까? 우리에게 낼 돈이 없을까 봐 그러십니까?"

정 숙부의 말에 한운석은 말을 하려다가 입을 다물었다. 정 숙부가 그녀보다 더 조급해할 줄 몰랐다! 생각해 보면 그도 그럴 것이, 돈을 챙겨야 하는 정 숙부 입장에서는 당연히 전액 거래를 성사시키는 데 최선을 다해야 했다.

한운석은 순간 차가워진 눈빛으로 담담하게 바라봤다.

"낼 돈이 없는 게 아니면 왜 절반만 선불로 낸단 말이오?"

가대는 비웃는 어조로 일부러 한운석을 보며 말했다.

"한 부인이 아주 통이 큰 분인 줄 알았더니……. 허허, 절반만 낼 생각이라면 미안하게 됐습니다! 다들 돌아가시지요."

"가 어르신, 오해십니다!"

대장로는 참지 못하고 말했다.

"제 말은 절반을 먼저 지불하여 이 거래를 확정하겠다는 뜻입니다. 오늘과 내일에 걸쳐 우리 집안 부인께서 직접 두 정원을 다녀 보시고, 큰 문제가 없다면 남은 절반도 지불하겠습니다."

대장로의 이 말은 그와 한운석을 궁지에서 벗어나게 했고, 동시에 전액을 지불하겠다는 뜻을 표하기도 했다.

가대는 바로 원래의 친절한 표정으로 돌아왔다.

"그렇다면 문제없습니다! 계약금을 먼저 지불할 필요도 없습니다. 이 늙은이가 지금 바로 여러분을 모시고 두 정원을 다니겠습니다."

한운석은 낮은 소리로 대장로에게 말했다.

"이럴 수밖에 없겠네. 사람을 보내 돈을 준비하라고 이르게. 우리는 정원을 좀 둘러보지. 돌아가면 어떻게 개조할지도 의논

해야 하지 않나. 방금 올 때 보니 많이 바꾸지 않아도 되겠더군."

대장로는 아주 유감스러웠고, 일이 너무 빠르게 진행되어 좀 당황스러웠다. 하지만 빨리 움직이지 않고 선수를 뺏기면 상황을 역전시키기 어려웠다.

"소신도 방금 자세히 보았습니다. 지나면서 보신 그 원락들은 개조할 필요가 없습니다. 도박장 물건만 다 옮겨 오면 바로 사용할 수 있습니다."

대장로가 작게 말했다.

"그럼 됐네. 이 정원은 워낙 크니까 앞에 있는 원락 몇 개부터 사용해도 괜찮아. 개조에 관해서는 천천히 이야기하지."

한운석이 작은 소리로 말했다.

대장로도 그 마음이었다. 그는 무엇보다도 이런 장사 기회를 놓치고 싶지 않았다.

이렇게 한운석 일행이 가대와 하인들의 안내를 받으며 남결원을 다 둘러보니 어느덧 밤이 되어 있었다. 남결원의 실제 구성은 도면에서 본 것보다 훨씬 많았다. 개조할 곳은 아주 적었고, 한다고 해도 소규모였다.

대장로는 계속 엄청난 흠집을 찾아내 가대와 흥정을 할 수 있기를 기대했다. 하지만 안타깝게도 이 정원은 아주 관리가 잘 되어 있어 그럴 기회는 전혀 없었다.

저녁 식사를 마친 후, 가대는 아주 친절하게 남결원에 묵었다가 내일 서옥원으로 출발하라고 권했다. 남결원에서 서옥원까지는 빨라도 반나절 정도는 걸렸다.

"공주, 그러시지요. 만상궁에 돌아가게 되면 내일 두 시진은 더 가야 합니다."

대장로가 권했다.

한운석은 잠시 망설이다가 대답했다.

"만상궁에 돌아가지도, 이곳에 묵지도 않겠네. 정 숙부, 가 어르신에게 가서 전하게. 우리는 시간이 촉박하니 오늘 밤 밤새도록 달려 서옥원으로 가겠네. 내일 서옥원에서 잠시 쉰 후 바로 정원을 돌아보도록 하지."

"공주, 몸을 생각하셔야지요!"

대장로가 친절하게 권했다.

"괜찮네. 난 마차에서도 잘 수 있어."

한운석은 의견을 굽히지 않았다. 용비야의 그 쓸쓸한 눈동자 때문에 더는 지체하고 싶지 않았다. 당장에라도 백언청을 찾아가 결판을 내고 싶었다.

정 숙부도 초조했다. 금 집사를 죽여 입을 막지 못하는 날이 하루하루 늘어날수록 그는 불안해졌다. 그는 바로 가대를 찾아가서 말을 전했고, 가대는 동의하며 바로 마차를 준비하러 갔다.

그런데 그가 모든 준비를 마치자 갑자기 서동림이 나타났다.

"가 어르신, 오랜만입니다."

서동림이 검을 안고 벽에 기대고 있었다.

가대는 너무도 뜻밖이었다.

"전하도 오셨나?"

"전하는 아직 암시장 쪽에 계십니다. 저는 말씀드릴 것이 있어 왔습니다. 공주는 전하의 마차에 익숙하기 때문에 아주 편안한 마차를 준비하셔야 합니다. 만약 공주가 넘어지시기라도 하면…….”

서동림이 말을 다 맺기도 전에 가대가 연신 고개를 끄덕였다.

“알겠네! 서옥원 쪽에는 이미 공주께 명월루 방을 준비하라고 분부해 두었네.”

서동림은 그제야 만족해하며 은밀히 떠났다.

이렇게 한운석 일행은 밤새 서옥원을 향해 달렸고, 용비야는 동래궁에서 초천은을 만났다.

“갖은 애를 써서 그 매가 길을 안내하게 만들었지만, 도착했을 때 이미 사람은 보이지 않았다.”

초천은이 담담하게 말했다.

최근 그는 시국도 상관하지 않고, 서주국 황제의 군대 이동조차 신경 쓰지 않으면서 고북월 찾기에 몰두했다.

초천은은 전에 고북월의 서신을 전달했던 매를 잡아 두었다. 누가 기른 매인지는 그도 알지 못했다. 그는 온갖 방법을 써 보고 짐승 말에 통달한 사람까지 찾아낸 끝에 며칠 전, 드디어 그 매가 길을 안내하게 만드는 데 성공했다. 그러나 그 산골짜기를 찾아냈을 때, 그곳에 있는 원락은 이미 텅 비어 있었다.

“언제 떠났는지 알 수 있겠느냐?”

용비야가 물었다.

“적어도 한 달은 되었다. 장소를 바꾼 것 같다.”

초천은이 진지하게 말했다.

용비야도 초천은에게 흑루에서의 상황을 숨김없이 말해 주었다. 이야기를 들으면서 초천은은 눈살을 찌푸렸다.

"그렇다면 백언청이 삼도 암시장 부근에 있을 가능성이 아주 크군?"

"이미 사람을 풀어 숨을 만한 곳들을 몰래 뒤지고 있지만, 아직도 소식은 없다."

용비야가 담담하게 말했다.

"영승의 일에 대해서 어떻게 생각하느냐?"

용비야가 물었다.

초천은은 영승을 아주 미워했다. 용비야가 이렇게 대놓고 물었음에도 그는 화제를 피했다.

"용비야, 우리 초씨 집안은 이미 동진과 서진의 일에 개입할 권리가 없고, 나도 흥미 없다! 난 그저 네가 약속을 지켜 초씨 집안 두 어른을 풀어 주기를 바랄 뿐이다."

초천은은 오히려 초연했다. 배신자인 초씨 집안은 확실히 서진 진영이라고 자처할 자격이 없었다. 또 동진 진영에서 진심으로 그들을 받아 주지 않을 것을 그도 잘 알았다.

초천은은 다만 고북월의 평안을, 그리고 아버지와 백부가 다시 자유를 얻을 수 있기만을 바랄 뿐이었다. 이것이 그가 초씨 집안을 위해 해 줄 수 있는 유일한 일이었다.

용비야는 초천은의 이런 태도가 아주 마음에 들었다. 그가 담담하게 말했다.

"서주국 강성황제가 최근 계속 군대를 이동시키고 있다던데, 네 병권을 거둬들일 계획인 것이냐?"

초천은이 코웃음을 쳤다.

"그럴 능력이 돼야 말이지!"

"좋다. 고북월 일은 우선 걱정하지 말고, 네 병사들을 잘 데리고 있어라. 네 아버지와 백부는 본 태자가 절대 박대하지 않겠다."

용비야가 담담하게 말했다.

"네 뜻은…… 정말 북려국과 전쟁을 벌이겠다는 것이냐?"

초천은은 궁금해하며 물었다.

"북려국이든 군역사든, 이 전쟁은 반드시 싸워야 한다! 동진과 서진 상관없이 말이다."

용비야가 차갑게 말했다.

현재 동진과 서진이 가장 큰 문제이긴 하지만, 그는 눈앞의 문제만 보고 있지 않았다. 그는 더 멀리 내다보며, 더 많은 것을 품었다. 북려국과 심지어 설산 다음의 동오까지, 그는 이 모든 것을 눈과 마음에 담았다.

그는 한 여자를 위해서 잠시 걸음을 늦추고 있을 뿐이었다.

초천은은 잠시 망설이다가 넌지시 물었다.

"용비야, 아버지를 만나고 싶다."

용비야는 눈을 치켜뜨고 가차 없이 대답했다.

"성공하기 전에는 영원히 두 노인을 만날 수 없다."

초천은은 무표정한 얼굴로 물러났지만 속으로는 스스로를

비웃었다.

방금 왜 그랬지? 용비야가 어떤 사람인지 어째서 잊고 있었을까. 그와 용비야가 협력하고는 있으나, 그렇다고 용비야가 그에게 자비를 베풀고 너그럽게 대해 준다는 뜻은 아니었다. 굴욕을 자초하다니!

용비야가 업무를 마쳤을 때는 이미 한밤중이었다. 목욕 후 만상궁에 돌아가려던 그는 그제야 비밀 시위의 보고가 생각났다. 한운석은 밤새 서옥원으로 달려가고 있기 때문에 오늘 밤 암시장에 없었다.

지금 서둘러 가더라도 해가 다 떴을 때쯤에나 따라잡을 수 있었다.

어젯밤 한운석이 서툴게 적극적으로 나서던 모습과 오늘 아침 피곤해하며 나른하게 침상에 엎드려 있던 모습을 떠올리니 용비야는 웃음을 금할 수 없었고, 그의 입가에 보기 좋은 호가 그려졌다.

잠이 오지 않아 원락으로 천천히 걸어가던 용비야는 원락에서 무술을 연마하고 있는 백리명향과 마주쳤다.

"전하."

백리명향은 서둘러 뒤로 물러나 허리를 굽히고 인사했다.

용비야는 '음.' 하는 소리만 내고 그녀 곁을 지나쳐 나가 버렸다.

방금 감히 그의 얼굴을 쳐다보지도 못했던 백리명향은 그제야 서둘러 고개를 들었다. 그의 뒷모습을 마음속 깊이 새겨 두고 싶었다.

용비야의 뒷모습이 사라진 후에야 그녀는 고개를 돌리고 손에 든 검을 더욱 꽉 쥐며 온 힘을 다해 훈련에 매진했다.

모든 사람이 백언청을 잡기 위해 준비하고 있는 이때, 백언청은 중상을 입은 몸을 이끌고 이리저리 숨어 다니다가 산골짜기에 도착했다.

독술에 정통하고 뛰어난 무공을 가진 그가 이렇게 숨어 다닐 필요는 없었다. 그러나 갖은 수를 써서 갈라놓으려 했던 한운석과 용비야가 지금까지 손을 잡고 있었다. 그와 맞먹는 독술을 가진 자와 그보다 뛰어난 무공 실력을 가진 자, 이 두 사람이 힘을 합친다면 그야말로 그의 천적이 될 터였다.

백언청은 그들과 직접 부딪칠 정도로 바보는 아니었다. 그는 원래 계획을 포기하고 고북월을 북려국으로 데려가기로 했다. 그러나 그가 집에 들어갔을 때…… 집 안은 온통 엉망진창이었고, 고북월은 보이지 않았다!

금침을 돌려다오

고북월이 사라졌다!

순간 눈빛이 싸늘하게 변한 백언청은 바로 밖으로 나가 미친 듯이 사람을 찾아 헤맸다.

고북월은 그가 쥐고 있는 가장 큰 패였고, 유일하게 용비야와 한운석에게 맞설 수 있는 비장의 무기였다. 용비야와 한운석 사이를 이간질할 수 없다면, 이제 남은 건 고북월뿐이었다!

그런데 고북월이 사라지다니! 어디로 간 거지?

용등곡은 외부와 모든 연락이 단절되다시피 한 은밀한 장소였다. 그런데 고북월이 어떻게 도망쳤지? 고북월은 심한 부상을 입었고 중독된 상태였다. 어떻게 주변에 매복하고 있는 독시위에게서 벗어나 달아날 수 있단 말인가?

게다가 왜 도망친단 말인가? 설마 뭔가를 알아챈 걸까?

"이리 오너라! 게 누구 없느냐!"

백언청은 원락 앞에서 큰 소리로 외쳤다. 하지만 안타깝게도 어떤 대답도 들을 수 없었다.

그는 도저히 믿을 수 없어 원락 밖으로 나와 사방을 다 뒤져보았다. 곧 원락 뒤편 대나무 숲에 시체들이 쌓여 있는 것을 발견했다. 모두 그의 독 시위들이었고, 전부 단칼에 목숨을 잃었다.

백언청은 어리둥절해졌다. 고북월은 절대 이렇게 많은 독 시위를 죽일 능력이 없었다. 그렇다면 누군가 몰래 들어와 그를 구출해 낸 게 틀림없었다.

누구지? 독 시위의 독을 피할 수 있다니? 또 이곳은 어떻게 찾아냈지?

분노의 불길이 활활 타올라 가슴 위로 솟구쳐 올랐다. 백언청은 갑자기 검을 홱 뽑아 들고는 주변에 있는 수많은 대나무를 베어 냈다.

속아서 흑루에 갔다가 허겁지겁 도망쳤고, 한운석과 용비야의 관계는 전혀 틀어지지 않았다. 이 두 가지만으로도 분노가 치밀어 오르는데, 고북월까지 사라질 줄은 몰랐다.

그렇게 오래 계획을 세웠고, 그토록 오래 참아 왔건만 대체 뭐가 잘못되어서 결과가 이렇게 됐지? 원래는 동진과 서진 사이에 큰 전쟁이 일어났어야 했고, 지금쯤 그는 앉아서 이 모든 상황을 구경하고 있어야 했다! 그런데 이렇게 딱한 지경으로 전락하다니!

백언청은 한바탕 분노를 쏟아 내자 좀 평정을 찾을 수 있었다. 그는 장검을 땅에 찌른 후 고개를 뒤로 젖히고 눈을 감았다. 나이가 느껴지는 미간 사이로 고통의 기색이 스쳐 갔다.

그는 결국 한운석과 용비야에게 패배한 것이었다.

어째서, 어째서 두 사람이 연합할 수 있지? 게다가 단순한 연합이 아니었다. 그 친밀한 모습은 누가 봐도 예전 감정 그대로였다!

어떻게, 어떻게 서로 어깨에 진 책임을 잊을 수 있지? 어떻게 나라와 집안의 원한을 잊을 수 있지?

어째서……, 어째서 그가 사랑한 여자는 그러지 못했을까? 그녀에게 진상을 말해 주고, 동진과 서진 사이는 오해였다고, 누군가 그 사이를 이간질했을 뿐이라고 말했는데도 어째서 그녀는 계속 믿지 않았을까? 어째서?

왜 그녀의 딸은 서진의 공주라는 신분을 무릅쓰고 동진의 태자와 결탁할 수 있는 거지?

왜 그녀는 풍족의 후예인 그를 받아들일 수 없었을까?

"목심!"

냉정함을 되찾았던 백언청은 과거 일을 떠올리자 다시 감정이 격해졌다.

"목심, 넌 날 저버렸다! 네가 날 저버렸어!"

그는 실성한 사람처럼 검을 휘둘러 주변을 마구 베며 미친 듯이 그 이름을 외쳤다.

"영원히 널 용서하지 않겠다, 목심! 네가 죽었어도! 그래도 널 용서하지 않아! ……목심, 눈 뜨고 똑바로 네 딸을 지켜보거라! 목심! 목심! 대체 왜 그런 것이냐! 왜? ……목심, 난 결국 네 딸에게 지고 말았다……."

대숲 전체를 난도질한 후 백언청은 장검을 내던지고 땅 위로 털썩 드러누웠다. 그는 눈을 뜨고 있었지만, 늘 날카롭던 눈동자는 초점을 잃은 듯 공허하기 그지없었다.

백언청이 용등곡에 숨어 있는 동안, 진실을 모르는 군역사는 지금까지도 사방으로 그의 행방을 찾고 있었다. 그리고 이때, 백옥교와 흑루의 독 시위 기가는 이미 영승과 소소옥을 북려국의 천하성으로 데려가고 있었다.

백옥교는 기가에게 자신은 영승과 할 말이 있으니 우선 소소옥을 데리고 병영에 가서 군역사를 찾으라고 분부했다.

영승은 투조한 가면을 써서 오른쪽 얼굴 윗부분, 그의 실명한 눈을 가렸다. 은 재질로 된 이 가면은 아주 정교하여 반쪽만 펼쳐진 봉황 날개의 깃 같았다.

백옥교는 영승을 납치해 오면서 그의 자유를 전혀 제한하지 않았다. 하지만 영승은 그녀를 떠날 수 없었다. 백옥교는 그의 눈 속 독을 풀어 준 후 다른 기묘한 독을 썼는데, 하루라도 해약을 먹지 않으면 영승은 죽을 때까지 온몸이 불에 타는 것처럼 고통에 시달려야 했기 때문이었다.

물론 영승이 떠나지 않은 진짜 이유가 독 때문은 아니었다. 그가 계속 백옥교를 따라온 또 다른 이유는 바로 백옥교가 그를 군역사에게 데려가고 있었기 때문이었다.

백옥교의 말에 따르면, 백언청이 지난 1년간 저지른 모든 행동을 군역사는 하나도 모르고 있었다. 백옥교는 군역사가 자기 말을 믿지 않을까 두려워 영승을 증인으로 데려가는 것이었다. 그녀는 영승이 증언만 해 준다면 바로 해약을 주겠다고 약속했다.

지금 두 사람은 천하성에 있는 한 찻집 객실에서 난간에 기댄 채 앉아 있었다.

영승은 술을 좋아했지 차를 마시는 데는 익숙하지 않아 계속 가만히 있었고, 백옥교는 천천히 차를 음미하며 즐기고 있었다.

영승이 창밖을 바라보자 그녀는 몰래 영승의 봉황 깃 모양의 가면을 살펴보았다. 그 가면은 영승이 직접 그림을 그려 그녀에게 만들어 오라고 한 것이었다.

"저기, 한운석 등에 있는 봉황 깃 모양의 모반이 이렇게 생겼지? 너도 본 적이 있어?"

백옥교가 오랫동안 궁금했던 부분이었다.

영승은 고개도 돌리지 않았지만, 눈빛이 어두워졌다.

"날 언제 군역사에게 데려갈 거냐?"

정말이지 백언청과 군역사의 관계는 너무도 예상 밖이었다. 이 스승과 제자 간에 비집고 들어갈 틈이 있다면, 적족에게는 엄청난 기회일 수 있었다!

"영승, 넌 진짜 한운석을 좋아하는구나! 한운석이 눈도 멀게 했는데 뭐가 그렇게 좋아?"

백옥교는 궁금해하며 물었다.

탁자 위에 손을 올리고 있던 영승은 천천히 주먹을 쥐었다.

백옥교는 이전에는 그가 무서웠지만, 지금은 무섭지 않았다. 어쨌든 영승은 아직도 그녀의 독에 제약을 받고 있었다. 영승이 돌아가서 한운석에게 해독해 달라고 부탁할 리도 없거니와 돌아가기엔 늦었다.

또 영승이 그녀의 사형과 협력하는 데 관심이 있을 거라고 생각했다!

백옥교는 주먹을 꽉 쥔 영승의 손을 흘끗 본 후 계속 웃으면서 말했다.

"서진 황족의 부마 자리를 생각하는 건 아니겠지? 후후, 나중에 한운석이 여제의 자리에 오르면, 적족의 족장이자 영 대장군인 너야말로 아주 걸맞은 배필이긴 하지. 영승……."

백옥교의 말이 다 끝나기도 전에 영승이 갑자기 그녀의 멱살을 틀어쥐었다. 백옥교는 그대로 탁자 위에 엎어졌고, 위에 있던 다구들은 바닥에 우르르 떨어졌다.

"마지막으로 경고한다. 내 앞에서 다시는 '한운석', 이 세 글자를 꺼내지 마라. 안 그러면 진짜 눈에 뵈는 게 없다는 게 어떤 건지 깨닫게 해 줄 테니까!"

영승이 차갑게 경고했다.

"영승, 날 놔주지 않으면 오늘 절대 네게 해약을 주지 않겠어!"

백옥교가 노한 목소리로 말했다.

그러자 영승이 코웃음 쳤다.

"후후, 본 족장은 군역사가 아주 기꺼이 해독해 줄 거라고 믿는다!"

그는 말을 마친 후 백옥교를 내던져 버리고 일어나 가려고 했다. 그러자 백옥교가 서둘러 막았다.

"영승, 넌 사형과 사부가 어떤 관계인지 몰라!"

"너는 아느냐?"

영승이 반문했다.

"물론이지. 날 믿어 준다면, 다 말해 줄 수 있어!"

백옥교가 급하게 말했다. 영승이 크게 웃기 시작했다.

"무슨 근거로 널 믿겠느냐?"

"전에 네가 한 약속을 지킨다면, 반드시 사실을 말해 줄게."

백옥교가 웃기 시작했다.

그녀는 내내 영승이 약속했던 그 돈을 생각하고 있었다! 아직 받지 못한 금액이 있었다. 그 돈을 손에 넣으면 사형은 더 기뻐할 게 분명했다.

영승이 냉소를 지으며 말했다.

"터무니없는 소리!"

백옥교가 화를 내며 말했다.

"영승, 네가 날 속인 것에 대해서도 난 뭐라고 하지 않았어. 그런데 넌 지금 돈을 떼먹겠다는 거야?"

"백언청은 네가 아니라 한운석이 유인했다! 본 족장이 네게 돈을 갚으라고 하지 않은 것만 해도 감지덕지해야지!"

영승은 정말이지 이런 어린 계집애와 쓸데없는 말을 섞고 싶지 않았다. 천하성까지 왔으니, 이곳에서 백옥교와 쓸데없는 말을 할 게 아니라 차라리 군역사를 찾아가는 게 나을 듯했다.

어쩔 수 없이 백옥교는 또 한 번 그를 막았다.

"좋아. 그 돈은 됐으니, 우선 사형과 사부의 이야기를 들어 봐. 듣고 나서 가도 늦지 않아."

"왜 내게 이렇게 많이 말해 주려는 거냐?"

영승은 정말 궁금했다.

"사형이 사부에게서 벗어나서 다시 속지 않았으면 하니까! 바보처럼 사부에게 이리저리 휘둘리면서도 아버지처럼 존경하는 게 싫기 때문이야!"

백옥교는 진지하게 말했다.

"영승, 네가 사형을 잘 설득해서 두 사람이 손잡고 협력하면, 북려국 황족과 맞서든 용비야를 상대하든 모두 승산이 있어. 한운석은 단념해!"

백옥교는 목소리를 낮추며 진지하게 말했다.

"그렇게 온 힘을 다해 그 여자에게 충성하는 것보다 차라리 직접 강산을 차지하고 그녀를 굴복시키는 게 나아! 한운석 같은 여자는 용비야 같은 남자라야 눈에 들어와. 어떻게 너 같은 종을 마음에 들어 하겠어?"

영승은 천천히 백옥교에게서 떨어졌다. 그는 백옥교를 아주 의미심장한 눈빛으로 쳐다봤다.

"잘 들어. 내 사형이 줄곧 북려국 황제에게 제약을 받으면서도 반항하지 않은 것은 계속 사부를 기다리고 있었기 때문이야."

백옥교는 오는 동안 이리저리 숨어 다녔다. 하지만 북려국 경내로 들어오자 바로 이곳저곳에서 북려국 상황에 대해 알아보고는 군역사의 처지와 북려국의 현재 형세를 정확하게 파악했다. 또 용비야와 영승이 북려국 황제 쪽을 이간질하기 위해 적잖이 애쓰고 있음도 짐작했다.

그녀가 냉소를 지으며 말했다.

"후후, 사형이 군사를 움직이지 않고 있으니, 용비야는 분명 북려국에서의 사형 세력을 얕잡아 보고 있을 거야."

그 말을 듣자 영승의 눈이 반짝였다. 백옥교는 아주 정확하게 분석했다. 용비야는 군역사와 백언청, 이 두 사제의 미묘한 관계를 예상하지 못했을 게 분명했다. 그렇다면 군역사는 정말 군사를 잠시 움직이지 않는 것일 뿐, 북려국 황제에게 진짜로 제약을 받고 있는 건 아닐 가능성이 컸다.

한쪽 눈의 시력을 잃은 후 영승의 왼쪽 눈은 더 칠흑처럼 어두워진 듯했고, 속내는 더욱 깊이 숨겨져 드러나지 않았다. 이 일을 대체 어떻게 생각하는지, 백옥교의 충고에 대해서는 어떤 입장인지는 오직 그 자신만 알았다.

백옥교는 영승의 눈을 바라보면서 인정할 수밖에 없었다. 이 남자는 한쪽 눈이 멀어도 여전히 기개가 넘쳤고, 존귀하면서도 도도했으며, 누구보다도 멋있었다.

"영 족장, 잘 생각해 봐."

백옥교는 기다려 줄 수 있었고, 자신도 있었다.

영승은 자리에 앉더니 담담하게 말했다.

"말해라, 본 족장이 주의 깊게 듣겠다!"

백옥교는 어린 시절 이야기부터 시작했다. 기억이 나는 순간부터 사형은 백독문에 있었고, 사부를 아버지처럼 공경하며 따랐다.

들으면 들을수록 영승의 눈빛은 더욱 깊어졌다. 마치 뭔가를 계산하고 있는 듯했다.

백옥교가 모든 이야기를 끝냈을 때 날은 이미 저물었고, 영승의 표정도 일그러지기 시작했다. 독이 발작한 것이었다.

백옥교는 시원스럽게 해약을 내주었다. 약을 먹자 영승의 안색이 좀 나아졌다.

"가자! 널 데리고 사형을 만나러 갈게."

백옥교의 말과 행동에서 흥분이 가득 느껴졌다. 너무 오랫동안 사형을 만나지 못해 미칠 듯이 그리웠다.

그런데 영승이 손을 내밀었다.

"한운석의 그 금침을 돌려주면 너와 함께 가겠다."

영승이 말한 금침은 바로 그의 눈을 찌른 그 금침이었다. 한운석의 금침은 아주 특수해서 백옥교가 보관하고 있었다.

백옥교가 의심스럽게 쳐다보았으나, 영승은 차갑게 말했다.

"본 족장이 갖고 있으면서 늘 그 침의 원한을 기억하려는 것이다!"

마음 아픈 군역사

침의 원한?

백옥교는 영승 얼굴에 있는 봉황 깃 모양의 가면을 다시 보며 반신반의했다. 하지만 그래도 선선히 그 금침을 건네주었다. 어쨌든 그녀도 이 금침을 어떻게 만들어 냈고 그 속에 어떤 오묘한 이치가 숨겨져 있는지 알아낼 수 없었다.

백옥교는 곧 영승을 데리고 천하성 교외 지역에 있는 군영으로 갔다. 기가가 이미 알려 놓았기 때문에 군영 대문에 도착하자 군역사가 입구에 맞으러 나와 있었다.

백옥교는 멀리서 그 익숙한 모습을 보자 심장이 빠르게 뛰었다. 그리고 자신도 모르게 걸음을 멈추고 좀 더 보려고 했다.

사형 앞에 서면 감히 이렇게 볼 수가 없었다. 멀리 있을 때라야 흠모하는 마음을 드러낼 용기가 생겼다.

영승은 뭔가 이상한 백옥교의 모습을 주시할 기분이 아니었다. 그는 군역사를 바라보며 한 걸음씩 앞으로 향했다. 그의 눈가에 의미심장한 냉소가 스쳤다.

지금 그는 포로나 다름없는 처지인데 군역사는 직접 입구까지 맞으러 나왔다. 그 말인즉 군역사도 그와 손을 잡으려는 마음이 있다는 뜻이었다.

군역사만 그럴 마음이 있다면, 모든 일이 쉬워졌다.

가까이 가니 타는 듯이 붉은색의 기마 복장을 한 군역사가 잘생기고 늠름한 자태를 드러냈다. 최근 군영에서 지내면서, 사치스럽고 부유하게 지내던 그도 적잖이 야위고 피부도 많이 검게 그을렸다. 덕분에 오관이 더욱 뚜렷하게 드러나 마치 신이 빚은 조각 같았다.

흐트러진 앞머리 아래 가려진 눈썹 끝의 핏빛 장신구는 마치 핏자국 같기도 하고 불꽃 같기도 하여 아주 신비로운 분위기를 풍겼다.

갑자기 불어오는 바람에 그의 바람막이가 나부꼈고, 온몸을 감싸는 안하무인의 오만함도 함께 풍겨져 나왔다.

설사 직접 맞으러 나왔다고 해도, 영승이 그의 앞에 이르렀을 때 군역사는 여전히 높은 자리에 앉은 듯 감히 범접할 수 없는 도도한 태도를 보였다.

만약 다른 사람이었다면 군역사의 이 강한 기세에 두려움에 떨었겠지만, 영승은 그렇지 않았다.

고귀하게 치장한 군역사와 달리 간단히 검은 옷만 입은 영승은 아주 곤궁한 처지 같았다. 그러나 그는 고개를 들고 얼음처럼 차갑고 오만한 눈빛으로 군역사의 모든 것을 업신여기듯 바라보았다.

초원에 부는 바람은 갈수록 거세졌다. 우람하고 꼿꼿한 체구의 두 남자가 서로 마주 서서 시선을 마주쳤다. 소리 없는 대결이 이미 시작되었다.

군역사는 영승이 먼저 입을 떼기를 기다렸고, 영승도 군역사가 먼저 말하기를 기다렸다. 두 사람 모두 침묵에 들어갔지만, 눈빛은 전혀 잠잠하지 못했다. 상대를 자세히 주시하면서도 전혀 흔들림이 없었다.

다행히 백옥교가 얼른 걸어왔다. 두 사람의 모습을 본 그녀가 얼른 중재하고 나섰다.

"사형, 이 사람은 적족의 족장이자 영씨 집안 군대의 대장군, 영승이에요."

그러나 군역사는 아무 말이 없었다.

백옥교가 서둘러 또 말했다.

"영 대장군, 이 분이 바로 내 사형인 군역사야."

영승도 말이 없었다.

백옥교가 초조해서 어쩌면 좋을지 몰라 하고 있을 때, 갑자기 군역사가 영승을 발로 걷어찼다. 거의 동시에 영승도 자기 발로 군역사의 발을 막으면서 두 사람은 대치 상태가 되었다.

군역사는 싸늘한 눈빛이 되어 힘을 주었다. 군역사보다 무공 실력이 낮은 영승은 무리해서 맞서는 대신 교묘하게 공격을 피했다.

그러나 바짝 뒤쫓던 군역사가 갑자기 공중으로 훌쩍 뛰어오르더니 두 발로 연달아 걷어찼다. 영승은 계속 뒤로 물러섰지만, 실수로 군역사의 발에 차이는 바람에 바닥에 넘어졌다.

하지만 그래도 그는 여전히 얼음처럼 차가운 눈빛으로 군역사를 주시했다.

군역사는 영승의 이런 눈빛이 아주 마음에 들지 않았다. 그는 영승을 바닥에 걷어찬 것도 모자라, 쏜살같이 달려가서 영승의 가면을 향해 발을 날렸다.

영승이 오른손으로 군역사의 발을 잡아 낸 후 꽉 붙들고 놔주지 않았다. 군역사는 발버둥쳐도 빠져나올 수 없자 아예 포기하고, 다른 발로 땅을 박차고 뛰어올라 영승의 얼굴을 향해 발을 날렸다.

영승은 왼손으로 군역사의 발을 잡을 수 있었다. 그가 붙잡기만 하면 군역사는 두 발이 묶인 신세가 되니 패배가 확실했다!

군역사의 방자함이 겉으로 표출된다면, 영승의 오만함은 내면에 쌓여 있었다. 영승은 무공으로는 군역사를 이길 수 없으나, 모략에서는 그보다 한 수 위였다.

그러나 눈앞에 기회가 왔음에도 영승은 이기지 못했다.

그는 왼손을 계속 몸 옆에 붙이고 손바닥으로 땅을 짚은 채, 전혀 들어 올리지 않았다. 너무 감쪽같이 속여서 군역사조차 그가 미처 손을 쓰지 못했다고 오해했지, 일부러 그런 줄은 몰랐다.

군역사의 발이 정확하게 영승의 봉황 깃 모양의 가면을 걷어찼다. 가면은 부서지지 않고 바닥에 떨어졌다.

영승의 실명한 눈이 모습을 드러냈다. 그의 눈동자는 멀쩡했고 눈매도 여전히 멋있었지만, 눈빛은 텅 빈 듯 생기도 초점도 없었다.

가장 속이기 어려운 것이 눈빛이었다. 제아무리 뛰어난 고수도 연기를 하려거든 두 눈이 다 멀어 버린 척 연기해야 했다. 그 누구도 한쪽 눈은 멀쩡하고 한쪽 눈은 멀어 버린 척할 수는 없었다.

군역사는 영승의 실명한 눈을 자세히 들여다본 후에야 그가 정말 눈이 멀었음을 믿게 되었다.

"후후, 한운석은 역시 아주 지독하군!"

군역사는 냉소를 지으며 영승에게 손을 내밀어 그를 일으켜 주려고 했다.

영승은 군역사의 손에는 눈길도 주지 않고, 봉황 깃 모양의 가면을 주워서 소매를 당겨 정성스레 깨끗이 닦았다. 그는 가면을 다시 얼굴에 쓴 후 일어나서 몸에 묻은 먼지를 털어 냈다.

그와 군역사는 키가 엇비슷했지만 어깨와 등은 영승이 더 장대해 보였고 기개가 있었다.

군역사는 아무 일도 없었던 것처럼 손을 거두고는 냉소를 지으며 말했다.

"봉황 깃 모양? 후후, 한운석 등에 있는 모반이 이렇게 생겼나?"

"유족이 봉황 깃 모양을 보고 사람을 찾는다고 그림으로 기록해 두었다."

영승은 말을 하면서 그제야 군역사 쪽을 쳐다보았다.

"아니, 백언청도 봉황 깃 모양을 알고 있는데 네게 말해 주지 않았느냐? 봉황 깃 모양의 모반이 이렇게 생긴 줄을 몰라?"

백옥교는 의심스러웠지만 쓸데없는 생각이라 여겼다. 영승이 어떻게 한운석의 모반을 봤겠는가!

그런데 건방지고 오만한 군역사의 분위기가 갑자기 침울해졌다. 그러고는 고개를 돌려 옆에 있는 백옥교를 쳐다봤다.

기가는 소소옥을 데리고 온 후 사부가 최근에 한 모든 일을 그에게 말해 주었다.

그러나 그는 믿고 싶지 않았다! 사부 입으로 직접 듣지 않는 한, 사부가 지금까지 그를 이용하고 있었다고 직접 인정하지 않는 한, 그는 믿을 수 없었다. 영승이 이렇게 물어본다는 것은 그와 사부 사이의 일을 안다는 뜻이었다. 백옥교가 말한 게 분명했다!

백옥교는 사형이 이렇게 나올 줄 이미 예상했기 때문에 영승의 도움이 필요했던 것이었다.

그녀는 감히 군역사의 눈빛을 마주 볼 수 없어 고개를 숙였다. 영승이 어서 나서서 도와주기만 바랄 뿐이었다.

영승이 냉소를 짓기 시작했다.

"백언청에게 휘둘려 속은 네 멍청함을 탓해야지. 왜 어린 계집애를 원망하느냐?"

"우리 사문의 일이다. 끼어들지 마라!"

군역사는 여전히 차가운 눈빛으로 백옥교를 주시했다.

영승은 태연하게 손에 있는 지푸라기들을 털어 내고는 냉소를 지으며 말했다.

"백옥교, 네 사형이 계속 풍족의 개로 살겠다는데, 저자 때문에 애탈 필요가 있느냐?"

영승은 말을 마친 후 바로 돌아서서 가 버렸다. 군역사가 백언청에게서 헤어나지 못한다면, 그와 군역사의 협력 가능성은 없었다.

백옥교는 다급해졌다.

"사형, 사부가 그렇게 많이 사형을 속였는데 왜 아직도 깨닫지 못하는 거예요?"

"그때 나는 동오족 쪽에 있었다. 사부가 어떻게 모든 일을 내게 다 말씀하실 수 있겠느냐?"

군역사가 차갑게 반문했다.

"사부가 다 생각이 있어서 하시는 일이다. 하는 일마다 다 우리에게 말씀해 주셔야 한단 말이냐?"

백옥교는 쓴웃음이 나왔다.

"사형, 사부는 진작 다 계획해 두었어요! 사형이 어주도에서 가져온 그 핏자국을 기억해요? 그건 백리명향의 피, 인어족의 피였어요. 사부는 줄곧 사형을 속이고 그 피에 대해 연구했어요. 사부는 바로 그 피로 용비야의 신분을 알아냈다고요!"

그 말에 군역사의 눈빛이 한층 더 어두워졌다.

"사형, 사부가 왜 한운석의 신분을 알고 있는지 알아요? 한운석이 독종의 직계 후손이기 때문이에요. 사부도 그렇고요! 사부가 독 저장 공간을 사용한 걸 내 눈으로 직접 봤어요! 진짜예요! 그리고 천녕국 한씨 집안의 혁련취향은 사실 사부가 오래전 한씨 집안에 매복시켜 둔 첩자였어요! 20여 년 전에 이미 사부는 한운석의 신분을 알고 있었어요. 서진 황족 공주의 행방을 알고 있었다고요! 그런데 사부는 왜 지금껏 사형에게 말해 주지 않았죠?"

백옥교가 또 물었다.

군역사는 속으로 크게 놀랐다. 20여 년 전…….

20여 년 전, 사부는 그의 아버지 부탁을 받고 그를 북려국으로 데려왔다! 아버지에게 그를 잘 보살펴서 흑족 선조의 유지를 받들어 운공대륙을 통일하겠다고 약속했었다!

만약 20여 년 전에 사부가 한운석의 출신을 알았다면, 왜 그의 아버지에게 말하지 않았지? 왜 그에게 말하지 않았을까?

사부가…… 어떻게 이럴 수 있나!

백옥교는 군역사가 믿지 않을까 두려워 얼른 영승에게 눈짓했다. 영승이 코웃음을 치며 말했다.

"한운석도 독 저장 공간 때문에 백언청의 신분을 알았다. 그때 미도공호에서 백언청은 독 저장 공간을 사용했다."

군역사는 그를 쳐다보고는 뭔가 말하려는 듯하다 참았다.

"사형, 그때 나와 사부가 서진에게 충성하는 척했을 때, 사부는 한운석과 영승에게 사형이 풍족의 족장이고 자신은 사형의 종일 뿐이라고 했어요. 잘 생각해 봐요. 사부는 모든 일에서 사형을 속이며, 풍족 족장 자리에 사형을 밀어 올렸어요. 그 저의가 뭐겠어요?"

백옥교가 단호한 목소리로 말했다.

"사형, 한운석과 영승이 사부의 신분을 밝히지 않았다면, 지금 사형이 바로 공공의 적이 되었을 거예요! 한운석이든 용비야든 둘 다 사형을 가만두지 않았을 거예요! 풍족을 대신해 모든 죄를 져야 하는 호구 신세가 되었을 거라고요!"

백옥교는 마지막으로 크게 외쳤다.

"사형, 믿지 못하겠다면, 영승이 증언해 줄 수 있어요! 그때 영승도 그 자리에 있었어요!"

백옥교의 계속되는 설득을 들으면서, 군역사의 마음이 마침내 아파 오기 시작했다. 너무나 고통스러웠다! 줄곧 친아버지처럼 생각했던 사부가 이렇게 지독하게 그를 속여 왔다니!

만약 지난 1, 2년 사이에 일어난 일이었다면, 그냥 어쩔 수 없었다 생각하고 계속 사부를 신뢰할 것이었다.

하지만…… 20여 년 전의 일이라니, 어떻게 용서하란 말인가!

사부는 그를 제자로 받을 때부터 속인 게 분명했다!

사부는 자신에게 풍족 족장 자리를 미루려 했다. 흑족은 또 어디로 몰아내려고 했던 걸까? 백옥교와 영승은 그가 흑족의 후예임을 몰라도, 백언청은 잘 알았다.

군역사는 침묵하고 있었다. 그런데 이때, 영승이 의심스러운 표정을 지었다. 방금 백옥교가 한 말이 그에게 한 가지 사실을 깨우쳐 주었다.

"영승, 어서 말해!"

백옥교는 초조한 나머지 발을 동동 굴렀다.

영승은 그제야 군역사를 천천히 쳐다보며 말했다.

"군역사, 백언청이 지금까지도 네게 연락하지 않았지? 고북월이 자기 손에 있다는 것도 말해 주지 않았겠지?"

군역사는 말이 없었다. 영승이 또 물었다.

"군역사, 만약 백언청이 정말 너의 이 군마들을 마음에 들어

했다면, 왜 북려국 황제가 너를 천하성에 묶어 두었는데도 계속 모습을 드러내지 않을까? 왜 숨어 있는 거지?"

깊은 절망 속에 빠진 군역사는 여전히 대답이 없었다.

백옥교가 서둘러 대답했다.

"그때 사부가 사형에게 약속했었죠. 사형이 책임지고 군마를 끌고 오고, 태자와 둘째 황자를 죽이기만 하면, 사부가 사형을 도와서 북려국 황제를 구슬려 주겠다고! 하지만 사부는 약속을 어겼어요!"

군역사는 또 차가운 눈으로 백옥교를 바라보았으나, 꾸짖지 않았다.

흑족, 진상이 밝혀지다

백옥교의 설명을 듣자 영승은 냉소를 짓기 시작했다.

"군역사, 역시 백언청에게 속아 넘어갔군! 북려국 황제도 바보가 아니다. 네가 태자와 둘째 황자를 죽이고 십만 군마까지 손에 넣었는데, 백언청이 무슨 수로 북려국 황제가 널 믿게 설득한단 말이냐? 정말 이 말도 안 되는 소리를 믿었느냐?"

군역사는 불쾌한 눈빛을 번뜩이며 반박했다.

"사부가 북려국 황제를 설득할 수 없다 해도, 북려국 황제 역시 날 묶어 둘 수는 없다! 내가 명령만 내리면 북려국 기병 중 적어도 절반은 따를 것이다!"

"군비는?"

영승이 반문했다.

그 두 글자에 군역사는 말문이 막혔다. 그제야 백옥교도 크게 깨달았고, 찻집에서 자신이 영승에게 했던 말이 떠올라 너무 창피했다.

영승은 그녀보다 더 북려국의 형세와 지금 사형의 처지를 정확하게 파악하고 있었다.

사형은 확실히 언제든지 군사 반란을 일으킬 수 있었다. 그러나 사형에게는 군비가 없었다! 기껏해야 한 달 정도 버틸 수 있었고, 한 달 후면 겨울이었다. 군량과 마초가 떨어지면, 말은 굶어 죽고, 병사들은 도망칠 것이다.

이것이야말로 사형의 가장 치명적인 부분이었다.

"군역사, 백언청은 네가 양식을 얼마나 가지고 있는지 잘 알 거다. 백언청이 오지 않는 날 수만큼, 네가 북려국 황제와 대치해야 하는 날도 늘어난다. 백언청은 너와 함께 천하를 차지할 생각이 없다. 그저 널 이용해 북려국을 견제하여, 우리 영씨 집안 군대가 뒷일을 걱정하지 않고 전력을 다해 동진과 사생 결투를 벌이게 하려던 것뿐이다!"

영승이 진지하게 말했다.

백옥교는 연신 고개를 끄덕였다. 영승의 분석은 아주 정확했다. 한운석이 그때 사부의 신분을 폭로하지 않았다면, 정말 영승이 말한 그대로 다 이루어졌을 것이었다.

동진과 서진은 전투를 벌이고, 북려국은 또 내란에 시달렸을 것이다. 동진과 서진이 둘 다 망해도, 군역사와 북려국 역시 어부지리를 얻을 수 없었다. 이들도 함께 망해 버렸을 테니 말이다.

마침내 각성한 군역사는 중얼거리며 말했다.

"사부가…… 널 돕고 있었구나!"

영승은 유감스럽다는 듯 고개를 끄덕였다. 어떤 의미에서 백언청은 확실히 적족을 돕고 있었다. 다만 안타깝게도 영승이 너무 늦게 알아챘고, 당시엔 군역사의 십만 군마에 놀랐었다.

만약 방금 백옥교가 일깨워 주지 않았다면, 백언청의 모든 행동에서 모순점을 발견하고도 이 부분은 깨닫지 못했을 것이었다.

"사부가 왜 너를 도우려 하느냐!"

군역사는 이 사실을 받아들일 수 없었다.

그러나 영승은 알고 있었다. 백언청은 적족을 돕는 것처럼 보이지만, 실제로는 적족이 뒷일을 걱정하지 않고 전력을 다해 동진과 전투를 벌이게 하려던 것이었다!

백언청이 큰판을 벌려 용비야와 한운석을 속이고, 그와 군역사도 속인 목적은 하나였다. 바로 동진과 서진이 목숨 걸고 전쟁을 벌여 영원히 화해하지 않는 것이었다.

한운석의 말이 다시 한번 영승의 귓가에 울렸다. 한운석은 그에게 물었었다.

'처음에 모두에게 구원받을 기회를 주기로 약속해 놓고 홍의 대포까지 사용하다니, 이게 무슨 뜻이냐?'

그랬다!

당시 한운석과 용비야는 백언청의 저의를 의심하고, 동진과 서진의 원한이 오해일지도 모른다고 의심했지만 그는 기를 쓰고 믿지 않았고, 믿고 싶지도 않았다.

하지만 이제 백언청이 군역사를 속였다는 사실을 알게 되었고, 또 백옥교가 이렇게 말하는 것을 들으니 그도 의심하지 않을 수 없었다.

하지만 이해가 되지 않았다. 당시 풍족이 동진과 서진의 내전을 도발했다면, 풍족의 의도는 무엇이었을까? 운공대륙의 천하를 노린 걸까?

백언청의 행동으로 봤을 때 그는 천하를 갖는 데 전혀 마음이 없었다. 그저 이 운공대륙을 혼란스럽게 만들고 싶은 것뿐이었다.

영승이 자기 생각에 잠겨 있는데, 군역사가 하하 소리를 내며 크게 웃기 시작했다.

"영승, 내 사부가 진심으로 서진에게 충성한다는 말은 하지 마라! 그건 절대 불가능하다!"

군역사는 아직 백언청의 진정한 목적을 깨닫지 못한 게 분명했다.

영승의 눈에 복잡한 기색이 스쳤다. 그가 물었다.

"군역사, 20년 넘게 그의 제자로 지낸 네 생각에는 그자가 뭘 하려는 것 같으냐?"

사부가 뭘 하려는 것 같냐고?

사부는 항상 그에게 풍족은 흑족을 도와 북려국의 철기병을 빼앗고 운공대륙을 차지할 것이라고 말했다. 당시 흑족이 동진과 서진의 내전을 부추겼을 때처럼, 풍족은 흑족의 가장 든든한 동맹이었다!

하지만 지금은 그 자신조차 이런 허튼소리들을 믿을 수 없었다!

영승은 방향을 돌려 한 걸음씩 군역사에게 다가갔다.

"말해 봐라. 그가 뭘 하려는 것 같으냐?"

"사부가 뭘 하려고 하시든, 서진에게 충성할 리는 없다. 절대로!"

곤경에 빠진 군역사가 분노의 고함을 내질렀다.

옆에서 지켜보던 백옥교는 몇 번이나 끼어들고 싶었지만 끝내 참았다.

사형이 어려서부터 지금까지 이렇게 내몰린 적이 있었던가?

오직 사부만이 그를 진짜 상처 입힐 수 있었다. 백옥교는 마음을 모질게 먹고 말을 하지 않았다. 그저 영승이 더 지독하게 사형을 몰아세우고 욕을 해서라도 정신 차리게 해 주길 바랐다!

그러나 백옥교는 틀렸다. 영승이 하는 모든 말은 다 군역사를 시험하는 것이었다!

그는 백언청을 간파할 수 없었기 때문에 군역사의 반응 속에서 실마리를 찾고자 했다.

"군역사, 바보처럼 그자에게 놀아나 장장 20여 년을 속은 네가 무슨 근거로 그렇지 않을 거라고 확신하느냐?"

영승이 냉소를 지었다.

"군역사, 너는 어리석은 척하는 것이냐, 아니면 진짜 어리석은 것이냐!"

군역사가 갑자기 영승의 멱살을 잡았다.

"영승, 잘 들어라. 풍족은 진작 서진 황족을 배신했다. 지금이 아니라 과거 대진제국에 내전이 일어났을 때, 풍족은 서진 황족을 배신했다!"

그 말에 영승은 바로 굳었다.

동진과 서진의 내전은 사강의 홍수 재해 때문에 일어났다. 당시 풍족은 동진의 태자가 철광을 보호하기 위해 둑을 무너뜨려 홍수를 하류 지역으로 보내려 한다고 보고했다. 그때 동진 황족은 흑족을 보내서 둑을 무너뜨렸고, 서진 황족은 풍족의 대군을 보내 막았다.

하지만 풍족이 연달아 패하는 바람에 내전이 시작되자마자 서진 황족은 우위를 점하지 못했고, 1년 만에 무너지고 말았다.

그날 밤, 전장 접경 지역에서 용비야는 이 말을 부인했다. 용비야는 철광 보호에 대해 부인하며, 당시 동진 황족은 흑족을 보내 철광석을 급히 운송하려 했던 것뿐이라고 했다. 그리고 흑족 대군이 풍족의 습격을 받아 양측 군대가 큰 싸움을 벌이게 된 거라고 했다.

만약 풍족이 당시 서진 황족을 배신했다면, 설마 풍족이 거짓 정보를 전했던 걸까? 동진 황족을 모함하고?

설마 풍족이 일부러 흑족 대군을 습격해서 내전을 일으킨 걸까?

"풍족이 당시 어떻게 서진 황족을 배신했느냐?"

영승이 놀라서 물었다.

군역사는 냉소를 금치 못했다.

"영승, 풍족과 흑족은 줄곧 동맹을 맺고 있었다. 당시 대진 제국의 내전은 사강 홍수 때문에, 풍족과 흑족 두 귀족의 갈등 때문에 일어났다. 자세히 생각해 보거라. 하하!"

영승이 더 생각하고 말 게 있을까?

군역사의 말을 듣자, 그의 추측은 확신으로 바뀌었다!

동진과 서진은 정말 이간질당한 것이었다! 모든 게 다 풍족과 흑족의 소행이었다. 오랜 세월 그 많은 사람이 집착했던 나라와 집안의 원한 대상이 사실은 동진과 서진, 서로가 아니었다!

주범은 풍족과 흑족이었다! 원한을 갚아야 할 대상은 바로 그들이었다!

영승은 연달아 뒷걸음질 쳤다.

이 사실을 어떻게 받아들여야 할까? 그 오랜 세월, 적족이 고수하고 그가 고집해 왔던 그 모든 것이 웃음거리가 되었다!

정말 가소로웠다!

영승은 연신 고개를 가로저었고, 군역사는 도리어 한 걸음씩 그에게 다가왔다.

"사부가 흑족을 배신했다 해도 서진에게 충성할 리 없다! 영승, 우리 사문 내부 일은 신경 쓰지 마라. 하나만 묻겠다. 나와……, 흑족과 협력하는 게 어떠냐?"

흑족?

군역사가 흑족의 후예였다고?

영승은 깜짝 놀랐고, 백옥교는 어안이 벙벙해져 도저히 믿을 수 없었다. 그러나 놀라움 끝에 두 사람은 곧 깨달았다.

군역사는 흑족의 후예이니, 백언청이 그를 제자로 거두어 오랜 세월 길러 올 만했다. 흑족은 짐승의 말을 할 줄 알았고 짐승을 부리는 데 능했다.

"동오족 기마대의 말 조련사가 바로 너희 흑족 사람이냐?"

영승이 진지하게 물었다.

"그렇다!"

군역사가 시원스럽게 인정했다.

그가 동오족의 말 조련사를 청해서 군마를 관리한다는 것은 그저 남들 눈을 속이기 위한 핑계에 불과했다. 그 말 조련사들은 모두 흑족 사람이었다. 짐승을 잘 부리는 기술 덕분에 그는 동오 왕족의 숭배를 받으면서 쉽게 군마 구만 마리를 사 올 수 있었던 것이었다.

영승은 속으로 탄식을 금할 수 없었다. 진상이 이럴 거라고 어찌 생각하지 못했을까. 용비야도 군역사가 어떻게 동오 왕족의 환심을 사서 군마를 갖고 올 수 있었는지 궁금할 게 분명했다.

"영승, 한운석 그 비천한 여자는 용비야의 품으로 가 버렸는데, 서진 제국의 재건을 고집할 필요가 있느냐? 흐흐, 그 여자를 주인으로 삼다니, 정말 눈이 삐었구나!"

군역사는 비웃음을 가득 담아서 말했다.

영승은 고개를 숙인 채 침묵했다.

군역사는 그의 봉황 깃 모양의 가면을 두드리며 더 조롱하듯 말했다.

"아니, 아직도 이런 물건을 얼굴에 쓰고 다니다니, 충심을 표현하는 것이냐, 아니면 모욕을 자초하는 것이냐?"

영승은 군역사의 손을 밀쳐 냈지만, 여전히 말이 없었다.

군역사는 순간 의심스러운 눈빛을 번뜩이더니, 갑자기 봉황 깃 모양의 가면을 벗겨 버렸다. 그가 가면을 내던지려는 순간, 마침내 영승이 저지하며 가면을 뺏어 온 후 차갑게 말했다.

"군역사, 너와 협력할 수 있다. 강산은 네가 차지하고, 한운석은 내가 가진다! 그 여자를 조금도 다치게 해서는 안 된다. 어떠냐?"

그 말에 백옥교는 그를 돌아보았다. 짐작은 하고 있었지만 그래도 영승이 자기 입으로 직접 인정하다니, 정말 믿어지지 않았다.

어쩐지, 어쩐지 한운석이 나라와 집안의 원수를 잊고 용비야와 결탁한 후에도 영승은 적족을 사수하며 내려놓지 못한다 했다. 알고 보니, 그의 마음은 서진이 아니라 서진의 공주에게 있었다!

군역사는 하하 소리를 내 크게 웃기 시작했다.

"강산 대신 미인이라! 흐흐! 한운석의 맛이야 아주 훌륭하지. 안타깝군, 그때……."

그때, 그는 충동적으로 한운석을 가질 뻔했었다.

갑자기 영승이 웃고 있는 군역사를 향해 주먹을 세게 날렸다. 그의 주먹에 입을 맞은 군역사는 예상치 못한 공격에 얼굴이 날아가면서 바닥에 쓰러졌고, 이 두 개가 부러졌다!

"영승!"

백옥교가 노성을 지르며 달려왔지만, 영승은 그녀를 거세게 걷어찼다. 화가 머리끝까지 치밀어 오른 그는 군역사가 일어나기도 전에 군역사를 붙잡고 한 번 더 주먹을 날렸다.

그러나 군역사는 이 주먹을 막아 내며 냉소를 지었다.

"그 여자가 어떤지는 맛보지 못했다. 하지만…… 흐흐, 용비야는 질리도록 맛보았겠지. 난 용비야의 헌신짝에는 흥미 없다.

네가 원한다면 남겨 주지! 지금 이 대단한 힘은 남겨 뒀다가 용비야에게 쓰거라. 날 향해 봤자…… 흐흐, 뭐 하겠느냐?"

군역사의 말은 어느 정도 일리가 있었다.

하지만 영승은 대체 어디서 힘이 났는지 단번에 그의 손을 뿌리치더니, 왼손을 움켜쥐고 또 한 번 군역사의 얼굴을 주먹으로 치며 그를 저 멀리 날려 버렸다.

왼손 손바닥에 있는 침이 그가 주먹을 움켜쥐자 살 속으로 더 깊이 파고들었다. 그러나 영승은 조금도 아프지 않았다. 손바닥보다 그의 마음이 더 괴로웠다.

군역사의 얼굴을 보면서 그는 문득 깨달았다. 자신도 군역사와 마찬가지로 돼먹지 못한 놈이었다!

돈을 요구하다

영승이 일어나려는 군역사를 또 쫓아가서 때리려고 하자, 시위들이 서둘러 달려와 그를 막았다. 군역사를 노려보는 영승의 눈동자에 활활 타오르는 분노의 불길은 영원히 꺼지지 않을 듯했다.

군역사는 이가 부러지고 코에는 멍이 들어 얼굴이 퉁퉁 부은 채로 일어났다. 백옥교는 자기 몸 아픈 것은 신경도 쓰지 않고 달려와 그를 부축하려 했으나, 그는 백옥교를 밀쳐 버렸다.

백옥교가 바닥에 넘어졌지만 군역사는 거들떠보지도 않았다. 어쩌면 자신을 부축하러 달려온 게 백옥교인 줄 모르고 그저 시위 중 하나라고 생각했을 수도 있었다.

안 그래도 영승에게 걷어차여 아픈 백옥교는 또 이렇게 넘어지자 너무 아파서 일어날 수 없었다.

군역사가 입가의 핏자국을 닦아 내자, 사악하고 광기 어린 차가운 미소가 드러났다. 만약 영승이 다른 이유를 들어 그와 협력하겠다고 했다면, 오히려 의심했을 것이었다.

하지만 영승이 이런 이유를 말하니, 절대 의심할 수 없었다!

적족은 상인 집안이기는 하나 일곱 귀족 중 지조 있기로 유명한 가문이었다. 적족이 서진에게 실망했다고 해도, 흑족과 협력하여 서진을 배반하는 짓을 할 리 없었다.

그러나 사랑 때문에 생긴 미움은 따로 취급해야 했다.

군역사는 입 주변의 핏자국을 핥으며 다시 한번 영승 얼굴에 있는 그 봉황 깃 모양의 가면을 살펴보았다. 볼수록 의미심장한 눈빛이 되었다.

그가 큭큭 웃으며 말했다.

"봉황 깃 모양으로 멀어 버린 눈을 가리다니, 아주 재미있군!"

"어떻게 협력할 생각이냐?"

영승이 차갑게 물었다.

군역사는 바로 대답해 주지 않고 영승을 군영으로 청했다.

막사에 들어오자 군역사는 거들먹거리며 상석에 앉아 영승에게 아주 노골적으로 말했다.

"군비!"

순간 영승의 눈동자에 경멸의 눈빛이 스쳤다. 그가 반문했다.

"얼마나 필요하냐?"

"북려국 황제가 모든 군량과 마초 공급을 끊었다. 이곳 군마 삼만 마리에게 마초를 공급해야 한다. 앞으로 한 달 동안 2차, 3차로 군마가 연이어 도착할 텐데 그 모든 군마를 관리하는 데 돈이 필요하다. 겨울은 군량과 마초가 가장 비싼 계절이거든."

군역사는 아주 노골적으로, 얼굴도 붉히지 않고 돈을 요구했다.

"그게 다냐?"

영승이 시치미를 떼고 물었다.

"내 수중에 또 기병 만 명이 있지."

군역사가 또 말했다.

"그게 다냐?"

영승이 다시 물었다.

군역사가 고개를 끄덕이려는데 영승이 차갑게 말했다.

"군역사, 잘 알겠지만 우리의 협력은 장사가 아니다. 원하는 금액을 말해라. 본 족장은 너와 가격을 흥정할 기분이 아니다!"

군역사는 아픈 어깨를 주무르며 크게 웃었다.

"아주 시원스러워서 좋군! 난 십억이 필요하다!"

다른 사람이었다면 이 금액을 듣고 놀라 자빠졌겠지만, 영승은 얼굴빛 하나 변하지 않았고, 미간도 찌푸리지 않은 채 차갑게 말했다.

"군마 구만 마리, 기병 만 명이 겨울을 나는 데 필요한 군수물자는 많아 봤자 이천만이면 된다."

영승은 상인일 뿐 아니라 군대를 이끌고 싸우는 장군이기도 했기 때문에 군사 일에 대해 아주 잘 알았다.

"영 족장은 지금 나와 겨울 동안만 협력하겠다는 뜻인가?"

군역사가 눈썹을 치키며 반문했다.

"우선 한 계절만 셈해 본 것뿐이다."

영승이 담담하게 말했다.

"나는 군마 구만 마리와 기병 만 명만 기르려는 게 아니다."

군역사는 일어나서 벽에 걸린 지도를 향해 걸어간 후 몇 군데를 가리키며 말했다.

"이 지역들의 군대도 평소 다 내가 관리하고 있다."

군역사는 돈을 요구하면서 영승에게 병력을 자랑했다.

영승은 그 지도를 흘끗 보면서 지도 위에 해 둔 표시를 다 기억했다. 그 표시를 통해 북려국 각지의 병력 상황을 알 수 있었다.

보아하니 백옥교는 그를 속이지 않았다. 군역사는 확실히 북려국 황제에게 맞설 실력이 있었다. 군비만 충분하다면, 군역사가 군대를 일으켰을 때 북려국은 내란에 휩싸일 게 분명했다. 북려국 황제는 완전히 무너지지는 않겠지만, 그렇다고 군역사에게서 무슨 이익을 챙기지도 못할 것이었다.

"그것들을 더해도 십억은 필요하지 않다."

영승이 차분하게 말했다.

"십억은 흑족과 적족의 모든 협력 비용을 포함한 금액이다. 앞으로 용비야와 맞서든 서주국, 천녕국과 맞서든 간에 다시는 네게 한 푼도 요구하지 않을 거다!"

군역사가 진지하게 말했다.

그러자 영승이 웃었다.

"난 네게 십억을 줄 수 있다. 너희 흑족은 내게 뭘 줄 수 있느냐?"

"원하는 게 무엇이냐?"

군역사가 반문했다.

영승이 차가운 목소리로 세 글자를 외쳤다.

"한운석!"

군역사의 눈동자에 냉소가 스쳤다. 그는 일어서서 영승에게 다가와 어깨를 두드리며 떠보듯 말했다.

"어이, 그럴 필요가 있나? 앞으로 너와 내가 함께 운공대륙을 장악하면 널리고 널린 게 여자 아니겠느냐?"

"할 수 없다면 다 없던 일로 하자!"

영승은 아주 단호했다.

군역사는 바로 손을 떼며 어깨를 놔주었다.

"영 족장, 여자를 뺏고 싶다면 네가 직접 뺏어라! 난 흥미 없다!"

영승은 음험한 눈빛을 번뜩이며 차갑게 말했다.

"내게 군마 삼만 마리와 기병 만 명을 다오."

영승이 여러 번 한운석을 강조할 때와 달리, 지금 이 말은 군역사의 경계를 불러일으켰다.

군역사는 의미심장하게 그를 훑어보며 말이 없었다.

"우리 적족 대군이 용비야에게 맞설 수 있게 힘을 보태라. 나는 네 모든 말과 병사들을 길러 줄 수 있고, 거기에 일억 냥을 더해서 네게 병사를 징병해 줄 수도 있다. 이번 겨울에 너는 북려국만 뒤흔들면 된다! 내년 봄이 시작될 때 너는 군사를 이끌고 남하하여 중남부 지역을 장악해라!"

군역사는 여전히 말이 없었다. 그는 자리로 돌아가 천천히 앉았다.

군마 삼만 마리를 영승에게 주면, 영승의 병력이 크게 늘어났다. 거기에 적족의 홍의대포까지 더해지면 적족은 정말 용비야와 필적할 만한 실력이 생겼다. 어쩌면 승산이 있을지도 몰랐다.

육만 기병을 남겨 두고 거기에 북려국 각 지역 세력까지 더하면, 북려국 황제가 가진 병력에 충분히 맞설 수 있었다. 영승과 용비야 세력이 서로 싸우다 양측이 다 무너졌을 때, 그는 북려국 황제를 처리하고 남쪽으로 내려와 가만히 앉아서 어부지리를 얻으면 되었다.

그러나 만약 영승이 마음을 바꾸면, 군마 삼만 마리를 그냥 버리는 셈 아닌가?

이런 전란 시기에 십억은 많은 돈이긴 했다. 하지만 이렇게 많은 군마를 살 수 있는 곳도 없었다! 그가 다시 동오에 간다고 해도 이렇게 많은 군마는 데려올 수 없었다.

만약 영승이 군마 삼만 마리를 얻은 후 적반하장으로 나온다면?

영승은 초조해하지 않고 군역사가 생각하게 내버려 두었다. 그는 뒷짐을 지고 돌아서서 벽에 걸린 지도를 바라보았다.

군역사는 영승의 뒷모습을 보며 천천히 눈을 가늘게 뜨기 시작했다. 방금은 사부 일로 조금 충동적이 되었지만, 지금은 꽤 냉정함을 되찾았다. 생각해 보니, 좀 전에 영승에게 동진과 서진의 내전 비밀을 쉽게 알려 준 것이 적절치 못한 듯했다.

만약 영승이 계속 서진에게 충성하고 더는 동진을 대적하지 않는다면, 오늘 그가 한 모든 행동은 제 발등 찍는 꼴이 아닌가?

생각하면 할수록 군역사의 눈빛은 더욱 복잡해졌다.

영승은 지도를 주시하는 것처럼 보였지만, 실은 계속 곁눈으로 군역사를 신경 쓰고 있었다. 그는 잠시 망설이다가 입을 열었다.

"군역사, 난 이미 말했다. 천하는 네 것이고, 한운석은 내 것이라고! 내가 용비야를 이기고 나서 네게 군마 삼만 마리를 돌려주는 것도 불가능한 말은 아니다!"

"후후, 여자란 옷과 같다. 네가 지금이야 마음을 쓰고 있지만, 어쩌면 올해가 지나고 나면 마음에 들지 않을 수도 있지."

군역사는 아주 완곡하게 돌려 말했지만, 영승은 아주 직접적이었다.

"내 몸은 극독에 중독되어 매일 백옥교의 해약에 의지해 목숨을 부지하고 있다. 날 믿지 않을 수는 있지만, 네 사매의 독약은 믿어야 하지 않겠느냐, 후후!"

군역사는 그제야 이 부분을 깨달았다. 영승의 이 약점을 쥐고 있는 한, 그는 영승의 배신이 두렵지 않았다.

"흐흐, 그렇다면 번거롭겠지만 영 족장은 우리 군에 상주해야겠군."

군역사는 웃으며 말했다. 그 말은 영승을 연금하겠다는 의미였다.

한운석은 해독 고수인데 영승을 돌려보내면 어찌 안심할 수 있겠는가. 영승을 곁에 연금시켜 놓으면 간접적으로 영승을 통해 운공상인협회의 돈을 챙길 수 있고, 적족을 조종하여 자신을 위해 움직이게 할 수도 있었다.

의심이 사라진 군역사는 밑지지 않고 돈을 끌어모으는 이 거래가 아주 마음에 들었다!

"그럼 수고스럽겠지만 신세를 져야겠군."

영승이 담담하게 말했다.

"별말씀을."

군역사는 아주 만족하는 웃음을 지었다.

이렇게 영승은 군역사의 마장에 '머무르게' 되었다. 군역사는 영승을 별로 제한하지 않는 듯했지만, 몰래 감시하는 사람을 많이 붙여 영승의 일거수일투족을 주시했다.

군역사는 영승에게 당장 군비를 마련하라고 하지는 않았고, 영승도 급하게 주려고 하지 않았다. 그는 아무 데도 가지 않고 온종일 군영 입구에 멍하니 앉아 있었다.

백언청의 일에 관해서는 군역사도 다시 말을 꺼내지 않았다.

저녁 무렵, 군역사는 영승에게 우선 서신을 써서 적족에게 무사함을 알리라고 했다. 물론 영승은 그의 서신을 군역사가 반드시 확인할 것을 알았기에 아주 짧게 적었다.

잠시 북려국 마장에 머무르고 있으며, 잘 지내고 있다.

이 서신을 누구에게 써야 하나?

영승이 가장 먼저 떠올린 사람은 한운석이었다. 그가 이렇게 여러 날 동안 실종되었으니, 적족 전체가 그를 찾고 있을 게 분명했다. 그렇다면 한운석은?

그런 생각이 들자 봉황 깃 모양 가면 아래에 있는 눈이 어렴

픗이 아파 왔다.

한운석은 지금 뭘 하고 있을까? 아직도 용비야와 함께 있겠지? 여전히 계속 백언청을 추적하고 있을까?

영승은 잠시 망설였다가 서신 봉투에 '정 숙부'라고 적었다. 군역사는 이미 영승의 서신 내용을 슬쩍 봤다. 그는 서신 봉투를 받은 후 더 보지도 않고 흥미를 보이며 물었다.

"정 숙부? 그게 누구냐?"

"10년 넘게 나를 따른 하인이다."

영승이 담담하게 말했다.

군역사는 곁에 있는 시종에게 서신을 넘겨주며 보내게 했다.

"소문에 만상궁이 최근 평안하지 못하다더군. 도박장과 경매장에 소동을 벌인 자가 있었다던데."

군역사가 떠보듯이 말했다.

영승의 눈동자에는 복잡한 눈빛이 떠올랐다가 금세 사라졌다. 그는 무시하듯 말했다.

"삼도 암시장에서 우리 만상궁이 수습하지 못할 일은 없다."

외부인은 모를 수 있지만 영승 자신은 아주 잘 알았다. 운공상인협회가 약재 거래와 중남부 지역 시장을 잃은 후 지난 2년 동안 입은 손해가 아주 심각했는데, 모두 도박장과 경매장 수익으로 버텨 왔다. 이 두 곳 모두 문제가 생겼다면, 운공상인협회도 오래 버티긴 힘들었다. 어쨌든 적족과 영승 수하의 군대, 그리고 운공상인협회에서 잠시 돈이 안 되는 사업들은 모두 만상궁을 의지해야 했다.

도박장과 경매장에 무슨 일이 생겼지? 그가 없는데 장로회가 버틸 수 있을까? 영정 그 녀석은 아직도 암시장에 있나?

영승은 모든 걱정을 마음속에 숨겨 두었다.

군역사는 운공상인협회의 이런 내막을 전혀 몰랐다. 그는 암시장의 일들에 별로 관심이 없었다. 아무튼 그는 적족에게 돈이 숱하게 많다고 확신했다!

"며칠 동안 쉬고 있어라. 군비 일은 나중에 자세히 논의하자."

군역사가 진지하게 말했다.

십억은 너무 큰 액수였다. 영승은 한 번에 줄 생각일까, 아니면 다른 방법이 있을까? 군마 삼만 마리는 또 어떻게 받을 생각일까? 두 사람의 협력을 천하에 알려야 할까, 아니면 몰래 진행해야 할까? 이 모든 것을 자세히 논의해야 했다.

군역사가 영승이 있는 곳에서 나오자 백옥교가 찾아왔다.

"사형, 사부 일은……."

"그만해라!"

군역사가 차갑게 말을 끊었다.

"사형, 설마 아직도……."

군역사는 갑자기 고개를 돌려 성난 눈빛으로 그녀를 바라봤다.

"나와 사부 일에 쓸데없이 끼어들지 마라!"

그는 말을 마치고 성큼성큼 가 버렸다. 백옥교는 마음이 아파 견딜 수 없었다. 적어도 자신은 노력했고, 적어도 사형이 진상은 알게 되었다고 생각했다.

20여 년 동안 이어진 사제 간의 정이었다. 어찌 밉다고 바로 미워지겠는가?

하지만 일단 미워하기 시작하면, 다시는 돌이킬 수 없을 게 분명했다. 군역사는 어리석지 않았다. 그저 숨어서 자기 상처를 돌볼 시간이 필요했을 뿐이었다.

그리고 지금, 시끄럽던 소동이 끝나고 음모가 결정된 이때, 영승은 홀로 군영에 앉아 적족과 자신의 상처를 돌보고 있었다.

삼대에 걸쳐 내려온 신앙, 백여 년 동안 이어 온 고집, 그의 의지가 갑자기 하룻밤 사이에 웃음거리가 되었다!

귀환, 영패를 바치다

동진과 서진의 은원은 고작 오해였고, 웃음거리에 불과했다.

한운석이 이 사실을 알면 아주 기뻐하겠지? 기뻐하는 모습은 어떨까? 소녀처럼 소리치며 팔짝팔짝 뛰어다닐까?

영승은 그녀의 그런 모습을 본 적이 없었다. 심지어 웃는 모습도 본 적 없었다. 그런 생각이 들자, 그는 그 여자의 자신감 넘치고 눈부신 미소를 본 것만 같았다.

용비야는 또 어떤 반응을 보일까?

영승이 받아들이고 싶지 않고, 믿고 싶지 않아도 인정할 수밖에 없었다. 이번 내기는 용비야와 한운석의 승리였다!

한운석에게 그가 복종치 않을 이유가 뭐가 있을까?

그녀는 주인이요, 그는 종이었다.

그녀는 군주요, 그는 신하였다.

그녀는 막중한 책임을 잊지 않았고, 적과 부정한 일을 저지르지 않았는데, 그가 무슨 자격으로 불복한단 말인가? 그녀가 용비야를 선택했는데, 그가 무슨 이유로 간섭한단 말인가?

영승은 고개를 숙이고 두 손을 무릎 위에 놓은 채 바닥에 앉아 있었다. 어둠 속에서 촛불이 그의 선 굵은 옆얼굴을 비추었다. 그는 자신도 모르게 쓴웃음을 지었다. 어쩔 도리가 없는 숙명 같았다.

동진과 서진 관계가 단순한 오해라는 사실을 가장 믿지 않았던 것이 그였다. 그런데 어째서 하필 그가 가장 먼저 이 비밀을 알게 되었을까?

영승이 깊은 생각에 잠겨 있는데 백옥교가 들어왔다.

"사형과 이야기를 잘 끝냈어?"

그녀가 물었다.

영승은 고개를 들고 그녀를 보며 속으로 냉소를 지었다. 백옥교는 앞으로 아주 유용하게 쓰일 패였다!

진상이 훤히 드러났다고 해서 그 오랜 세월의 원한이 끝날 수 있다는 뜻은 아니었다. 대진제국의 내전으로 수많은 사람이 죽고 다치며 희생했다. 이 빚은 확실히 남아 있었다.

이 빚을 누구에게 갚아 줘야 하겠는가? 당연히 흑족과 풍족이었다!

백언청을 어찌하지는 못해도, 군역사는 굴복시킬 수 있었다!

영승이 정 숙부에게 보낸 서신이 전달되고 있는 지금, 정 숙부의 처지는 조금도 좋지 못했다.

한운석 일행은 이미 남결원과 서옥원 거래를 마쳤고, 은표를 지불한 후 땅문서를 받아 삼도 암시장으로 돌아왔다.

정 숙부는 만상궁에 잠시 앉았다가 대충 핑계를 대고 빠져나왔다. 그는 미리 가대와 약속을 해 두었다. 거래가 성사되면 그가 삼도 암시장의 견복見福 전장에 가서 돈을 받기로 했다. 그런데 견복 전장에서 반 시진이나 기다렸지만 가대는 오지 않았다.

가대는 그와 상의도 없이 가격을 올렸고, 지금은 또 모습을 드러내지 않고 있었다. 정 숙부는 생각할수록 뭔가 이상했다!

그는 잠시 앉아 있다가 결단을 내리고 만상궁 산하의 천륭天隆 전장으로 급히 달려갔다.

한운석과 대장로가 가대에게 지불한 은표 중 절반은 천륭 전장에서 발행한 것으로, 만상궁 산하의 모든 전장에서 은자로 바꿀 수 있었다. 만약 가대가 은자로 바꾸기 전에 은표의 발행번호를 차단해 버리면 그 은표의 효력은 사라지므로 가대는 은자를 손에 넣을 수 없었다.

그러나 천륭 전장에 도착했을 때, 정 숙부는 다른 전장에서 이미 그 은표들을 교환해 주었다는 소리를 들었다.

"젠장!"

정 숙부가 창구를 주먹으로 내리치자, 점주는 깜짝 놀라 어찌할 바를 몰라 했다.

"이런 괘씸한!"

정 숙부는 분노를 억제할 수 없었다. 하지만 곧 분노를 신경 쓸 겨를도 없이 당황스러움이 밀려왔다. 그 돈을 받지 못하면, 무엇으로 금 집사의 빚을 갚아 준단 말인가?

금 집사에게 약속한 마지막 기한이 바로 오늘 밤인데!

정 숙부는 침묵에 잠기면서 복잡한 얼굴이 되었다. 그 모습을 본 점주가 조심스럽게 다가와 낮은 목소리로 말했다.

"정 숙부, 이 은표는 장로회에서 지출한 것이지요? 대장로가 최근 무슨 거래를 했길래 이렇게 거액의 은자가 필요했던 겁니까?"

서진 공주가 만상궁 일에 개입했다는 사실을 아랫사람이 어찌 알까? 또 장로회의 지출을 아랫사람이 어찌 가늠할 수 있을까?

만상궁이 오늘 정오에 단번에 은표 칠억을 지출한 사실도 전장에서 점주만 알고 있었다.

정 숙부는 자기 생각에 깊이 빠져 있어 점주의 질문은 전혀 들리지 않았다. 그의 앞에는 지금 두 가지 선택지만 놓여 있었다. 하나는 금 집사가 한운석과 장로회를 찾아가기 전에 그를 죽여 입을 막는 것이었다. 또 하나는 바로…… 도망치는 것이었다!

정 숙부는 천륭 전장에서 나와 만상궁으로 돌아가지 않았다. 그는 몇몇 고수들을 불러 삼도 암시장에서 별의별 인간이 다 모인 화류항花柳巷으로 향했다.

이미 밤이 깊었지만 한운석은 여전히 아주 많이 바빴다.

서옥원에서 돌아온 후 그녀는 장로들과 함께 도박장을 다시 여는 일에 대해 논의했다. 남결원과 서옥원의 원락은 바로 쓸 수 있는 게 많아서 따로 개조할 필요가 없었고, 도박장 물건만 옮기면 되었다.

"오늘 밤에 바로 시작하세. 이 일은 반드시 비밀에 부쳐야 하네! 늦어도 열흘 안에는 도박장 문을 열어야 하네."

한운석이 진지하게 말했다. 영정의 처소에서 나온 후부터 그녀는 신경을 바짝 세우고 한순간도 긴장을 풀지 않았다.

"공주께서 두 도박장의 이름을 지어 주십시오."

대장로가 공손하게 말했다.

이들은 삼도 암시장에서 가장 가까운 남결원을 일반 도박장으로 하여 먼저 문을 열고, 서옥원은 회원제를 도입해 우선 소문만 내고 조금 늦게 문을 열기로 했다.

한운석은 잠시 생각한 후 말했다.

"원래 이름 그대로 쓰도록 하지. 며칠 후에 사람을 써서 이 도박장은 정원 주인이 여는 것이라고 소문을 퍼뜨리게!"

대장로가 제일 먼저 절묘한 수라며 손뼉 쳤다. 이렇게 사람들을 현혹하는 근거 없는 소문이 퍼질수록 도박장의 내력은 더욱 종잡을 수 없게 되니, 그들에게는 훨씬 이득이었다.

한운석이 다른 장로들과 세부적인 부분들을 확정 지은 후에야 회의가 끝났다.

한운석은 의자를 밀어 주는 시녀의 시중을 받으면서, 장로들과 이야기를 나누며 회의장에서 나왔다.

"공주마마, 이틀 동안 고생이 많으셨습니다!"

"공주마마, 어서 가서 쉬십시오. 남은 일은 소신들에게 맡기시고 마음 푹 놓으십시오."

한운석이 경매장 상황을 물어보려는데, 한 시종이 흥분해서 달려왔다.

"공주마마, 대장로님, 경매장이 영업을 시작했습니다!"

"정말이냐!"

대장로가 크게 기뻐했다.

"세 곳 모두 경매를 시작했고, 모두 거액의 거래였습니다. 동장東場 쪽은 연달아 두 번 경매가 진행되었는데, 두 번째 경매 고객은 강건 전장에서 돈을 빌리지 않고 바로 돈을 다 지불했습니다."

시종이 흥분해서 말했다.

대장로는 기쁜 마음에 말을 잇지 못했고, 피곤함으로 충혈된 눈가가 젖어 왔다. 지난 며칠 동안 그는 가장 심한 압박을 받아 왔다. 운공상인협회와 군대, 그리고 운공대륙에 흩어져 있는 적족의 여러 세력이 그에게 잇따라 서신을 보내 만상궁의 상황을 물었고, 그는 이 모든 것을 혼자 감당했다.

오늘은 칠억을 쏟아부어 정원 두 곳을 매입했다. 그는 겉으로는 침착해 보였지만, 사실 속으로는 지금까지도 떨고 있었다. 적족이 몇백 년 동안 이어온 기업基業이 자기 손에서 무너질까 두려웠다.

다행히, 정말 다행히도 경매장의 위기가 해결되었다. 경매장 위기가 해결되었으니, 만상궁은 위험을 두려워하지 않고 모험을 할 수 있었다!

다른 장로들도 서로 얼굴을 쳐다보며 기쁜 표정을 짓다가 결국 모두 한운석을 바라보았다. 어떻게 감사해야 할지 몰랐다.

한운석은 속으로 한숨을 돌렸다. 그녀 역시 기뻤다!

한운석이 웃으며 말했다.

"다들 일찍 돌아가서 쉬게. 모두 한숨 푹 자도록 하게!"

이 다섯 명의 장로가 얼마나 많은 압박을 감당했는지 그녀는 다 알고 있었다. 오늘 밤, 이들은 드디어 마음 놓고 잠을 이룰 수 있을 것이었다.

한운석의 이 말에 모두 함께 웃기 시작했다.

"참, 도박장에서 소동을 피운 자들은 찾았나?"

한운석이 물었다.

"아직 조사 중입니다. 소식이 들어오는 대로 아랫사람이 바로 보고를 올릴 겁니다."

대장로가 얼른 보고했다.

한운석은 고개를 끄덕인 후 사람들을 훑었다. 원래는 시녀에게 영정의 처소로 데려다 달라고 하려 했지만, 갑자기 한 사람이 떠올라 가지 않았다.

겨우 이틀 정도 떨어져 있었고, 밖에서 하룻밤 묵었을 뿐인데, 왜 이렇게 오랜 시간이 흐른 것 같을까?

어째서 용비야를 3년은 못 본 것 같지? 그 사람, 혹시 벌써 방에서 기다리고 있는 건 아닐까?

이번에 외출하기 전 그날 밤의 순간들을 떠올리니 한운석은 귀뿌리가 달아올랐다. 전에 몇 번이나 속으로 용비야를 괴롭혀 보겠다고 맹세했었다.

하지만 진짜 그를 괴롭혔을 때도 자신이 주도권을 잡지 못한 것 같았고, 결국에는 용비야에게 완전히 잡아먹힌 것 같았다.

한운석은 곧 방으로 돌아왔고, 늘 그랬듯이 방 안팎에 있는 모든 시녀를 물러가게 했다. 그녀는 바퀴 달린 의자에 앉아 방

안 전체를 둘러보았다. 하지만 방은 텅 비어 있었고, 그 익숙한 모습은 보이지 않았다.

어디 갔지?

지난번에도 여러 차례 모습이 보이지 않다가 소리 없이 불쑥 나타났었다.

어디에 숨었을까?

한운석은 입가에 미소를 머금은 채 용비야를 찾아내겠다고 마음먹었다.

그런데 그녀가 찾으려고 하는 순간, 시녀가 들어왔다.

“공주마마, 대장로가 뵙기를 청합니다. 폐를 끼쳐 죄송하지만 중요한 일이라고 합니다.”

이렇게 늦은 시간에 처소까지 찾아오다니, 정말 폐를 끼치는 일이었다.

한운석은 일부러 대답하지 않고, 용비야가 나와서 그녀에게 거절하라고 말하기를 기다렸다. 하지만 아무리 기다려도 방 안은 고요했고, 아무 인기척이 없었다.

용비야가 안 왔나?

그가 있었다면, 그 패기 넘치는 성격에 이미 나와서 그녀를 노려보며, 거절하라고 했을 것이었다.

그를 만날 생각에 흥분했던 한운석은 마치 찬물이라도 끼얹은 것처럼 순식간에 낙심했다. 그녀는 시녀에게 담담하게 말했다.

“대장로에게 곁마루에서 기다리라고 해라. 내가 곧 가겠다.”

가기 전 그녀는 다시 한번 방 안을 봤다가 결국 실망하며 밖으로 나갔다.

곁마루에 이르자 한운석이 말하기도 전에 대장로가 쏜살같이 달려와 두 무릎을 꿇었다. 공손하게 올린 두 손에는 영패가 놓여 있었다.

금사남목金絲楠木 재질로 된 이 영패는 열쇠 모양으로, 금실로 된 비단 줄이 매여 있었으며, 영패 위에는 '적狄' 자가 새겨져 있었다.

한운석은 이 영패를 오랫동안 바라보았다. 놀란 척도 하지 않았고, 거짓으로 사양하는 척도 하지 않았다. 그저 침묵할 뿐이었다.

"공주마마, 영 족장께서 계시지 않으니 공주께서 적족을 위해 대국을 주관해 주십시오!"

대장로가 진지하게 말했다.

"적족을 위해 대국을 주관한다?"

한운석은 생각에 잠긴 듯 그 뜻을 곱씹어 보려는데, 대장로가 바로 말을 바꾸었다.

"만상궁은 모든 일에 공주의 뜻을 따르겠습니다."

한운석은 영패를 들고 담담하게 웃으며 말했다.

"대장로, 내가 용비야와 인연을 끊지 않고 이어 가며 적족의 은자를 탕진할까 두렵지 않은가?"

대장로는 냉소를 지으며 말했다.

"공주께서 정말 그럴 마음을 먹으신다면 누가 막을 수 있겠습니까?"

한운석은 갑자기 영승을 떠올렸다. 그는 나이도 어리면서, 이 연세 지긋한 대장로보다도 생각이 깨어 있지 못했다.

그랬다!

그녀가 정말 마음먹고 서진의 막중한 책임을 저버리려고 한다면, 누가 막을 수 있겠는가?

그녀가 뭐 하러 이렇게 힘들게 뛰어다니면서 만상궁을 위해 이 위기들을 해결하겠는가? 무엇 때문에 이렇게 노력해서 '정정당당'해지기 위해 애쓰겠는가?

한운석은 장로패를 대장로에게 돌려주며 말했다.

"장로회가 날 믿는다면 한 가지 일만 허락해 주면 되네! 만상궁 일은 영승이 없으니 자네와 장로회 장로들이 합심해서 처리하게. 난 그냥 의견이나 몇 가지 제시하겠네."

대장로는 너무도 의외였다. 이 영패는 그냥 굴러 들어온 은자요, 권력이었다.

이 영패만 쥐고 있으면 적족의 그 누가 감히 그녀를 얕보겠는가? 누가 감히 그녀를 의심하겠는가?

그런데 거절한다고?

"공주마마, 무슨 일이든 분부만 내려 주십시오."

대장로가 진지하게 말했다.

"만상궁 장로회 이름으로 운공상인협회 장로회, 영씨 집안 군대의 여러 장군들, 부장들에게 알려 주게. 서진은 동진과 손잡고 함께 백언청을 붙잡아 고북월을 구출……."

한운석의 말이 끝나기도 전에 대장로는 바로 안색이 변해 놀란 목소리로 말했다.

"공주께서는 동진과 협력하시려는 겁니까?"

용비야가 왔을까

한운석이 용비야와 협력하려 하다니.

게다가 적족의 상인협회와 군사 고위 간부들에게도 알리라고? 당당하게 협력하겠다고?

대장로는 어안이 벙벙해졌다. 한운석이 장로패를 거절한 후 이런 요청을 할 줄은 정말 생각도 못 했다.

전에 영정은 이 일에 대해 물었었고, 한운석은 해명했었다.

동진과 서진이 휴전한 이유는 영승과 용비야가 백언청부터 맞서기로 합의했기 때문이었다. 용비야가 전쟁을 멈추기로 약속한 것도 한운석의 독술을 이용해 백언청을 견제하기 위해서였다.

지난번 말다툼을 생각하면 대장로는 지금도 가슴이 두근거렸다.

공주가 돌아왔으니 다 끝난 일이라고 생각했다. 그 역시 지금껏 사람을 보내 영승의 행방을 찾고 있었다.

그런데 한운석은 지금 옛일을 다시 꺼냈을 뿐 아니라, 공공연하게 용비야와 협력하고 적족 고위층 간부들에게 이 일을 알리려 했다.

심지어 만상궁 장로회의 이름으로 이 이야기를 꺼내 달라니, 만상궁에게 그녀와 용비야의 협력을 허락해 달라는 소리였다!

몰래 협력하는 것도 받아들일 수 없었는데, 공공연한 협력이야 오죽하랴.

대장로는 한운석을 바라보면서 눈살을 잔뜩 찌푸린 채 아무 말도 하지 않았다.

"용비야는 백언청을 유인할 방법이 있고 내게는 백언청의 독술을 견제할 방법이 있네! 우리 두 사람이 협력해야만 백언청을 잡을 수 있어."

한운석이 일깨워 주었다.

"대장로, 백언청과 그의 제자는 북려국에 군마 구만 마리와 기병 만 명을 보유하고 있네. 동진과 서진이 연합하지 않으면, 정말 풍족 좋은 일만 하는 거 아니겠나?"

한운석이 물었다. 대장로가 여전히 말이 없자 한운석이 또 덧붙였다.

"대장로, 대진제국의 내전 원인에 대해 동진과 서진은 지금까지 다른 주장을 하고 있네. 당시 사강에 홍수가 났을 때, 서진 황족은 풍족에게 모든 일 처리를 위임했고, 동진 황족은 흑족에게 대응을 맡겼네. 그때의 진상에 대해 의심해 본 적이 없나? 당시 은원에 대해 확실히 알아보고 싶지 않은가? 각자 다르게 주장해도 진상은 하나뿐이네."

한운석은 어쩔 수 없이 거짓말을 할 수밖에 없었다.

"용비야는 지금까지도 동진 황족의 당시 행동을 부인하며 우리 서진 황족이 명령을 내려 풍족이 흑족 대군을 습격했다고 모독하고 있네. 이번에 협력해서 백언청을 잡고, 백언청이 용비야와 대질하게 하는 걸세! 우리와 동진은 오랜 세월 동안 대적해 왔는데, 영문도 모르고 모함받을 수는 없지 않은가!"

한운석은 대진제국 내전의 진상에 대해 직접 의문을 제기하지 않았다. 그녀가 영리하게 표현 방식을 바꾸자, 도리어 대장로가 당시 진상을 의심하기 시작했다.

대장로가 조금 흔들리는 모습을 보고 한운석은 극약 처방을 이어 갔다. 그녀는 자조적인 표정으로 말했다.

"대장로, 공주와 태자의 차이가 어찌 이리도 크단 말인가! 용비야는 한마디면 서진과 협력할 수 있는데, 서진의 공주인 나는……."

대장로가 긴장한 모습을 보고 한운석은 더 모질게 말했다.

"서진의 공주인 나는 기껏해야 꼭두각시에 불과하지! 됐네. 난 돌아가서 상처나 치료하겠네. 나라 재건의 대업은 자네들의 영 주인이 돌아오면 마음대로 하라고 하게. 난 쓸데없이 참견하지 않겠네!"

한운석이 말을 마치자 대장로는 식은땀이 흘렀다.

한운석은 지금 적족의 충성에 의문을 제기하고, 적족의 위선을 비웃고 있는 게 분명했다.

"대장로, 시간이 많이 늦었으니 자네도 돌아가게. 자네의 장로패를 잘 챙기게나!"

한운석은 말과 동시에 직접 바퀴를 돌려 밖으로 나가면서 일부러 혼잣말을 중얼거렸다.

"내가 분수를 알고 장로패 같은 것을 받지 않아 다행이야."

크지는 않았으나 딱 대장로가 들을 수 있을 정도의 목소리였다.

대장로가 한운석의 이런 자조적인 태도를 어찌 견딜 수 있겠는가? 지금 그녀는 자조적인 모습으로 장로회와 적족을 비꼬고 있었다. 그녀는 지금 대장로에게 자신의 말을 들어주지 않으면, 아무 일에도 관여하지 않고 지금부터 '꼭두각시'로 지내겠다고 경고하고 있었다.

시녀가 한운석을 입구까지 데리고 갔을 때, 대장로가 참지 못하고 말했다.

"공주께서 적절하다고 생각하신다면 말씀대로 처리하겠습니다."

대장로는 생각했다. 만약 공주가 자신이 맡은 중책만 잊지 않는다면 서진이 잠시 동진과 협력하는 게 무슨 상관이겠는가? 당시 내전의 진상을 명확히 하여 천하 사람에게 결론을 내려주는 것 또한 필요했다!

하물며 이번 협력도 서진이 염치없이 용비야에게 부탁한 것이 아니라, 용비야가 공주의 독술 도움이 필요하다고 공주에게 부탁한 것이었다.

대장로는 스스로 위안했다. 비록 속마음이 그리 편치는 않았으나, 결국에는 타협했다.

"그럼 내일 당장 소식을 전하고, 상인협회와 군사 쪽에서는 우리의 좋은 소식을 기다리고 있으라고 하게!"

한운석이 진지하게 말했다.

대장로에게서 돌아선 그녀는 입가에 번지는 기쁨의 미소를 참을 수 없었다.

마침내 해냈다.

마침내 몰래가 아니라, 서진 공주의 이름으로 동진 태자인 용비야와 당당하게 연합할 수 있게 되었다. 어찌 되었든 최소한 더는 숨길 필요도 없고, 주저할 필요도 없었다.

그녀는 동진과 서진의 문제가 그저 한바탕 오해에 불과했기를 바랐다. 만약 오해가 아니라 정말 나라와 집안의 원한이 있다면, 그녀 역시 장렬히 싸울 준비가 되어 있었다!

전쟁을 하든, 하지 않든 제대로 살아가기로 약속했다!

왜냐하면 어깨에 짊어진 막중한 책임을 벗은 후 그들은 자기 자신의 모습으로 사랑해야 했기 때문이었다. 또 그녀는 용비야에게 아이를 열둘은 낳아 줘야 했다.

희망을 품으면서도 준비를 해 두는 것! 용비야도 이렇지 않을까?

대장로가 떠난 후, 한운석은 시녀를 물러가게 했다. 그녀는 한시라도 빨리 용비야에게 이 기쁜 소식을 나누고 싶었다. 약속한 열흘이 되기도 전에 그녀가 해냈다.

그러나 그녀는 방에 들어온 후에야 용비야가 오늘 밤 오지 않았다는 사실이 생각났다.

그녀의 행적은 서동림이 내내 알고 있었다. 설마 서동림이 그녀가 이미 돌아온 사실을 알리지 않았을까?

한운석은 방 안에서 한참 동안 앉아 있었다. 하마터면 밖에서 지키고 있는 서동림을 불러 물을 뻔했지만, 그래도 그렇게 하지 않았다. 서동림이 용비야에게 그녀의 행적을 보고하지 않았을 리 없었다.

그렇다면 이유는 하나, 그가 바쁘기 때문이었다.

텅 빈 방 안을 바라보던 한운석은 피곤해서 아무것도 하고 싶지 않았다. 그냥 탁자에 엎드린 채 멍하니 찻잔만 보고 있었다.

용비야가 오지 않았다는 현실을 받아들이긴 했지만, 그래도 속으로는 은근히 기다리며 기대했고, 괜히 고집스레 그가 있을지도 모른다고 믿었다.

그러나 아무리 기다려도 방 안은 정적뿐이었다.

마침내 그녀는 두 손을 탁자 위에 올리고 조심스럽게 일어서서 앞으로 조금씩 걸어 보았다.

그녀가 첫걸음을 내디딘 순간, 역시 뒤에서 용비야의 언짢아하는 목소리가 들렸다.

"한운석, 한 걸음만 더 가 보거라!"

이럴 줄 알았어. 있을 줄 알았다고!

역시나 그는 그녀의 시험에 걸려들었다.

"한 걸음만 더 가면 어쩔 건데요?"

한운석이 놀리듯 말하며 뒤돌아보려는데, 용비야가 먼저 쏜살같이 달려오더니 갑자기 뒤에서 그녀의 허리를 감싸 안았다.

한운석은 움직이지 않았다. 그녀의 입가에 소리 없이 피어오른 미소는 꿀처럼 달콤했고, 이 칠흑같이 어두운 겨울밤을 환하게 밝힐 만큼 반짝였다.

그녀가 말했다.

"용비야, 좀 더 꽉 안아 줄래요? 보고 싶었어요."

용비야는 더 가까이 다가와 그녀를 품속으로 끌어안았다. 두 사람은 서로 꼭 붙은 채로 상대의 존재를 체감했다.

"이제 됐느냐?"

용비야가 물었다.

"더 꽉이요."

한운석이 부드럽게 말했다.

그러나 두 사람은 이제 더 가까워질 수 없었다. 더 가까워지려면 그녀가 그의 살 속으로 파고들어야 했다.

그는 더 말하지 않고 그녀를 안고는 그 어깨에 자신의 얼굴을 파묻었다. 소리 없이 그녀의 하얀 목과 귓바퀴에 입을 맞추었고, 주체할 수 없는 감정에 휩싸여 그녀를 탐했다. 때때로 그녀의 몸에서 풍기는 특유의 담향淡香을 깊이 들이마셨다. 그에게만 속한 향기였다.

하루를 못 봐도 3년은 떨어져 지낸 것 같은데, 이틀을 못 보면 어떠하겠는가? 이 여자와 며칠 더 떨어져 지내게 되면 그가 무슨 짓을 할지 상상도 할 수 없었다.

그는 진작 와 있었다. 그녀가 약 가는 것을 잊지 않았는지 지켜보고 있었는데, 역시나 그녀는 또 그에게 걸리고 말았다.

용비야의 입맞춤이 더욱 깊어지고 그녀를 더 거세게 끌어안자, 한운석은 참지 못하고 고개를 젖힌 채 눈을 감고 그의 부드러움과 열정을 느꼈다.

용비야는 아무리 감정을 주체하지 못할 정도여도 그녀가 부상당한 사실은 잊지 않았다. 그는 그녀를 오래 세워 두지 않았고, 침상으로 안고 가서 약을 갈아 주었다.

"용비야, 나……, 나……."

한운석은 말을 하려다가 말고 그를 향해 미소를 지었다.

"만상궁을 손에 넣었느냐?"

용비야가 물었다. 그는 대장로가 왔다는 사실을 알고 있었고, 주시하고 있었다.

"기쁘지 않아요?"

한운석이 반문했다.

용비야는 그제야 그녀의 코를 쓸어내리며 말했다.

"내일 함께 백독문으로 가자. 내가 다 준비해 두었다."

그는 자신의 기쁨을 표정으로 드러내기보다 행동으로 보여 주었다.

"백독문이요?"

한운석은 퍽 의외였다.

"백독문을 공격할 거다. 내일 독 시위와 여아성의 용병을 모두 보내라. 백언청이 나오지 않으면 백독문을 무너뜨리자!"

용비야가 차갑게 말했다.

"좋아요!"

한운석은 백독문은 생각도 못 하고 있었다.

그곳은 백언청의 소굴이었다. 이들이 그의 소굴 앞까지 가서 도발하는데도 백언청이 계속 겁쟁이처럼 군다면, 천하의 비웃음을 살 뿐 아니라 독술계 사람들의 웃음거리로 전락할 테고, 심지어 자기 수하들에게도 업신여김을 살 것이었다.

백언청 성미에 이런 모욕은 절대 참지 못했다. 게다가 그는 그녀와 용비야의 연합을 꺼렸다. 그러니 백언청이 할 수 있는 선택은 하나, 바로 백독문으로 고북월을 데리고 가서 그들을 견제하는 것뿐이었다.

용비야의 이 한 수는 기가 막혔고, 백언청을 막다른 골목으로 몰기에 충분했다.

한운석은 용비야의 얼굴을 붙잡고 진지하게 말했다.

"역시 당신이 똑똑해요!"

용비야는 어려서부터 다른 사람과 가까이 있는 것을 싫어했다. 그의 모비조차 이렇게 그의 얼굴을 붙잡은 적이 없었다. 하지만 그는 한운석에게만은 조금도 거부감이 들지 않았다. 그는 그녀가 붙잡고 있게 놔두었고, 심지어 그녀가 그의 코를 쥐고 장난쳐도 전혀 개의치 않았다. 그는 오로지 전심을 다해 그녀에게 약을 바르고 붕대를 감아 주었다.

처치를 마친 후 용비야는 금패 하나를 꺼내 들었다.

"여기에 칠억이 있으니 잘 갖고 있거라."

"당신 돈은 필요 없어요!"

한운석이 진지하게 말했다.

이것은 만상궁을 속여 얻은 돈이었다. 하지만 어떤 의미에서 보면 속인 것도 아니었다. 만상궁이 강건 전장에 지불한 비용이라 할 수 있었다. 그녀가 나서지 않았다면 아무리 이윤이 나고 낙 점주가 그녀의 협력 방식을 마음에 들어 했어도, 강건 전장은 절대 만상궁과 협력하지 않았을 것이다. 만상궁이 곤경에 빠진 상태에서 강건 전장이 돌을 더 안 던진 것만 해도 다행이었다.

그러니 만상궁은 용비야에게 신세를 진 셈이었다. 칠억으로 용비야에게 진 신세를 갚을 수 있다면, 정말 큰돈이라고 볼 수 없었다.

한운석이 용비야에게 쭉 설명을 늘어놓았지만, 용비야는 전혀 관심을 보이지 않으며 물었다.

"돈이 아니면, 몸이 필요한 것이냐?"

이 말이 왜 이리도 익숙한지, 지난번 그 밤에 그녀가 했던 말 같았다.

용비야는 나른하게 높은 베개에 기댄 채 눈썹을 치키고 한운석을 훑어보기 시작했다.

용비야, 죄를 인정해요

용비야의 눈빛은 의미심장하다기보다는 흑심이 느껴졌다!

한운석은 그의 시선을 피해 잔기침을 하며 다른 화제를 찾으려 애썼다.

"참, 내일 나한테 당리를 꺼내 주라고 이야기해 줘요."

이제 그녀는 만상궁에서 말이 통하는 사람이 되었다. 당리가 그녀와 손발을 맞춰 연극만 해 준다면, 장로회에게 풀어 달라고 하는 일은 그리 어렵지 않았다.

다른 일은 몰라도 영정 일은 지체할 수 없었다. 영정이 자신을 향한 당리의 마음을 안다면 어떤 반응을 보일까? 한운석은 절로 그들의 미래를 상상하기 시작했다.

용비야는 이 화제에 흥이 나지 않는 듯 나른하게 대답했다.

"음."

용비야가 말을 이어 가려 하지 않자, 한운석은 계속 화제를 찾을 수밖에 없었다. 아기 이야기는 용비야의 마음속에 응어리로 맺혀 있으니, 계속 당리와 영정 이야기를 꺼낼 정도로 어리석지는 않았다.

그녀는 잠시 생각했다가 또 진지하게 말했다.

"참, 내일 대장로에게 정 숙부 이야기를 해야겠어요. 요 며칠 내로 정 숙부가 돈을 받지 못하면, 꼬리가 드러날 거예요!"

한운석이 서둘러 정 숙부를 찾아 결판을 내지 않은 것은, 정 숙부가 화를 누르지 못하고 가대를 찾아가서 말썽 피우기를 기다리고 있었기 때문이었다.

어쨌든 정 숙부도 적족의 원로급 인물이었다. 그를 무너뜨리기 위해 힘들게 증거를 찾고 입이 닳도록 설명하기보다는, 차라리 그가 스스로 함정에 걸려들어 정체를 드러내게 하는 편이 나았다!

용비야는 여전히 관심을 보이지 않으며, 흥이 가신 얼굴로 고개를 끄덕였다.

한운석은 또 화제를 바꿨다.

"용비야, 고칠소가 지금까지도 소식이 없어요. 혹시……."

그런데 그녀가 끝까지 말하기도 전에 용비야가 강하게 말을 끊었다.

"한운석, 난 네가 침상에서 다른 사람 이름을 언급하는 게 싫다. 특히 고칠소는!"

한운석은 그럼 다음에는 침상에서 이야기하지 말라고 말해 주고 싶었다. 그러나 안타깝게도 그녀에게는 말할 기회가 없었다.

그녀가 침상에서는 그의 이름만 부를 수 있다는 것을, 용비야가 곧 행동으로 알려 주었기 때문이었다.

"용비야, 이 나쁜 사람! ……용비야, 안 돼요……, 여긴 안 돼요! 용비야, 그만해요! 그만! 용비야……. 다, 당신……. 당신, 하지 말아요!"

누가 들으면 얼이 빠질 듯한 소리들이었다. 그러나 용비야는 그저 한운석을 간지럽히고 있을 뿐이었다. 한운석의 두 다리는 많이 회복되었지만 어쨌든 불편한 상태였고, 그녀는 용비야의 손힘을 당해 낼 수 없었다. 잠시 후 그녀는 용비야의 몸 아래 누워 두 손 들고 항복했다.

"잘못했어요. 잘못했으니까 좀 봐줘요!"

이게 무슨 잘못을 인정하고 항복하는 말투인가! 분명 내몰려서 어쩔 수 없이 하는 말이었다.

용비야는 무표정한 얼굴로 그녀를 내려다보며 말했다.

"부탁해라."

한운석은 이래 봬도 줏대 있는 사람이었다. 그녀는 고개를 돌리고 흥 소리를 내며 콧방귀를 뀌었다.

용비야는 눈을 가늘게 뜨고 입맛을 다시며 한운석을 뚫어져라 쳐다봤다. 한운석은 위험한 기운을 감지했지만, 그래도 끝까지 고집을 부렸다.

그의 뜨거운 숨결이 점점 가깝게 느껴졌다. 그가 지금 몸을 굽혀 그녀에게 다가오고 있음을 알 수 있었다. 한운석은 아예 눈을 감았다.

그 모습을 본 용비야의 눈빛 속 정복욕이 한층 더 짙어졌다.

갑자기 그가 한 손으로 한운석의 팔을 누르고, 다른 한 손으로 그녀의 겨드랑이를 공략했다. 한운석은 너무 놀라서 온몸에 닭살이 돋았다. 그녀는 용비야가 자기 겨드랑이를 간지럽히는 것을 가장 무서워했다.

용비야의 손은 그저 그 주변만 맴돌고 있을 뿐, 진짜로 간지럽히지는 않았다. 한운석은 이미 눈을 부릅뜨고 노려보고 있었다.

"놔요, 그만 괴롭혀요!"

말을 하지 않는 편이 나았다. 그녀가 불만을 품을수록 더 기운이 솟아나는 그는 갑자기 그녀를 간지럽히기 시작했다.

"앗……."

한운석이 비명을 질렀다. 정말이지, 듣고 있기 괴로운 소리였다!

원락 밖을 지키고 있는 서동림은 탄식하지 않을 수 없었다. 시녀들이 모두 물러갔기에 망정이지, 아니었다면 결과가 얼마나 심각했을지 상상조차 할 수 없었다.

짧은 이별이 신혼보다 낫다지만 이렇게까지 하실 건 없잖아. 전하가 공주를 이렇게 '괴롭힐' 것까지야 있을까?

"부탁하겠느냐?"

용비야가 또 물었다.

한운석은 눈물이 날 정도로 간지러웠다. 눈물이 그렁그렁한 눈동자에 가득한 고집은 사람의 마음을 더욱 설레게 했다.

"안 해요. 죽어도 부탁 안 해요!"

"좋다!"

용비야는 지금껏 여자와 이렇게 대결해 본 적이 없었다. 한운석이 처음이자 유일했다. 그가 다시 공격을 시작했다.

"비켜요! 아…… 용비야, 놔줘요!"

이번에는 한번 간지럽히기 시작한 후 계속 멈추지 않았다.

"하하……, 그만, 날 놔줘요. 나 화낼 거예요! ……용비야,

당신 진짜 나빴어요. 놔요, 그만 괴롭혀요!"

그녀는 안간힘을 쓰며 그의 두 손에서 발버둥쳤고, 몸을 비틀며 피했다.

"으앙……, 용비야, 나, 나 진짜 울어요."

한운석은 실성한 것처럼 웃다가 울다가 소리도 질렀지만, 끝내 '부탁'이라는 말은 하지 않았다.

용비야가 마음이 약해진 것인지 아니면 실수였는지, 마침내 그녀가 그의 손에서 벗어났다. 그녀가 서둘러 그의 손을 잡아버리자 그제야 그가 멈추었다.

두 사람의 눈이 서로 마주쳤다. 한운석은 숨을 가쁘게 몰아쉬고 있었고, 용비야는 아주 평온하게 인내심을 갖고 기다렸다.

그녀가 벗어났어도, 그가 다시 그녀를 가두는 것은 식은 죽 먹기였다.

그는 바로 손대지 않고 그녀가 말하기를 기다렸다.

한운석은 그를 노려보며 이를 악물었다. 마치 망설이는 듯했다. 그 모습을 본 용비야는 더욱 인내심을 발휘하여 기다렸다.

과연 한운석은 입을 뗐다.

"용비야, 나……."

"음."

용비야는 거의 웃음을 참기 힘들었다.

그런데 한운석이 말을 확 바꾸어 이렇게 말할 줄이야.

"당신이 나한테 부탁해요!"

지난번과 마찬가지로 한운석은 갑자기 용비야의 목을 감싸더니 그의 얼굴을 자기 가슴으로 밀어 넣었다. 그녀는 그의 얼굴, 그의 목, 그의 등을 가만히 어루만지면서 천천히 그의 옷을 벗기고 허리띠를 풀었다.

그는 처음에는 움직이지 않고 그녀의 몸에 얼굴을 묻고 있었다. 하지만 점차 그도 가만있지 않았다. 볼 필요도 없이 아주 능숙하게 그녀의 옷을 다 벗겼다.

'부탁'이라는 말은 이미 완전히 잊어버렸다. 그는 눈을 감은 채 그녀의 아름다움에 입을 맞추며 그 속으로 빠져들었다. 하지만 그 흉터에 닿는 순간, 그는 단번에 정신이 나서 고개를 들었다. 한운석의 가슴에 아주 깊은 깨문 자국이 남아 있었다.

"어찌 된 일이냐?"

그의 얼굴이 단숨에 어두워졌다.

한운석이 대답하기도 전에 그가 그녀를 누르며 노한 목소리로 말했다.

"한운석, 이게 대체 어찌 된 일이냐?"

그가 이곳을 깨물어서 자국이 남긴 했었다. 하지만 조금도 깊지 않았기 때문에 절대 흉터로 남을 리 없었다!

이 흉터가 어떻게 생겼지?

용비야 눈 속에 이글거리는 잔혹함과 하늘까지 치솟을 듯한 분노의 불길을 보자, 한운석은 그제야 이 인간이 오해했을 수도 있겠다는 사실을 깨달았다.

이 흉터가 어떻게 생기긴, 이 남자 외에 또 누가 있겠어? 또 누가 있을 수 있겠냐고!

한운석은 참지 못하고 푭 하고 웃음을 터뜨렸다.

"목령아에게 약을 달라고 했어요. 당신이 날 상처 나도록 괴롭힌 죄를 영원히 남겨 두려고요."

새파랗게 질렸던 용비야는 그제야 정신을 차릴 수 있었다. 그는 정말 이 여자에게 완전히 지고 말았다. 그녀는 그의 모든 감정과 욕망을 도발한 데다가 그의 희로애락까지 장악했다. 심지어 오해 하나로 항상 견고하게 지켜 온 마음을 무너뜨릴 수도 있었다.

그는 그 흉터를 가만히 어루만지며 진지하게 들여다보다가 부드럽게 말했다.

"한운석, 이 죄는 내 인정하마!"

한운석은 웃으며 말했다.

"좋아요. 죄를 인정하는 태도가 훌륭해서 가벼운 벌을 내리도록 하죠. 벌은……."

한운석의 목소리 역시 자기도 모르게 부드러워졌다.

"용비야, 벌은…… 영원히 날 사랑하는 거예요. 받아들이겠어요?"

"받아들이겠다."

용비야의 손 흉터와 한운석의 이 흉터도 어찌나 비슷한지, 정말 천생연분 같았다.

그가 넋을 잃고 바라보고 있는데, 한운석이 그를 안아서 잡아당기더니 귓가에 작게 속삭이며 그의 몸 아래에서 굴복했다.

"용비야, 부탁이에요. 날 사랑해 줘요……."

고요한 밤, 흐릿한 달빛 가운데 이들은 새벽이 오는 것도 모른 채 아름다운 이와 깊은 사랑에 빠졌다.

다음 날 새벽, 용비야가 깨어났을 때 한운석은 여전히 정신없이 잠들어 있었다. 그는 전처럼 조심스럽게 떠나지 않고, 한운석을 간지럽혀 깨웠다.

"오후에 암시장 입구에서 기다리겠다."

용비야가 진지하게 말했다.

한시라도 빨리 그녀를 데리고 삼도 암시장을 떠나고 싶었지만, 용비야는 한운석이 만상궁의 번거로운 일을 다 처리할 수 있도록 충분한 시간을 주었다.

한운석은 단숨에 정신을 차렸다. 용비야가 떠난 후, 그녀는 시녀를 불러 자리를 정돈하게 하고는 바로 옥방으로 달려갔다.

마침내 당리, 당문의 문주를 구출할 수 있게 되었다!

지난 이틀 동안 한운석을 만나지 못했던 당리는 그녀를 보자마자 하마터면 무릎을 꿇을 뻔했다.

"형수님, 왜 이제 왔어요! 영정은 요 며칠 어떻게 지내요? 많이 좋아졌어요? 아직도 약을 먹고 있어요? 계속 괴로워해요? 토하기도 하나요? 부종이 있지는 않아요? 밤에 잠은 잘 자고요? 낮에는, 낮에도 졸려 하나요?"

한운석의 믿을 수 없다는 눈빛을 받으면서 당리는 질문을 무더기로 쏟아 내더니 마지막으로 한마디 덧붙였다.

"내 딸은 순해요?"

한운석은 정말 당리에 대한 생각이 확 바뀌었다.

"아는 게 꽤 많네!"

한운석이 진지하게 말했다.

"대체 어떻게 지내냐고요!"

당리가 애간장이 타서 물었다.

"어떻게 딸이라고 확신해?"

한운석이 또 물었다.

당리는 대답하지 않고, 한운석을 추궁하지도 않았다. 그는 아예 그녀에게 애원했다.

"형수님, 영정을 한 번 만나게 해 줄 수 없어요? 한 번만! 몰래 나갔다가 금방 돌아올 수 있어요. 잠깐이면 돼요. 아무도 모를 거예요!"

한운석은 고개를 저었다.

"미안. 그럴 수 없어."

당리가 화가 나서 말했다.

"형을 만나야겠어요!"

그는 도망칠 능력이 없지만, 그의 형은 그를 꺼내 줄 능력이 있었다. 당문과 동진 황족의 관계가 드러난다고 해도, 그는 전혀 아쉽지 않았다. 어쨌든 그도 영정에게서 이익을 얻어 낼 생각이 없었고, 영정을 곤란하게 만들면서 적족을 속일 생각도 없었다.

그는 지금 한 가지 생각뿐이었다. 영정을 데리고 집으로 돌아가 몸조리를 잘 시켜야 한다는 것. 이제 아빠가 되는데!

거의 미치고 팔짝 뛸 것처럼 구는 당리를 보면서 한운석은 그런 생각이 들었다. 나중에 그녀가 임신하면, 용비야는 어떤 반응을 보일까?

"형수님!"

당리는 애걸했다. 하마터면 한운석을 납치해서 저 궁수들을 위협할 뻔했다.

"당신 형도 도와주지 않아! 나가고 싶다면, 한 가지만 약속해 줘."

한운석이 웃었다.

당리는 바로 입을 다물고, 한운석이 말하기를 기다렸다.

한운석은 목소리를 낮추고 그에게 귓속말했다. 당리는 그제야 한운석이 요 며칠 만상궁에서 무슨 일을 했는지 깨달았다.

"그럼 저들이 형수님 말씀을 듣는다고요?"

당리가 진지하게 물었다.

"그렇게 대단한 일도 내 말대로 했는데, 당신 일처럼 사소한 일쯤이야."

한운석이 웃으며 말했다.

"내 일은 사소한 일이 아니라고요……."

당리가 억울한 표정으로 말하자 한운석은 그에게 두 손 들며 말했다.

"그래, 그래. 당신 일도 대단한 일이지. 그럼 난 지금 대장로를 찾아갈게."

"얼른, 얼른 가요!"

당리는 거의 쫓아내다시피 했다.

한운석은 아빠가 된다는 기쁨이 이런 모습임을 처음으로 깨달았다. 당리가 이렇게 기뻐하는 모습을 보자 그녀의 기분도 아주 좋아졌다.

한운석은 감방에서 나와 대장로를 찾아갔다. 하지만…….

사라졌다

한운석이 장로회 쪽에 도착하기도 전에 검은 옷을 입은 한 시녀가 찾아왔다.

"공주마마! 공주마마! 큰일 났습니다!"

검은 옷을 입은 시녀의 안색은 지극히 창백했다.

이 시녀는 바로 한운석이 매수하여 영정 원락에서 시중을 들게 한 자였다. 한운석은 가슴이 철렁했다. 영정과 아이에게 무슨 일이라도 생기면, 당리에게 뭐라고 한단 말인가?

"무슨 일이냐?"

한운석이 물었다.

"정 소저와 령아 낭자가 사라졌습니다. 방에서 시중들던 천천茜茜은 피살당했습니다!"

검은 옷을 입은 시녀는 너무 놀란 나머지 아직도 이빨을 덜덜 떨고 있었다.

"소인이 방금 식사를 올리러 갔더니, 천천은 바닥에 쓰러져 있고 침상에는 아무도 없었습니다……. 소인, 소인이 바로 령아 낭자를 찾으러 갔지만, 령아 낭자도 옆방에 없었습니다."

한운석이 생각한 최악의 상황은 영정의 몸에 문제가 생기는 것이었다. 그런데 이 정도로 상황이 나쁠 줄은 생각도 못 했다. 침상에 누워 지내야 하는 영정이 납치되다니, 그녀가 버틸 수 있을까?

시녀는 피살당했고, 영정과 목령아는 사라졌다. 납치된 게 분명했다!

한운석은 손까지 차가워졌지만 그래도 침착하게 분부했다.

"당장 장로회에 알려라. 그리고 영정의 일은 절대 새 나가선 안 된다. 입을 잘못 놀렸다간 네 목숨이 위험할 것이다!"

한운석은 시녀에게 서둘러 자신을 영정 원락에 데려가 달라고 한 후 현장을 검사했다. 이렇게 소리 없이 만상궁에 들어와 살인하고 납치할 수 있는 사람이라면 결코 보통이 아니었다. 고수이거나, 아니면 내부 첩자였다!

한운석이 서둘러 갔을 때, 대장로 등 다른 사람들도 도착했다. 방 안의 시체를 보자마자 다들 서로 얼굴만 쳐다볼 뿐 말이 없었다.

오장로가 시체를 검사하려고 하자 한운석이 막았다.

"건드리지 말게! 여봐라, 검시관을 불러와라!"

대장로는 한운석의 뜻을 알아챘다.

한운석이 법의학 지식을 어느 정도 갖고 있긴 했지만, 그래도 비전문가였기 때문에 역시 검시관에게 맡기는 것이 비교적 안전했다.

검시관을 기다리는 동안, 한운석은 대장로보다 먼저 시녀에게 어제부터 지금까지 원락 상황이 어떠했는지 물었다.

한운석이 거듭 눈짓을 보냈기 때문에 시녀는 당황한 와중에도 영정의 임신 사실을 발설하지 않았다.

시녀의 이야기에 따르면 영정과 목령아는 어젯밤까지 이곳에 있었다. 그렇다면 밤이 되고 나서부터 날이 밝을 때까지, 이 시간대에 납치되었을 가능성이 컸다.

목령아는 영정에게 약을 지어 주며 옆방에 머물렀고, 영정은 안방에서 요양 중이었다. 피살된 시녀는 야간 당직을 선 시녀였다.

곧 검시관이 도착했다. 검사 결과, 시녀는 어젯밤 야간 당직을 서는 도중 피살당했고, 죽기 전 발버둥친 흔적 없이 단번에 목숨을 잃었다.

"분명 내부 첩자 짓이다!"

한운석이 진지하게 말했다.

만상궁에 야경을 도는 시위가 적지 않고, 영정의 원락 주변에도 야경 시위들이 있었다. 이곳을 잘 아는 첩자가 아니라면, 어찌 소리 소문도 없이 들어와 사람을 죽이고, 쥐도 새도 모르게 영정과 목령아를 데려갈 수 있단 말인가?

"만상궁에는 내부 첩자가 있을 수 없습니다!"

이장로가 분노한 목소리로 말했다.

"내부 첩자가 있다 해도 정 소저를 뭐 하러 납치하겠습니까?"

삼장로는 이장로만큼 흥분하지는 않았지만, 그 관점에는 동의했다.

"공주마마, 정 소저는 이미 일에서 손을 떼셨고 지금은 병으로 누워 계십니다. 내부 첩자라면 소저를 납치해도 적족을 위협할 수 없다는 걸 알았을 겁니다."

"당문 사람이 아닐까요?"

대장로가 의심하며 물었다.

그러나 한운석이 반문했다.

"당문 사람이라면 왜 영정만 납치했겠나? 당리를 구하지 않고?"

이장로가 당당하게 말했다.

"당리를 찾지 못했을 수도 있지요!"

한운석은 참지 못하고 눈을 흘겼다. 차라리 당문 사람이 납치했기를 바랐다. 그럼 일 처리가 도리어 쉬웠다. 그러나 어떻게 당문 사람일 수 있겠는가? 당문의 그 노인네들은 지금까지 당리가 만상궁에 갇힌 사실도 몰랐고, 그저 당리가 영정을 데리고 동래궁에 놀러 간 줄로만 알고 있었다.

게다가 저들이 움직이려 했다 해도, 용비야를 속일 만큼 대담하지는 못했다.

"이장로, 당문을 너무 과대평가하는 거 아닌가? 설마 만상궁의 경비가 당문 사람이 사람을 죽이고 납치했는데도 모를 정도로 허술하단 말인가?"

한운석이 비웃으며 말했다.

이장로는 바로 입을 다물었지만 삼장로가 말했다.

"공주마마, 내부 첩자라면 그자는 대체 누구고, 왜 정 소저를 납치했을까요?"

그 말이 나오자 한운석은 놀라서 엉겁결에 한마디를 내뱉었다.

"정 숙부!"

정 숙부? 어떻게 그런 일이?

모두가 멍해 있는데 한운석이 다급하게 말했다.

"대장로, 정 숙부는 어디 있는가?"

"공주마마, 내부 첩자가 있다고 해도 절대 정 숙부는 아닙니다. 어제 우리가 돌아오던 중, 정 숙부는 남쪽에 새 하관을 구하러 간다며 도중에 떠났습니다."

대장로가 말했다.

한운석은 연신 고개를 저었다. 그녀는 속으로 너무 부주의하게 정 숙부를 얕보았던 자신을 탓했다.

그녀는 너무 초조해서 하마터면 가대 일까지 말할 뻔했지만, 다행히 바로 멈추었다.

그 일은 말해 줄 수 없었다. 할 수 있었다면 일찌감치 다 말했을 것이었다. 장로회에게 그녀와 가대가 아는 사이요, 서로 결탁해서 정 숙부와 만상궁을 속였다고 말할 수는 없지 않은가? 어젯밤 용비야와 이 일을 논의했을 때도 대장로에게 빙빙 돌려 귀띔해야겠다고 생각했을 뿐이었다.

이제, 어쩌면 좋지?

"정 숙부……, 정 숙부……."

한운석은 화제를 돌렸다.

"정 숙부를 의심하는 게 아니라 빨리 정 숙부를 찾아오라는 뜻이네. 이렇게 엄청난 일이 발생했으니, 내부 첩자든 외부 적의 짓이든 간에 만상궁의 경비가 너무 약해졌다는 뜻이네. 도박장 일은 삼장로와 사장로가 좀 더 수고해 주고, 정 숙부에게 돌아와 이 일을 처리하라고 이르게."

한운석의 이 말은 평소처럼 막힘없이 술술 나오지 않았지만, 다행히 다른 장로들은 이상한 낌새를 알아차리지 못했다. 어쨌든 만상궁에 발생한 이 사건은 정말 큰일이었으니, 한운석이 긴장하는 것도 정상이었다.

"공주 말씀이 맞습니다! 여봐라! 당장 정 숙부를 찾아가서 이곳에 큰일이 났으니 속히 돌아오라고 전해라!"

대장로가 바로 분부를 내렸다.

한운석은 그제야 조금 마음이 놓였다. 만약 정 숙부가 납치하지 않았다면 그녀와 가대의 계획은 원래대로 진행될 것이었다. 만약 정말 정 숙부가 납치했다면 반드시 후속 행동이 있을 테고, 그럼 장로회는 자연스레 그를 의심하게 될 것이었다.

범인이 왜 영정과 목령아를 납치했는지 모르지만, 한운석은 그저 영정과 배 속 아이가 무사하기만을 바랄 뿐이었다.

"공주마마, 아니면 당리를 데려와서 시험해 보시지요. 폭우이화침에 대해서도 당문은 우리에게 해명을 해야 합니다!"

대장로가 말했다.

한운석은 당리가 영정의 실종 사실을 알면 어떤 반응을 보일지 상상도 되지 않았다. 미쳐 버리는 건 아닐까. 몰래 당리를 찾아가 미리 당부라도 해 놔야 했다. 하지만 지금 이런 상황에서 몰래 옥방에 가는 것은 어려울 듯싶었다. 그저 당리가 너무 충동적으로 나오지 않기를 바랄 뿐이었다.

걱정과 불안함을 마음속에 숨긴 채, 한운석은 담담하게 말했다.

"처리해야지. 그자를 회의장으로 데리고 가라."

아무것도 모르는 당리는 아주 고분고분하게 말을 잘 들었고, 시위들이 포박하는데도 전혀 반항하지 않았다. 회의장에 끌려온 후, 그는 사람들이 알아채지 못하는 틈을 타 한운석을 향해 장난스럽게 눈을 깜빡이기까지 했다.

며칠 전 한운석은 분명 당리가 어른이 되었다고 느꼈었다. 하지만 지금 보니 그는 어린아이처럼 미련해 보였다.

꼴이 말이 아니게 여윈 몸에 오랏줄로 묶여 있는 당리를 보고 있자니 한운석은 마음이 아파 왔다.

영정, 어디 있는 거야? 너의 아리를 생각하고 있어?

"당 문주, 앉으시오."

대장로는 당리에게 의자 하나를 준비해 주었다.

당리는 두 다리가 묶여 있어 통통 뛰어갈 수밖에 없었다. 그는 앉아서 냉소를 지었다.

"흐흐, 적족에게도 손님 접대법이라는 게 존재하는군!"

다른 장로들이 화를 내려 하자, 대장로가 눈빛으로 저지한 후 말했다.

"당 문주가 실종된 지 며칠이 지났으니 당문도 초조하겠지요."

"대장로가 그리 말하는 걸 보니 날 놔주려는 거요?"

당리는 표정이 진지해졌다.

"그럼 내 부인과 내가 이겨서 딴 돈도 다 돌려줘야 하오. 안 그러면 가지 않겠소!"

그 말에 대장로도 안색이 변했다. 하지만 옆에 있는 시녀들은 하나같이 입을 가리고 몰래 웃고 있었다.

한운석은 웃음이 나오지 않았다. 그녀가 입을 열었다.

"당 문주, 폭우이화침에 대해 우리 적족에게 해명하지 않으면 한 푼도 가져갈 수 없소. 이곳을 떠날 생각은 꿈도 꾸지 마시오!"

당리는 입꼬리를 당기며 말했다.

"영정은? 영정을 불러 주시오. 폭우이화침은 내가 그녀에게 준 예물이오. 설명한다 해도 영정에게 하겠소!"

당리는 말하면서 눈썹을 치키고 무리를 훑어보며 무시하듯 물었다.

"당신들이…… 대체 뭔데? 당신들이 영정의 예물을 가져가다니, 동의는 받은 거요?"

"영정의 예물은 당연히 영씨 집안 족장이 보관하오!"

대장로가 바로 반박했다. 영씨 집안 족장은 당연히 영승이었다.

"그럼 영승도 함께 데려오시오. 그들 남매에게 설명하겠소!"

당리는 물론 영승이 실종된 사실을 알고 있었다.

대장로는 영승도, 영정도 데려올 수 없었다. 그리고 당리의 이 몇 마디 말에, 삼장로와 사장로는 당문 사람이 영정과 목령아를 납치했을 수도 있다는 의심을 지웠다.

대장로는 한운석을 쳐다보며 그녀가 상황을 주관해 주길 부탁했다.

"당 문주, 본 공주는 적족 족장을 대표할 수 있소. 오늘 당신이 확실하게 설명할 수 있다면, 본 공주가 당신을 봐주겠소."

한운석의 이 말에 대장로와 다른 사람들이 모두 그녀를 돌아보았다. 한운석은 그들에게 안심하라는 눈빛을 보낸 후 계속 당리에게 말했다.

"확실하게 설명하지 못하면, 본 공주가 가만두지 않겠소!"

한운석은 지금 당리를 위한 길을 내주고 있었다. 당리는 일부러 한운석을 훑어보고 있다가 한참 후에야 대답했다.

"좋소. 본 문주가 서진 공주의 체면을 세워 주도록 하지."

당리는 잠시 침묵한 후에야 입을 열었다. 그는 좀 누그러진 태도로 말했다.

"대장로, 소생이 묻고 싶은 게 있는데, 가르침을 받을 수 있을지 모르겠소."

대장로가 경계하며 말했다.

"어디 들어 봅시다."

"어떤 여자가 약을 써서 대장로의 하룻밤을 가졌다면, 그 여자를 어떻게 처리하겠소?"

당리는 아주 진지하게 물었으나, 장내는 순식간에 정적에 휩싸였다.

그러나 정적은 잠시뿐, 대장로를 제외한 모든 사람이 웃었다. 참지 못하고 소리 내 웃는 사람도 있었고, 억지로 참는 사람도, 또 몰래 웃는 사람도 있었다.

한운석도 당리를 보며 정말 어쩔 수 없다는 듯 웃었다.

대장로가 망설이며 대답하지 못하자, 당리가 또 물었다.

"대장로, 그 여자를 죽이겠소, 아니면 부인으로 맞아 천천히 괴롭히겠소?"

대장로는 여전히 대답이 없었고, 당리도 더 캐묻지 않고 말했다.

"운공상인협회는 재산이 넘치게 많고 사업도 크게 열어 기세가 대단하니, 우리 당문은 건드릴 수 없었소. 다행히 정 소저가 나 당리에게 시집오겠다고 하여 내게 설욕할 기회를 주었지."

여기까지 듣자 모두 웃을 수 없었다.

당리가 이렇게 말하자, 거의 모든 사람이 영정이 당문에 시집가서 날마다 당리에게 괴롭힘을 받고 복수를 당하며 힘든 나날을 보냈을 거라고 생각했다.

오직 한운석만은 알았다. 날마다 괴롭힘을 당하고, 혹사당하고, 얻어맞고, 욕먹은 사람은 당리였다. 당리는 영정을 여왕처럼 받들고 보호하며 그녀에게 양보해 주었다.

누군가에게 총애받는 데는 그럴 기회와 복이 있어야 했다. 하지만 다른 사람을 총애하는 것 또한 기회가 필요했다!

당리가 앞으로도 계속 영정에게 괴롭힘을 당할 기회가 있을지, 한운석도 알 수 없었다. 그녀는 가만히 당리의 고백을 듣고 있었다.

그랬다. 당리는 해명이 아니라 고백을 하고 있었다…….

아름다운 고백

당리는 폭우이화침을 거짓으로 꾸민 것에 대해 해명하는 게 아니라, 고백을 하고 있었다. 하지만 안타깝게도 이 자리에 없는 영정은 들을 수 없었다.

당리가 이장로에게 물었다.

"노인장, 여자를 어떻게 괴롭히는지 아시오?"

이장로는 주먹을 꽉 움켜쥐고 당리에게 여자를 괴롭히는 짓은 대장부가 할 행동이 아니라고 욕하려 했다. 그런데 당리가 예상치 못한 답을 내놓았다.

"날 사랑하게 만들어 떠나지 못하게 한 후 쫓아내는 거요!"

그 말에 장내가 고요해졌다. 모든 사람이 당리를 믿을 수 없다는 눈빛으로 바라보았다.

당리는 삼장로를 보며 말했다.

"노인장, 당신을 사랑한 여자가 있었소? 그 여자는 당신을 왜 사랑했소?"

삼장로는 거북한 표정이 되어 당리의 시선을 피했다. 당리가 또 물었다.

"당신 부인이 무슨 꽃을 좋아하는지 아시오? 어떤 옷감으로 된 옷을 좋아하는지 아시오? 삼시 세끼 식성은 어떻소? 좋아하는 간식은? 어느 가게의 장신구와 연지를 좋아하오? 신발 치수는 아시오? 목욕할 때 무슨 향을 쓰는 걸 좋아하오? 언제까지 늦잠을 잘 수 있지? 화를 많이 내면 기분이 풀리오?"

당리는 말하다가 웃음을 터뜨리고는 말을 계속했다.

"매달 며칠에서 며칠 사이에 기분이 가장 나빠지오?"

현장은 물을 끼얹은 듯 고요해졌고, 장로들은 고개를 숙이고 있었다. 거북한 것일까 아니면 부끄러워지기 시작한 것일까. 한운석은 절로 용비야 생각이 났고, 갑자기 그가 너무 보고 싶어졌다. 그녀의 일이라면 크고 작음에 상관없이 용비야는 모두 다 알았다.

그 자리에 있는 시녀들 중 이제 웃는 사람은 없었다. 모두 흠모하는 눈빛으로 당리를 바라봤다. 그 대단한 당문의 문주가 이렇게 많은 사소한 일들에 관심을 가질 줄이야 누가 생각이나 했을까.

한 남자가 한 여자를 얼마나 좋아하면, 시간과 마음을 써서 이런 일들을 다 알려고 할까?

사실 사랑은 현실과 동떨어진 저 높은 곳에 있는 고상한 감정이 아니었다. 사랑은 일상에서 일어나는 수많은 잡다한 일들이 쌓여 이루어졌다. 사소할수록 더 아름다웠다.

"난 다 알고 있소!"

지난 1년 동안 당리가 얼마나 여러 번 참고 양보하고 타협해 주었으며, 항상 아끼고 모든 잘못을 두둔해 주었는지 말할 필요도 없었다. 영정은 또 얼마나 사납고 까다롭게 굴었는지, 박정하고 지독하게 대했는지, 그 역시 더 말할 필요 없었다.

한마디, '난 다 알고 있소!'라는 말로 당리가 지난 1년 동안 얼마나 많은 일을 했고, 얼마나 많이 헌신했고, 얼마나 관심을 가지고 이해했는지 충분히 알 수 있었다.

모두 그를 바라보며 그가 말을 계속하길 기다렸다. 그런데 그는 한마디로 고백을 마무리 지었다.

"불행히도 난 영정을 괴롭힐 수 없었소. 그녀가 날 사랑하기도 전에 내가 그녀를 떠날 수 없게 되었거든."

소박하고 진실하면서도 아름답고 환상적인 이런 고백을 어째서……, 어째서 영정만 듣지 못하는 걸까?

당리는 한운석을 바라보며 아주 진지하게 물었다.

"한운석, 영정을 만나기 전부터 폭우이화침은 비어 있었소. 내가 혼인에서 도망칠 때 다 써 버렸기 때문이지. 그때 다 쓰지 않았다면 다른 사람을 부인으로 맞았을 거요. 영정을 부인으로 맞지 못할까 두려워 거짓으로 꾸밀 수밖에 없었소. 이 일은 설명하고 말 것도 없소! 영정이 이 예물 일로 나와 돌아가지 않는다면, 날 놔줄 필요 없소. 날 다시 가둬 버리시오. 여기서 먹고 자며 떠나지 않겠소."

대장로는 한운석을 바라봤고, 한운석도 대장로를 쳐다봤다.

도박장과 경매장의 소란 때문에 당리 일은 내내 미루고 있었다. 처음에 영승은 대장로에게 당리와 영정을 연금하라고 시켰었다. 당시 그는 납치한 당리를 내세워 당문을 위협해 운공상인협회 무기상과 협력하게 하고, 영정이 더는 이 일에 시간을 낭비하지 않게 할 생각이었다.

하지만 지금은 상황이 많이 달라졌다. 한운석과 용비야가 협력하려 했기에 동진과 서진의 전쟁은 그리 빨리 시작되지 않을 것이었다. 게다가 영승은 자리에 없었고, 영정 역시 행방불명 상태라, 대장로는 감히 최종 결정을 내릴 수 없었다.

대장로는 당리가 진심으로 영정을 좋아하게 되었다면 정 소저가 절반은 성공한 셈이니 양측 협력을 성사시키는 것도 그리 어려운 일은 아니겠다는 생각이 들었다.

지금 적족은 만사가 순조롭지 못했기 때문에 정말이지, 당문과 다시 충돌하는 것은 좋지 않았다. 차라리 당리를 풀어 주고 영정의 실종 사실을 알리는 게 나았다. 그럼 당문 사람이 찾는 것을 도와줄 수 있었고, 당문과의 사돈 관계도 유지할 수 있어 앞으로 이야기하기가 쉬워졌다.

대장로는 앞으로 나가 한운석에게 귓속말로 자신의 의견을 밝혔다. 한운석은 당리가 이렇게 고백할 줄은 몰랐지만, 대장로의 생각은 짐작했다.

그녀는 몰래 당리에게 눈짓을 보냈다. 침착하라는 암시가 전해지길 바랐다. 당리는 한운석이 암시하는 눈빛은 보았지만, 무슨 뜻인지를 알 수 없었다.

한운석이 담담하게 말했다.

"여봐라. 당문 문주를 풀어 드려라."

당리는 줄곧 참고 있었지만, 이제 더는 억누를 수 없어 다급하게 물었다.

"영정은? 내 부인은?"

뛰어난 고백 덕분에 당리는 애정을 숨길 필요도, 가식적인 호의를 보일 필요도 없었다. 지금 그는 떳떳하게 모든 사람 앞에서 영정을 좋아한다는 사실을 밝힐 수 있었다. 심지어 그는 영정을 당문으로 데리고 가서 배 속 아이를 가지고 집안 어른들을 위협할 생각까지 해 두었다. 그는 당문의 구대 독자였다. 어른들, 특히나 그의 아버지가 감히 영정을 털끝 하나라도 건드리면 그들 모두를 후회하게 만들 생각이었다!

"빨리 영정을 불러 주시오. 예물을 원한다면 내가 더 주면 되니까! 당문에 돌아가서, 원하는 암기가 있으면 마음대로 고르게 해 주겠소!"

영정이 마음대로 암기를 고르는 것과 당문이 무기상과 협력하는 일은 별개의 문제였다. 하지만 당리의 이 말에 자리한 장로들의 눈이 환해졌다. 그들은 모두 괴로움을 금할 수 없었다. 왜 당문 일을 잊고 있었을까? 좀 더 일찍 당리를 심문했다면, 당리가 진작 영정을 데리고 당문으로 돌아가서 무기상 일이 빨리 성사되었을지도 몰랐다.

지금은 영정이 실종되었으니, 당리에게 뭐라고 해야 할까?

한운석은 한참 동안 입을 떼지 않았고, 장로들 역시 모두 서로 얼굴만 쳐다볼 뿐이었다. 기뻐하고 있던 당리가 마침내 한운석이 뭔가 이상한 것을 알아챘다.

그는 불안해졌다. 영정에게 무슨 일이 생겼나? 아니면 아이에게?

당리는 달려가서 질문을 퍼부으려고 했으나, 한운석의 매서운 눈빛에 저지당했다. 장로회가 지금 당리를 믿고 있긴 하나, 영정의 임신 사실이 밝혀진 후 이 노인네들이 다른 생각을 안 할 거라고 누가 장담한단 말인가?

임무를 가지고 당문에 시집간 영정이 임신했다면, 필시 본인이 원해서 한 것일 테니!

전에 영정이 복면을 쓰고 삼도 암시장에 온 것만 해도 영승의 의심을 샀었다. 오늘 영승이 자리에 있었다면, 당리는 절대 이리 쉽게 슬쩍 넘어갈 수 없었다.

지금 이런 시기에는 되도록 일을 적게 벌이는 편이 나았다.

당리는 한운석의 걱정을 알아채고 냉정함을 되찾은 후, 한운석에게 안심하라는 눈빛을 보냈다. 그는 자신이 냉정해지지 않으면 한운석이 말해 주지 않을 것을 알았다.

"당 문주, 영정이……, 영정이 어젯밤 실종……."

한운석의 말이 끝나기도 전에 당리가 달려들었다.

"뭐라고?"

시위들이 바로 달려와서 막았지만, 당리는 한운석의 멱살을 잡고 질문을 퍼부으려 했다. 몰래 숨어 있던 서동림마저 손에 땀을 쥐었다.

한운석은 눈살을 찌푸린 채, 당리의 눈동자를 주시하며 멈추지 않고 눈빛으로 일깨워 주었다. 그녀가 서둘러 말했다.

"요 며칠 영정은 몸이 불편했소. 의사가 안정을 취해야 한다고 했고, 목령아가 줄곧 옆에 있어 주었소. 그런데 어젯밤 누가 방에 침입해 방 안에 있던 시녀를 죽이고 그녀와 목령아를 모두 납치했소. 장로회가 이미 조사하고 있으니 냉정함을 잃지 말고 장로회와 함께 이 일을 조사해 주길 바라오."

한운석은 마지막 말을 특별히 강조한 후 다시 물었다.

"당 문주, 만상궁에 몰래 들어와 납치할 수 있는 사람이라면 무공이 결코 보통이 아닐 거요. 당신과 영정이 전에 누군가에게 미움을 산 적이 있소?"

한운석이 이렇게까지 말했는데 당리가 못 알아듣는다면 한운석도 어쩔 도리가 없었다.

하지만 다행히 당리에게 그 정도 이성은 남아 있었다. 그는 한운석을 바라보며 주먹을 꽉 움켜쥐고 있다가 한참 후에야 평정심을 되찾았다.

"우리 당문은 지금껏 속세 일에 개입한 적이 없는데, 누구에게 미움을 산단 말이오? 하지만 영정이 개인적으로 과거에 누구에게 미움을 샀는지는 나도 모르오."

"정 소저는 전에……."

대장로가 입을 막 떼자 당리가 분노하며 꾸짖었다.

"어젯밤 그렇게 큰일이 일어났는데 시위들은 몰랐단 말이오? 만상궁의 시위를 누가 관리하고 있소?"

당리는 자연스럽게 질문한 것일 뿐, 정 숙부 일에 대해서는 전혀 몰랐다. 그러나 절묘하게도 적족의 모든 경비 업무는 정 숙부 담당이었고, 만상궁도 예외는 아니었다.

장로들은 서로를 쳐다보았다. 말은 하지 않았지만, 속으로는 추측이 오갔다. 대장로는 복잡한 눈빛이 되어 말했다.

"이 일은 확실히 시위들의 직무 태만이오. 당 문주, 안심하시오. 이 일은 우리가 전심전력을 다해 철저히 조사하여 어떤 단서도 놓치지 않겠소."

"당 문주, 우선 진정하고 기다리시오. 납치했으니 분명 요구하는 게 있을 거요. 며칠 기다리면 소식이 올 수도 있소."

한운석이 설득했다.

범인이 시녀만 죽이고 영정과 목령아는 납치해 간 것이 천만다행이었다. 어젯밤 범인이 목령아와 영정까지 죽였다면, 오늘 무슨 논의를 하든 아무 의미가 없을 것이었다.

그런 생각이 들자 한운석도 저도 모르게 두려워졌다.

하지만 이 말은 당리를 더욱 자극했다. 그는 화가 나서 고함을 질렀다.

"한운석, 만상궁의 경비는 다 밥통 같은 놈들뿐이오?"

당리는 별 뜻 없이 한 말이었지만 한운석은 일부러 이 기회를 놓치지 않고 대장로에게 말했다.

"속히 정 숙부를 데려오게. 정 숙부는 이 일에 대해 반드시 책임을 져야 하네!"

대장로는 연신 고개를 끄덕였다.

"이미 사람을 보냈습니다. 당 문주, 우선 객실에서 쉬고 있으시오. 소식이 오는 대로 바로 알려 드리겠소."

"영정의 원락에 머무르면 되오."

당리가 차갑게 말했다.

대장로는 이 난감한 이야기를 속히 끝내고 싶었기에 우선 당리를 진정시킨 후 바로 시녀를 불러와 당리를 데리고 나가게 했다.

당리가 떠나자 한운석도 한숨을 돌렸다.

떠나려고 하는 마당에 갑자기 이런 일이 생기다니. 그녀가 어떻게 떠날 수 있겠는가?

누가 뭐래도 영정과 목령아는 모두 그녀가 데리고 있다가 사라졌다. 다들 영정에게 관심을 기울이고 목령아 이야기는 꺼내지도 않았지만, 그녀는 영정뿐 아니라 목령아도 걱정하고 있었다.

영정과 목령아는 다른 방에 있었는데, 둘 다 납치되었다. 이건 어째서지? 목령아가 영정이 위험한 것을 발견하고 서둘러 도우러 갔다가 이렇게 된 것일까, 아니면 범인은 원래부터 목령아를 납치하려 한 걸까?

목령아가 충동적이고 무모하긴 해도, 칠 오라버니 일이 아니면 어리석은 짓을 하거나 고집을 피우지 않았다.

범인을 이길 수 없었다면 시위들에게 도움을 청했을 게 분명했다. 그래서 한운석은 범인이 영정만이 아니라 목령아도 노리고 왔다고 믿었다!

납치범은 한 사람만이 아닐 수도 있었다!

그런 생각이 들자 한운석은 갑자기 한 사람이 떠올라 급하게 물었다.

"대장로, 지난 이틀 동안 금 집사 소식은 없었는가?"

대장로는 이 일에 관심을 두고 있지 않았기에 옆에 있던 시종이 얼른 대답했다.

"금 집사는 강건 전장에게 빚 독촉을 받다가 그저께 화류항으로 숨어들었습니다. 강건 전장 사람도 그를 찾고 있다고 들었습니다."

그녀가 알아야 하는 일

화류항이라면 한운석도 아는 곳이었다. 삼도 암시장에서 가장 난잡한 곳으로 별의별 인간이 다 모여 있었고, 어떤 세력도 통제할 수 없고 아무도 관여하지 않는 지역이었다.

금 집사가 그곳까지 숨어들다니, 강건 전장이 얼마나 심각하게 압박을 준 것일까?

용비야가 그의 빚을 받아야 할 만큼 돈이 부족한 것도 아니었다. 한운석은 강건 전장이 금 집사를 이렇게 압박하는 것은 그녀와 마찬가지로 용비야도 금 집사의 출신을 마음에 들어 했기 때문일 거라 생각했다.

하지만 지금 한운석은 이 일을 생각할 겨를이 없었다. 사람을 구하는 게 중요했다.

"사람을 보내 찾아보게. 그리고 그자가 돌아오기를 원한다면 만상궁이 빚을 갚아 줄 거라고 소문을 내게!"

한운석이 진지하게 말했다.

"그건……."

대장로는 주저했다. 장로회는 원래도 굉장히 인색했지만, 지금은 더욱이 적족 재정 상황이 아주 심각한 상태였다.

"만약 납치범이 영정만 노렸다면 목령아는 죽이면 그만이었네. 그런데 왜 목령아도 함께 데려갔겠나?"

한운석이 진지하게 물었다.

대장로는 그제야 이 사실을 깨달았다.

"금 집사가 목령아에게 복수하러 왔다는 뜻이군요."

"하지만 금 집사와 정 소저 사이에는 아무 원한이 없습니다! 왜 정 소저를 데려간단 말입니까!"

오장로가 황급히 말했다.

"지금은 추측일 뿐이지만, 아무래도 범인은 한 사람이 아닌 듯하네. 빨리 소문을 내서, 금 집사가 오는지 안 오는지 두고 보세!"

한운석이 진지하게 말했다.

일말의 단서도 없는 지금 이들은 그저 범인의 협박을 기다리면서, 의심 가는 사람들을 한 명씩 짚어 가며 다 조사할 수밖에 없었다.

이야기를 나누는 중에 경매장 쪽에서 또 사람을 보내 희소식을 알렸다. 꼬여 있는 수많은 일 중 유일하게 마음의 위안을 주는 소식이었다.

장로들은 모두 기뻐했고, 한운석에 대한 신뢰와 기대는 한층 더해졌다.

"도박장과 경매장 일은 지체해서는 안 되네. 특히 도박장을 다시 여는 일은 삼장로와 사장로가 전력을 다해 도와서 빨리 도박장 영업을 시작해야 하네! 경매장은 모든 일이 순조롭게 흘러가고 있으니 우선 이장로 혼자 대응하라고 하게. 오장로는 영정 사건을 책임지고 반드시 당 문주의 마음을 안정시키게.

대장로, 영승은 지금까지 아무 소식이 없지만, 이 일은 절대 포기해서는 안 되네."

한운석이 업무를 배분했다. 오장로가 영정 일을 처리해야 골치 아픈 일이 조금이라도 줄어들 수 있었다. 게다가 오장로 성격을 생각할 때, 곧 정 숙부를 의심하게 될 게 분명했다.

모든 일을 적절히 맡긴 후 다들 각자 할 일을 하러 떠나자, 한운석은 바로 당리를 만나러 갔다.

이때 당리는 영정의 침상에 앉은 채, 그녀가 썼던 베개와 이불을 어루만지며 그녀가 남긴 향기를 느끼고 있었다.

방에 들어온 한운석의 눈에 움켜쥔 이불을 코에 대고 있는 당리가 보였다. 의성에서 모든 사실이 밝혀진 후, 그는 영정을 다시는 안지 않았다.

당리는 한운석이 들어온 줄도 모르고 그리움과 자책 속에 빠져 있었다.

그렇게 많이 양보했으면서, 왜 조금 더 양보하지 못했을까? 조금만 더 양보해서 그녀에게 좋아한다고 말했다면, 두 사람이 이 지경까지 오지는 않았을 텐데.

침상에 다가온 한운석은 당리의 고통스러워하는 표정을 보며 침묵했다. 이런 순간에는 아무리 듣기 좋은 위로도 다 허사였다.

한참 후에야 당리가 중얼거리듯 말했다.

"형수님, 얼마나 양보해야 나와 영정이 함께할 수 있을까요?"

그는 그녀를 위해 양보하기를 원했고, 적족에게도 양보하고자 했다.

한운석은 쓴웃음을 지었다. 그녀와 용비야는 지금까지 줄곧 앞을 향해 걸으며 백 걸음을 다 걷기 위해 노력해 왔다. 그런데 당리와 영정은 걸음을 양보하고 있었다.

당리만 양보한 게 아니었다. 영정은 임신하고, 영승을 배신하고, 적족에서 벗어나려고 했다. 영정도 양보한 게 아니면 뭐란 말인가?

"쓸데없는 생각하지 마. 영정은 똑똑하니 범인이 협박해도 상황을 전화위복으로 만들 거야."

한운석의 이 말은 위로가 아니라 사실이었다.

한운석은 정 숙부와 금 집사의 의심스러운 부분을 상세히 분석하여 당리에게 들려준 후 말했다.

"오장로에게 이 일을 일임했으니, 반드시 화를 가라앉히고 협조해 주도록 해."

당리는 고개를 들고 그녀를 보며 말했다.

"형수님, 나 무서워요……. 혹시 아이가……."

뒷말을 맺기도 전에 한운석이 차갑게 끊었다.

"그만! 여기 숨어서 무서워하고 있지 마! 상황이 어떻든 사람부터 찾고 나서 다시 이야기해! 여기서 무서워하고 있는 게 무슨 소용이야? 그렇게 무서우면 애당초 왜 영정을 임신시켰어?"

임신은 절대 한 사람이 원한다고 되는 일이 아니었다! 당리가 괴롭히지 않았다면, 영정에게 그럴 기회가 있었을까?

한운석의 말은 거북하고 귀에 거슬렸다. 하지만 이런 말만이 당리를 진짜 정신 차리게 할 수 있었다.

당리는 자기 얼굴을 세게 찌르며 과감하게 일어섰다.

"지금 당장 화류항으로 가겠어요! 그곳은 내가 잘 알아요!"

용비야가 동래궁을 관리했을 때부터 당리는 자주 화류항을 드나들었다. 만상궁에서 보낸 사람보다 그가 가서 찾는 게 더 효율적이었다.

한운석은 속으로 한숨을 돌렸다. 그녀는 지금 영정과 목령아가 금 집사에게 잡혀 있기를 바랐다. 금 집사는 돈이 필요한 것뿐이었다. 돈으로 해결할 수 있는 일이라면 아주 간단했다.

당리가 나서려는데 한운석이 다급히 불러 세웠다.

"당신 형이 동래궁에 있으니 도움이 필요하면 찾아가. 그리고 가는 김에 내 말도 전해 줘……. 계획에 변동이 생겨서 며칠만 더 기다려 달라고."

그 말에 당리는 바로 되돌아와 진지하게 말했다.

"형수님, 백독문 일은 모두 계획대로 진행해요. 내 쪽은 걱정할 필요 없어요."

한운석은 그와 더 이상 쓸데없는 말을 하고 싶지 않아서 손을 내두르며 얼른 가게 했다.

하지만 당리는 고집을 부리기 시작했다.

"형수님, 이건 내 일이에요. 형과 형수님이 걱정할 필요 없어요! 두 사람까지 말려들게 하지 않겠어요!"

한운석은 그를 흘기며 말했다.

“지나친 생각 마. 당신은 풀려났으니 영정 일은 당연히 당신이 책임져야지. 내가 구하려는 사람은 목령아야.”

당리는 당연히 한운석이 홧김에 하는 말임을 알고 있었다. 그래서 그 역시 모진 말을 쏟아 냈다.

“형수님, 목령아 때문에 또 우리 형의 발목을 잡으려는 거예요? 우리 형을 또 기다리게 하려고? 동진과 서진의 은원이 하루라도 더 늦게 해결되면, 우리 형은 그만큼 편히 잠들지 못해요! 형을 위해서 생각할 수 없어요?”

당리는 한운석을 자극하려던 것뿐이었다. 한운석과 용비야 사이에 어떤 불쾌한 일이 있었는지 그가 어떻게 알까?

한운석은 자신도 모르게 용비야의 쓸쓸한 눈동자를 떠올리고는, 담담하게 당리에게 물었다.

“당신도 그렇게 생각해?”

당리는 이런 불쌍한 모습의 한운석을 본 적이 없었다. 그는 속으로 생각했다. 설마 누가 또 이렇게 욕한 적이 있나?

자극을 한 이상, 당리는 마음을 굳게 먹고 끝까지 악역을 맡기로 했다. 그가 반문했다.

“설마 형수님은 그렇게 생각하지 않으세요? 형수님, 우리 형은 누굴 기다려 준 적이 없는 사람이에요. 형수님을 만나고 나서 형수님 때문에 지체한 일이 얼마나 많은지 알아요? 형이 형수님을 총애하는데, 형수님도 형을 좀 아껴 줘야 하잖아요.”

당리도 처음에는 일부러 이렇게 말한 것이었다. 그런데 점점 말하다 보니 자신도 모르게 어렸을 때 일이 떠올랐다. 그가 중얼거리듯 말했다.

"형수님, 우리 형은 어려서부터 지금까지 사랑하는 사람이 없었어요. 나조차……, 나조차도 형이 평생 사랑하는 법을 모를 거라고 생각했어요. 그런데 이렇게 형수님을 아끼고 사랑할 줄은 몰랐어요."

한운석은 용비야가 괴로운 어린 시절을 보냈을 거라고 짐작했었다. 그녀가 물어봤을 때 용비야는 이야기하려 하지 않았다.

"당리, 용비야의 부황과 모비는 어떻게 돌아가셨어?"

한운석이 낮은 목소리로 물었다.

"미접몽 때문이에요."

당리는 전혀 피하지 않고 답했다. 그는 어떤 일들은 한운석이 아는 게 좋다고 생각했다.

사실 그에게는 형과 동진 편에 더 치우친 사심이 있었다. 만약 한운석과 용비야가 이번에 백언청을 잡고, 당시 원한의 진상을 확실히 알아낸 후 정말 서로 전쟁을 벌여야 한다면, 그는 한운석이 양보하고 사정을 봐주길 바랐다.

"미접몽? 완비가 대체 어떻게 그걸 손에 넣었지?"

한운석은 긴장하기 시작했다. 미접몽은 독종에서 행방불명된 지 오래된 보물이자 뭇사람의 쟁탈 대상으로, 백언청조차 미접몽을 추적하고 있었다. 완비는 어떻게 손에 넣었을까?

"당시 미접몽이 독종에 다시 나타났다는 소문이 돌면서 독술계에 무수한 쟁탈전을 일으켰어요. 적잖은 독종 잔당도 잇달아 독종에 몰려들었죠. 당시 의성은 온 힘을 다해 이 일을 숨기려고 했지만 소용없었어요."

당리가 담담하게 말했다.

"그래서 그분들도 미접몽을 찾으러 갔어?"

한운석이 물었다.

당리는 유감스럽다는 듯 고개를 가로저었다.

"고모부와 완 고모는 진작부터 미접몽의 행방을 추적하고 있었어요. 완 고모는 당시 당문의 독문을 관장하면서 독문 역사 연구에 몰두하다가, 역사책에서 미접몽에 관한 기록을 발견했어요. 고모와 고모부는 독술사 몇 명을 찾아서 함께 독종에 갔고, 3년을 쏟은 끝에 겨우 미접몽을 찾아냈죠. 그런데 함께 갔던 독술사 한 명이 완 고모를 배신하고 미접몽 소식을 폭로하면서 독술계가 뒤집어졌어요."

한운석은 믿어지지 않았다. 용비야의 부모님 이야기는 처음이었다.

"그러니까 독술계 사람이 독종에 몰려갔을 때, 미접몽은 이미 완비 손에 있었던 거군?"

당리가 고개를 끄덕였다.

"당문과 백리 장군부 사람들은 대부분 고모부가 부상을 입고 돌아가셨다고 알고 있어요. 병 때문이라는 사람들도 있었고. 사실 고모부의 진짜 사망 원인은 지금도 아는 사람이 별로 없어요."

"당신은 알아?"

한운석은 긴장해서 물었다.

"그분들은 당시 한 지하 동굴에서 미접몽을 찾아냈어요. 고모부는 뿜어져 나오는 독기에 노출되어서……."

당리는 깊이 숨을 들이마신 후에야 말했다.

"시신도 남지 않았어요. 당문의 와룡봉에 있는 것은 그분의 의관을 묻은 무덤이에요."

한운석은 갑자기 마음이 죄어들었다.

"그럼 완비는……."

"완 고모는 당시 고모부 곁에 있다가 두 눈으로 직접 고모부가…… 사라지시는 걸 보셨어요."

당리의 목소리가 메어 왔다. 그는 어머니가 이 이야기를 들려주었을 때 내내 눈물을 흘렸던 것을 기억했다.

"완 고모는 돌아온 후 성격이 완전히 바뀌었고, 나라 재건의 희망을 모조리 형에게 걸었어요. 그 몇 년 동안 형을 결사대처럼 훈련시켰고 나중에는……, 나중에는 자살하셨어요."

당리가 담담하게 말했다.

한운석은 용비야 몸의 그 흉터들이 떠올라 마음이 온통 뒤틀리는 것 같았다. 당리가 말하지 않았다면, 그런 남자가 이런 고통을 겪었으리라고 짐작이나 했을까?

전에 한운석은 완비를 동정했었다. 하지만 지금 한운석은 완비가 너무 미웠다.

결사대 같은 훈련이 무엇이겠는가? 어떤 결과도 두려워하지 않고 죽을 준비를 하는 고강도, 고난도의 훈련을 말했다! 그것은 한 사람을 죽음으로 몰아넣는 것이나 다름없었다.

그때 용비야 나이가 고작 몇 살이었는데?

그러나 당리가 이어서 한 말에 한운석은 더욱 무너지고 말았다.

당리가 말했다.

“완 고모는 형의 눈앞에서 자살했어요. 그때 나도 같이 있었는데, 고모는 형에게 두 가지를 당부했어요.”

“미친 거야?”

한운석은 분노에 차 소리쳤다.

“그럴지도요.”

당리가 담담하게 말했다.

한운석은 정말 더 듣고 싶지 않았다. 하지만 계속 들어야 했다. 반드시 당시 일어난 모든 일을 알아야 했다.

그 모든 것이 용비야의 과거였다!

독한 결정

완비는 자살하기 전 용비야에게 두 가지를 당부했다.

"비야, 나와 네 부황이 어떻게 죽었는지 기억해라. 비야, 네가 살아 있는 의미를 기억해라."

당리가 침묵하자, 한운석은 마음이 너무 아파서 숨쉬기조차 힘들었다. 용비야가 그렇게 많은 것을 감당했다니, 정말 상상도 할 수 없었다. 그가 감당한 것은 어깨에 짊어진 부담이 아닌 바로 마음의 짐이었다.

그가 얼마나 많은 것을 감당했는지 알아야 그가 얼마나 많이 양보했는지 알 수 있었다. 그래야 그가 그녀를 받아들이기로 하고, 사랑하고, 심지어 있는 힘을 다해 그녀의 신분을 속이려 했을 때 속으로 얼마나 많이 갈등하고 고통스러워했을지 알 수 있었다.

그러나 이 모든 것에 대해 그는 한마디도 언급하지 않았고, 지금까지 그런 일이 없었던 것처럼 차분했기 때문에, 그녀는 아무것도 몰랐다.

'서진의 공주'라는 신분에서 나오는 책임감에 비해, 용비야가 감당한 것은 생생한 내면의 고통이었다!

한운석의 눈가가 붉어진 것을 보고 나서야 당리는 자신이 너무 많이 이야기한 것 같다고 생각했다. 그가 입을 떼려는데, 한운석이 갑자기 그의 소매를 잡아끌며 진지하게 말했다.

"당리, 영정과 목령아 일은 당신에게 맡길게! 그리고 당신 형에게는 내가 이 이야기를 안다고 말하지 마."

다행히, 정말 다행히도 이 여자는 이성적이었다.

당리는 한숨을 돌리고 말했다.

"알겠어요. 안심하고 가요!"

한운석은 사람을 보내 용비야에게 시간을 바꾸자고 알리지 않았다. 그녀는 반 시진 정도를 들여 평정을 되찾고 감정을 추슬렀다. 그리고 모든 고통을 마음속 깊이 숨긴 후에야 방에서 나와 만상궁의 모든 일을 처리하러 갔다.

"대장로, 협력 일에 대해서는 다 알렸는가?"

한운석이 물었다.

"어제 장로들과 협의를 마쳤습니다. 그래도 공주께서 떠나신 후에 고지하는 편이 나을 것 같습니다. 공주, 안심하십시오. 아랫사람들은 장로회가 처리하겠습니다."

대장로가 진지하게 말했다.

대장로의 이 말에 한운석은 안심했다. 그녀는 순간 복잡한 눈빛이 되었다가 다시 말했다.

"고지한 후 이 소식을 널리 알리게! 동진과 서진의 연합을 운공대륙 전체가 다 알게 하겠네!"

대장로가 주저하자 한운석이 차갑게 말했다.

"이번 기회에 동진과 대질해 사실을 확실히 해야지, 설마 동진이 계속 우리 서진 황족을 모함하게 놔둘 셈인가? 당시 대진제국의 내전은 우리 서진 잘못이 아니라고 천하 모두가 다 알게 해야겠네!"

한운석의 기세에 영향을 받아 대장로도 흥분하기 시작했다.

"예! 반드시 말씀대로 하겠습니다!"

대장로는 지금 한운석이 속으로 아주 지독한 결정을 내린 것을 모르고 있었다.

"공주, 영정 일은……."

대장로가 떠보듯 물었다.

적족의 규칙과 기풍에 따르면, 영정의 일은 풍족 일만큼 중요하지 않았다. 설사 영정의 목숨이 위태로워도, 풍족 일을 최우선으로 삼아야 했다.

대장로가 최근 한운석과 가까이 지내긴 했지만 그녀의 성격과 기풍은 잘 몰랐다. 실종된 사람에 영정뿐 아니라 목령아도 있다는 게 문제였다. 대장로는 감히 제멋대로 주장할 수 없어 떠볼 수밖에 없었다.

"영정 일은 이미 오장로에게 일임했네. 자네는 오장로와 당문주가 잘 협력할 수 있게 살펴 주게. 용비야 쪽과는 이미 약속을 해 두었으니 오후에 출발할 것이네."

한운석이 진지하게 말했다.

"공주, 조심하셔야 합니다. 소신이 시위 두 명을 붙여 곁에서 지키도록 하겠습니다."

대장로가 말했다.

한운석도 거절하지 않고 담담하게 말했다.

"입구에서 기다리게."

용비야와 약속한 시간까지는 한 시진 넘게 남았다. 한운석은 이미 모든 업무 처리를 마쳤다. 예전 같았으면 출발 전에 목욕도 하고 건량을 준비했을 것이었다.

하지만 그녀에게 그럴 마음이 어디 있겠는가! 당장에라도 그 남자를 만나 꼭 안아 주고 싶은 마음이 간절했다.

어떻게……, 어떻게 아무것도 말해 주지 않을 수 있어? 평생 속일 생각이었을까? 어떻게 혼자 그 많은 것을 감당할 수 있어?

용비야와 그렇게 많이 떨어져 보았고, 얼마 전에는 몇 달이나 떨어져 지내기도 했었다. 하지만 그 시간들보다 지금 이 한 시진 남짓한 시간이 더 견디기 어렵게 느껴졌다.

한운석은 바퀴 달린 의자에 앉아 홀로 방 안에서 소식이 오기를, 그가 사람을 보내 맞으러 오기를 기다렸다. 그녀는 이미 냉정하게 사고를 할 수 없는 상태였다.

마침내 문 두드리는 소리가 났다.

"공주마마, 동진의 태자가 사람을 보냈습니다."

한운석은 홱 고개를 들었다. 방문이 열리자 입구에 서 있는 서동림이 보였다.

"서진 공주, 가시죠."

서동림은 비굴하지도 거만하지도 않은 태도로 시녀보다 앞서 한운석의 바퀴 달린 의자를 밀었다.

대장로는 옆에서 기다리고 있다가 한운석이 나간 후 바로 두 시위를 따라가게 했다.

후문까지 배웅하는 동안 대장로가 말했다.

"공주마마, 몸조심하십시오."

"안심하게. 천하 사람이 다 아는 일이니 용비야도 감히 함부로 할 수 없네."

한운석은 떠나는 와중에도 대장로를 미혹시켰다. 곧 대장로가 동진과 서진의 협력 사실을 운공대륙 곳곳에 알릴 게 분명했다.

오장로와 사장로도 배웅을 나왔으나, 서동림 앞에서 그들은 침묵한 채 많은 말을 하지 않았다.

후문에 이르자 장로들은 모두 걸음을 멈추었다. 서동림은 한운석을 마차에 태웠고, 두 시위는 그 뒤를 따르며 그대로 삼도암시장 서문까지 달렸다.

한운석은 마침내 그녀에게 익숙한 마차를 발견했다. 아주 안정적이고 큰 마차가 조용히 그곳에 서 있었다. 고 씨가 옆에서 기다리는 것을 보니, 용비야는 마차 안에 있는 게 틀림없었다.

그런데 큰 마차 뒤에 또 작은 마차 한 대가 있었다. 두 시위는 그 작은 마차가 한운석을 위해 준비된 것이라 생각했다. 하지만 한운석은 그 안에 백리명향이 타고 있다는 것을 알았다.

이곳은 어쨌든 삼도 암시장 입구였고, 곁에는 시위들이 따라오고 있었다. 서동림은 영리하게 한운석을 작은 마차 쪽으로 안내했다.

"공주, 드시지요."

용비야는 큰 마차 안에서 무표정한 얼굴로 특별 제작한 지도를 보고 있었다. 그는 서동림의 목소리를 듣고도 눈 하나 깜짝 하지 않았다.

한운석이 작은 마차에 올라타자 백리명향은 감히 앉아 있을 수 없었다. 하지만 마차가 작아서 서는 것조차 힘들어 어찌할 바를 몰라 했다.

한운석은 소리 내지 않고 그녀의 어깨를 누르며 자리에 앉혔다. 백리명향은 밖에 시위가 따라온 사실을 몰랐기 때문에, 공주가 왜 자신이 있는 곳으로 왔는지 알지 못했다.

"안 가고 무엇하느냐. 날이 어두워지기 전에 쉴 곳을 찾아야 한다. 본 공주는 허허벌판에서 노숙하고 싶지 않다."

한운석이 재촉했다.

비록 주인은 아무 말이 없었으나, 고 씨와 서동림은 감히 한운석을 소홀히 대할 수 없었다. 두 사람은 바로 마차를 몰며 출발했다. 채찍을 한 번 휘두르니 말은 아주 빠르게 달렸다.

대장로가 보낸 두 시위는 말을 타고 한운석이 탄 마차를 바짝 뒤따랐다.

한운석은 거치적거리는 이 두 시위를 어떻게 처리할까? 따돌리려나?

서동림은 두 주인의 분부를 기다리고 있었다. 그는 분명 전하가 먼저 입을 열 거라고 생각했다. 그런데 웬걸, 이들이 삼도암시장에서 멀어진 직후 한운석이 바로 말했다.

"서동림, 멈춰라!"

서동림은 바로 말고삐를 잡아당겨 마차를 천천히 세웠고, 고

씨에게도 멈추라고 소리쳤다. 두 시위가 영문을 몰라 말에서 내려 앞으로 가려는데 갑자기 한운석이 큰 소리로 외쳤다.

"용비야, 안 오고 뭐 해요!"

두 시위는 바로 그 자리에서 얼어붙었고, 서동림과 고 씨도 깜짝 놀랐다. 공주가 왜 이런 소동을 벌이는 거지? 백리명향도 만상궁 시위를 발견하고 충격을 금치 못했다.

사실 용비야도 그들과 마찬가지로 의외였다. 두 시위는 당연히 따돌려야 했지만 지금은 때가 아니었다. 그래도 며칠은 데리고 있다가 이들이 만상궁에 소식 몇 가지를 전하게 해서 장로회를 안심시킨 후 그가 손을 써서 처리하려 했었다.

이제 막 삼도 암시장을 떠났는데, 아직 날도 어두워지지 않았는데, 한운석은 대체 뭘 하려는 걸까?

조급한 걸까? 이 여자가…… 언제 이렇게 달라붙는 사람이 되었지?

그런 생각이 들자 용비야의 입가에 옅은 미소가 피어올랐다. 그는 아무 말 없이 한운석이 마음대로 하게 놔두었다. 그녀가 제멋대로 굴다가 큰 사고를 친다고 해도 그가 대신 수습해 줄 수 있었다.

"용비야, 안 오고 뭐 해요? 안 올 거예요?"

한운석이 또 큰 소리로 외쳤다.

용비야는 '순순히' 마차에서 내려 그쪽으로 갔다.

그는 오늘 흑의 경장이 아닌 편안한 흰색 도포를 입었고, 머리카락을 대충 올려 느긋하고 고귀한 분위기를 풍겼다. 마치

저 높은 자리에 있는, 감히 범접할 수 없는 신 같았다.

고 씨와 서동림조차 돌아보게 만드는 모습이었으니, 여자들은 어떠했겠나? 백리명향은 감히 보지 못하고 고개를 숙였다. 그녀는 그의 신발과 옷자락만 쳐다볼 뿐이었고, 그녀의 마음은 오로지 숭배와 복종만 가득했다.

한운석은 눈이 휘어질 정도로 웃으면서, 한 걸음씩 다가오는 용비야를 바라보았다. 용비야의 오늘 옷차림은 그들이 아직 천녕국 도성 진왕부에 있을 때를 떠올리게 했다.

그녀는 자주 원락에서 그와 마주쳤는데, 그때 그는 이렇게 눈처럼 하얀 도포를 입고 느긋하게 회랑을 거닐며 산책을 하거나 지나갔었다.

보다가 넋을 잃은 적이 얼마나 많았던가.

사람들의 주목을 받으며 용비야는 마차 앞으로 다가왔다. 옆에 있는 두 시위는 서로 마주 보며, 앞으로 나서야 할지 아니면 계속해서 관망하며 보호할 준비를 하고 있어야 할지 알 수 없었다.

공주마마가 이렇게 인정사정없이 용비야를 마차에서 내리게 한 걸 보면 결코 사소한 일이 아니었다. 그런데 한운석의 다음 말에 이들은 하마터면 그 자리에서 고꾸라질 뻔했다!

한운석이 말했다.

"용비야, 날 안고 가지 않고 뭐 해요!"

모든 사람이 얼어붙었다. 용비야조차도 예상치 못한 일이었다. 하지만 한운석이 그를 향해 두 팔을 내밀자 그는 과감하게 그녀를 마차에서 가로안고 나왔다.

"공주마마!"

"고, 공주마마, 어찌……."

두 시위는 놀라서 말도 나오지 않았다. 한운석이 가볍게 손을 흔들어 금침 두 개를 날렸다. 예상치 못한 공격에 피할 틈이 없었던 두 시위의 몸에 침이 명중했다.

"온몸이 썩어서 죽든지, 아니면 조용히 따라오거라. 내일 해약을 주도록 하겠다!"

한운석이 차갑게 말했다.

'온몸'이 '썩는다'는 말에 두 시위는 너무 놀라 다리에 힘이 풀렸다. 이들은 감히 더 물어볼 엄두도 내지 못한 채 얼른 무릎을 꿇고 절했다.

"공주마마, 살려 주십시오. 모두 분부대로 따르겠습니다!"

용비야는 입가에 더욱 큰 호를 그리며 한운석을 안고 큰 마차로 돌아갔다.

마차 안의 상황을 외부 사람이 어찌 알 수 있을까?

고 씨와 서동림은 계속 마차를 몰았고, 두 시위는 무서워 벌벌 떨면서 순순히 따라왔다. 백리명향은 작은 창문 가리개를 내린 후, 두 팔로 구부린 두 무릎을 꼭 안은 채, 세상에서 잊힌 사람처럼 외롭게 있었다…….

마차 안에서 용비야가 한운석을 자리에 앉히고 물어보려는데 한운석이 갑자기 그를 아주 세게, 꼭 껴안았다.

그는 뭔가 이상한 낌새를 눈치채고 부드러운 목소리로 물었다.

"왜 그러느냐?"

"아무것도 아니에요. 그냥 당신을 안고 싶어서요."

한운석의 눈에 웃음은 사라졌고, 안타까움만이 남았다.

용비야는 억지로 그녀의 턱을 세워 고개를 들고 그를 바라보게 했다.

"한운석, 누가 괴롭혔느냐?"

한운석이 말했다.

"용비야, 우리……."

지금 당장

"용비야, 우리 영원히 헤어지지 말아요, 네?"

한운석이 진지하게 물었다. 무슨 이유에서든 그녀는 그를 떠나고 싶지 않았고, 더는 그를 떠날 수도 없었다.

"누가 괴롭힌 것이냐? 빨리 말해라!"

용비야의 관심은 그 부분에 있었다.

누가 한운석을 이렇게 괴롭힐 수 있단 말인가? 그녀는 거의 울 것만 같았다.

용비야가 끝까지 캐물을까 봐 겁나지 않았다면, 참지 못하고 그의 품에 얼굴을 파묻은 채 한바탕 울고 말았을 게 분명했다.

하지만 그녀가 왜 운단 말인가?

그토록 괴롭고 고통스러운 시간을 보낸 것은 그였지 그녀가 아니었다. 두 눈이 아프게 운다고 한들 아무 소용없었다. 그저 그를 꼭 안은 채 그의 존재를 실감할 뿐이었다.

정말 다행히도, 그는 견뎌 냈고 강해졌다.

한운석의 눈가가 붉어진 것을 보고 화가 난 용비야는 얼음장 같은 목소리로 말했다.

"대체 어찌 된 것이냐. 누가 괴롭혔는지 확실히 말해라!"

"아니에요!"

그녀는 그의 손을 피하며 다시 품속에 얼굴을 묻었다.

"그냥 당신이 보고 싶어서……."

한운석은 이렇게 들러붙는 여자가 아니었다. 아무 이유 없이 어리광을 부리며 애정을 표현하는 여자는 더더욱 아니었다.

그녀의 이런 모습에 용비야는 초조함과 분노를 억지로 억누를 수밖에 없었다. 그는 허리를 굽혀 그녀의 얼굴을 잡고 인내심을 발휘하며 물었다.

"자, 착하지. 말해 보거라. 대체 무슨 일이냐?"

한운석은 고개를 가로저으며 또 그를 안았다. 꼭 끌어안은 채 용비야가 아무리 잡아당겨도 떨어지지 않았다.

그녀에게 두 손 두 발 다 든 용비야는 서동림을 불러 물어보려 했다. 한운석은 그제야 손을 풀고 그의 입을 막았다.

"용비야, 나 당신에게 아이를 한 열둘은 낳아 주고 싶은데 어때요?"

한운석이 진지하게 물었다.

용비야는 순간 멍해졌다가 곧 참지 못하고 웃었다. 당연히 좋았다! 다만 우선 이 여자가 대체 왜 이러는지 확실히 알아야 했다.

"어째서? 왜 갑자기……."

그는 쓴웃음을 지었다.

"대체 어찌 된 일이냐?"

"나…… 영정과 당리를 보고 괴로웠어요."

한운석이 찾을 수 있는 변명거리는 이것뿐이었다.

그는 이미 서동림을 통해 오늘 당리가 만상궁 회의장에서 무슨 말을 했는지 다 알고 있었다. 당리의 행동은 용비야 역시 의외였다. 용비야는 당리가 일단 영정을 찾아내면 당문의 어른들과 대판 싸울 거라고 예상했다.

"뭘 그리 괴로워하느냐."

용비야는 여자의 마음은 잘 몰랐지만 한운석은 믿었다. 그가 언짢아하며 말했다.

"안심해라. 널 잃어버릴 일은 없다."

"내가 당신에게 아이를 낳아 주는 건 어때요?"

한운석이 또 물었다.

용비야는 지금까지 이렇게 진지한 한운석은 본 적이 없었다. 그의 입꼬리가 절로 위로 올라갔고, 그는 망설임 없이 고개를 끄덕였다.

"네가 원한다면 다 좋다!"

하지만 그는 한마디 덧붙였다.

"기다렸다가……, 이번에 갔다가 돌아온 후에 그렇게 하자."

그가 무엇을 염려하는지 한운석은 알 수 있었다. 하지만 그녀는 이렇게 말해 버렸다.

"난 지금 당장 원해요!"

지금…….

용비야는 살짝 멍해졌다가, 곧 흥미롭다는 듯이 한운석을 위아래로 훑어보았다. 그의 뜻을 그녀는 정말 알아들은 걸까?

용비야의 야릇한 눈빛이 몸에 닿자, 한운석은 바로 부끄러움에 얼굴을 붉혔다. 그제야 자신의 말이 너무 앞서 나갔음을 깨달았다.

"그게 아니라……."

그녀가 설명하려 했으나 용비야가 말을 끊었다.

"확실히 지금 당장…… 원하느냐?"

"아니, 그게 아니라……."

한운석은 뭐라고 해명해야 좋을지 몰랐다.

용비야는 일부러 말투를 길게 늘어뜨렸다.

"가능하다. 네가…… 원하기만 한다면!"

한운석은 부끄러움에 분하기도 했고 우습기도 해서 얼른 설명했다.

"난 아이를 말한 거예요. 아이를 원한다고요! 그런 게 아니라……."

용비야는 마침내 참지 못하고 하하 소리를 내며 웃기 시작했다. 그는 사랑스럽다는 듯이 그녀의 앞머리를 어루만지는 것을 잊지 않으며 물었다.

"그게 싫다면…… 어떻게 아이를 가질 수 있느냐?"

한운석은 얼굴이 더 붉어졌고, 반박할 말을 찾지 못했다. 정말 그에게 두 손 두 발 다 들었다! 어두침침했던 기분도 이렇게 용비야의 장난에 울고 웃고 화내다 보니 즐거워졌다.

어떻게 이럴 수 있을까?

분명 그녀가 그를 사랑하고 안아 주려 했는데, 결국에는 그가 그녀를 위로하고 웃겨 주었다.

용비야, 대체……, 대체 당신을 어떻게 사랑하고 지켜 줘야 할까?

다행히 용비야는 더 캐묻지 않았다. 그렇지 않았다면 한운석은 정말 대답할 말을 찾지 못해 아예 바닥에 구멍을 파고 들어가 버렸을지도 몰랐다.

그날 밤, 이들은 산기슭 어느 작은 시냇가에 멈췄다. 고 씨는 큰 나무 아래 마차를 세우고 불을 피웠다. 서동림은 산짐승을 사냥해 왔고, 백리명향은 고기 굽는 일을 도왔다. 용비야는 한운석을 안고 시냇가에 가서 약을 갈아 주었다.

아까 두 시위는 한쪽에서 무서움에 벌벌 떨고 있었다. 언제 독이 발작할지 모르는 상황이라, 공주가 빨리 해약을 주길 바랐다.

"저 두 시위는 어떻게 처리할 생각이냐?"

용비야가 낮은 목소리로 물었다. 그의 말은 이 두 시위가 알지 말아야 할 것까지 알았으니 죽여서 입을 막는 게 가장 좋다는 뜻이었다.

한운석은 시위들을 향해 손을 흔들어 가까이 오게 했다.

두 시위는 얼른 뛰어와서 아주 공손하게 무릎을 꿇고 고개를 숙였다.

"대장로가 뭐라고 분부했느냐?"

한운석이 물었다.

"대장로는 이곳의 모든 상황을 사실대로 보고하라고 했고, 저희 두 사람에게 공주마마 곁을 지키면서 절대……."

시위는 용비야를 흘끗 본 후 뒤의 말을 감히 더 잇지 못했다.

"절대 어찌하라 했느냐?"

용비야가 입을 열었다.

얼음장처럼 차가운 목소리에 시위들은 겁에 질려 감히 말을 꺼내지 못했다.

"말해라!"

경고의 의미가 가득한 용비야의 말에 시위들은 한참 동안 덜덜 떨다가 말했다.

"절대…… 동진 태자가 공주 근처에 조금이라도 가까이 가는 일이 있어서는 안 된다고 했습니다."

굳은 표정이 된 용비야의 얼굴을 보고 한운석은 속으로 웃음이 났다. 그녀가 두 시위에게 경고하려고 하는데, 용비야가 이렇게 말했다.

"너희도 보았겠지. 본 태자를 오라고 한 것은 서진 공주였다."

그 말에 두 시위는 고개를 가로젓고 손을 내저으며 말했다.

"아닙니다, 아닙니다. 저희는 아무것도 못 봤습니다."

"공주마마와 동진 태자는 따로 마차를 타고 갔습니다. 저희는 줄곧 공주 곁을 지켰고, 동진 태자는 공주 근처에 가까이 온 적이 없습니다!"

"확실하냐?"

용비야가 또 물었다.

두 시위가 앞다투어 고개를 끄덕였다.

"확실합니다! 틀림없습니다! 저희는 사실 그대로 대장로께 보고하겠습니다!"

두 시위도 어리석은 편은 아니었다. 용비야가 이렇게 경고하자 한운석은 할 말이 줄었다.

곧 시위가 휘파람으로 매를 불렀고, 용비야가 보는 앞에서 '진상'을 대장로에게 보고했다.

한운석은 해약을 건네며 말했다.

"이틀 후에 내게 해약을 받으러 오너라. 그렇지 않으면……."

한운석은 일부러 뒷말을 하지 않았고, 놀란 두 시위는 얼굴이 새하얗게 질렸다.

두 시위를 구슬렸으니 한운석과 용비야는 원하는 대로 여정을 이어 갈 수 있었고, 대장로 쪽의 마지막 의심도 해소시킬 수 있었다.

반 시진 정도 쉰 후 한운석 일행은 다시 길을 떠났다.

백독문 쪽은 용비야가 준비를 다 해 둔 상태라, 이동 중 시간을 지체할 틈이 없었다.

출발하기 전, 용비야는 참지 못하고 한마디 했다.

"네가 그렇게 일찍 그 시위 둘을 처리할 줄은 몰랐다."

한운석은 용비야가 그 말에 숨긴 뜻을 헤아리지 못한 채 바로 대답했다.

"마음이 급해서요."

용비야는 이 여자가 이렇게 직접적으로 대답할 줄은 몰랐다. 그는 눈썹을 치키고 그녀를 바라보았다. 여전히 뭔가 좀 이상하다는 생각이 들었다.

다행히 한운석이 바로 그에게 기대며 그가 맞춤 제작한 지도를 꺼내 본 덕에 주의를 돌릴 수 있었다.

한운석은 지도를 보면서 용비야와 이야기를 나누었다. 하지만 그녀가 용비야의 어린 시절 이야기를 안다는 것은 한마디도 언급하지 않았다. 그의 품에 있을 때라야 그녀는 안심할 수 있었다. 그렇게 이야기를 나누다가 그녀는 자기도 모르는 사이에 잠이 들었다.

이날 밤, 이들은 큰 산을 넘어 서남쪽으로 향했다.

하지만 같은 시각, 다른 두 사람 역시 큰 산을 넘었으나 동북쪽으로 향하면서 한운석 일행과 비껴가 버린 것을 알지 못했다.

두 사람은 바로 고칠소와 고북월이었다.

한운석과 용비야가 연합한 게 아니라면, 백언청의 독 시위를 죽일 수 있는 자는 이 세상에 단 한 사람, 고칠소뿐이었다.

청아하고 아름다운 달빛이 산림을 덮었다.

고칠소와 고북월은 각기 말을 타고 산림 속을 질주하고 있었다.

한 사람은 붉은 옷을 입고 요사스러운 분위기를 풍기며, 홀딱 반할 것 같은 미모를 자랑했다. 그가 말을 타고 질주하자 크고 화려한 도포가 산과 하늘, 저 위에 뜬 달까지 덮어 버릴 듯 온 산 가득 바람에 나부꼈다. 자신감이 넘쳤고 거리끼는 것 하나 없이 아주 호탕한 모습이었다!

눈처럼 하얀 옷을 입은 다른 한 사람은 신선 같았고 물처럼 부드러운 분위기를 풍겼다. 그는 옆에 있는 요사스러운 붉은 형체가 가릴 수도, 뒤집어 버릴 수도 없는 하얀빛을 띠었다. 온 세상이 시끄럽게 떠들어도 그는 여전히 봄바람처럼 담담했고, 만물을 따스하게 할 수 있었다.

두 남자는 용이 승천하듯 산속을 질주하며 구불구불 이어진 작은 길들을 지나갔다.

아침에 떠오른 햇살이 얼굴을 비추자, 이들은 산자락에서 멈춰 섰다.

"고 의원, 여기!"

고칠소가 물통을 던졌다. 밤새도록 달렸지만 그의 얼굴에는 피곤한 기색이 전혀 보이지 않았고, 햇빛 아래 그의 모습은 도리어 활기차 보였다.

고북월은 물통을 받아 몇 모금 마신 후 웃으며 말했다.

"북월이라 불러도 되네."

"됐어. 고월孤月이라고 부를게. 네 성은 고顧씨가 아니잖아."

고칠소가 눈썹을 치켜세우고 말했다.

그는 고북월이 보낸 밀서를 근거로 하여, 의심이 가는 산골짜기를 몽땅 뒤진 끝에 마침내 고북월을 찾아내 구출했다. 오는 동안 고북월도 용비야와 협력했던 모든 진상을 그에게 말해 주었다.

고칠소는 진상을 안 후 지금까지 한마디도 하지 않고, 고북월과 함께 이틀 밤낮을 쉬지 않고 이곳까지 달려왔다.

다행히 그가 이미 고북월의 독을 풀어 주었기에 망정이지, 안 그랬으면 고북월의 몸 상태로는 그와 함께 이렇게 내달릴 수 없었을 것이었다.

"이름은 호칭에 불과하니 마음대로 하게."

고북월은 상관없었다. 해독 후 그의 안색은 전보다 훨씬 좋아졌다. 지난 이틀 밤낮을 달리며 그는 잠시 멈추자고 말할 수도 있었지만, 그러지 않고 끝까지 고칠소의 속도에 맞춰 주었다.

달리기는 울분을 풀어내는 행동의 일종으로, 어떤 사람들은 이런 방법으로 마음의 병을 치유했다.

그는 고칠소가 자신을 발견했을 때 보여 준 꽃피듯 찬란했던 찰나의 웃음을 잊을 수 없었다. 또한 그와 용비야가 협력한 진상을 안 후 순식간에 어두워졌던 고칠소의 눈빛도 잊을 수 없었다.

그를 발견했을 때, 고칠소는 가슴 가득 열정을 품고 말했었다.

'고 의원, 나와 함께 가서 독누이를 구하자! 그녀가 나라를 다시 일으키고 천하를 차지할 수 있게 도와주자!'

하지만 모든 진상을 안 후 고칠소는 달리는 내내 침묵했고, 드디어 이틀 만에 입을 열었다. 그가 동진과 서진의 원한에 대해 어떤 입장인지, 용비야를 신뢰하는지 여부는 고북월도 전혀 간파할 수 없었다. 하지만 그가 낙담했던 것은 분명했다.

고칠소는 잠깐 생각했다가 귀찮다는 듯 손을 흔들었다.

"됐어, 됐어. 독누이는 널 고 의원이라고 부르니까, 독누이를 따라서 부르지 뭐!"

그는 북쪽을 바라보며 하품했다.

"앞쪽이 바로 삼도 암시장이야. 하루만 더 가면 도착해."

고북월은 물통을 건네며 담담하게 말했다.

"칠소, 만약 공주가 동진 태자를 믿겠다고 하면, 자넨……."

북쪽으로

고칠소는 지금까지 한운석이 영승에게 연금된 상태라고 생각했고, 고북월은 지금까지의 운공대륙 상황과 각 세력에 대해 잘 몰랐다.

고북월의 질문이 끝나기도 전에 고칠소가 끊고 나섰다.

"그건 두 사람 일이지! 나랑은 상관없어! 영승은 이 몸을 속였으니 가만두지 않을 거야!"

고북월은 순간 복잡한 눈빛을 반짝였지만, 더는 캐묻지 않았다. 어쩌면 고칠소는 이 일에 대해 한운석하고만 이야기하고 싶은지도 몰랐다.

지금은 한운석을 만나는 일이 가장 중요했다.

용비야 성격에 영승이 한운석을 오랫동안 잡아 놓고 있게 놔둘 리 없었다. 한운석이 영승에게 잡혀 지낼지언정 용비야를 용서하지 않겠다고 생각하지 않는 이상 그것은 불가능했다.

하지만 용서한다 해도, 한운석은 서진 재건의 중책을 어떻게 직면할까?

몰랐다면 죄가 없다. 그녀가 자신의 신분과 책임을 몰랐을 때는 자기 자신으로 살 수 있었다.

하지만 모든 것을 다 안 후에도 그녀가 예전처럼 자기 뜻대로 자유롭게 살 수 있을까?

고북월은 한운석이 어떤 선택을 할지 몰랐다. 하지만 한운석의 선택이 그의 선택을 결정할 것임은 확실했다.

"영승을 어떻게 상대할 생각인가?"

고북월이 물었다.

"백언청 손에 죽는 게 제일 좋을 거야. 이 몸 손에 죽었다간 더 괴로울 테니까!"

고칠소가 차갑게 말했다.

"가지!"

고북월이 담담하게 말했다. 어찌 되었든 가장 먼저 공주를 만나야 했다.

두 사람은 곧 삼도 암시장 쪽으로 빠르게 질주했다.

고칠소, 이 양심도 없는 자는 지금까지도 목령아 생각을 하지 않고 있었다. 지금 목령아는 이 산림 속에서 북쪽을 향해 끌려가고 있었다.

마차 안에서 영정은 창백한 얼굴로 두 발이 묶인 채 반쯤 누워 있었고, 목령아는 꽁꽁 묶인 상태로 한쪽에 앉아 있었다.

갑자기 마차가 심하게 흔들리는 바람에 두 사람의 몸이 자동으로 앞으로 쏠렸다.

"정 언니, 조심해!"

목령아는 깜짝 놀라 소리치더니, 한 치의 망설임도 없이 영정 앞으로 몸을 던져 그녀를 막아 주었다.

영정의 몸 상태는 둘째 치고, 건강한 임신부도 이렇게 덜컹

거리는 마차 안은 견딜 수 없었다!

목령아는 고꾸라지면서 바닥에 얼굴을 박았다. 마차의 흔들림이 진정되자 그녀는 바로 고개를 들었고, 한참 몸을 버둥거린 후 겨우 무릎을 꿇고 앉았다.

"정 언니, 별일 없지? 괜찮은 거지?"

영정도 너무 놀라 가슴을 쓸어내렸다. 만에 하나 넘어지기라도 했다면 그 결과는 생각만 해도 끔찍했다.

"괜찮아!"

그녀는 아직 놀란 가슴이 진정되지 않았다.

"그래, 그럼 다행이야!"

목령아는 그녀보다 백배는 더 긴장했다.

그런데 말하자마자 마차가 또 흔들렸다. 다행히 이번에는 심하지 않고 작게 흔들렸다.

하지만 작은 흔들림이라도 덜컹거리는 것은 마찬가지였다. 이대로 계속 흔들리다간 어찌 될지, 목령아는 그 결과를 감히 상상도 할 수 없었다.

"내가 가서 말할게!"

목령아가 성이 나서 말했다.

"안 돼!"

영정이 아주 엄한 목소리로 무섭게 그녀를 막았다.

"네 배 속……."

목령아는 영정의 매서운 눈빛에 말을 다 하지 못하고 입을 닫았다. 영정이 차갑게 말했다.

"난 저 두 사람이 적족 사람이라고 확신해. 그것도 만상궁을 아주 잘 아는 자들이야. 무슨 일이 있어도 내가 임신한 사실을 알게 해서는 안 돼."

"하지만……."

목령아는 마음이 놓이지 않았다!

"하지만은 없어!"

영정은 아주 단호하게 말했다.

목령아는 모든 것을 내려놓고 말했다.

"그럼 내가 임신했으니까 이렇게 험하게 몰지 말라고 할게!"

영정은 참지 못하고 눈을 흘기며 타일렀다.

"시집도 안 간 처녀가 명예와 절개를 해치면 어쩌려고 그래."

"무섭지 않아! 상관없어."

목령아가 명랑하게 말했다.

"어째서?"

영정은 이해할 수 없었다.

그녀가 당리에게 약을 쓴 것은 어쩔 수 없었기 때문이었다. 불명예를 뒤집어쓰더라도, 혼인 동맹을 맺기 위해 갑부 늙은이 중 하나에게 시집가고 싶지 않았다.

"내가 좋아하는 사람이 날 안 좋아하거든. 그러니까 평판이 좋든 나쁘든 아무 소용없어. 다 똑같아."

목령아는 마치 남의 이야기인 것처럼 이런 말을 하면서도 전혀 괴로워하지 않았다.

영정은 오늘에야 목령아가 꽤 흥미로운 아이임을 깨달았다.

하지만 그래도 그녀는 이성적이었다.

"저 두 사람은 만만한 자들이 아니야. 그렇게 쉽게 속일 수 없어! 아무 의원이나 데려와서 진맥해 보면 들통날 거야!"

"어쨌든 지금은 속일 수 있잖아. 북쪽으로 향하는 걸 보면 북려국으로 가려는 게 분명해. 그럼 적어도 이 산길을 사나흘은 가야 하니, 의원을 찾을 수 없어."

목령아가 진지하게 말했다.

"내 장담하는데 하루만 더 흔들렸다간 배 속 아이가 위험할 수도 있어!"

그 말에 영정은 모든 걱정을 접었다. 목령아 말이 맞았다. 눈 앞의 며칠도 어쩌지 못하는데 무슨 앞으로를 생각한단 말인가?

"그럼…… 미안하지만 부탁할게."

영정은 목령아의 눈빛을 피했다.

"당연하지! 내가 빚졌잖아!"

목령아는 웃은 후 큰 소리로 비명을 질렀다.

"아……, 아……, 아악……!"

진짜 같은 비명 소리에 영정은 얼른 귀를 틀어막았다. 마차도 곧 가던 길을 멈추었다.

검은 옷을 입고 복면을 쓴 사람이 단숨에 가리개를 젖히고 화난 목소리로 말했다.

"무슨 이상한 소리냐?"

영정은 얼른 이 목소리를 분간해 내려고 애썼지만 안타깝게도 알아내지 못했다.

흑의 복면 차림의 두 사람이 그녀와 목령아를 납치했다. 한밤중에 잠든 틈을 노리고 납치하러 들어온 두 사람은 방에 있던 당직 시녀만 놀라게 했을 뿐이었다.

그녀는 자신만 납치된 줄 알았으나, 삼도 암시장으로 나오자 목령아도 납치된 사실을 알게 되었다.

이렇게 소리 없이 만상궁에 숨어들어 와 그녀의 거처를 정확하게 알고, 목령아가 그녀의 원락에 머무는 것까지 아는 사람이라면, 만상궁 내부 소행이 분명했다. 그러나 누구인지는 영정도 도저히 짐작이 가지 않았다.

직접 겪지 않았다면 만상궁에 첩자가 있다는 사실을 믿기 어려웠을 것이다.

이 두 흑의인은 모두 음성 변조술을 사용했기 때문에 영정은 아무것도 알아낼 수 없었다. 다만 노인과 젊은 사람이라는 것만 알 뿐이었다. 그녀를 납치한 사람은 노인이었는데, 가는 내내 마차 밖에 앉아 그녀와 목령아에게 아주 사납게 굴었다. 목령아를 납치한 사람은 젊은이였는데, 마차를 몰면서 말을 아주 적게 해서 지금까지 다섯 마디 이상 하지 않았다.

목령아는 단번에 눈물을 흘렸다.

"제발 부탁이에요……."

말을 다 하지도 않았는데 흑의 노인은 가리개를 홱 내려 버리고 상대해 주지 않았다.

목령아는 가만있을 수 없어 또 애원하기 시작했다.

"제발 마차를 바꿔 줘요. 계속 이렇게 흔들리다간 내 배 속

아이가…….”

말이 끝나기도 전에 마차를 몰던 흑의 남자가 갑자기 마차를 세우더니 가리개를 걷어 올리고 목령아를 노려봤다.

목령아와 영정 모두 의외였지만 많은 것을 신경 쓸 틈이 없었다. 목령아는 울기 시작했다.

“저기요, 제발 부탁이에요. 아이는 죄가 없잖아요! 내 아이에게 무슨 일이라도 생기면, 날 납치해도 아무것도 얻지 못할 거예요. 흑흑…….”

목령아가 우는 연기를 시작했다. 커다란 눈에 눈물이 그렁그렁 맺힌 모습이 사람의 마음을 움직여서 두 사람은 믿지 않을 수 없었다.

흑의 노인이 콧방귀를 뀌었다.

“고칠소의 씨냐?”

목령아는 그 문제는 생각해 보지 않았다. 하지만 이렇게 오해를 받자, 그녀는 망설이지 않고 고개를 끄덕였다.

“칠 오라버니의 아이에요. 부탁이에요. 이 아이만 살릴 수 있다면, 당신들이 뭘 하고 싶어 하든 칠 오라버니가 다 허락해 줄 거예요!”

“재미있군! 흐흐!”

흑의 노인은 젊은 남자를 쳐다봤다.

젊은 남자는 음산하고 차가운 눈빛으로 말했다.

“혼인도 전에 임신하는 부끄러운 짓을 저지르다니, 정말 천하기 그지없군!”

“고칠소는 아직 령아가 자기 아이를 가진 줄 모르오. 이 아이를 지키면, 당신들이 무엇을 하려고 하든지 판돈이 하나 더 생기는 셈이오.”

영정도 입을 열었다.

흑의 노인은 동요하는 듯했으나 젊은 남자는 전혀 흔들리지 않았다. 영정이 얼른 말을 덧붙였다.

“이렇게 황량한 곳에서 령아가 유산이라도 하면 의원을 찾지 못해 두 목숨이 사라지는 거요. 그때 가서 후회하지 마시오!”

목령아는 소리 내 울기 시작했다.

“칠 오라버니……, 흑흑……. 칠 오라버니, 어디 있는 거예요?”

처음에는 그저 연극이었다. 그런데 우는 순간 갑자기 마음속 상처가 건드려졌고, 한번 터져 나온 감정은 걷잡을 수 없게 되었다.

목령아는 울수록 마음이 더 아팠고, 그녀의 ‘칠 오라버니’ 소리에 듣는 이도 함께 마음이 찢어질 것 같았다.

두 흑의 남자뿐 아니라 영정까지도 믿을 뻔했다.

흑의 노인이 웃으며 말했다.

“마차를 바꾸는 것은 꿈도 꾸지 마라. 길을 골라서 가도록 하지!”

그런데 예상외로 젊은 남자가 차갑게 말했다.

“죽어도 싸다!”

말을 마친 후 이들은 가리개를 확 내려 버렸다. 그래도 이제는 마차가 그리 흔들리지 않았고, 속도 역시 꽤 느려졌다.

목령아는 속으로 한숨을 돌린 후, 영정에게 눈을 깜빡이며 익살맞은 표정을 지었다. 잔뜩 긴장하고 있던 영정도 마침내 한숨을 돌렸고, 목령아의 장난에 웃음을 지었다.

영정이 작은 소리로 말했다.

"목령아, 널 납치한 자는 네게 원한이 있는 것 같아."

살짝 놀란 목령아에게 영정이 목소리를 낮추고 분석해 주었다. 목령아의 입에서 바로 한 사람의 이름이 튀어나왔다.

"금 집사!"

원한이 있는 만상궁 내부 사람이라면 금 집사뿐이었다!

"그자라면 왜 당신을 납치했을까?"

목령아가 작게 물었다.

이 부분은 영정도 이해되지 않았다. 그 흑의 노인과 젊은 남자가 지내는 걸 보면, 두 사람은 상하 관계가 아닌 협력 관계였다.

만상궁에서 그녀를 납치할 수 있으면서 금 집사와 잘 아는 사이인 사람이 누가 있을까. 영정은 정말 짐작이 가지 않았다.

"설마, 설마 우리를 동오국에 노예로 팔려는 건 아니겠지?"

목령아는 겁에 질렸다.

동오국에서 가장 유명한 것은 군마가 아니라 바로 노예 매매였다!

"우리는 동오국에서 별로 좋은 값을 받을 수 없어. 차라리 만상궁과 한운석을 협박해서 돈을 뜯어내는 게 낫지."

영정이 진지하게 말했다.

이야기를 나누고 있는데 갑자기 마차가 또 멈췄다. 이번에 들어온 사람은 젊은 남자였다.

그는 차갑게 목령아를 쳐다보며 한참 동안 말이 없었다.

영정마저 두려움을 느꼈으나, 목령아는 아주 대담하게 나섰다. 그녀는 눈을 크게 뜨고 같이 노려보며, 약한 모습을 보이려 하지 않았다.

"난 꽤 값나가는 사람이거든요!"

"그렇지! 아주 값이 나가지!"

젊은 남자가 냉소를 지었다.

"뭐, 뭘 하려는 거예요?"

젊은 남자는 대답하지 않고 갑자기 목령아를 안아 올려 앉히더니, 오랏줄을 풀어 주고 두 발만 묶었다. 그러고 나서 그녀에게 물통 하나와 차가운 찐빵 두 개를 준 후 나갔다.

목령아는 아주 기뻤다. 그녀는 젊은 남자가 다시 안 들어올 것을 확인한 후, 얼른 물통에 있는 따뜻한 물로 차가운 찐빵을 부드럽고 따뜻하게 만들어서 영정에게 건넸다.

"빨리 먹어, 어서!"

"그렇게 많이 못 먹어. 너도 먹어."

영정이 작게 말했다.

"하나만 먹으라는 거야. 더 달라고 해도 없어!"

목령아는 말하면서 남은 빵을 손수건에 싸서 숨겼다.

"이건 혹시 모르니 남겨 둬야 해. 저자들이 무슨 짓을 할지 누가 알겠어."

어려서부터 얼음처럼 차갑기만 했던 영정의 마음이 갑자기 따스해졌다. 그 따스함에 눈물이 날 것 같았다.

이때, 만상궁에서 당리와 오장로는 이미 금 집사를 의심 인물로 확정하고 있었다.

"대신 빚을 갚아 주겠다고 했는데도 나타나지 않으니, 그자가 아니면 또 누구겠소?"

당리가 음험한 얼굴로 말했다. 그는 화류항을 다 뒤졌지만 금 집사를 찾아내지 못했다.

오장로가 말을 하려는데, 한 시종이 들어와 보고했다.

"오장로님, 당 문주님. 정 숙부 소식입니다!"

엄한 스승 아래 훌륭한 제자가

“정 숙부가 돌아왔느냐?”

오장로가 긴장해서 물었다. 오장로는 평소 정 숙부에 대해 불만이 많았지만, 그래도 만상궁 내부에 첩자가 있는 것은 원치 않았다. 특히 그렇게 오랜 세월 영 족장을 모신 정 숙부는 아니길 바랐다.

“돌아온 것은 아니고, 천륭 전장 점주가 며칠 전 저녁에 정 숙부를 만났다고 합니다.”

시종이 사실대로 대답했다.

“며칠 전? 그게 언제냐?”

당리가 경계하며 물었다.

“소인도 잘 모릅니다. 이미 천륭 전장 점주를 불러왔습니다. 지금 입구에서 기다리고 있습니다.”

시종이 대답했다.

“들어오게 하지 않고 뭘 하느냐.”

당리는 다급해졌다. 이틀 동안 겨우 금 집사가 이미 삼도 암시장에 없다는 사실만 확인했을 뿐, 유용한 단서는 조금도 없었다. 이토록 넓은 운공대륙 가운데 어디 가서 처자식을 찾는단 말인가?

천륭 전장 점주가 들어오자마자 당리가 성난 목소리로 말했다.

"정 숙부를 언제 만났는지 자세히 말해라. 그렇지 않으면 목숨이 위태로울 것이다!"

천룡 전장 점주는 그 말에 놀라 오장로에게 도움을 구하는 눈빛을 보냈다. 한운석이 가기 전 직접 분부해 두었기 때문에 오장로는 당리에게 아주 예를 갖추며 협조했다. 그 역시 노한 목소리로 말했다.

"자세히 말한다는 게 무슨 뜻인지 알 것이다. 조금이라도 숨기는 게 있으면 알아서 해라!"

천룡 전장 점주는 감히 소홀할 수 없어 즉시 그날 밤 정 숙부가 천룡 전장에 와서 한 말과 행동을 하나도 빠짐없이 다 보고했다.

오장로는 깜짝 놀랐다.

"공주와 대장로가 외출했다가 돌아온 그날 밤, 정 숙부가 천룡 전장에 갔단 말이냐?"

"그렇습니다. 소인이 어찌 감히 거짓을 고하겠습니까. 그때 전장에 있던 점원 세 명도 모두 보았습니다."

천룡 전장 점주가 사실대로 대답했다. 그는 잠시 주저하다가 또 말을 덧붙였다.

"오장로님, 어제 정 숙부 이름으로 돈이 도착했습니다. 그런데……."

정 숙부가 적족에서 맡은 업무는 많고도 복잡했다. 그가 관할하는 회계 업무도 적지 않았고, 대부분 천룡 전장에서 돈이 나갔기 때문에 전혀 이상한 일이 아니었다.

하지만 천륭 전장 점주가 이렇게 말을 꺼낸 걸 보면, 이상한 부분이 있는 게 틀림없었다.

"긴말 말고 빨리 말해라!"

오장로가 언짢아하며 말했다.

천륭 전장 점주는 그제야 당리가 자리에 있어도 꺼리지 않고 진지하게 보고했다.

"정 숙부에게 온 돈이 꽤 큽니다. 이억이 넘습니다."

"무슨 항목이냐?"

갑자기 대장로의 목소리가 들렸다. 곧 옆문에서 들어오는 그를 볼 수 있었다.

"이상한 것이 은표를 보낸 사람은 다른 말은 없고 두 가지 성씨만 남겼습니다. 정 숙부가 보면 알 것이라 했고요."

천륭 전장 점주가 사실대로 대답했다.

"무슨 성이었느냐?"

대장로가 불안해하며 물었다.

"가賈씨와 대戴씨였습니다."

천륭 전장 점주가 대답했다.

"가, 대!"

대장로는 얼굴이 새하얗게 질려 하마터면 넘어질 뻔했다. 다행히 시종이 바로 그를 붙잡았다.

가씨와 대씨라니. 이게 어디 두 가지 성씨인가, 한 사람의 이름인 것을! 서옥원과 남결원의 원래 주인이 아닌가! 정원을 매입한 세부 상황은 장로회만 알고 있으니, 천륭 전장 점주는 당연히 이 이름을 알지 못했다.

그날 대장로와 공주가 모든 일을 잘 처리하고 서둘러 삼도 암시장으로 돌아가고 있을 때, 정 숙부는 분명 새로운 도박장 하관을 구하기 위해 남쪽으로 간다고 했었다. 그런데 그날 밤 천륭 전장에 갔을 줄이야, 명백한 거짓말이었다.

게다가 여러 날이 지난 후 가대가 정 숙부에게 돈을 부치다니, 대장로가 이 안에 숨겨진 음모를 아직도 깨닫지 못한다면 접시 물에 코를 박고 죽어야 했다.

"그날 밤 정 숙부는 어디로 갔느냐?"

대장로가 노한 목소리로 물었다.

상황을 잘 모르는 천륭 전장 점주는 연신 고개를 가로저었다.

"정 숙부는 사람을 더 기다리는 듯하더니, 얼마 기다리지 못하고 곧 떠났습니다. 소인은 그 이후 지금까지 만나지 못했습니다."

오장로의 안색은 새파래졌으나, 옆에 있는 당리는 속으로 냉소를 지었다. 정원 매입에 대한 이야기는 이미 한운석이 말해주었다.

정 숙부는 만상궁에 불충한 데다가, 만상궁의 경비 업무까지 책임지고 있으니 이번 일에 혐의가 짙었다. 당리는 가대가 분명 형의 명령을 받고 움직인 게 틀림없다고 생각했다. 그렇지 않았다면 이렇게 통 크게 이억이나 써 가며 정 숙부를 폭로할 리 없었다.

당리는 담담한 표정이었고, 오장로와 대장로는 서로 얼굴만 쳐다보다가 결국 정 숙부를 의심하게 되었다.

대장로는 이날 바로 명령을 내려 군대에서 시위를 불러들인 후, 만상궁의 모든 호위 병사를 교체했다. 동시에 적족 전체에 정 숙부의 모든 직무와 권한을 해제하는 명령을 내렸고, 정 숙부를 지명 수배했다.

오장로는 함께 가대를 찾자고 당리에게 청했으나 거절당했다. 당리는 만상궁에 남아 내부 경비를 책임지는 시위를 심문했다.

정 숙부를 의심하면서 대장로는 사태의 심각성을 깨달았다. 그는 경매장 업무를 다른 사람에게 맡기고 직접 동오 전장 출신 사람들을 심문하며 금 집사의 행방을 조사했다.

대장로가 한운석 곁으로 보낸 두 시위는 대장로에게 거짓 소식을 전했지만, 대장로가 한운석에게 보고한 내용은 모두 사실이었다. 영정과 목령아 납치 사건에 조금이라도 진전이 있으면, 대장로는 바로 한운석에게 서신을 보냈다.

이날 오후 한운석과 용비야가 변방 요새 지역 작은 성에 이르렀을 때, 한운석은 정 숙부의 행동이 들통났다는 소식을 받았다.

"이억!"

한운석이 용비야 대신 아까워했다. 용비야가 허락하지 않았다면, 가대가 어디 감히 이런 큰돈을 쓴단 말인가!

용비야는 전혀 마음에 담아 두지 않고 한운석에게 음식을 집어 주었다. 며칠 동안 서둘러 달려온 끝에 마침내 따뜻한 음식을 먹을 수 있게 되었다. 이들은 오늘 이 작은 성에서 하룻밤 묵고 내일부터는 백독문으로 곧장 달려갈 예정이라 이제 가는 도중 쉴 시간이 없었다.

그래서 그는 어제 고 씨와 서동림에게 길을 재촉하여 오후에는 성에 도착하게 했다. 한운석이 충분한 휴식을 취하고, 서동림과 고 씨도 건량을 보충하게 하기 위해서였다.

한운석은 만상궁을 떠날 때 특별히 오장로에게 고칠소의 행방을 주시해 달라고 당부했다. 하지만 용비야 앞에서는 감히 말을 꺼내지 못했다.

고칠소, 그 인간은 흑루에 가서 대체 무슨 일이 생겼길래 지금까지 아무 소식이 없는 걸까.

한운석이 이해가 되지 않는 일은 또 있었다.

"용비야, 백옥교가 영승을 납치했는데 이제 소식이 올 때가 됐죠?"

그녀가 진지하게 물었다.

백옥교가 영승을 납치한 지 꽤 시간이 흘렀고, 이제 영승을 내세워 적족을 위협할 때가 됐다. 그런데 지금까지 아무 움직임도 보이지 않고 있었다.

설마 백옥교가 그렇게 당하고도 변함없이 백언청을 찾아간 걸까?

용비야도 이 일을 계속 생각하고 있었다.

"군역사 쪽에서도 아무 소식이 없다."

"설마 정말 백언청을 찾아간 걸까요? 백독문에 숨어 있는 게 아닐까요?"

한운석이 진지하게 물었다.

용비야도 종잡을 수가 없어 반문했다.

"백언청은 지금까지도 북려국에서 움직이지 않고 있다. 대체 뭘 하려는 걸까?"

백언청은 적족에서 이익을 얻지 못했고 흑루에서도 그렇게 실패했으니, 북려국으로 돌아가서 군역사를 도와 북려국 황제와 맞서는 게 당연했다. 하지만 시시각각 북려국의 형세를 주시하고 있음에도 용비야는 백언청에 대한 어떤 소식도 받지 못했다. 게다가 군역사 역시 지금까지 아무 움직임을 보이지 않고 있었다.

"그자가 뭘 하려고 하든지, 이번에 또 도망치게 놔둘 수 없어요!"

한운석은 음험한 눈빛을 번뜩였다. 이번에 그녀는 반드시 마음을 독하게 먹어야 했다. 무슨 이유에서든, 그 누구도 그녀를 막을 수 없었다.

식사를 마치자 날이 어두워졌다. 용비야는 한운석에게 암기침 쓰는 방법 몇 가지를 가르쳐 주었고, 한운석은 빠르게 습득했다.

그녀는 이미 내공 수련을 마쳤기에 마음대로 범천력을 통제할 수 있었다. 이제 그녀는 용비야가 직접 그녀에게 만들어 준

침 사용법을 배워야 했다. 본래 그 암기 침 사용법을 담은 비급에는 이름이 없었으나 한운석은 그 책을 '《비운침법飛雲針法》'이라고 이름 지었다.

한운석이 방금 용비야가 말한 대로 침을 쏘자 용비야가 웃었다.

"왜 웃어요?"

한운석은 이해가 가지 않아 물었다.

용비야는 대답하지 않고 열 걸음 뒤로 물러난 후 그녀에게 말했다.

"날 쏴 보거라. 명중하면 큰 상을 내리마!"

한운석은 즐거워하며 말했다.

"이렇게 빨리 싸움에 내보내려고요?"

"명중하면 생각해 보겠다."

용비야는 농담이 아니었다. 한운석은 내공 수련 재능이 아주 훌륭할 뿐 아니라 이해력도 뛰어났다. 이런 기재는 몇 가지만 알려 주어도 스승 없이 혼자서 다 터득할 수 있었다.

물론 용비야가 그녀 혼자 터득하게 놔둘 리 없었다. 그는 그녀에게 무공을 가르치는 과정을 아주 즐기고 있었다.

한운석의 재능이 아무리 뛰어나도, 기습하는 게 아니면 그에게 명중하는 것은 불가능했다.

그녀는 이제 막 내공 수련을 마쳤기에, 그 역시 급하게 그녀와 쌍수를 하여 서정력을 수련할 생각은 없었다. 잠시 쉬게 하면서 암기 침 쓰는 법을 잘 훈련시킨 후에 다시 이야기할 생각이었다.

"그럼 침을 바꿀게요. 잘못되면 어떡해요?"

한운석은 놀리듯이 말했다. 그녀의 침에는 모두 독이 묻어 있었다.

용비야는 말없이 웃으며 몇 걸음 더 가까이 다가왔다. 거리를 좁혀 난이도를 낮춰 주려는 것이었다.

"조심해요, 이제 쏴요!"

한운석이 헤헤 웃었다.

용비야는 아주 담담하게 기다렸다.

한운석은 자세를 잡아 놓고는, 한참이 지나도록 움직이지 않고 용비야를 보며 바보처럼 웃고 있었다.

"공격하지 않고 뭘 하느냐?"

용비야가 물었다.

한운석은 쏘는 자세를 취했지만 시늉만 했을 뿐이었다. 용비야는 단번에 알아보고 말했다.

"속임수를 쓰려는 것이냐?"

"아니요."

한운석이 웃으며 말했다. 하지만 웃는 중에 금침 열 개를 쐈고, 하나도 빠짐없이 용비야의 급소에 정확하게 명중했다.

용비야는 미동도 하지 않았다. 그는 금침이 몸 안으로 파고 들어가려는 것을 보면서도 꼼짝하지 않았다.

"용비야!"

한운석이 다급하게 외쳤다. 장난일 뿐이었다. 당연히 그가 피할 줄 알고 이렇게 독한 공격을 했는데!

한운석이 달려갔지만, 금침은 이미 순식간에 용비야 몸속으로 들어가 버렸다. 한운석은 순간 걸음을 멈췄다. 이 금침들은 독은 없지만, 용비야가 맞은 곳은 모두 급소였기 때문에 그 결과는 중독보다 더 끔찍했다!

이 인간이 뭐 하려는 거지?

그녀가 걸음을 멈추고 믿을 수 없다는 표정으로 그를 바라보았다. 그런데 순간 그의 눈빛이 차가워지더니, 갑자기 열 개의 금침이 그의 몸에서 튀어나와 원래 날아왔던 방향 그대로 모두 한운석을 향해 날아갔다.

그러니까 속임수를 쓴 것은 그였다!

한운석은 얼른 피하려 했으나 이미 늦었다. 금침 열 개는 모두 그녀의 몸에 명중했다. 다행히 그녀와 용비야의 체형이 달라서 원래 방향대로 돌아가도 금침이 그녀의 급소를 명중하지는 않았다. 그저…… 너무 아팠다!

"용비야, 당신이 나보다 더 음흉해요!"

한운석이 화가 나서 외쳤다.

"적은 나보다 더 음흉하다. 기억해라. 전쟁에는 속임수도 마다하지 않는다. 특히 암기를 사용할 경우, 대부분 명중해도 거짓일 때가 많다."

용비야는 걸어오면서 담담하게 물었다.

"아프냐?"

한운석은 바로 고개를 끄덕였다. 그녀는 자신의 의료용 금침

외에는 대부분 용비야가 당문에서 비밀리에 제작해 온 금침을 사용했다. 이 금침은 끝이 구부러져 살을 파고들기 때문에 맞으면 정말 너무 아팠다. 맞은 순간에도 아주 아프지만, 뽑을 때는 더 아팠다.

"아파야 확실하게 기억한다."

용비야가 차갑게 말했다.

"기억할게요!"

한운석도 억지를 부리지 않았다.

"우리 다시 해 봐요."

엄한 스승 아래 훌륭한 제자가 나온다지 않는가!

그런데 용비야는 그녀를 단숨에 안아 올려 방 안으로 걸어갔다.

"뭐 하는 거예요?"

한운석이 이해가 되지 않아 물었다.

"침을 처리하러 간다."

용비야가 담담하게 말했다.

"뽑아 버리면 돼요."

한운석이 말했다.

"아플 거다. 방에서 천천히 처리하자. 약도 발라야 한다."

용비야는 얼음장 같은 표정을 짓고 있었지만, 그의 말은 정말 마음을 따스하게 했다.

엄한 스승은 어쩌고? 한운석은 자신이 훌륭한 제자가 될 수 있을지 걱정스러웠다.

그녀는 나중에 용비야가 직접 아이들에게 무공을 가르치게 할지 말지 아주 신중하게 고민해야 했다!

그날 밤, 용비야와 한운석은 객잔에서 묵었고, 고칠소와 고북월은 삼도 암시장에 도착했다!

고칠소에게 충격을 줄 수 있는 자

삼도 암시장에 도착하자 고칠소는 바로 고북월을 데리고 금익궁으로 향했다.

고북월은 아주 의외였다.

"금익궁이 언제 자네 손에 들어갔나?"

고칠소는 설명하기도 귀찮았다. 그는 거들먹거리며 금익궁 회의장에 있는 금테 두른 의자에 앉아 다리를 꼬고 느긋하게 명령을 내렸다.

"여봐라, 점주를 불러와라!"

고북월은 그 모습을 보고 그 옆에 자리를 골라 앉아 어쩔 수 없다는 듯 웃을 뿐 더 캐묻지 않았다.

금익궁의 점주는 오자마자 바로 무릎을 꿇고 절했다.

"주인님을 뵙습니다! 돌아오신 것을 감축드립니다."

"이분은 의성의 수장이신 고북월, 고 의원이시다. 내겐 형제 같은 자다!"

고칠소가 소개했다.

의성의 수장이라는 직함은 둘째 치고, '형제'라는 단어 하나에 점주는 감히 소홀히 대할 수 없어 바로 절을 올렸다.

고북월은 전혀 거드름을 피우지 않았다. 겸손하고 예의 바른 모습은 마치 흠 잡을 데 없는 백옥석처럼 빛나고 따스했다. 거물들을 많이 보아 온 점주도 단번에 고북월에게 굴복했다.

"만상궁 쪽은 지금 어떤 상황이냐?"

고칠소가 물었다.

돌아오자마자 가장 먼저 해야 할 일은 당연히 성과 확인이었다. 만상궁 도박장과 경매장의 소란은 바로 그가 일으킨 것이었다. 정확하게 말하면 그는 삼도 암시장의 모든 도박장을 뒤흔들어 놓았다.

고북월은 어리둥절했지만 아무 내색도 하지 않고 옆에 앉아서 가만히 듣고 있었다.

"주인님, 만상궁의 도박장은 모두 문을 닫았습니다."

점주가 여기까지 말하자 고칠소는 아주 만족스러웠다. 그는 느긋하게 고개를 돌려 고북월을 바라봤다.

"돈은 적족의 목숨줄이지. 저들을 손봐 주려면 그 돈줄부터 끊어 버려야 해!"

고북월은 생각에 잠긴 듯 고개를 끄덕이며 그 의견에 동의했다.

"경매장은? 역시 문을 닫았나?"

고칠소는 무심하게 물었다. 그는 이번 소란에 아주 자신이 있었다.

점주는 조용히 식은땀을 닦으며 사실대로 보고했다.

"주인님, 만상궁의 경매장은 여러 날 동안이나 문을 열지 않았고, 곧 문을 닫을 것 같았습니다. 그런데……."

"그런데 무엇이냐?"

고칠소가 경계하기 시작했다. 설마 또 변수가 생긴 걸까? 경매장에서 가장 중요한 것은 신용이었다! 만상궁에서 첩자를 찾아내 모함받은 사실을 증명하지 못하는 한, 이 오점을 지울 수 없었다!

만상궁에서 첩자를 잡아냈다면, 금익궁이 들통난 것 아니겠는가?

"그런데 만상궁이 어디서 그런 능력이 생겼는지, 강건 전장과 협력해서 대출을 활용하는 수법을 생각해 냈습니다. 결국 강건 전장의 신용을 빌린 셈입니다. 지금은 예전보다 더 장사가 잘되고 있어 우리 쪽 거래도 적잖이 뺏겼습니다!"

점주는 사실대로 대답했다.

고칠소가 아직 어찌 된 일인지 상황 파악을 하기도 전에, 줄곧 조용히 있던 고북월이 갑자기 놀라 소리쳤다.

"강건 전장?"

"그렇습니다! 아무리 엄청난 일이 벌어져도, 강건 전장이 나서 준다면 다 별일 아니게 됩니다!"

점주가 참지 못하고 개탄했다.

"감히 이 몸의 좋은 일을 망쳐?"

고칠소는 물론 강건 전장의 재력을 알고 있었지만, 그 존재를 전혀 안중에 두지 않았다.

그는 기분이 나쁘면, 아무리 큰 대가를 치르더라도 끝까지 가야 했다.

그는 두 눈을 가늘게 뜨고 위험한 표정을 지었다. 그런데 고북월의 귓속말 한마디에 세상이 홀딱 반할 그 얼굴이 순식간에 창백해졌다.

고북월은 이렇게 말했다.

"칠소, 강건 전장의 주인은…… 용비야일세."

고칠소는 한참 동안 멍하니 있다가 놀라서 외쳤다.

"뭐라고?"

"이 일은 정말 수상하군. 내막이 있는 게 분명하네."

고북월은 진지해졌다. 용비야는 줄곧 만상궁이 운공상인협회 세력이라는 것을 알고 있었다. 그가 만상궁을 건드리지 않는 것만도 다행인데, 어떻게 강건 전장의 신용을 가지고 만상궁을 도울 수 있을까?

고칠소의 마음에는 아직도 폭풍이 몰아치고 있는데, 고북월은 이미 냉정해져서 점주를 보며 말했다.

"강건 전장과 만상궁의 협력이 확실하오? 중개인이 누군지 알아냈소?"

만상궁과 강건 전장은 지금껏 협력한 적이 없었으니, 그 사이에 중개인이 있는 게 분명했다.

"그것은 잘 모르겠습니다. 소인이 당장 가서 알아보겠습니다."

점주가 가 보려고 하자 고북월이 불러 세웠다.

"잠깐, 만상궁은 장로회가 주관하고 있소, 아니면 영승이 직접 통제하는 것이오?"

"얼마 전 흑루에서 폭발 사건이 있었는데, 전해지는 말로는 영승이 홍의대포를 끌고 온 것이라 합니다. 떠도는 말이 많아서 소인도 자초지종을 알아내지 못했습니다. 만상궁 쪽은 내내 장로회가 일을 맡아 왔고, 최근에는 경매장에서도 장로들의 모습을 볼 수 있었습니다."

점주가 사실대로 대답했다.

점주는 흑루 쪽 진상을 알지 못했지만, 고칠소와 고북월은 알고 있었다. 이들은 흑루를 지나오면서 그쪽이 이미 폐허로 변한 것을 발견했다.

고북월은 고칠소를 바라보며 말했다.

"우선 흑루 쪽 상황부터 알아본 후에 다시 다른 이야기를 하는 게 어떤가?"

고칠소는 그제야 정신을 차리고 속으로 감탄했다. 고북월 이 인간, 정말 안 보이게 꼭꼭 숨어 있었군. 일개 의원이 상업계와 삼도 암시장 상황을 이렇게 훤히 알다니!

고칠소는 그렇게 참을성이 많지 않았다. 그는 어두운 얼굴로 말했다.

"뭘 알아봐? 난 영승을 찾으러 가겠어!"

고북월이 막으며 진지하게 말했다.

"아무래도 강건 전장과 만상궁의 협력이 그리 단순해 보이지 않네."

그는 잠시 망설였다가 고칠소에게 말했다.

"자네를 데리고 갈 곳이 있네. 가겠나?"

"어딘데?"

고칠소는 이해가 되지 않았다.

고북월이 담담하게 웃으며 말했다.

"가면 알게 되네."

"그럼 가자!"

어느 동굴 하나만 빼면 운공대륙에서 고칠소가 가지 못할 곳은 없었다.

고북월이 고칠소를 데리고 간 곳은 다름 아닌 동래궁이었다.

고칠소가 고북월을 따라 비밀 통로로 나와서 동래궁 후원에 도착했을 때, 고칠소는 마침내 참지 못하고 놀라 소리쳤다.

"이야, 고북월, 네가 바로 동래궁 배후의 진짜 주인이었군!"

고북월은 웃으며 겸손하게 대답했다.

"칠소, 오해일세. 난 가난한 의원일 뿐이지. 이곳은……."

고북월은 말을 하다가 참지 못하고 웃기 시작했다.

고칠소는 의심스러워하는 표정으로 말했다.

"무슨 뜻이야?"

"칠소, 여기, 이곳은 동진 태자의 세력권일세."

고북월이 말했다.

그 순간, 고칠소는 온몸이 굳어 버린 듯 눈동자만 움직였다. 눈알을 굴리는 그 모습이 마치 줄에 매달려 움직이는 꼭두각시 같았다.

하루에 연달아 두 번이나 충격을 받다니? 게다가 그 두 번 모두 한 사람 때문이었다!

"용비야……."

고칠소는 이를 부득부득 갈기 시작했다.

고북월의 눈가에 순간 복잡한 눈빛이 스쳤다. 농담할 줄 모르는 그가 진지하게 말했다.

"칠소, 다른 것은 내 감히 장담할 수 없네. 하지만 한 가지 사실만큼은 나 고북월이 목숨을 걸고 장담하네. 용비야는 공주를 이용하지 않았네."

고북월은 지금 화해시키고 있는 걸까?

어쩌면 고칠소와 용비야는 타고나길 상극인 사주라 영 맞지 않는 것일지도 몰랐다. 고칠소는 냉소를 지을 뿐 대답하지 않았다.

"강건 전장과 만상궁의 협력에는 분명 내막이 있네. 여기서 물어보면 자네가 만상궁에서 조사한 것보다 정확한 정보를 얻을 수 있네!"

고북월이 진지하게 설명했다.

"용비야는 나를 속일 리 없네. 게다가 난 빨리 용비야에게 백언청이 손에 쥐고 있던 패가 이미 사라졌음을 알려야 하네."

고칠소는 여전히 어두운 표정이었다. 하지만 결국 그는 고북월과 함께 동래궁의 장로회가 있는 방향으로 걸어갔다.

가는 동안 그는 동래궁을 이리저리 살피면서, 이곳이 만상궁보다 더 호화롭다는 사실을 발견했다. 인정하고 싶지 않았지만, 용비야야말로 운공대륙에서 제일가는 부자라는 사실을 인정할 수밖에 없었다.

이들은 곧 시종과 마주쳤고, 고북월은 바로 시종에게 대장로를 만나고자 한다는 말을 전하게 했다.

그런데 시종이 떠난 지 얼마 되지 않아 아주 익숙한 모습이 맞은편에서 그들을 향해 나는 듯이 달려왔다.

당리!

고칠소는 두 눈을 가늘게 떴다.

"너 이 녀석, 천금청에서 돈을 많이 땄더군!"

당리는 위아래로 고북월을 살펴보며, 뭐라고 해야 좋을지 몰라 하다가 결국 이렇게 말해 버렸다.

"고 의원, 우리 형이 매일 당신을 생각했어!"

고북월은 살짝 멍해졌고, 고칠소는 하하 소리 내 크게 웃기 시작했다.

"큭큭, 고북월, 너에 대한 용비야의 애정이 아주 깊군!"

당리는 그제야 자신이 너무 흥분해서 말이 잘못 나왔음을 깨달았다. 그가 해명하려는데 고북월이 담담하게 웃으며 말했다.

"당 문주, 동진 태자는 지금은 어디에 있습니까? 제가 보낸 밀서를 다 받으셨는지요. 또 강건 전장은 왜 만상궁과 협력하는 겁니까."

고북월의 질문들은 모두 핵심적인 내용이었다. 당리는 바로 최근 일어난 일들을 모조리 말해 주었다.

고북월은 시종일관 진지한 표정으로 들었고, 고칠소는 갖가지 표정을 다 지으며 변화무쌍한 얼굴이었다.

'인질' 이야기를 들었을 때, 고칠소의 눈가에는 분명 아파하는 눈빛이 스쳤다. 영승이 납치당했다는 이야기를 들었을 때, 그는 생각에 잠긴 듯했다. 한운석이 열흘도 안 되어서 만상궁 도박장과 경매장의 소란을 해결했고, 만상궁 장로회를 장악하게 되었다는 이야기를 들었을 때, 그는 어찌할 수 없는 상황에 쓴웃음을 금할 수 없었다.

모든 것이 확실하게 설명되었다. 한운석은 진작 선택을 마쳤고, 이미 용비야와 함께 싸우고 있었다. 그가 다툴 게 뭐가 있겠는가?

사실 그는 용비야가 아니라 한운석에게 진 것이었다.

그녀만 원한다면, 그는 이 불사의 몸으로 홀로 적진에 뛰어들어 모든 세력과 맞서며, 모든 것을 쟁취할 수 있었다.

그녀만 원한다면, 그는 무엇이든 줄 수 있었다.

하지만 안타깝게도 그녀는 원하지 않았다.

나라와 집안의 그렇게 깊은 원한까지 한운석은 무시할 수 있었다. 설사 결국 서로 전쟁을 벌이게 되더라도, 한운석은 여전히 용비야를 선택할 게 분명했다. 그의 독누이는 대체 용비야를 얼마나 좋아하는 걸까?

가슴 가득했던 열정이 갑자기 차가운 물을 뒤집어써서 식어버린 것만 같았다. 고칠소는 어깨를 으쓱하고 웃었다. 그다지 의기소침하지는 않았고, 여전히 세상을 우습게 여기며 자기 멋대로 하는 모습이었다.

당리와 고북월이 그를 주시하자, 그는 웃으며 상관없다는 표정으로 말했다.

"독누이가 좋으면 됐어."

그가 말을 마치고 뒤돌아 가려는데, 고북월이 황급히 그를 막았다.

"어디 가는 건가?"

"독누이 약을 찾아 줘야지. 골절이면 아주 아플 거야."

고칠소가 담담하게 말했다. 얼마 전만 해도 득의양양해서 그녀를 위해 천하를 얻어 줄 것처럼 굴더니, 지금은 아무것도 신경 쓰지 않고 그저 그녀의 상처가 아플 거라는 이런 사소한 일만 걱정하고 있었다.

고북월은 갑자기 전에 자신이 했던 걱정이 우습게 느껴졌다. 고칠소의 뒷모습을 보면서 그는 문득 마음이 예전처럼 그렇게 외롭지 않다는 생각이 들었다.

소칠, 자네는 알까. 나도 그녀를 사랑한다는 사실을.

고칠소가 멀리까지 갔을 때, 당리는 갑자기 한 가지 일이 떠올라 다급하게 외쳤다.

"고칠소, 목령아가 납치됐어! 영정과 함께 만상궁에서 납치됐어!"

방금 너무 흥분해서 온통 그의 형과 형수 이야기만 늘어놓다가 이 일을 깜빡했다.

고칠소는 우뚝 걸음을 멈추었다. 마침내 그가 만상궁에 버리고 온 목령아가 떠올랐다. 그가 돌아보며 말했다.

"누가 한 짓인데?"

당리는 의심 가는 사람을 이야기해 주었다. 그가 오늘 동래궁에 온 것은 사람을 보내 금 집사와 정 숙부의 행방을 추적하는 것을 돕기 위해서였다.

고북월은 그 자리에서 결단을 내렸다.

"칠소, 자네는 남아서 당리를 돕도록 하게. 난 백독문에 가겠네. 공주의 다리 부상 치료가 너무 길어졌네. 침술 몇 번이면 완쾌될 수 있으니 내게 맡기게."

납치범의 정체

당리는 고칠소 성격에 고북월의 제안을 거절할 거라고 생각했다. 고북월 역시 그를 설득할 준비를 하고 있었다.

고칠소가 금익궁의 주인이라면 삼도 암시장에서 당리를 도와줄 수 있었다. 적어도 금 집사에 대한 단서들을 찾을 수도 있었다.

금 집사의 동오 전장은 만상궁의 도박장에서만 장사한 게 아니라, 금익궁과 동래궁 도박장에도 발을 들였었다. 금익궁까지 도와줄 수 있다면 삼도 암시장의 삼대 세력이 손을 잡은 셈이니, 고북월은 한 사람쯤은 찾아낼 수 있을 거라 믿었다.

고칠소는 잠시 망설였지만 거절하지 않고 고북월에게 대답했다.

"필요한 약재가 있으면 언제든 약귀곡에 연락해. 그리고 너한테 필요한 회룡단은 사람을 보내 찾아 줄게."

고북월은 초씨 집안 두 노인에게 중상을 입은 후 단전이 다치고 내공이 망가져서 아무리 단련해도 기를 모을 수 없었다. 검종 노인은 용비야에게 이 세상에 '회룡단'이라고 불리는 약재만이 고북월의 부상을 치유할 수 있다고 했다. 그러나 용비야는 지금까지도 이 약재를 찾아내지 못했다. 몇 달 전, 용비야가 봉서단을 보내 준 덕에 고북월은 겨우 공력을 두세 단계 정도 회복시켰다.

회룡단은 전설 속에만 존재했다. 용비야도 온 힘을 쏟았지만, 지금까지 어떤 단서도 알아내지 못했다. 고칠소가 약을 찾는 데 능하다고 해도, 이 약재가 세상에 존재하지 않는다면 어떻게 찾아낼 수 있겠는가?

고북월은 그리 큰 기대를 품지 않았으나, 그래도 읍을 하며 감사를 표했다.

고칠소는 언짢아하며 흘끗 쳐다봤다.

“뭘 그리 예의를 차려?”

이렇게 당리는 용비야에게 서신을 보내 고북월의 구출 사실을 알림과 동시에 고수 몇 명을 붙여 고북월이 비밀리에 백독문에 갈 수 있도록 호송했다. 고칠소는 남아서 고북월을 배웅한 후 화류항으로 향했다.

화류항이라면 당리보다 그가 훨씬 더 잘 돌아다닐 수 있었다!

칠 오라버니가 한운석의 약을 찾으러 가지 않고, 남아서 목령아의 행방을 찾고 있다는 사실을 알았다면, 그녀는 감동한 나머지 ‘으앙’ 소리를 내며 큰 소리로 울었을 게 틀림없었다. 그러나 지금 그녀는 혼자 노력하고 있었다.

마차는 산기슭에 멈춰 있었고, 마차 안에 갇힌 영정과 목령아는 둘 다 두 발이 묶인 채였다. 두 납치범은 멀지 않은 곳에 있는 큰 나무 위에서 쉬고 있었다.

흑의 노인은 나무줄기에 기댄 채 앞으로 팔짱을 끼고 눈을 가늘게 뜨고 있었다.

젊은 남자는 무성하게 자란 나무줄기 위에 드러누워 머리 뒤로 팔베개를 한 채 눈을 크게 뜨고 있었다. 수관에서부터 흘러내려 오는 달빛이 그의 눈동자를 비추며 오랜 세월 동안 쌓인 고독과 방황을 드러냈다.

돌아갈 곳이 없는 사람은 마음속에 늘 달빛을 품고 살았다. 고향 산수를 비추던 그 밝은 달빛이었다.

"정 숙부, 이제 만상궁에 돈을 요구할 때가 되지 않았어?"

그가 담담하게 말했다.

그랬다. 그는 바로 금 집사였다. 한운석에게 당해 빈털터리가 되었고, 목령아에게 당해 빚을 잔뜩 지게 된 금 집사였다.

그날 밤 그가 화류항에서 정 숙부를 만났을 때, 정 숙부는 돈을 구하지 못하자 그를 죽여 입을 막으려 했다. 하지만 정 숙부는 그를 너무 만만하게 생각했다. 금 집사는 단숨에 정 숙부가 데려온 고수들을 다 죽이고 정 숙부를 붙잡았다.

원래는 정 숙부를 데리고 만상궁에 가서 한운석과 협상을 할 생각이었다. 그런데 정 숙부가 그를 막으며 한운석은 눈곱만큼도 손해 보지 않을 여자라며, 그와 정 숙부가 결탁했던 사실을 한운석이 알게 되면 절대 이익을 보지 못할 것이고, 나중에 빚을 갚지 못해 팔려 가는 신세가 될지도 모른다고 설득했다.

정 숙부는 그에게 목령아를 납치하는 방법을 내놓았다. 그는 이미 목령아와 결판을 내려는 마음을 먹고 있었으나, 만상궁의 경비가 삼엄해 들어갈 수 없었다. 하지만 정 숙부가 도와주면 그와 정 숙부가 만상궁에 몰래 들어가는 것은 아주 쉬운 일이었다.

그의 목표는 목령아였다. 그런데 정 숙부가 영정까지 납치할 줄은 몰랐다. 정 숙부는 영정을 납치한 것은 혼란을 주기 위해서라고 했다.

지금 이들은 벌써 삼도 암시장에서 멀리 떨어져 곧 북려국 경내에 들어갈 듯했다. 협박 서신을 보낼 때가 되었다.

정 숙부는 냉소를 지으며 말했다.

"아금, 너는 한운석이라는 여자를 너무 모르는군?"

금 집사는 바로 일어나 앉았다.

"무슨 뜻이지?"

"내가 알기로 한운석은 백언청에게만 딱 한 번 위협을 받았다. 그것도 고북월의 목숨이 달렸기 때문이었지."

정 숙부가 담담하게 말했다.

"그게 나와 무슨 상관이야? 그 여자에게 말해. 목령아를 만나고 싶다면 당장 나 대신 강건 전장의 빚을 갚은 뒤 매신계를 가져와서 사람과 맞바꾸자고!"

금 집사가 차갑게 말했다.

"아금, 한운석이 강건 전장의 낙 점주와 친분이 있다는 걸 아직 모르겠지? 강건 전장은 이미 만상궁 도박장과 협력을 시작했다. 한운석이 가짜로 네 빚을 갚는 척하는 것도 한마디면 될 일이야! 게다가 그 여자보고 매신계를 가져와서 사람과 맞바꾸자니, 그 여자의 독술이 두렵지 않느냐?"

정 숙부가 진지하게 분석해 주었다.

"목령아가 내 손에 있는 한, 내겐 빠져나갈 방법이 있어!"

금 집사가 불쾌해하며 말했다.

그러자 정 숙부가 다가와 목소리를 낮추며 말했다.

"금 집사, 잊지 마라. 적족은 한운석 말대로 움직이지 않는다. 영승이야말로 진정한 주인이다!"

금 집사는 갑자기 노한 목소리로 말했다.

"내가 영승이 행방불명된 사실도 모르는 줄 알아?"

영승이 있었다면, 그가 한운석 손에 당할 리도 없었다! 처음 그에게 목령아를 가두라고 한 것도 영승이었다.

정 숙부는 조심스럽게 소매 안에서 서신 한 통을 꺼냈다. 금 집사는 서신 봉투의 필적을 흘끗 본 순간 크게 놀랐다. 저것은 영승의 필적이 아닌가?

"영승의 행방을 알아냈나? 어찌 된 거지?"

금 집사가 다급하게 물었다.

그와 영승은 친구인 동시에 적이었지만, 그래도 적대적인 감정보다야 친구 간의 우의가 더 컸다. 그는 영승이 지금 자신의 처지를 보고도 모른 척할 리 없다고 믿었다.

"나와 함께 가면 반드시 영 족장을 만날 수 있다. 영 족장이 너를 도와줄지 안 도와줄지는 두 사람의 우정에 달렸지."

정 숙부가 웃으며 말했다.

금 집사는 그제야 자신이 정 숙부에게 속았음을 깨달았다. 정 숙부가 그에게 목령아와 영정을 납치하게 한 것은 한운석을 협박하기 위해서가 아니라 다른 의도가 있어서였다.

적족과 서진의 공주인 한운석은 대체 무슨 관계인가? 영승처럼 충성스러운 자가 한운석의 여동생인 목령아를 이렇게 대하는 것은 또 어째서인가?

서진의 내부 사정에는 관여할 수도 없고 관심도 없었다. 그는 그저 빚을 갚고 자유로워지기만 바랄 뿐이었다.

"좋다. 함께 가지!"

금 집사는 아주 시원스럽게 허락했다.

정 숙부는 이제야 한숨을 돌릴 수 있었다. 처음 납치 생각을 내놓은 것은 막다른 지경에 몰려 마지못해 한 선택이었다. 원래는 단지 한운석을 괴롭힐 생각이었는데, 어쩌다 보니 갈수록 더 심각하게 빠져들어 자신이 '배신자'로 몰리게 생겼다.

잠시 금 집사를 속였어도 한운석이 그의 약점을 잡게 되면 그가 어떤 처지가 될지 정말 상상도 할 수 없었다.

앞으로 어떻게 해야 할지 생각도 못 하고 있는 상황이었는데, 삼도 암시장에서 나온 지 얼마 되지 않아 좀 전에 한 심복이 영승의 밀서를 전달했다.

이 서신이 그를 구했고, 어느 길로 가야 할지 알려 주었다!

한운석에게 눈을 다친 영승이 서신에는 북려국에서 잘 지내고 있다고 썼다. 그는 영승이 군역사와 손잡은 게 아닐까 의심하지 않을 수 없었다.

진상이 어떠하든 간에, 이번에 북려국에 가면 영승을 설득할 수 있었다. 그는 진작부터 영승에게 한운석은 서진의 공주가 될 자격이 없고, 적족의 이런 충성을 받을 자격은 더더욱 없다고 말했었다.

영승의 능력과 병력을 생각할 때, 군역사와 협력하면 충분히 용비야에게 맞설 수 있었다. 적어도 천하의 절반은 차지할 수 있었다. 구태여 서진에게 맹목적인 충성을 바치고, 한운석 때문에 만신창이가 될 정도로 다칠 필요가 있을까?

그런 생각을 하면서 정 숙부는 남몰래 한숨을 돌렸다. 영승의 행방을 알게 되어 정말 다행이었다. 그렇지 않았다면 적족 역사상 유일한 배신자가 되었을 것이었다!

두 사람이 대화를 나누고 있을 때, 마차 쪽에서 목령아가 갑자기 고래고래 소리를 질렀다.

"누구 없어요! 이봐요!"

그녀의 고함 소리에 금 집사는 바로 쳐다봤지만, 정 숙부는 듣고도 아랑곳하지 않았다.

"또 왜 저러는 거지?"

금 집사는 견디지 못하고 물었다.

"상관하지 마라. 소리 지르다가 지치면 잠잠해지겠지."

정 숙부는 무시할 생각이었다.

그러나 금 집사가 두말하지 않고 일어나서 가 보려고 하자, 정 숙부가 바로 말렸다.

"내가 가지! 내가 어떻게 혼쭐을 내는지 봐라!"

"그래도 여자고, 임신한 몸이야. 살살 다뤄."

금 집사가 담담하게 말했다.

“흐흐, 아금, 네가 언제부터 이렇게 마음이 약해졌지? 네가 오늘 이 지경이 된 건 다 저 계집 때문이다!”

정 숙부가 웃기 시작했다.

“저 계집은 영정보다 더 값나가는 존재야. 돈 때문에 그러는 것뿐이야.”

금 집사는 다시 드러누웠다.

정 숙부는 어깨를 으쓱하고는 성큼성큼 마차를 향해 걸어갔다.

그가 오니 목령아는 뒷간에 가야겠다고 소리쳤다.

“마차 안에서 알아서 해결해라. 쓸데없는 수작 부리지 말고!”

정 숙부가 차갑게 말했다.

“작은 게 아니란 말이에요. 그게…… 아이고, 빨리 날 내려 줘요. 못 참겠어요! 다 큰 남자가 나 같은 여자 하나 지켜보는 게 뭐 어렵겠어요.”

목령아는 말하자마자 바로 말을 바꿨다.

“아니지, 보면 안 되지! 아이고, 부탁이에요, 옆에 풀숲에서 해결할게요! 내가 도망친다고 해도 쫓아올 수 있잖아요?”

배를 움켜쥔 목령아는 얼마나 급한지 눈, 코, 입이 모두 한군데로 몰려 있었다.

“알았다, 알았어!”

정 숙부는 그제야 목령아의 두 발을 풀고 마차에서 내려 주었다.

목령아는 참을 수 없을 정도로 급한 듯 얼른 풀숲으로 달려갔다. 정 숙부가 큰 소리로 외쳤다.

"너무 멀리 가지 마라!"

곧 목령아가 풀숲에 쪼그리고 앉으니 얼굴만 드러났다. 정 숙부는 흘끗 보고는 마차 옆에서 기다렸다.

마차 안에서 영정은 불안한 마음으로 목령아가 순조롭게 해내기를 바라고 있었다. 그녀와 목령아는 손수건과 치마 안감을 찢어 조각낸 후, 손가락을 깨물어서 낸 피로 구조를 요청하는 글자를 썼다.

방금 목령아가 마차 안에서 몰래 살펴보니, 이쪽 길가에 약초가 많았고 약초를 캔 흔적이 있었다. 천 조각을 약초 쪽에 잘 숨겨 두면, 약초를 캐는 사람이 발견할 게 분명했다.

방금 목령아는 볼일을 위한 마땅한 장소를 찾는 것처럼 보였지만, 실은 약초가 가장 많은 곳을 찾고 있었다.

잠시 기다리던 정 숙부가 재촉했다.

"다 됐느냐!"

목령아는 더는 지체할 수 없어 얼른 천 조각을 약초 뿌리 쪽에 묶은 후 서둘러 돌아왔다.

"고마워요."

그녀가 예의 바르게 말하며 정 숙부를 마주 보았다. 당황한 기색은 조금도 보이지 않았다.

정 숙부는 그녀를 한 번 훑어본 후 이상한 낌새가 보이지 않자 차갑게 말했다.

"마차에 타라."

목령아는 한숨을 돌렸다. 그런데 그녀가 마차에 타려는 순간, 정 숙부는 날카로운 눈빛으로 그녀의 치마 안감 한쪽이 찢어진 것을 발견했다.

"잠깐!"

정 숙부가 화난 목소리로 말했다.

목령아의 심장이 빠르게 뛰기 시작했다. 하지만 그녀는 진정하려고 애쓰며 마차에서 내려 물었다.

"무슨 일이죠?"

정 숙부가 갑자기 그녀를 잡고 풀숲으로 성큼성큼 걸어갔다. 목령아는 빠져나갈 수 없다는 것을 알고, 눈을 내리깐 채 정 숙부에게 끌려갔다.

곧 정 숙부는 약초에 묶어 둔 천 조각을 발견했다. 조각을 끌러 본 순간, 그는 크게 화를 냈다.

"이 계집 봐라, 아주 똑똑하군 그래!"

정 숙부는 그 천 조각을 내던지고 갑자기 목령아의 머리카락을 움켜쥐었다.

무슨 상관

정 숙부는 목령아의 머리카락을 움켜쥐고 그녀를 바닥으로 홱 밀쳤다.

목령아는 이 흑의 노인이 여자에게도 손을 댈 줄은 몰랐다. 그제야 두려워지기 시작한 그녀는 뒤돌아 달아나려 했다.

"사리 분별도 못 하는 못된 계집 같으니!"

정 숙부가 쏜살같이 달려와 목령아의 팔을 잡아끌었다. 놀란 목령아는 비명을 지르며 눈을 감고 필사적으로 발버둥쳤다.

그런데 곧 차가운 목소리가 들려왔다.

"놔라!"

거의 동시에 따뜻한 손이 그녀의 어깨를 붙잡는 게 느껴졌다. 그녀가 고개를 들어 보니 그 사람은 다름 아닌 복면을 한 젊은 남자였다.

"이 못된 계집이 암호를 남겨 구조를 요청했다!"

정 숙부가 화난 목소리로 말했다. 그가 이렇게 분노한 이유는 목령아가 '만상궁의 배신자'라고 썼기 때문이었다.

정 숙부는 이 호칭이 끔찍하게 싫었다. 지금껏 배신자가 될 생각을 한 적이 없었다. 그가 이 지경이 된 것도 다 구석으로 내몰렸기 때문이었다. 지금 그는 영승을 찾아가려는 것이지 적족을 배신한 게 아니었다!

금 집사는 눈을 내리뜨고 목령아를 보며 차갑게 물었다.

"암호를 몇 개나 남겼느냐? 솔직하게 말해라!"

"여기, 여기뿐이에요!"

목령아는 눈물이 그렁그렁한 큰 눈동자를 깜빡이며 아주 불쌍한 모양새로 말했다. 왜인지는 모르지만, 그녀는 직감적으로 이 젊은 남자가 그녀를 심하게 괴롭히지 않을 거라는 생각이 들었다.

"놔줘라. 가서 처리한 후에 바로 떠나자."

금 집사가 정 숙부에게 담담한 말투로 말했다.

정 숙부는 무시하듯 코웃음을 쳤다.

"이 못된 계집의 말은 믿을 수 없다. 제대로 심문하지 않으면 솔직하게 말하지 않을 거다! 지금까지 오면서 얼마나 많은 암호를 남겼을지 누가 알겠나!"

"없어요, 여기서만 남겼어요! 다시는 안 그럴게요, 제발 부탁이에요, 날 놔줘요! 정말 다시는 안 그럴게요."

목령아는 다급하게 애원했다. 온 힘을 다해 흑의 노인의 손에서 벗어나려 했으나, 아무리 해도 벗어날 수 없었다. 늙은이에게 붙들린 손목이 너무 아팠다!

정 숙부는 금 집사를 차갑게 바라보며 표독스럽게 말했다.

"끼어들지 마라. 내게 사실대로 말하게 할 방법이 있다!"

그러나 금 집사의 태도는 강경했다.

"이 여자는 내 것이다. 심문하더라도 내가 한다!"

"네가!"

정 숙부는 기가 막혔다.

그러나 끝까지 굽히지 않으려는 금 집사의 눈빛을 보고 결국에는 물러섰다. 아직은 도망가는 중이었고, 그와 금 집사는 같은 배를 탄 사람이었다. 이런 시기에 사이가 틀어지고 싶지 않았다. 영정보다 목령아가 확실히 더 값어치가 있었다. 영승이 목령아라는 판돈을 보게 되면 아주 만족할 게 분명했다.

정 숙부는 거칠게 손을 내친 후, 목령아가 남겨 놓은 혈서 조각을 처리하러 갔다.

복면 노인이 멀리 간 것을 보고 목령아는 바로 어깨를 잡은 손을 피하며 말했다.

“대협, 난 정말 여기서만 암호를 남겼어요. 다시는 안 그럴게요. 날 놔주세요.”

금 집사는 붙들려서 퍼렇게 멍이 든 그녀의 손목을 흘끗 본 후, 시선을 아래로 두다가 곧 그녀의 치마에 있는 핏자국을 발견했다. 그는 순간 너무 놀랐다.

“네……, 네 아이…….”

목령아는 고개를 숙이고 핏자국을 발견한 후에야 자신이 임신부인 척하고 있다는 사실을 떠올렸다. 방금 그렇게 떠밀렸으니 배 속 아이에게 영향을 줄 수 있었다!

그녀는 바로 당황한 표정을 지으며 금 집사와 눈을 마주친 후 고개를 숙이고 천천히 치마를 걷어 올렸다.

이런 상황을 마주친 적이 없었던 금 집사는 아는 게 아무것도 없었다. 목령아가 치마를 걷어 올리자 그는 예의에 어긋난 행동이란 사실도 잊고 긴장해서 쳐다보았다.

목령아가 치마를 무릎까지 걷어 올린 순간, 그는 한숨을 돌릴 수 있었다. 목령아의 두 무릎이 넘어져서 까지는 바람에 피가 많이 났던 것이었다.

목령아는 금 집사를 흘끗 보고는 다행인 척하며 긴 한숨을 내쉬었다.

"정말 다행이에요!"

그녀는 임신한 적이 없었으니 임신이 어떤 느낌인지도 몰랐다. 그저 자신이 아는 대로 나오지도 않은 배를 어루만지며 목멘 소리로 말했다.

"아가야, 엄마가 미안해! 흑흑……, 잘 있어야 한다. 엄마보다 더 굳세게 버텨야 해!"

공연히 한바탕 놀라고 나자 금 집사는 또 짜증이 솟아나 차갑게 말했다.

"아무 일 없으면 마차로 돌아가라! 그리고 네가 숨긴 천 조각을 모조리 내놔라!"

금 집사는 어리석지 않았다. 목령아 일행이 다른 곳에 천 조각을 남겼는지 알고 싶다면, 풀숲에 있는 것들과 그녀들이 가지고 있는 것들을 다 꺼내 보면 되었다. 조각이 다 맞춰지지 않으면 다른 곳에 남겼다는 소리였다.

이 두 여자는 손수건 아니면 치맛자락을 찢을 수밖에 없을 테니, 맞춰 보기는 아주 쉬웠다.

목령아는 이를 악물고 아주 애처로운 모습으로 고개를 끄덕였다. 그녀가 가기 전에 금 집사가 먼저 뒤돌아 갔다. 사실 그녀는 감사 인사를 하고 싶었다. 여자의 직감으로 알 수 있었다. 이 젊은 남자는 그녀를 챙겨 주고 있었다.

금 집사가 멀찍이 갔다가 뒤돌아보니, 목령아가 꾸물대면서 다리를 쩔뚝이며 걷고 있었다. 그는 잠시 망설였다가 다시 되돌아갔다.

"대협……."

목령아의 말이 끝나기도 전에 금 집사는 그녀를 안아 들고 마차로 걸어갔다.

"고마워요."

목령아가 작은 소리로 말했다. 금 집사는 들은 건지 못 들은 건지, 한마디도 하지 않았다.

마차 앞에 다 와서 금 집사는 갑자기 방향을 바꾸더니 목령아를 안고 옆에 있는 큰 나무 아래로 걸어갔다. 설마 이 인간이 마음을 바꾸고 심문하려는 걸까? 목령아는 불안해졌다.

금 집사는 그녀를 나무 아래 내려놓고 나무줄기에 기대앉게 한 후에야 차갑게 물었다.

"약이 있느냐?"

목령아는 순간 어떻게 반응해야 할지 몰라 물었다.

"무슨 약이요?"

금 집사의 눈에 언짢은 기색이 스쳤다. 그는 그녀의 말에 대답하지 않고 갑자기 몸을 숙여 가까이 다가갔다. 목령아는 반사적으로 그를 밀쳐 냈다.

"뭐 하는 거예요?"

금 집사는 그 바람에 바닥에 넘어졌다. 안 그래도 화나 있던 눈빛에 분노가 더해졌다. 그는 여전히 말하지 않고 일어나 다시 목령아에게 다가갔다.

"뭐 하는 거예요! 비켜요! 손대지 마요! 저리 가요!"

목령아가 고함을 지르자 금 집사는 그녀의 두 손을 잡아서 발버둥치지 못하게 했다. 목령아는 다리를 뻗어 그를 발로 차려고 했다. 그런데 금 집사는 그녀가 늘 차고 다니는 작은 주머니에서 약병 몇 개를 꺼내는 게 아닌가.

그제야 목령아는 자신이 오해한 것을 알고 잠잠해졌다.

금 집사는 약병 하나를 골라 차갑게 말했다.

"다리."

목령아는 마침내 그가 약을 발라 주려고 했음을 깨달았다. 그녀는 조심스럽게 다른 병을 꺼냈다.

"이게 더 잘 들어요."

금 집사가 건네받으려는데, 목령아가 그를 피하더니 머뭇거리며 말했다.

"내가 바를 수 있어요. 방금…… 미안했어요."

금 집사는 가볍게 코웃음을 치고는 여전히 말이 없었다.

목령아는 잠시 주저하다가 낮은 목소리로 말했다.

"그, 그게…… 다른 곳을 봐 줄래요?"

방금 치마를 걷어 올린 것은 유산이 아님을 증명해서 이 남자가 의원을 불러오지 못하게 하기 위함이었다. 지금은 약을 발라야 하니 당연히 다른 곳을 보게 해야 했다. 자기 다리를 어떻게 함부로 보여 준단 말인가?

목령아가 이렇게 대놓고 말했으니 금 집사는 당연히 그 뜻을 알아들었다. 그는 바로 등을 돌리고 그녀 앞에 앉았다.

목령아는 그제야 안심하고 조심스럽게 치마를 걷어 올렸다. 두 무릎이 까져서 피가 철철 흐르는 모습을 보니 마음이 아팠다. 다행히 치마 속에 감춰져 보이지 않기에 망정이지, 정말 보기 흉했다.

주변은 고요했고, 금 집사와 목령아는 이렇게 앞뒤로 앉아 있었다. 목령아는 자신이 값나가는 인질이니 이 젊은 납치범이 절대 그녀를 다치게 하지 않을 거라 생각했다. 그녀는 방금 느꼈던 두려움을 잊고 자신의 상처에 집중했다.

금 집사가 고개를 숙이자 흐트러진 앞머리가 그의 눈동자를 가렸다. 어둠 속에서 그의 눈 속 검은 그림자가 더욱 두드러졌다. 그는 한참 침묵하고 있다가 갑자기 몸을 돌리더니 목령아의 하얗고 균형 잡힌 다리를 보며 비웃듯 말했다.

"목령아, 그렇게 몸을 함부로 굴리면서 다른 사람이 보는 걸 신경 쓰나?"

목령아는 순간 멍해졌다가 바로 치마를 덮으며 화난 목소리로 말했다.

"무슨 뜻이에요?"

금 집사는 차갑게 코웃음을 쳤다.

"혼인도 하기 전에 임신까지 했으면서, 다른 사람이 다리 보는 걸 꺼려? 무슨 내숭이냐?"

목령아는 순간 화가 치밀어 올랐지만 꾹 참았다.

"칠 오라버니에게만 함부로 하는 거예요! 다른 사람은 그럴 수 없어요!"

순간 차가운 눈빛이 된 금 집사는 화가 나서 욕을 퍼부었다.

"천박하기는!"

목령아가 언제 이런 욕을 들어 봤겠는가. 그녀는 도발하는 표정으로 말했다.

"내가 좋다는데 당신이 무슨 상관이에요? 무슨 쓸데없는 참견이에요?"

금 집사는 뭔가 말하려고 하다가 아무 말도 하지 않고 뒤돌아 가려 했다. 그런데 목령아의 한마디가 그를 멈추게 했다.

"이봐, 당신 금 집사지!"

"아니다."

금 집사가 담담하게 대답했다.

"당신이야! 분명! 절대 아닐 리 없어!"

목령아가 끝까지 고집했다.

금 집사는 상대할 생각이 없었다. 그런데 목령아가 이렇게 말하는 게 아닌가.

"저 노인은 만상궁 사람이지? 누구야? 당신, 저 사람한테 속은 걸 알고 있어?"

금 집사는 대답하지 않았지만 앞으로 더 가지도 않았다. 목령아의 말에 흥미를 느낀 게 분명했다.

그 모습을 본 목령아는 얼른 말을 계속했다.

"금 집사, 날 납치한 건 우리 언니를 협박해서 빚을 갚아 달라고 하기 위해서지? 영정을 납치할 생각은 없었지?"

목령아가 또 말했다.

"생각해 봐. 저 노인이 왜 이유 없이 영정을 납치했겠어? 사심이 있는 거라고! 자기 혐의는 벗고 당신한테 구정물을 다 덮어씌울 생각이야! 영정을 납치해 봤자 적족을 위협할 수 없다는 걸 만상궁 사람은 다 알아. 그러니까 일부러 영정을 데려온 거라고. 거짓을 꾸며서 자기 혐의를 벗으려고! 지금 당신을 데리고 북쪽으로 가고 있지. 당신은 그 사람한테 이용당하고도 그걸 몰라!"

물론 이것들은 다 영정이 분석한 내용이었다. 만상궁에 대한 목령아의 지식으로는 이렇게 깊이 생각할 수 없었다.

정 숙부가 영정을 납치한 데는 확실히 그런 계산이 있었다. 그는 만상궁에서 어떤 오점도 남기고 싶지 않았다. 하지만 그는 가대가 그에게 이억 냥을 보내면서까지 철저히 배신할 줄은 생각도 못 했다.

영정 역시 어찌 그리 많은 것을 알겠는가. 그녀는 지금까지도 적족에 내부 첩자가 있다고만 확신했을 뿐, 그게 대체 누구인지는 짐작하지 못했다.

금 집사가 돌아보며 말했다.

"영정이 말해 주었군?"

금 집사도 정 숙부의 음모를 어느 정도 간파했다. 하지만 영승이 친필로 쓴 서신을 본 후, 그는 한운석을 협박하지 않고 영승을 보러 가기로 결심을 굳혔다.

"다……, 당신 인정했구나!"

목령아가 놀란 목소리로 말했다.

금 집사는 그녀의 시선을 피했다.

"영정이 틀렸다. 난 아금이 아니다!"

"맞아!"

목령아가 다급하게 말했다.

"금 집사, 경매로 사들인 물건을 다 팔아서 돈을 돌려줄게. 부족하면 또 방법을 생각해서 보탤게. 우릴 놔줘! 목숨을 걸고 장담하는데, 난 언니를 설득해서 당신에게 매신계를 돌려줄 수 있어!"

금 집사는 몸을 일으켰다. 전혀 흥미가 없어 보였다.

"금 집사, 솔직하게 말할게. 우리 언니는 이미 만상궁을 장악했어! 영승은 행방불명이니, 지금 우리 언니가 아니면 아무도 빚을 갚아 줄 수 없고, 매신계는 더더욱 돌려줄 수 없어. 저 늙은이 말은 믿지 마. 내 말은 거짓이 아니야!"

목령아가 진지하게 말했다.

"한운석이 만상궁을 장악했다고?"

금 집사는 몹시 놀랐다.

돈부터 내주지 않는 영승

목령아는 금 집사가 북쪽으로 영승을 찾아가고 있는 줄은 몰랐다. 금 집사가 놀라자 그녀는 가망이 있다고 생각해 얼른 덧붙였다.

"금 집사, 만상궁이 적족에게 어떤 의미인지 잘 알잖아! 당신을 속이는 게 아니야. 믿지 못하겠으면 영정에게 물어봐도 돼! 우리 언니가 만상궁 도박장과 경매장 문제를 해결해 주면서 그 장로들이 우리 언니에게 완전히 승복했어!"

금 집사의 눈에 복잡한 눈빛이 스쳤다. 한운석이 만상궁을 장악했다면, 그럼 영승은?

만약 한운석과 영승 사이가 벌어졌다면, 적족은 영승의 말을 들을 게 분명했다. 어쨌든 족장은 영승이었으니까.

금 집사는 정 숙부에게 이 일을 말하지 않았다. 모든 천 조각을 조사한 후 문제가 없음을 확인하자 이들은 밤새도록 길을 재촉하여 북려국 천하성으로 향했다.

그런데 다음 날, 이들은 성안에서 동진과 서진이 협력했다는 소식을 들었다!

한운석과 용비야가 함께 풍족을 성토하고 백독문에 도전하여, 당시 동진과 서진의 내전이 동진 탓인지 아니면 서진 잘못인지를 풍족이 나와서 똑똑히 밝히게 하겠다는 것이었다. 이 소식을 발표한 쪽은 바로 적족의 만상궁 장로회였다.

이제야 금 집사는 목령아의 말을 믿게 되었다.

"영승도 분명 이 소식을 알겠지."

금 집사가 떠보듯 말했다.

"흐흐, 한운석이 자승자박을 하는군! 걱정마라. 영승은 절대 더 이상 그 여자에게 충성하지 않는다!"

정 숙부가 차갑게 말했다.

목령아와 영정은 마차 안에 갇혀 있어 이 소식을 듣지 못했다. 영정이 이 소식을 들었다면 기뻐했을 게 분명했다.

만상궁은 이 소식을 운공대륙 전체에 퍼뜨렸기 때문에 군역사도 당연히 이 소식을 전해 들었다.

퍽!

큰 소리와 함께 군역사가 영승 앞으로 밀서를 집어 던졌다. 이 밀서가 보고한 내용에 따르면 운공상인협회의 일부 장로들과 영씨 집안 군대의 일부 부장들이 서둘러 백독문으로 향하고 있었다.

영승은 밀서를 대충 훑어본 후 차갑게 말했다.

"잘된 일 아닌가. 너를 대신해 백언청을 없애 주는데."

그 말에 군역사는 우드득 소리가 날 정도로 주먹을 움켜쥐었다. 그는 지금껏 누구도 그와 사부 사이의 일을 언급하게 허락한 적이 없었다.

백옥교는 그를 무서워했지만, 영승은 아니었다. 그는 차갑게 코웃음을 쳤다.

"군역사, 백언청이 북려국에 오지 않은 것을 다행으로 여겨야지. 그렇지 않았으면 너는 아주 불쌍한 꼴이 되었을 거다."

"그만!"

군역사는 탁자 위의 밀서들을 뒤집어 놓으며 화난 목소리로 말했다.

"영승, 한운석이 너희 적족의 돈 보따리를 장악했다. 넌 무엇으로 나와 협력할 것이냐?"

이것이야말로 군역사가 가장 관심을 가지는 부분이었다.

영승은 전혀 동요하지 않고 말했다.

"적족은 영원히 본 족장의 결정에 따른다!"

"넌 이미 무사하다고 소식을 전하지 않았느냐? 그런데 이렇게 중대한 결정을 하면서 장로회는 왜 네게 알리지 않았느냐?"

군역사는 영승 앞으로 바짝 다가와 성난 목소리로 질문했다.

영승은 태연하게 그를 밀어냈다.

"군역사, 난 백옥교에게 납치당했다. 그들이 흑루 폐허를 수색만 해도 충분히 짐작할 수 있는 사실이다! 내가 무사한지 확인도 못 했는데, 고작 서신 하나로 그들이 무엇을 믿을 수 있겠느냐?"

군역사는 뭔가 깨달은 듯 안색이 변했다.

영승이 차갑게 말했다.

"군역사, 군마 삼만 마리가 남쪽으로 내려간다면 적족 전체가 나의 무사함을 믿겠지만, 그렇지 않으면 그들은 차라리 한운석의 말을 따를지언정, 정체불명의 서신을 따르진 않을 것이다! 너는 동전 한 푼도 손에 넣을 수 없을 거다."

"날 위협하는 거냐!"

군역사가 노성을 질렀다.

"그래!"

영승은 대범하게 인정했다.

"네 목숨이 내 손에 달려 있다는 사실을 잊지 마라."

군역사가 매서운 목소리로 말했다.

"날 죽여도 좋다."

영승은 상관없다는 표정으로 말했다. 군역사 성격에 죽일 거였으면 일찌감치 죽였을 것이었다.

"흐흐, 죽여? 죽일 순 없지! 네 목숨은 어쨌든 십억의 가치가 있으니까."

군역사의 말인즉슨 영승을 갖고 적족을 위협하겠다는 뜻이었다.

"수지 타산이 맞는다고 생각되면, 어디 해 보거라!"

영승은 태산처럼 흔들림이 없었다.

한운석과 용비야의 협력 소식은 그에게 큰 도움이 되었다. 동진과 서진의 협력은 군역사를 막다른 골목으로 몰아세웠다.

그가 정 숙부에게 서신을 쓴 것은 정 숙부가 평소 한운석에게 불만이 많아서 여러 번 그에게 서진 황족을 배신하라고 부추겼기 때문이었다. 한운석이 그의 눈을 다치게 한 상황에서 그는 서신에 딱 한마디만 썼으니 정 숙부의 의심을 사기에 충분했다. 만약 그의 생각이 맞는다면, 정 숙부는 적족 누구에게도 그의 행방을 알리지 않고 직접 찾아와 그에게 군역사와 협력하라고 권할 것이었다.

정 숙부가 와서 그를 도와 연극을 해 준다면, 군역사의 신뢰를 얻기는 더 쉬워졌다.

군역사는 확실히 초조해졌다. 그는 눈을 가늘게 뜨고 영승을 바라보았다. 영승은 옆에 앉아서 담담하게 말할 뿐이었다.

"나도 말해 주지. 한운석과 용비야는 아직도 옛정이 남아 있다. 그 여자는 일찌감치 나라 재건의 대업을 무시했기 때문에, 동진과 서진의 은원은 그 여자를 가로막을 수 없다. 오히려 만상궁 장로회가 그 여자에게 끌려다니겠지! 군역사, 네게는 시간이 얼마 없으니 한번 잘 생각해 봐라!"

군역사는 마침내 깨달았다. 영승은 적족 전체를 가지고 그와 도박을 하고 있었다. 만약 그가 삼만 군마를 내준다면 영승은 바로 모습을 드러내고 적족의 대권을 가져올 것이었다. 내주지 않으면, 영승은 적족을 한운석에게 내준다고 해도 그와 협력하지 않을 것이었다.

결국 영승은 그가 먼저 삼만 군마를 적족에게 주면, 그 후에 군비를 주겠다는 뜻이었다.

원래 한쪽은 돈을 주고 한쪽은 군마를 주기로 이야기가 된 상태였다. 군역사는 당연히 영승이 마지막 패를 남겨 둘 것을 경계하고 있었다. 하지만 짧은 며칠 사이에 이런 변고가 생길 줄은 예상치 못했다.

한운석은 대체 어떻게 만상궁 장로회를 장악하고, 어떻게 적족과 용비야의 협력을 설득해 낸 것일까.

오랫동안 보지 못했더니, 그 여자의 능력은 더 뛰어나게 성장했다!

먼저 군마를 내주고 다시 군비를 받아 온다……. 군역사는 속으로 망설임과 동시에, 이 위험을 무릅써도 될지, 영승의 태도가 어디까지가 진실이고 어디까지가 거짓인지도 따지고 있었다.

군역사는 영승에게 당장 대답하지 않고 차갑게 말했다.

"기다려라! 고려해 보도록 하지!"

군역사가 군영에서 나오자 백옥교가 맞은편에서 다가왔다.

백옥교는 요즘 그를 찾아와 몇 번이나 사부 이야기를 했기 때문에 그는 백옥교를 보자마자 짜증이 났다. 하지만 그래도 차가운 목소리로 물어보았다.

"소소옥은 자백했느냐?"

"아직이요. 아주 고집 센 계집이에요."

백옥교가 사실대로 말했다. 그녀는 요 며칠 수시로 소소옥을 심문하고 있었다. 심문 내용은 물론 미접몽의 행방이었다.

"마장에 고문할 도구가 많고 많은데, 아직도 심문해 내지 못했다고?"

군역사가 물었다.

"사형, 만약 그 계집이 죽어 버리면, 아무것도 알아낼 수 없어요. 게다가 한운석은 가까이 있는 사람에게 다 잘해 주는데, 그 계집은 한운석을 그리도 오래 따라다녔으니 인질이기도 한

셈이에요."

백옥교가 진지하게 분석했다.

그 말이 군역사를 일깨워 주었다. 만약 그와 영승이 합의를 보지 못하면, 소소옥을 가지고 방책을 강구할 수도 있을 듯했다.

지금 초조하고 마음이 어수선한 그는 더 생각하지 않고 소매를 떨치며 가 버렸다.

백옥교는 군역사의 뒷모습을 바라보며 걱정스러웠다. 한운석과 용비야가 연합하여 백독문에 도전하는데, 사형이 충동적으로 도우러 가는 게 아닐까?

한운석의 독술은 그 깊이를 헤아릴 수 없을 정도로 뛰어나 사부와 견줄 만한 수준이었다. 게다가 용비야의 무공은 이미 운공대륙 제일가는 경지에 오른 듯했다. 두 사람이 힘을 합치면, 사부에게는 승산이 없었고 백독문은 위태로웠다.

사부의 교활한 성격을 생각하면, 모습을 드러낼 리 없었다. 하지만 사형은 백독문에 대한 마음이 깊었다. 만일 사부가 가지 않고 사형이 간다면, 그건…….

백옥교는 더 생각을 이어 갈 수 없었다. 그녀는 스스로 다짐했다. 요 며칠 동안 무슨 일이 있어도 사형을 예의 주시하며, 사형이 후회할 일을 저지르지 못하게 해야지.

백옥교가 따라가려는 이때, 한 병사가 황급히 달려와 보고했다.

"옥아 낭자, 감방에 있는 인질에게 문제가 생겼습니다!"

"무슨 일이냐?"

백옥교가 놀라서 물었다.

"식사를 주는 사람이 주의하지 않은 틈에 그 계집이 바닥에 머리를 박았습니다. 이미 의원이 구하러 갔습니다!"

병사가 사실대로 대답했다.

"이런 젠장!"

백옥교는 당장 감방으로 향했다. 그녀가 도착했을 때, 소소옥은 의식불명 상태였고, 의원은 그녀의 이마 상처를 치료하고 있었다.

소소옥은 납치된 후 한마디도 하지 않고 물 한 방울 입에 대지 않으며 죽기만을 바랐다. 백옥교는 그녀를 어찌하지도 못했을 뿐 아니라 자살하지 못하게 조심해야 했다.

백옥교는 이해가 되지 않았다. 이렇게 어린 계집이 어쩌면 이리도 고집이 세고 지독할까? 정말 죽음이 두렵지 않은 걸까?

의원이 상처를 치료한 후, 백옥교는 모든 사람을 물러가게 했다. 그녀는 혼자서 소소옥을 지키며, 대체 어떤 방법을 써야 이 계집이 한운석을 배신하게 할 수 있을지 조용히 고민했다.

그녀는 이미 사람을 시켜 소소옥의 출신을 다 조사해 보았다. 소소옥의 출신을 알고 가족을 찾아내면 위협할 수 있을지도 몰랐다. 하지만 안타깝게도 지금까지 어떤 쓸모 있는 정보도 알아내지 못했다.

아무것도 가진 게 없는 고아는 잃을 게 없으니 두려울 게 없었다. 백옥교는 이런 걱정과 두려움이 없는 느낌이 무엇인지 잘 알았다. 그녀 역시 고아이기 때문이었다. 가족은 자기 하나

뿐이니 혼자 배불리 먹으면 온 가족이 풍족한 셈이었고, 근심거리도 없고 두려울 것도 없어서 모든 것을 다 내걸 수 있었다.

소소옥에게 한운석은 그녀로 치면 사형과 같은 존재였다. 유일한 근심거리이자, 모든 것을 다 내줄 수 있는 사람이었다.

그러자 백옥교는 이런 생각을 하지 않을 수 없었다. 만일……, 만일 언젠가, 어렸을 때 헤어진 여동생을 찾는다면, 여동생이 군역사의 자리를 대신하게 될까?

그녀는 더 생각하지 않고 병사를 불러 감시하게 했다.

"잘 지키고 있어라. 또 문제가 생기면 너희 목숨을 조심해야 할 거다!"

그녀는 분부를 마친 후 사형의 병영으로 향했다. 어젯밤부터 그녀는 밖에 몰래 숨어서 밤새워 지키고 있었다.

한운석과 용비야가 백독문에 도전하는 날까지는 아직 이레가 남았다. 백옥교는 반드시 견뎌야 했다.

이때, 한운석과 용비야는 며칠 밤을 계속 쉬지 않고 서둘러 달리는 중이었다. 만상궁은 이미 소식을 퍼뜨렸고, 그녀와 용비야도 함께 도전장을 작성한 뒤, 백독문에 보냈다.

모든 준비는 끝났으니 이제 동풍만 불면 되었다!

"용비야, 백언청이 이미 고북월을 백독문에 데려갔을까요?"

한운석이 흥분해서 물었다.

그녀는 당장에라도 백독문에 도착해서 용비야와 제대로 손잡고 백언청을 쳐부수고 싶은 마음이 간절했다!

용비야는 느긋하게 손을 들어 한운석의 머리를 쓰다듬었다. 그는 기분이 좋은 듯 웃으며 말했다.

"그자가 옛날 수법을 또 쓴다면, 또 속아 넘어갈 것이냐?"

지난번 천녕국 황궁에서 그녀와 영승은 백언청을 잡았었다. 하지만 마음이 모질지 못했던 그녀는 비슷한 패를 쥐고서도, 백언청이 고북월을 가지고 위협하자 타협하고 말았다.

패가 비슷할 때는 누가 더 마음을 잘 가라앉힐 수 있는가에 따라 승패가 갈렸다. 한 번도 진 적 없는 한운석이었지만, 오직 그때만 백언청에게 패배했었다.

"당신이 있으니 속지 않아요."

한운석이 진지하게 말했다. 그녀는 용비야가 충분히 모질고 신중한 태도로 나설 것을 믿었다. 그리고 무엇보다도 용비야는 절대 영승처럼 고북월을 진짜로 희생시키려 하지 않을 것도 믿었다.

그녀는 용비야와 백언청이 협상하는 그 순간을 기대하고 있었다.

용비야는 크게 웃기 시작했다.

"한운석, 좋은 소식을 말해 주마. 듣고 싶으냐?"

행동파 남자

한운석은 용비야가 기분이 아주 좋다는 걸 확실히 느낄 수 있었다.

당리가 영정과 목령아를 찾아냈다고 해도, 용비야가 크게 반응할 리 없었다. 이런 때에 어떤 좋은 소식이 용비야를 활짝 웃게 만들 수 있을까? 한운석은 정말 짐작이 가지 않았다.

그녀는 교활한 미소를 지으며 대답했다.

"듣고 싶지 않아요. 절대 말하지 말아요."

용비야는 오늘 기분이 좋아서 뜸을 들여 가며 한운석을 감질나게 하려는 생각도 했었다. 그런데 이렇게 한운석의 한마디에 무너질 줄은 몰랐다.

그는 정말 말하고 싶었고, 지체하지 않고 한운석에게 이 기쁜 소식을 나누고 싶었다. 그는 결국 뜸 들이지 않고 바로 말했다.

"이틀 후면 고북월이 우리와 합류할 거다."

한운석은 순간 멍해졌다가 자그마하게 물었다.

"누, 누구라고요?"

"고북월!"

용비야가 한운석이 아닌 다른 사람의 이름을 이렇게 진지하게 불러 주는 일은 아주 드물었다.

한운석은 놀라서 눈이 휘둥그레졌다.

"고북월? 고북월이요!"

맙소사, 잘못 들은 건 아니겠지! 고북월이라고?!

한운석의 깜짝 놀란 표정에 용비야는 마음의 안정을 되찾았다. 그는 큰 소리로 웃으며 말했다.

"그래, 고북월이다. 고칠소에게 구출되어 삼도 암시장에서 서둘러 오고 있으니 이틀 후면 우리를 따라잡을 거다."

직접 들었는데도 한운석은 자기 귀를 믿을 수 없었다. 그녀는 도저히 가만히 앉아 있을 수 없었고, 용비야를 바라보며 감격한 나머지 그의 손을 붙잡았다.

"대체, 대체 어떻게 된 거예요? 진짜 거짓말 아니죠?"

그녀는 가슴이 콩닥콩닥거렸고, 진짜 용비야가 장난치는 것일까 두려웠다. 이런 실망은 견디기 힘들었다.

용비야는 보기 좋은 밝은 미소를 지으며 옆에 쌓인 밀서 중 한 통을 꺼내 한운석에게 건넸다.

"그의 필체를 알아보겠지."

한운석은 황급히 밀서를 펼쳐 보았다. 하지만 그녀의 눈에는 고북월이 아닌 당리의 필체만 보였다. 궁금해하던 것도 잠시, 당리의 서신 내용을 보자 그녀는 더 물을 것도 없이 얼른 읽어 내려갔다.

당리는 고칠소가 어떻게 고북월을 구출해 냈고, 세 사람이 어떻게 동래궁에서 만났는지를 간결하게 설명해 놓았다. 마지막에는 고칠소가 영정과 목령아를 찾는 일에 그를 도와주기로 했고, 고북월은 고수들의 보호를 받으며 비밀리에 가고 있다고 덧붙였다.

서신을 보지 않았을 때는 그렇게까지 놀라지 않았는데, 서신을 보고 나니 그녀는 뭐라고 해야 좋을지 몰랐다.

고칠소가 고북월을 구출했을 줄은 생각도 못 했다. 게다가 백언청을 피해 바로 산골짜기에서 구출해 냈을 줄이야.

"고칠소가 큰 공을 세웠군요!"

한운석이 아주 진지하게 말했다.

"그래."

용비야의 대답은 한마디뿐이었지만, 그도 인정했다. 고칠소가 한 많은 일 중에서 이 일은 용비야가 기꺼이 인정해 줄 수 있었다.

"큰 공로를 인정해 줘야 해요!"

한운석은 얼른 고칠소를 대신해서 말해 주었다.

"고북월이 그에게 빚을 졌지!"

용비야는 무표정한 얼굴로 대답했다. 그 말은 자신은 고칠소에게 아무 빚도 지지 않았다는 뜻이었다.

누군가 용비야와 고칠소는 상극인 사주라고 한다면, 한운석은 틀림없이 믿었을 것이었다. 하지만 그녀도 그와 논쟁할 틈이 없었다. 그녀는 밀서를 자세히 들여다본 후 긴장해서 물었다.

"고북월의 필체는요?"

당리가 용비야에게 보낸 서신은 비밀 시위가 가져왔으니 거짓일 리 없었다. 하지만 필체를 보지 못한 이상 그녀는 불안했다.

"뒤에 있다."

용비야가 담담하게 말했다.

한운석은 바로 서신을 뒤집어 보았다. 그제야 익숙한 필체로 써진 글이 보였다. 맑은 기운에 힘이 있으면서도 붓놀림에 법도가 있는 필체가 딱 그 사람 같아서, 한운석은 단번에 고북월의 필체임을 알아보았다.

그의 글은 짧았다.

공주께서 일어서서 전장에 나서실 수 있도록, 소신이 곧 가서 상처를 치료해 드리겠습니다. 소신이 함부로 신분을 숨긴 죄는 직접 뵙고 사죄드리겠습니다.

한운석은 서너 번 반복해서 읽고는 자신도 모르게 바보처럼 웃으며 어쩔 수 없다는 듯 고개를 가로저었다. 이 익숙한 느낌이 얼마나 오랜만인지! 몇 달을 만나지 못해도, 진상이 다 밝혀져도, 고북월은 여전히 이렇게 겸손하고 온화하며 차분했다.

그가 남긴 글은 짧았지만, 그녀는 온화하고 부드러운 고 의원이 눈앞에 서 있는 것 같았고, 처음처럼 그녀를 향해 따스한 미소를 지어 주는 것 같았다.

실없이 웃는 한운석을 본 용비야는 입을 실룩거리더니, 갑자기 큰 손을 뻗어 밀서를 집고는 조용히 접어 넣었다.

한운석이 고개를 돌려 무심코 그의 표정을 보니, 좀 전만큼 기분이 좋지 않은 것 같았다. 한운석은 뭔가 말하고 싶었지만 적절한 말을 찾지 못했다. 용비야는 침묵한 채 입을 열 생각이 없어 보였다.

두 사람은 갑자기 조용해졌다. 꽤 오랫동안 나타난 적 없었던 기운이 두 사람 사이에 퍼져 나갔다. 아주 시큼한 기운이었다.

결국 한운석이 먼저 입을 열었다.

"용비야……."

"음."

용비야가 담담하게 대답했다.

"다, 당신……."

한운석은 말을 하려다가 멈췄다.

"음?"

용비야는 그녀와 이야기가 하고 싶은 듯했다.

한운석은 그를 흘긋 본 후 마침내 입을 열었다.

"용비야, 배고프지 않아요? 밤참 먹을래요?"

용비야는 그녀를 바라보았다. 그녀가 이런 질문을 할 거라고는 생각지 못했던 듯했다. 하지만 그는 금방 대답했다.

"배가 고픈 게로구나. 뭐가 먹고 싶으냐?"

한운석은 쭈뼛대며 대답했다.

"전부 신 요리로……."

말을 하자마자 그녀는 혼자 하하 소리를 내며 거의 넘어갈 정도로 웃기 시작했다!

이런 때조차, 고북월의 신분까지 다 확실해졌는데도 용비야는 질투를 했다! 그녀는 정말 두 손 두 발 다 들었다. 그와 한 상 가득 신 음식을 먹지 않으면 만족할 수 없을 듯했다!

용비야는 민망하기도 했지만 어쩔 수 없는 마음이 더 컸다. 꼴이 말이 아닐 정도로 웃는 한운석을 보며 그는 정말 그녀를 어찌해야 좋을지 알 수 없었다.

이 여자가 대담하게 그를 비웃고 놀리는 게 처음도 아니었다. 그가 뭘 어쩌겠는가?

용비야는 아예 서동림을 불렀다.

"현성까지 얼마나 남았느냐?"

"날이 밝으면 도착합니다, 전하…… 현성에 머무시려는 것입니까?"

서동림은 궁금해졌다. 그들은 내내 길을 재촉하고 있어 현성에 머무르지 않은 지 오래되었다.

용비야가 입을 떼려는데 한운석이 황급히 말했다.

"아무것도 아니다. 물러가거라."

용비야가 어디 현성에서 쉴 생각이겠는가? 그는 진짜로 그녀에게 한 상 가득 시큼한 요리를 시켜 주려는 속셈이었다.

서동림은 잠시 기다렸다가 전하가 아무 말이 없자 조용히 물러갔다.

전하와 공주의 세상을 그는 알 수 없었다! 서동림은 가끔 그의 전임자인 초서풍 생각이 절로 났다. 오랫동안 천산 쪽 소식을 듣지 못해 무공을 잃은 초 대장이 어떻게 지내는지 알지 못했다. 만약 초 대장이 지금도 전하 곁에서 시중을 든다면 얼마나 좋을까!

"먹지 않을 테냐?"

용비야가 담담하게 물었다. 마치 평범한 밤참이라도 되듯이, 아무 일도 일어나지 않은 것처럼 말했다.

한운석 역시 아무 일도 없었던 것처럼 평온하게 대답했다.

"요즘 살이 쪄서요, 먹지 않는 게 낫겠어요."

"배고픈 것은 참지 마라."

용비야가 뼈 있는 말을 던졌다.

한운석도 지고 싶지 않았다.

"배고프지 않아요. 당신이 배고픈 거면 절대 참지 말아요. 배가 너무 고프면 좋지 않아요."

두 사람은 말하지 않아도 서로의 속내를 뻔히 알고 있었지만, 둘 다 참으면서 누가 먼저 솔직하게 털어놓는지 두고 보고 있었다.

용비야는 대놓고 화제를 돌렸다.

"시간이 늦었다. 내가 안마를 해 줄 테니 일찍 자거라."

중요한 이야기를 아직 끝내지 못했는데!

"백언청의 손에 아무도 없으니, 그럼……."

한운석의 말이 끝나기도 전에 용비야는 옆에 앉아서 그녀의 다리를 자기 다리 위에 올린 후 그녀의 발바닥을 안마해 주기 시작했다.

한운석은 자신도 모르게 긴장했다. 오랫동안 다리를 움직이지 못해 힘들 수 있어서, 막바지에는 안마로 혈액 순환을 시켜 주고 근육 인대를 풀어 줘야 했다. 분명 발 안마라고 했지만 용비야가 눌러 줄 때마다 전신 운동을 하는 것 같았다.

용비야의 안마 기술은 아주 뛰어났다. 너무 약하면 간지럽고, 너무 세면 아플 수 있는데, 그의 힘 세기는 딱 적절해서 아주 편안했다.

만약 한운석이 긴장하지 않았다면, 세상에서 쉽게 누릴 수 없는 아주 귀한 시간이었을 것이다.

전에는 안마하면서 이야기를 했던 것과 달리 지금 용비야는 침묵하고 있었다. 한운석은 내일이 되어야 그와 중요한 이야기를 할 수 있을 것이라 생각했다. 그런데 잠시 후 용비야가 고씨에게 이렇게 말할 줄은 몰랐다.

"방향을 돌려라. 오던 방향으로 돌아가서 고북월과 합류한다!"

한운석은 믿을 수 없다는 듯이 그를 쳐다봤다.

"우리가 천천히 가면 따라올 수 있어요. 그렇게 고생하지 말아요."

그녀가 거동이 불편했기 때문에 이들은 마차를 타고 갈 수밖에 없었다. 고북월은 말을 타고 쫓아오고 있으니 속도야 이들보다 훨씬 빨랐다.

"네 다리를 하루라도 빨리 낫게 할 수 있다면, 더 고생해도 상관없다."

용비야가 담담하게 말했다. 한운석은 그를 바라보다가 참지 못하고 그의 얼굴을 가만히 어루만졌다. 하고픈 말이 가슴속에 가득했지만, 결국은 그저 부드러운 한마디만 할 뿐이었다.

"당신 뜻대로 할게요."

"백독문 쪽은 고북월을 만난 후 천천히 신중하게 논의하자."

용비야가 말했다.

한운석은 고개를 끄덕였다. 고북월이 백언청에게 잡혀 있지 않는 한, 이들에게 확실히 승산이 있었다. 그들의 도전장은 이미 백독문에 도착했다. 이제는 운공대륙 사람이 모두 알고 있으니, 백언청이 그렇게 겁쟁이처럼 굴지는 않을 듯했다.

한발 양보해서 그가 나와서 도전을 받아들이지 않는다 해도, 이들은 백독문을 차지하면 되었다!

이야기하다가 한운석은 갑자기 밀서 속에서 한 가지 문제를 발견하고 놀라서 소리쳤다.

"용비야, 그렇다면 금익궁 배후에 있는 진짜 주인은 고칠소라는 거잖아요!"

어쩐지 고칠소가 늘 사치스럽게 돈을 쓰고 찻집이며 장원이며 운공대륙에 사업을 가득 펼치고 있다 했다. 이제 보니 그 골치 아팠던 두 번의 소란은 모두 고칠소가 한 짓이었다!

만상궁도 안중에 두지 않았던 용비야가 삼도 암시장에서 서열 세 번째인 금익궁에 신경을 쓸 리 없었다. 그는 집중해서 한운석을 안마하며 아무 말도 하지 않았다.

그녀가 만상궁을 도와 두 번의 소란을 잠재운 사실을 고칠소가 안다면 어떤 표정일까? 홀딱 반할 것 같은 얼굴이 딱딱하게 굳어 버리겠지! 그런 생각이 들자 한운석은 참지 못하고 풉 하며 웃음을 터뜨렸다.

"왜 웃느냐?"

용비야가 물었다.

"아무것도……."

한운석은 감히 사실대로 말할 수 없었다.

용비야가 진지하게 쳐다보자 한운석은 대충 둘러댈 수밖에 없었다.

"기뻐서요! 이제 곧 일어날 수 있잖아요!"

이 이유라면 아주 합리적이었다.

이제 발 안마도 끝이 났다. 용비야는 조심스럽게 그녀의 다리를 들어 한쪽에 내려놓았다. 한운석은 참지 못하고 그를 곁눈질했다.

웬일이야, 이 인간이 이번에는 욕심을 부리지 않고 여기서 끝내네!

하지만 무슨 말씀, 용비야는 금방 그녀를 덮치며 낮은 목소리로 말했다.

"피곤하지 않지?"

역시 쓸데없는 생각이었다. 발 안마 같은 일에도 역시 예외는 없었다!

그러나 전과 다르게, 이번에 한운석은 용비야의 무지무지 강력한 패기를 실감했다. 그녀는 완전히 관통당한 나머지 영혼마저 부서지는 것 같았다.

그의 난폭함도 그녀는 달갑게 여기며 심지어 몰래 웃기까지 했다. 분명 방금 시큼한 음식에서 화제를 돌린 것은 이 남자였다. 하지만 그는 행동으로 그녀에게 경고하고, 그녀를 벌하며 반격했다.

용비야가 얼마나 행동으로 보여 주는 남자인지, 오직 그녀만 철저하게 체감할 수 있었다!

곧 한운석은 그리 많은 생각을 할 수 없었다. 이 남자의 난폭한 움직임에 그녀의 몸과 영혼도 그를 따라 점점 팽팽하게 긴장했고, 마치 뭔가에 갇힌 채 발산할 순간을 기다리는 듯했다.

새치기는 기분에 따라

행동으로 보여 주는 남자 앞에서 한운석은 많은 생각을 할 수 없었다. 그의 난폭함에 그녀의 몸과 영혼도 그를 따라 팽팽하게 긴장했고, 뭔가에 갇힌 채 발산할 순간을 기다리는 듯했다.

그리고 마침내 분출한 그 순간, 그녀는 천천히 입을 벌려 긴 숨을 토해 냈고, 바짝 긴장했던 몸도 풀어졌다.

그녀는 가볍게 웃으며 말했다.

"용비야, 당신이 또 이겼어요."

용비야는 몸을 구부려 땀에 젖은 얼굴로 조용히 그녀 가슴의 그 상처 위에 엎드렸다.

한운석은 두 손으로 가만히 그를 안으며 낮은 목소리로 말했다.

"용비야, 의심할 필요 없어요. 난 이번 생에 당신만 사랑하니까."

"다음 생은?"

용비야가 담담하게 물었다.

한운석은 그의 손을 잡고 자기 가슴의 흉터를 어루만졌다. 그녀는 다음 생은 언급하지 않고 진지하게 말했다.

"이번 생에 충분히 사랑하고 나서 말해 줄게요."

"그래."

용비야는 주저함 없이 대답했다. 이번 생에 그는 아마 한운석에게 영족의 수호는 사실 두 가지 의미가 있다는 사실을 말해 주지 않을 것 같았다.

이날 밤, 이들은 원하는 대로 왔던 길로 되돌아갔고, 다음 날 저녁에 서주국 동부 지역의 한 오래된 마을인 안민진安民鎭에 도착했다.

용비야는 안민진 서쪽 교외에 온천 차원 한 곳을 통째로 빌려서 머무르며 고북월이 오기를 기다렸다.

원래 고북월은 이틀 정도 지나야 그들을 따라잡을 수 있었다. 하지만 이들이 원래 길로 되돌아왔기 때문에 그 시간은 절반으로 줄어들었고, 고북월은 한밤중이면 이곳에 도착할 예정이었다.

한운석은 온천 차원에 도착하자 김이 자욱한 온천에 매료되었다. 초겨울에 접어들어 서북쪽 지역 날씨는 이미 쌀쌀해졌지만, 실외가 그렇게까지 춥지는 않아 온천을 즐기기에 딱 좋은 시기였다! 하지만 안타깝게도 그녀는 다리 부상 때문에 온천에 들어갈 수 없었다. 이 큰 온천은 두 다리를 밖에 걸쳐 놓을 수 있는 조그만 욕조와는 달랐다.

용비야와 그녀는 차원에서 가장 큰 원락에 머물렀다. 낮은 지붕에 돗짚자리가 깔린 이곳은 자그마한 차나무들이 주변을 둘러싸고 있었으며 아주 고요했다. 이곳에 있으면 아무리 번잡한 마음도 절로 평온해질 것 같았다.

그렇지만!

한운석은 전혀 평온해질 수 없었다. 용비야는 원락 안에 있는 온천에 몸을 담그고 있었고, 그녀는 물가에 있는 차 마시는 곳에 앉아서 그 모습을 보기만 할 뿐 들어갈 수 없었기 때문이었다.

두 다리를 다친 이후 그녀는 제대로 온천을 즐기지 못했다. 그녀는 눈을 감고 자신도 모르게 온천에 몸을 담갔을 때의 편안함과 여유로움을 상상했다. 지금 들어가면, 몸을 담그고 있다가 잠이 들어 날이 밝을 때까지 깨어나지 못할 것 같았다.

그런데 지금은 그저 보면서 부러워하고 있을 수밖에 없었다!

곧 온천 속 용비야가 이쪽으로 헤엄쳐 와서 물가에 기댄 채 한운석에게 물을 뿌렸다. 한운석은 못 본 척하며 차만 우렸다. 하지만 그녀는 차를 우리기만 할 뿐 마시지는 않았다.

용비야는 웃으며 또 물을 뿌렸다. 딱 맞게 힘을 조절해서, 물은 한운석의 발 주변에만 닿을 뿐 그녀를 젖게 하지는 않았다.

한운석은 여전히 못 본 척하며, 바퀴 달린 의자를 밀고 가려고 했다.

"어디 가느냐?"

용비야가 바로 소리 냈다.

"산책이요!"

한운석이 대답했다.

"내 곁에 있지 않고?"

용비야가 물었다.

한운석이 탄식하며 말했다.

"휴, 고북월이 오면 이 바퀴 달린 의자를 언제 또 타 보겠어요. 늙어서 걸을 수 없을 때나 돼서야 탈 수 있을 테니, 오늘 밤을 소중히 여겨야 해요. 당신 혼자 몸을 담그고 있어요. 난 이곳저곳을 다니고 있을게요."

그녀는 말하면서 용비야를 향해 웃어 주었다. 달빛 아래 그 모습이 정말 사랑스러웠다.

용비야는 어쩔 수 없다는 듯이 웃었다. 이런 이유까지 생각해 내다니 그도 두 손 두 발 다 들었다.

한운석은 정말 그대로 가 버렸다. 하지만 용비야는 그녀가 방금 돌아보며 웃었을 때, 그의 멋진 몸매를 몰래 훔쳐본 것을 몰랐다. 그녀는 의문스러웠다. 저 남자에게 그렇게 여러 번 사랑받아 왔는데, 왜 지금까지 조각처럼 완벽한 그의 몸매를 제대로 감상할 기회가 없었을까?

한운석이 얼마 가지 않아서 용비야가 곧 쫓아왔다. 헐렁하고 편안한 하얀 장포를 입고 나막신을 끌며 그녀의 의자를 밀어주는 그는 아주 여유로워 보였다.

그녀는 고개를 뒤로 젖히며 슬며시 웃었다.

"온천에 안 있고요?"

그는 일부러 그녀의 부러움을 사려 했지만, 그녀에게는 그의 뜻을 막을 방법이 있었다.

그의 눈은 부드럽고 사랑이 넘치면서도, 어쩔 수 없다는 눈빛을 하고 있기도 했다. 두 사람 사이에는 사실 누가 이기고 지는 것이 없었다. 지금까지 늘 막상막하였다.

두 사람은 달빛 아래에서 차원을 거닐며 이야기를 나누었다.

"이야기해 다오……. 3천 년 후의 일 말이다."

용비야가 담담하게 말했다.

한운석은 기꺼이 응해 주었다. 물론 마음 아픈 이야기는 꺼내지 않고 기쁜 일들만 이야기했다.

사람들은 시간이 상처를 치유하고 흉터를 사라지게 한다고 착각할 때가 많았다. 하지만 사실은 시간이 아니라 시간이 데려다준 사람이 약이었다.

한운석은 자기 이야기를 마친 후에도 용비야의 어린 시절에 관해 묻지 않았다. 그녀는 자신이 바로 시간이 거꾸로 흘러 용비야에게 데려다준 그 사람이길 바랐다.

용비야는 그녀가 타임슬립하기 전 관계자의 새치기 진료를 거절한 사실에 흥미를 보였다.

"능운 병원?"

용비야는 곰곰이 생각하다가 웃으며 말했다.

"그럼 어떤 상황에서 새치기할 수 있느냐? 병세에 따라서?"

"기분에 따라서죠!"

한운석이 웃기 시작하자 용비야도 함께 웃었다.

이렇게 이야기를 나누다가 한운석은 잠이 들었다. 어떻게 잠이 들었는지는 몰라도, 그녀는 그저 희미하게 용비야가 그녀를 안고 방에 데려다준 것만은 기억이 났다.

그녀가 깨어났을 때는 이미 다음 날 오전이었고, 해가 높이 떠 있었다. 베개 옆 자리는 텅 비어 있었고 온기가 없었다. 용비야는 진작 일어난 게 분명했다.

자리에서 일어나 앉은 그녀의 마음은 의구심으로 가득했다. 어쩜 이렇게 잠이 많을 수 있지?

어제 낮에도 그녀는 마차에서 내내 자고 있었다. 미리 잠을 자 놨다가 밤새 고북월을 기다릴 생각이었다. 그런데 어젯밤에 또 자기도 모르는 사이에 잠이 들었다.

최근 계속 이동 중이긴 했어도 마차는 아주 튼튼하고 안정되어 흔들림이 없었다. 암기 침을 수련하는 것 외에는 할 일도 없었다. 예전이었다면 독 저장 공간에서 수련했겠지만, 지금은 정기를 모으고 힘을 비축하기 위해 꽤 여러 날 동안 수련하지 않았다.

알쏭달쏭해하던 한운석은 갑자기 뭔가가 떠올라 황급히 맥을 짚었다. 그녀가 알기로는 임신하면 한동안 잠이 쏟아지는 시기가 있었다. 그게 언제이고, 얼마나 오래가는지는 사람에 따라 달랐다.

허나 안타깝게도 맥상 결과는 그녀의 생각을 부인했다. 그녀는 슬그머니 웃었다. 그게 그렇게 빨리 될 리가 있나! 아마도 그동안 피곤이 쌓여 있다가 이번에 이동하면서 긴장이 풀리다 보니 몸이 저절로 휴식 단계에 들어간 듯했다.

한운석은 여러 생각하지 않고 곧 침상에서 내려와 단숨에 정리를 마쳤다!

날이 밝았으니 고북월이 도착했을 게 틀림없었다!

그녀가 시종을 부르자 들어온 사람은 다름 아닌 백리명향이었다.

백리명향은 늘 어두운 표정이었는데, 오늘은 기쁨을 숨기지 못한 얼굴이었다.

"공주, 드디어 깨어나셨군요! 고 의원이 도착했습니다. 지금 송향원松香院에서 전하와 차를 마시고 계십니다. 소인이 명을 받고 모시러 왔습니다!"

백리명향이 웃으며 말했다. 이렇게 기분이 좋은 것은 정말 오랜만이었다.

한운석은 놀라지 않고 대답했다.

"어서 가요!"

그러나 백리명향은 그녀를 탁자 옆으로 데리고 오더니, 문밖에서 기다리는 시녀를 불러 아침 식사를 가져오게 했다.

"공주, 우선 아침 식사를 드세요. 고 의원이 치료를 시작하면 꽤 시간이 걸릴 테니 배불리 드셔야 합니다."

백리명향이 말했다.

한운석은 어쩔 수 없었다. 아마도 용비야의 분부인 듯해서 거절할 수 없었다.

그러나 시녀가 아침 식사를 가져온 순간, 그녀는 백리명향이 만든 것임을 알아챘다. 모두 전에 운한각에서 자주 먹던 음식들이었다. 그렇다면 이 음식들은 백리명향이 특별히 그녀를 위해 만든 것이요, 용비야의 분부가 아닐 수도 있었다.

백리명향은 그녀에게 좁쌀죽을 떠 주며 젓가락을 건넸다.

"배불리 드셔야 합니다. 만일 치료가 오후까지 이어지면, 배고프실 수 있습니다."

한운석은 문득 운한각으로 돌아온 듯한 착각이 들었다. 그녀가 식탁에 앉으면 조 할멈과 백리명향이 와서 시중을 들었고, 소소옥은 문밖에서 정원에 있는 독약초에 물을 주었다.

다시는 돌아갈 수 없는 시절이었다. 백리명향의 미래는 군대에 있었고, 소소옥은 백옥교의 손안에 있었다. 아직 가치가 있기에 소소옥의 목숨이 위태롭진 않을 것이었다. 그녀는 그저 소소옥이 조금만 더 똑똑하게 굴어서 너무 고집을 부리지 않고 고생을 덜 하길 바랐다.

이번에 백독문에 가서도 백옥교의 행방을 알아낼 수 있을지는 미지수였다.

고북월을 얼른 만나고 싶었지만, 한운석은 그래도 열심히 먹기 시작했다. 배불리 먹은 후 백리명향이 그녀를 송향원에 데려다주었다.

입구에 도착하니 용비야와 고북월이 차 마시는 곳에서 이야기 나누는 모습이 보였다. 목소리를 크게도 하고, 일부러 낮추기도 해서 무슨 이야기를 하는지 들리지 않았다. 그들은 이야기하는 데 골몰해서 한운석이 온 줄도 모르고 있었다.

백리명향이 소리를 내려 하자 한운석이 막았다.

그녀는 멀리서 티끌 하나 없는 하얀 옷을 입고 상냥한 표정을 한 고북월을 바라보았다. 처음 본 사람도 그를 만나면 오랜 친구를 만난 듯한 편안함을 느낄 수 있었다.

정말 오랜만에 만나는 것인데도, 한운석은 조금도 낯설게 느껴지지 않았다. 예전처럼 친근했고 마음이 편안했다. 마치 절벽에서 생사의 이별을 한 적이 없는 듯했고, 그가 늘 곁에 있으면서 떠난 적이 없는 것만 같았다.

용비야의 차 마시는 자리에 앉아 용비야가 직접 차를 따라 주는 사람은 많지 않았다. 고북월은 그중 하나인 셈이었다. 용비야 역시 모처럼 사이좋게 이야기꽃을 피우고 있었다.

한운석은 자신의 다리 부상도 잊은 채, 이 그림 같은 분위기를 깨고 싶지 않아 가만히 있었다.

그러나 용비야는 이미 그녀가 온 것을 발견했다. 그는 곧 고북월과의 대화를 멈추고 눈썹을 치키며 돌아보았다.

"오지 않고 뭘 하느냐?"

사실 고북월도 이미 알아챘었다. 하지만 아무리 운석 낭자를 보고 싶은 마음이 절실해도 용비야가 말하지 않으면 그는 영원히 먼저 말을 꺼낼 수 없었다.

그는 그제야 돌아보았다. 한운석을 보자 그의 입가에 부드러운 미소가 더욱 커졌다. 그는 웃을 때조차도 소리 없이 조용히 웃었다.

그는 서둘러 몸을 일으켜, 목 대장군부에서 처음 만났던 그때처럼 겸손한 모습을 보였다. 다만 이번에는 그녀를 왕비마마가 아닌 공주마마라고 불렀다. 이번에는 읍을 하는 대신 무릎을 꿇고 절을 올렸다.

"소신 고월, 공주마마를 뵙습니다!"

그는 두 무릎을 꿇고 공수하며 인사한 뒤 머리를 땅에 조아려 그 곱고 긴 손에 이마를 갖다 댔다.

하늘에 떠 있는 하얀 구름 같은 자가! 지금 진흙 위에서 정성스럽게 무릎을 꿇고 있었다.

하지만 한운석뿐 아니라 옆에 고고하게 서 있는 용비야조차 그가 비천하다는 생각이 들지 않았다.

이런 사람이 있다. 무릎을 꿇고 있어도 까마득히 높은 곳에 있는 듯 존귀한 영혼을 가진 자가!

한운석은 고북월이 엎드려 절하게 둘 수 없어 서둘러 말했다.

"고북월, 어서 일어나지 않으면 화내겠어요!"

지난 몇 년 동안 이렇게 예의를 차리지 말라고 몇 번이나 말했는데, 그는 그녀를 보자마자 바로 무릎을 꿇었다. 너무 오랫동안 만나지 못했기에 그도 자신들처럼 흥분하고 감격할 줄 알았다. 그런데 그는 여전히 물처럼 담담했고, 옥처럼 부드러웠다. 이런 그를 어찌하면 좋단 말인가.

한운석은 불쑥 그런 생각이 들었다. 이 세상에 어떤 일이 고북월의 온화함과 차분함을 깨뜨릴 수 있을까…….

소신의 본분

한운석이 화를 냈지만 고북월은 여전히 일어나지 않고 진지하게 말했다.

"소신이 신분을 숨겨 아랫사람으로서 윗사람을 기만하였습니다. 공주마마, 이 죄를 벌하여 주십시오."

그에게 쓸데없는 말을 많이 해 봤자 소용없다는 것을 한운석은 이미 경험해서 알고 있었다.

그녀는 모진 말을 뱉었다.

"고북월, 그 벌로 내 상처를 치료하도록 해요. 내가 오늘 안에 걷지 못하면 알아서 해요!"

고북월이 입을 열려는데 한운석이 바로 막았다.

"이건 명령이니 더는 쓸데없는 말 말아요! 어서 일어나요!"

고북월은 가볍게 탄식하며 그제야 일어섰다.

"공주, 안심하십시오. 날이 저물기 전에 걸으실 수 있습니다."

고북월의 말이라면 믿을 수 있었다!

그는 송향원의 대나무 집 안에서 한운석에게 침술 치료를 시작했다. 골절 부상은 뼈가 새로 자라야 회복되었다고 할 수 있지, 침술만으로는 그리 큰 효과가 없었다.

고북월은 침만 놓는 게 아니라 약도 함께 썼다. 침술로 약효를 촉진하여 결국 약이 더 잘 듣게 한 것이었다. 물론 이 약도 그가 사용해서 이런 빠른 효과를 낸 것이지, 다른 사람이었다면 보름이 걸려도 효과를 볼 수 없었다.

한운석의 다리 부상은 이미 여러 날 동안 치료를 받아서 똑바로 설 수 있는 상태였다. 그래서 고북월에게는 별로 어려운 치료도 아니었다.

고요한 방 안에서 한운석은 누워 있고 고북월은 집중해서 침을 놓으며 때때로 그녀에게 몇 가지를 물어보았다. 용비야는 한운석 옆에 앉아 그녀를 지키며 바라보았다.

시간은 정말 빠르게 지나갔다. 중간에 쉬지도 않았다. 고북월이 침술 치료를 모두 마쳤을 때는 이미 저녁 무렵이었다.

"공주, 이제 걸으실 수 있습니다."

고북월은 '시도해 보라'는 말도 꺼내지 않고 바로 한운석에게 걸으라고 했다. 그는 약상자를 정리한 후 병풍 뒤로 물러가 한운석의 맨다리에는 눈길도 주지 않았다.

자신이 회복될 것을 알았지만, 정말로 회복되고 나니 한운석은 감격스러웠다. 그녀는 자신도 모르게 용비야의 손을 꽉 잡으며 그와 눈을 마주쳤다.

용비야는 사실 그녀보다 더 긴장하고 있었다. 그가 그녀를 안아 올리자 한운석이 바로 말했다.

"걷겠어요."

용비야는 조심스럽게 그녀를 내려놓았지만 손은 놔주지 않았다. 한운석은 그를 흘겨보며 그의 손을 뿌리친 후 앞으로 한 걸음을 내디뎠다.

너무 오랜만에 걸어서인지 이 걸음이 낯설게 느껴졌다. 한운석이 또 한 걸음 내딛자 용비야가 곁으로 달려와 혹 그녀가 넘어질까 경계했다.

두 번째 걸음도 여전히 낯설었다. 한운석은 마음먹고 아예 연이어 몇 걸음을 걸었고, 용비야도 그 뒤를 바짝 따라갔다.

그렇게 두 사람은 방 전체를 걸어 다니기 시작했고, 병풍을 돌아 다른 쪽에서 또 방향을 바꾸었다. 고북월은 그 모습을 보며 조용히 웃음 짓고는 소리 없이 나가면서 문도 닫아 주었다.

곧 그의 뒤로 한운석이 놀라서 외치는 소리가 들려왔다.

"걸을 수 있어요! 용비야, 이제 나 걸을 수 있어요!"

용비야가 그녀를 안아 올린 듯, 한운석은 아주 큰 소리로 웃었다.

고북월은 그 소리를 들으며 묵묵히 걸을 뿐, 돌아보지 않았고 멈추지도 않았다. 그는 원락 입구에 이르러 서동림에게 분부했다.

"전하께서 나오시면 말씀드리게. 공주의 상처가 이제 막 회복되었으니, 사나흘 동안은 너무 많이 걷지 마시고 잘 쉬셔야 한다고 해 주게."

서동림은 크게 기뻐했다.

"공주의 다리가 정말 다 나았습니까!"

고북월이 고개를 끄덕인 후 나가려는데, 갑자기 원락에서 용비야가 놀라서 고함치는 소리가 들렸다.

"고북월! 고북월!"

다른 사람이 이렇게 외쳤다면 고북월은 침착했을 것이었다. 하지만 용비야가 이렇게 소리치는 것은 분명 큰일이었다!

서동림이 정신을 차리기도 전에 고북월은 이미 그 앞에서 사라졌다. 내상이 이제 막 회복되었고, 이 할 정도의 내공밖에 없는 그가 내공이 심하게 소모되는 영술을 쓴 것이었다.

이렇게 영술을 쓰고 나면 얼마나 오랫동안 몸조리를 해야 회복할 수 있는지는 하늘만이 알 일이었다.

그의 온화함과 차분함은 순식간에 깨어졌다. 하지만 안타깝게도 한운석은 그 모습을 볼 수 없었다. 정신을 잃었기 때문이었다.

고북월이 방 안에 들어왔을 때 용비야는 바닥에 앉아 있고 한운석은 그의 품 안에서 혼절해 있었다.

분명 방금까지 잘 걷고 있었다. 용비야는 한운석이 넘어질까 조심하고 있었을 뿐이었는데, 그녀가 갑자기 정신을 잃고 쓰러질 줄은 몰랐다.

용비야에게 상황 설명을 들으면서 한운석의 맥을 짚는 고북월의 이맛살이 찌푸려졌다. 원래 창백했던 그의 얼굴은 더 하얗게 변했다.

"어찌 된 일이냐?"

용비야가 참지 못하고 끼어들었다.

고북월은 고개만 가로젓고 계속 맥을 짚다가 한운석의 눈동자를 검사한 후 대답했다.

"맥상은 정상이고, 어떤 병세도 없습니다. 지난 여러 차례와 동일합니다."

"독 저장 공간 때문인가?"

용비야가 긴장해서 물었다.

고북월도 의심했지만 의원으로서 그는 아주 신중했다.

"그럴 가능성도 있으나 확신할 수는 없습니다."

한운석이 어디 아픈 데가 있어서 혼수상태가 된 것인지는 그도 알 수 없었다.

"그럼 언제 깨어날 수 있나?"

용비야는 자신이 얼마나 쓸데없는 질문을 하고 있는지도 의식하지 못했다.

고북월은 어쩔 수 없다는 듯 고개를 가로저었다. 그의 평생 가장 까다로운 병증이 바로 한운석의 혼절이었다.

그가 말했다.

"기다릴 수밖에 없습니다."

용비야는 침묵했다. 고북월이 어쩔 수 없다면, 세상 그 누구에게도 방법은 없었다. 그는 과감하게 한운석을 침상에 안고 가면서 분부했다.

"자네는 옆방에 머무르면서 무슨 일이 생기면 바로 달려오도록 하라."

고북월의 눈에 복잡한 눈빛이 스쳤다. 이렇게 설득하고 싶지 않았지만, 반드시 그래야 했다.

"전하, 지체할 시간이 없습니다. 백독문 쪽에 도전장을 보냈고, 운공대륙 전체가 지켜보고 있습니다. 약속대로 가지 않으면 문제가 커집니다."

"아무리 큰일이라 해도 그녀가 깨어나길 기다려야 한다!"

용비야가 차갑게 말했다.

한운석은 그에게 자신이 이미 독 저장 공간의 두 번째 단계까지 수련했고, 세 번째 단계에 이르도록 계속 노력하고 있으나 별다른 진전이 없다고 말했었다. 그녀는 세 번째 단계의 이름이 '쟁략'이고, 천하의 모든 독을 자유롭게 받아들일 수 있다는 것만 알 뿐 다른 것은 전혀 몰랐다.

게다가 독 저장 공간은 단계가 올라갈 때마다 마지막 한계를 돌파할 수 있게 돕는 요인이 필요했다. 처음에는 만독지수 때문이었고, 두 번째는 꼬맹이의 회복 때문이었다.

만약 이번이 세 번째라면 그녀가 마지막 한계를 돌파할 수 있게 한 요인이 무엇이란 말인가? 이번에 이동하면서 한운석은 독 저장 공간을 수련하지 않았고, 어떤 독물도 마주치지 않았다. 용비야는 이번 혼절이 독 저장 공간의 단계 상승 때문이 아닐 것이라는 예감이 들었다.

어쩌면 독 저장 공간 때문에 발생한 평범한 기절일 수도 있지만, 독 저장 공간에 문제가 생겼을 수도 있었다. 용비야가 어찌 안심할 수 있겠는가?

이런 사실을 고북월이라고 이해하지 못할까? 하지만 그는 계속 설득했다.

"전하, 잊지 마십시오. 이번 일은 두 분의 일만이 아니라 동진과 서진, 두 황족의 일입니다. 소신이 알기로 공주는 이번 협력을 위해 갖은 애를 다 쓴 끝에 겨우 만상궁 장로회를 설득했습니다."

고북월은 핵심을 찔렀다.

이번에 백독문에 가는 사람은 용비야와 한운석만이 아니었다. 동진과 서진 양 진영의 고위 간부들도 있었다.

동진의 백리 장군은 소장군 백리율제를 비밀리에 보냈고, 서진의 영씨 집안 군대에서는 기병대의 낙경洛慶 장군을 비밀리에 보냈다. 그리고 들리는 소식에 따르면 서주국과 천녕국에서도 누군가 상황을 보기 위해 가고 있었다.

백독문은 사람을 죽이고 물건을 강탈하는 수작을 벌여 왔고, 의학계는 줄곧 이들을 운공대륙의 악성 종양으로 여겨 왔다. 의학계의 두 성은 이미 사람을 보내 공개적으로 동진과 서진을 지원하러 나섰다.

약속한 날이 되었을 때 백독문 쪽의 상황이 어떻게 변할지는 알 수 없었다.

만약 용비야와 한운석이 가지 않으면, 이들은 각자 뒤에 있는 동진과 서진의 진영에게도, 천하 모든 사람에게도 할 말이 없었다!

게다가 이번에 그들은 백언청을 죽이는 것뿐 아니라, 당시 대진제국 내전의 진상을 알아보기 위해 가는 것이었다.

용비야가 말이 없자 고북월은 한 걸음 물러서서 읍을 하며 말했다.

"전하, 심사숙고하십시오! 공주 역시 약속 어기는 것을 원치 않으실 겁니다."

이때 내내 입구에 서 있던 서동림이 참지 못하고 말했다.

"고 의원, 만일 공주가 그때가 되어서도 깨어나지 못하면 우리도 백독문을 상대할 수 없소!"

서동림이 가장 골치 아픈 문제를 꺼냈다.

당연히 그 점을 생각했던 고북월이 진지하게 말했다.

"적어도 그곳에 가서 다시 생각해야 하네."

지금은 모든 것이 미지수였다. 어쨌든 백독문에 가야 모습을 드러낼지 말지, 어떻게 상대할 것인지도 조율할 수 있었다.

용비야는 고북월을 보고 나서야 자신이 이성을 잃었음을 깨달았다. 서동림이 더 반박하려는데 그가 눈살을 찌푸리며 담담하게 말했다.

"서동림, 준비해라. 하룻밤 쉬고 내일 아침에 출발한다."

서동림이 나간 후 용비야가 담담하게 말했다.

"오히려 네가 침착했구나."

고북월은 여전히 겸손하게 공수하며 읍했다.

"이는 아랫사람인 소신의 본분입니다."

그랬다!

아랫사람으로서 그는 반드시 이렇게 냉정해야 했다. 이것이 그의 본분이었다.

이성을 잃고 충동적으로 나서는 것도 그럴 자격과 권력이 있어야 했다. 그는 없었다.

용비야는 아무것도 하지 않은 채 한참 동안 고북월을 바라보았다.

"소신은 옆방에서 대기하고 있겠습니다. 무슨 일이 생기면 부르십시오. 바로 달려오겠습니다."

고북월은 말을 마친 후 멀리서 한운석을 한 번 보고는 물러갔다.

이날 밤, 모든 사람이 잠을 이루지 못했다.

용비야는 침상 옆에 앉아 한운석의 평온한 얼굴을 보고 있었다. 머릿속에는 그녀가 정신을 잃는 장면이 몇 번이고 반복되었다.

분명 기뻐하면서 웃고 있었는데, 갑자기 인사불성으로 쓰러졌다. 이 여자 앞에서 그는 처음으로 가장 기쁜 순간 갑작스레 닥친 슬픔을 경험했다.

어찌 이성을 잃지 않을 수 있겠는가?

어젯밤 그녀가 말했던 3천 년 후의 이야기가 떠오르는데, 어찌 이성을 잃지 않겠는가?

오늘 잘 웃던 그녀가 갑자기 정신을 잃고 쓰러졌다. 혹시 언젠가는 갑자기 사라져 버리는 건 아닐까?

그는 이 불안함을 내내 마음 깊이 숨기고 있었다.

밤이 깊었으나 고북월은 옆방이 아닌 한운석 처소 입구의 계단에 앉아 있었다. 그는 꼬맹이 생각이 났다.

몇 번이나 백언청을 떠보았지만, 꼬맹이의 행방을 알아낼 수 없었다. 이제 꼬맹이가 공주 쪽에 없다는 것을 확인했으니, 꼬맹이는 백언청에게 잡혀 있는 게 틀림없었다.

그는 공주가 기분 좋게 있을 수 있도록 내일 꼬맹이 이야기를 해 줄 생각이었다. 그런데 이런 일이 벌어질 줄이야.

꼬맹이가 있다면 좋았을 텐데. 꼬맹이는 독 저장 공간에 드나들 수 있으니 그 누구보다 공주의 상황을 잘 알 수 있었다.

예전에 잠을 이루지 못하던 수많은 밤에는 꼬맹이가 곁에 있어 주었다. 고북월이 가볍게 탄식했다.

"꼬맹아, 잘 지내느냐?"

꼬맹이는 전혀 잘 지내지 못했다.

운석 엄마가 두 번째 단계가 된 후부터 꼬맹이는 운석 엄마의 모든 것을 느낄 수 있었고, 운석 엄마가 혼절한 것도 알았다.

꼬맹이는 아주 무시무시한 공간에 갇혀 있었다. 아주 악취가 가득한 공간인데, 발효용 연못인 듯 안에는 각종 썩어 문드러진 독 생명체의 사체가 가득했다. 불사불멸의 몸이 아니었다면 이미 이곳에서 썩어 죽었을 것이었다.

이곳은 독 저장 공간 같으면서도 그렇지 않은 듯해 분간해낼 수 없었다. 하지만 독 저장 공간이 아니라면 그를 어떻게 가둘 수 있단 말인가?

노력하는 꼬맹이

그날 밤 독종 금지에서 꼬맹이는 공자를 구하러 심연으로 쫓아 내려갔다. 분명 쫓아 내려갔는데, 왜인지 심연 바닥이 아니라 지금 있는 이 공간으로 떨어졌다.

이 공간에 있는 독 생명체는 아주 기괴하게 생겼다. 바닷속 해파리처럼 생겼는데 식물 같으면서도 동물 같기도 했다. 꼬맹이도 저것들의 정체가 무엇인지는 몰랐다. 하지만 저들 몸에서 뿜어져 나오는 악취가 썩어 문드러진 시체보다 더 무시무시하다는 것만은 확실했다. 이 냄새 때문에 꼬맹이는 몇 번이나 토하기까지 했다. 하지만 시간이 흐르자 점차 적응되었다.

꼬맹이는 이 무시무시한 공간을 '흑공간'이라고 불렀다.

이 공간은 독 저장 공간처럼 보이지 않았고, 꼬맹이는 이곳에서 외부의 모든 것을 감지할 수 없었다. 하지만 꼬맹이는 이곳을 독 저장 공간으로 생각할 수밖에 없었다. 이 세상에서 독 저장 공간 외에 무엇이 그를 이렇게 가둘 수 있는지, 꼬맹이는 정말 알지 못했다.

꼬맹이가 운석 엄마를 주인으로 인정하여 주종 계약이 맺어졌기 때문에, 운석 엄마가 억지로 가두지 않는 한 꼬맹이는 자유롭게 운석 엄마의 독 저장 공간을 드나들 수 있었다.

만약 다른 독종 직계 자손의 독 저장 공간이라면, 꼬맹이는 자유롭게 드나들 수 없었다. 꼬맹이의 수행 수준이 독 저장 공간의 주인보다 높아야만 자유롭게 드나들 수 있고, 그렇지 않을 경우 제약을 받을 수밖에 없었다.

사실 꼬맹이의 독이빨만 완전히 회복되면, 그의 수행 실력은 독종 그 누구도 도달할 수 없는 최고 수준이었다. 독이빨의 피는 누구도 해독할 수 없었다!

하지만 안타깝게도 처음 그가 얼떨결에 운석 엄마에게 피를 주어 사람을 구한 후 원기가 크게 상했고, 거기에 천산에서 심각한 부상을 입는 바람에 아무리 보양을 해도 짧은 몇 년 안에는 만회할 방법이 없었다.

꼬맹이는 지금도 운석 엄마가 그의 피를 가지고 누구를 구했는지 몰랐다. 그 일이 떠오를 때마다 꼬맹이는 그 사람을 물어버리고 싶은 마음이 굴뚝같았다.

완전히 회복할 수 없던 꼬맹이는 그저 미친 듯이 독초를 먹어 몸을 보양하면서, 운석 엄마의 도움을 받아 수행할 수밖에 없었다. 운석 엄마가 독 저장 공간 두 번째 단계에 도달할 수 있었던 것은 꼬맹이의 부상이 회복되었기 때문이었다. 그때부터 꼬맹이와 운석 엄마는 수행하게 되면 서로 돕고 보완하며 영향을 주게 되었다.

최근 운석 엄마는 수행하지 않았지만, 꼬맹이는 흑공간에서 필사적으로 수행했다. 그가 죽을힘을 다해 수행한 영향으로 운석 엄마가 피곤함을 느꼈던 것이었다.

이곳에 갇힌 첫날부터 꼬맹이는 수행을 멈추지 않았다. 하지만 운석 엄마가 이런 노력 강도를 견디지 못하고 의식을 잃었다는 사실을 감지하자 꼬맹이는 수행을 멈추었다.

꼬맹이는 불사불멸의 독짐승이었지만 운석 엄마는 평범한 인간의 몸이었다. 감당할 수 있는 능력은 당연히 그와 비교가 되지 않았다.

지금 꼬맹이는 어두컴컴한 구석에 쪼그리고 있었다. 커다란 꼬리가 그의 목을 감싸고 있는 모습이 마치 한 손에 안겨 있는 것 같았다.

갇힌 첫날부터 밤낮을 가리지 않고 미친 듯이 수행하다 보니 시간도 잊고 있었다. 갑자기 수행을 멈추고 나니 자신이 얼마나 오래 갇혀 지냈는지 모른다는 사실을 깨달았고, 그제야 공자가 떠올랐다.

공자는…… 무사할까?

심연에 떨어졌는데 어떻게 무사할 수 있어?

감히 생각할 수 없었지만, 생각을 억누를 수도 없었다. 생각할수록 더 두려워졌다. 그저 자신을 더 바쁘게 만들어서 쓸데없는 생각할 겨를이 없게 해야 했다.

꼬맹이는 그날 밤 적흑색 옷의 자객이 용 아빠가 아니라는 것을 확신할 수 있었다. 하지만 검술은 용 아빠와 막상막하였다. 그 자객에게서 꼬맹이는 뭔가 익숙한 느낌을 받았지만 어찌 된 일인지는 설명할 수 없었다. 의성의 대회에서도 이런 느낌을 받은 적이 있었다.

설마 그 자객이 독종 직계 자손이라서 이런 특별한 낯선 느낌을 받은 걸까? 그리고 그를 가둔 이 흑공간이 바로 그 적흑색 옷을 입은 자객의 것?

꼬맹이는 후각이 예민해서 모든 사람의 냄새를 맡을 수 있었다. 하지만 그 자객이 독종의 직계 자손인 것을 정확하게 판단하려면, 피 냄새를 맡는 방법밖에 없었다.

꼬맹이는 아무리 생각해도 이유를 알 수 없었다. 적흑색 옷의 자객이 독종의 직계 자손이라면, 왜 운석 엄마를 인정하지 않지?

너무 복잡한 문제들이라 오래 생각하다가는 머리가 아플 것 같았다. 하지만 꼬맹이가 이 문제들을 고민하지 않으면 무슨 문제를 생각한단 말인가?

수련할 수 없다면 머리라도 바쁘게 굴려야 했다. 바빠지면 공자를 그리워하지 않을 수 있었다.

눈을 감아 버리면 온 세상이 어둡다고 착각할 수 있었다.

마찬가지로 생각을 아예 하지 않으면, 공자가 무사하다고 여길 수 있지 않을까?

하지만 아무리 반복해서 적흑색 자객의 신분을 고민해 보아도, 아는 내용은 그 정도뿐이었기 때문에 더 고민할 것도 없었다!

꼬맹이는 일어나 제자리를 뱅뱅 돌기 시작했다. 도는 속도는 점점 빨라져서 꼬리와 머리가 맞닿을 것 같았다.

어쩌지? 꼬맹이는 또 공자 생각을 참을 수 없었다. 달이 밝았던 그날 밤 공자가 부상을 입고 심연으로 떨어지던 모습이 떠올랐다. 나비처럼 얇은 몸이 산산조각 나서 바람에 날리는…….

아니야!

빠르게 돌던 꼬맹이가 갑자기 멈췄다! 반드시 자신을 바쁘게 만들어야 했다. 생각도 못 할 정도로 바빠져야 했다.

먹자!

수련하는 것 외에 그는 먹을 수도 있었다. 오로지 먹는 데 집중하며, 하늘이 노래질 때까지 먹을 수 있었다.

꼬맹이는 주저하지 않고 가까이 있는 덩굴 쪽으로 쪼르르 달려갔다. 큰 나무를 끼고 자라는 덩굴이 아예 그 나무를 완전히 뒤덮을 정도로 무성하게 자라 있었다. 모든 잎 크기가 성인 손바닥만 했고, 잎에서 찐득찐득한 황갈색 액체가 끊임없이 스며 나왔다. 일종의 독액이었는데 끈적끈적한 것이 땅으로 뚝뚝 떨어졌다. 이 덩굴은 마치 심각한 병에 걸려 끊임없이 고름이 흐르는 것 같은 모습이라 보기에 아주 역겨웠다.

꼬맹이는 망설임 없이 나무 위로 올라갔다. 그 역겨운 액체가 눈처럼 하얀 털 곳곳에 묻어도 개의치 않았다.

나무에 올라오니 악취는 더 짙어졌다. 그런데도 꼬맹이는 무성한 나뭇잎 속으로 고개를 파묻고 미친 듯이 갉아 먹기 시작했다. 사각사각 소리가 끊이지 않았다!

얼마 지나지 않아 꼬맹이는 고개를 들고 토해 버렸다. 그렇지만 토하고 나서는 또 필사적으로 갉아 먹었다. 여러 번 토하고 나서는 더 토하지 않았다.

꼬맹이가 밤낮 쉬지 않고 연달아 며칠 동안 먹은 경험이 없는 것도 아니었다. 먹다 보니 하늘이 무너질 정도는 아니었다.

이 독물들이 맛있는 음식이라고, 바쁘게 지내면 쓸데없는 생각을 안 할 거라고, 쓸데없는 생각을 안 하면 나쁜 일은 일어나지 않을 거라고 자신을 속였다.

꼬맹이는 이렇게 먹고 먹고 또 먹었다. 하지만 그는 이 독물들이 자신에게 얼마나 큰 영향을 줄지 전혀 모르고 있었다.

꼬맹이의 식사량은 어마어마했다. 겨우 하루 만에 그는 주변 모든 독물을 다 먹어 치웠다. 이 흑공간의 주인도 물론 알아챘다.

하지만 그는 꼬맹이를 이 공간 안에 가두는 수밖에 없었다. 다른 방법으로는 꼬맹이를 어찌할 수 없었다.

꼬맹이는 운석 엄마가 어서 깨어나길 바랐다. 빨리 휴식을 취하고 일어나야, 그가 계속 수행할 수 있었다. 수행은 꼬맹이가 흑공간에서 탈출할 수 있는 유일한 방법이었다.

운석 엄마는 곧 독 저장 공간의 세 번째 단계 돌파를 앞두고 있었다. 다만 계기와 도움이 부족한 것뿐이었다. 꼬맹이도 운석 엄마가 어서 세 번째 단계로 올라가길 바랐다. 그렇게만 되면 꼬맹이는 운석 엄마와 완전히 마음이 통해서 영혼의 소통을 할 수 있을 것이었다.

이때 한운석은 여전히 의식을 잃은 상태라 꼬맹이가 얼마나 노력하고 있는지 모르고 있었다. 용비야와 고북월은 더더욱 몰랐다.

이들은 이미 온천 차원을 떠나 서둘러 백독문으로 가는 중이었다. 용비야는 밤낮없이 한운석 곁을 지켰다. 고북월과 백리명향은 같은 마차를 탔다. 고북월는 미간을 찌푸린 채 가는 내내 한마디도 하지 않았다. 백리명향은 전혀 그를 건드리지 않았고, 그녀 역시 걱정으로 가득했다.

며칠이 지나도록 한운석은 깨어나지 않았다. 백독문에 가까워질수록 모두 더 긴장했다.

이날 오후 이들이 시냇가에서 휴식을 취하고 있을 때, 용비야는 그다지 좋지도 않은 소식을 받았다.

용천묵이 강성황제의 초청을 받아 서주국에 왔고, 공개적으로 동진과 서진이 협력하여 함께 백독문에 맞서는 것을 지지했다는 내용이었다.

"우리를 지지한다?"

고북월이 웃으며 말했다.

"용천묵이 이번에 온 진짜 목적은 이게 아닐 겁니다."

"그와 강성황제가 함께 동진과 서진을 위해 공증해 주고, 당시 내전의 진짜 원인을 밝히겠다는군."

용비야가 담담하게 말했다.

당시 대진제국의 내전 원인은 동진과 서진, 이 두 황족의 주장이 달랐을 뿐 아니라, 지금까지도 운공대륙에서는 의론이 분분했다. 어느 쪽 주장이 진짜인지, 동진과 서진 두 황족 중 어느 쪽이 피해자이고 어느 쪽이 대진제국을 무너뜨린 죄인인지, 그 누구도 알지 못했다.

만상궁에서 동진과 서진이 협력하고 용비야와 한운석이 손잡고 백언청을 잡으러 간다는 소식을 발표한 후, 운공대륙은 또 이 화제로 시끄러워졌다.

어쨌든 동진과 서진 양대 진영이 운공대륙의 대부분을 차지하고 있으니, 이 일은 운공대륙의 미래에 영향을 끼쳤다. 그러니 누가 관심을 가지지 않고 궁금해하지 않겠는가? 게다가 과거 부부였던 용비야와 한운석이 원수가 된 후 누가 이기고 누가 질 것인지 궁금해하는 사람이 많았다.

"공증이라, 재미있군요."

곰곰이 생각하던 고북월이 입을 떼려는데, 용비야가 음험한 눈빛을 번뜩이며 차갑게 말했다.

"그것도 그럴 능력이 있느냐에 달렸지!"

백독문은 서주국 경내에 있었다. 강성황제가 그 땅의 주인으로서 용천묵을 초대한 것일까, 아니면 용천묵이 먼저 강성황제를 찾아가 협력한 걸까?

서주국이든 천녕국이든 모두 작년에 일어난 전쟁에서 이미 모든 힘을 다 쏟은 세력으로, 5년에서 10년 사이에는 전쟁을 주도할 병력과 재정이 없었다. 그런데 용천묵과 강성황제가 분수도 모르고 동진과 서진의 은원 관계에 끼어들 줄이야!

"아무래도 강성황제가 주인의 도리를 다하려는 듯합니다."

고북월이 어쩔 수 없다는 듯 말했다.

과연 다음 날 용비야에게 소식이 전해졌다. 강성황제가 주인의 자격으로 의성과 약성에 초청장을 보내, 의성과 약성이 와서 함께 증인이 되어 달라고 초청한 것이었다.

"가소롭군요!"

고북월처럼 인자한 사람마저 우습다는 생각이 들었다. 의성과 약성이 이미 한운석의 세력임을 천하에 그 누가 모르는가? 강성황제는 지금 불필요한 일을 하고 있는 게 아닌가? 의성과 약성 사람이 가고 싶어 한다면, 그의 초청은 필요 없었다.

"강성이 뭘 하려는 걸까?"

용비야는 생각에 잠겼다.

강성황제는 진짜 의성과 약성을 초청하려는 게 아닐지도 몰랐다. 오히려 일을 더 크게 만들고 판을 크게 벌여서, 그와 한운석이 백언청을 붙잡은 후에도 사사로이 심문하지 못하고 공개 심문을 하도록 만들 속셈일 수 있었다.

이 일은 서주국에 큰 영향을 주지 않았다. 강성황제는 왜 굳이 나서서 이렇게 마음을 쓰는 걸까?

"초천은에게 물어보도록! 강성이 대체 무슨 걱정을 하는 건지!"

용비야가 차갑게 분부했다. 고북월이 돌아온 후 초천은에게 연락하는 일은 자연스레 그의 몫이었다.

용비야는 마차에 돌아와 한운석 곁을 지켰다. 한운석의 손을 자신의 입술에 갖다 댄 그의 모습은 겉보기에는 그녀보다 더 평온해 보였다.

도전장에 쓴 시간까지는 아직 사흘이 남았다. 한운석은 시간에 맞춰 깨어날 수 있을까?

절반의 성공

평범한 백성도 백독문 일을 주시하고 있는데, 하물며 군역사와 영승은 어떻겠는가?

군마 삼만 마리에 대해 군역사는 아직도 영승에게 명확한 답을 내놓지 않았다. 영승은 아주 관대한 태도로, 그를 재촉하지 않았을 뿐 아니라 심지어 다시 말을 꺼내지도 않았다.

영승의 이런 태도는 아무래도 군역사의 선택에 영향을 줄 수밖에 없었다. 하지만 군역사는 모든 것을 속으로만 생각할 뿐, 겉으로는 전혀 감정을 드러내지 않았다.

요 며칠 동안 그와 영승은 백독문 사정을 주시하고 있었다. 영승은 군역사가 아마 백독문 쪽 결과를 기다렸다가 다시 계획을 세울 거라고 생각했다.

비록 영승은 인정하고 싶지 않았지만, 용비야와 한운석이 손을 잡으면 백언청은 달아날 수 없다는 것은 확실했다. 다만 백언청을 잡은 후에는 어찌 될까?

백언청은 천하도 원하지 않았다. 그의 모든 행동은 다 동진과 서진을 이간질하기 위해서였다. 이런 사람이 과연 진실을 말할까?

서주국 강성황제는 각 세력을 초청하여 판을 크게 벌이고 있었다. 지난 며칠 사이 백독문으로 달려간 사람은 얼마나 되고,

나중에 구경할 사람은 또 얼마나 될까?

이런 상황에서 백언청은 더더욱 진실을 말할 리 없었다. 심지어 이렇게 커진 판을 이용해 동진과 서진 사이의 은원을 영원히 되돌릴 수 없는 지경으로 만들 수도 있었다.

그런 생각이 들자 영승은 주먹으로 벽을 내리쳤다. 지난 며칠 동안 여러 가지로 궁리해 보았지만, 군역사의 감시 속에서 소식을 전할 기회를 찾을 수 없었다.

과거에는 자신에게 이런 날이 올 줄은 생각도 못 했었다. 동진과 서진의 원한을 풀기 위해 이렇게 애를 쓰게 될 줄이야!

이때 백옥교가 들어왔다.

백옥교가 매번 찾아오는 이유는 하나, 바로 군역사와 백언청 사이의 은원이었다. 그녀는 감히 군역사 앞에서 대놓고 물어볼 수 없어서, 영승에게서 소식을 알아볼 수밖에 없었다.

"사형이 정말 백독문에 가지 않을 계획이야?"

백옥교가 들어오자마자 이렇게 물었다. 그녀는 지금껏 빙빙 돌려서 이야기한 적이 없었다. 비록 지금 출발해도 이미 늦었지만, 그래도 안심이 되지 않았다.

"안 간다."

영승이 차갑게 말했다.

"너는 네 사형을 너무 과소평가하는군. 백언청이 그의 친아버지라고 해도 그는 가지 않을 거다."

"사형이 너한테 뭐라고 했어?"

백옥교가 다급하게 물었다.

"왜, 그렇게 네 사형이 좋으냐?"

영승이 냉소를 지으며 물었다.

"무슨 허튼소리야?"

백옥교는 화를 내며 부정했지만, 얼굴은 붉어졌다.

영승은 어깨를 으쓱하고는 말없이 문을 가리키며 나가라고 표했다.

"사형이 대체 너에게 뭐라고 했냐니까?"

백옥교가 초조해하며 물었다. 사형이 직접 가지는 않아도 사람을 보내 도울까 봐 걱정스러웠다.

사형이 백독문 문주라는 사실은 일찌감치 한운석이 폭로했다. 지금은 다들 풍족 일을 주시하고 있기 때문에 그를 언급하는 사람은 드물었다. 하지만 그렇다고 모든 사람이 그를 잊었다는 뜻은 아니었다.

이러한 때에 그는 개입해서는 안 되었고, 이번 기회에 백독문과 선을 확실하게 그어야 공공의 적이 되지 않을 수 있었다.

백옥교가 가지 않자 영승도 더 쓸데없는 말을 하고 싶지 않아 자신이 나가려 했다.

그러나 백옥교가 바로 그의 앞으로 달려와 막아섰다.

"대체 어떻게 해야 말해 줄 거야? 영승, 잊지 마. 한운석의 독에 당한 너를 내가 구했어!"

"그게 뭐?"

영승이 눈썹을 치키며 반문했다.

"내가 언제든지 사형에게 널 죽이라고 할 수도 있어!"

백옥교가 경고했다.

백옥교는 자신을 기만하고 남도 속이고 있었다. 영승은 참을성을 발휘하며 한 자 한 자 또박또박 그녀에게 말했다.

"네 사형은 너한테 아예 관심도 없는데, 널 신경 쓸 리는 더더욱 없지. 네가 하는 말은 내 막사에 있는 졸병보다 중요치 않아. 믿지 못하겠으면 해 보시든가."

백옥교는 멍해졌다. 그녀는 자기 분수를 잘 알았고, 사형에게 자신이 어떤 존재인지 알 만큼 눈치도 있었다. 그녀는 돌아와서 지금까지 자기 얼굴을 가린 적이 없었지만, 사형은 한마디도 묻지 않았다.

지금 그녀의 뺨은 완전히 망가졌는데! 아주 보기 흉했다!

하지만 자신이 현실을 아는 것과 다른 사람이 언급하는 것은 완전히 달랐다.

마치 딱지가 앉은 상처와 같았다. 자신이 조심스럽게 딱지를 떼는 것과 다른 사람이 딱지를 없애는 것은 전혀 별개의 일이었다. 후자는 아주아주 아팠다!

영승이 그녀를 피해 바깥으로 나가려는데, 백옥교가 쫓아오더니 영승의 팔을 붙잡았다.

백옥교가 그의 팔을 잡자마자 영승은 세차게 뿌리쳤다. 그는 이런 접촉을 극도로 싫어하는 듯했다. 백옥교는 하마터면 완전히 내팽개쳐질 뻔했다!

영승이 분노의 눈빛으로 쳐다보자 백옥교가 큰 소리로 말했다.

"그래, 난 사형을 좋아해. 그게 뭐?"

"나와 무슨 상관이냐?"

영승이 차갑게 코웃음 쳤다.

"부탁해도 안 돼?"

뜻밖에 백옥교는 울려고 했다.

그토록 악랄하고 고집이 세며, 고칠소가 얼굴을 망가뜨려도 우는 모습을 보인 적이 없는 여자가 지금 영승의 박정한 몇 마디에 운다고?

하지만 안타깝게도 영승은 조금도 불쌍한 마음이 들지 않았다. 만상궁에 있을 때, 그의 앞에서 애교를 부리는 여자가 적지 않았고, 불쌍한 척하는 여자도 많았다. 하나같이 백옥교보다 아름답고 신분도 훌륭했으나, 그는 마음이 약해진 적이 없었다. 하물며 백옥교야 말해 무엇하랴.

영승은 여자를 아껴 주는 사람이 아니었다.

평소였다면 영승은 뒤도 돌아보지 않고 나갔을 것이었다. 그러나 지금 영승은 상당한 인내심을 발휘하며 백옥교에게 대답했다.

"내가 왜 널 도와야 하느냐."

그 말에 백옥교는 마침내 그리 절망스럽지 않다는 것을 깨달았다. 그녀가 서둘러 물었다.

"어떻게 해야 도와줄 거야?"

영승이 가볍게 코웃음 쳤다.

"네가 뭘 할 수 있지?"

영승의 방금 그 냉담한 태도에 백옥교는 두려워졌다. 영승이 조금이라도 기분이 나쁘면 기회조차 주지 않을까 두려웠다. 사실 영승이 일찌감치 그녀를 눈여겨보고 있었다는 것을 그녀가 어찌 생각이나 했을까?

"사형을 배신하지만 않는다면 뭐든 할 수 있어."

백옥교는 금방 자신의 한계선을 내보였다.

영승은 절반은 성공했음을 알아차렸다.

백옥교는 군역사의 일을 물으러 올 때 막사 안팎에서 그를 감시하는 사람들을 떼어 놓았다. 그러니 그는 백옥교를 통해서만 군역사를 속일 수 있었다.

영승은 마침내 되돌아와서 담담하게 말했다.

"네가 도울 수 있는 일이 있긴 하지."

"말해!"

백옥교가 흥분해서 말했다.

"후후, 네 사형에게 알리지 말고 술 몇 단지만 사다 다오."

영승은 아주 편하게 말했다.

백옥교는 당연히 경계했다.

"왜 사형에게 알리지 말라는 거야. 네게 술을 금한 것도 아닌데."

영승이 냉소를 짓기 시작했다.

"그자의 군대 술은 목에 넘어가지도 않고, 본 족장이 먹기엔 부족하다! 하하, 네 사형이 이 정도로 돈이 부족한데, 괜히 싫은 내색을 보였다가 사서 고생하고 싶지 않다."

사형이 은자가 얼마나 부족한지는 백옥교도 알고 있었다. 사형이 체면을 얼마나 중시하는지도 백옥교는 잘 알았다. 영승이 이런 사소한 일로 사형에게 싫은 내색을 보이면, 사형은 부끄러움에 화를 낼 게 분명했다.

백옥교는 영승이 그녀에게 얼마나 대단한 일을 시키려나 하고 조심하고 있었는데, 몰래 술을 사 오는 이런 사소한 일일 줄은 몰랐다.

그녀는 경계심을 내려놓고 말했다.

"무슨 술이 마시고 싶어? 내가 다 사 줄게!"

그녀도 돈이 많지는 않았지만, 그래도 영승을 한 번 사 줄 만큼은 있었다.

그런데 영승이 입을 떼자 그녀는 깜짝 놀라고 말았다.

"빙두강氷杜康 열 단지면 된다."

영승이 말했다.

백옥교의 입가에 경련이 일어났다! 빙두강은 북려국 특산으로, 북려국에서 생산되는 술 중 최고급에 해당하며 황족에게 특별히 제공되는 술이었다.

황족 중 누가 기분이 좋아서 귀족이나 관리에게 상으로 내려 줄 때만 이런 술이 궁 밖으로 흘러갈 수 있었다. 상을 받은 사람 중 술보다 돈을 더 좋아하는 자는 빙두강을 대형 양조장에 몰래 팔아넘기기도 했다. 그런데 시간이 오래 흐르면서 황족에서 이 사실을 아는 사람이 생겼다. 그래서 매년 빙두강이 공물로 궁 안에 상납되면, 용돈이 부족한 황자들과 황손들이 빙두강을 몰래 가져와 높은 가격에 판매했다.

이 일은 북려국 귀족계에서는 이미 비밀도 아니었다. 지난 몇 년간 빙두강은 갈수록 더 비싸져서 네다섯 잔밖에 안 나오는 작은 단지 하나가 오천 냥이 넘었다. 그런데도 사는 사람이 있었다.

이 사람들은 술을 마시려고 사는 게 아니었다. 술을 파는 사람에게 다가가 친근하게 굴면서 황자, 황손들에게 접근하려는 의도였다.

결국에는 모양만 다른 뇌물이었다!

영승이 요구한 빙두강 열 단지면 오만 냥이 아닌가? 오만 냥은 무슨, 그녀는 오천 냥도 없었다. 영승이 전에 그녀에게 준 금패 몇 개는 군비에 보태라고 이미 사형에게 다 줘 버렸다.

한발 양보해서 그 금패들을 아직 갖고 있다고 해도, 그렇게 많은 돈을 써서 영승이 마실 술을 사다 줄 순 없었다!

영승은 돈 많은 부자였지만, 그녀는 가난뱅이였다!

백옥교는 영승을 보며, 영승이 왜 사형에게 술을 사 달라고 하지 않았는지 깨달았다. 이건 정말 사형이 돈 없다고 모욕하는 게 아닌가!

"아주 보기 드문 술이라 난 살 수 없어."

백옥교가 대놓고 말했다.

영승은 망설임 없이 만 냥짜리 은표 몇 장을 꺼냈다.

"본 족장은 지금껏 여자가 계산한 술은 마신 적이 없다. 여기 십만 냥이다. 있는 대로 다 사 오고, 남는 돈은 수고비로 쳐라."

빙두강의 가격은 정해져 있지 않아서 지역에 따라 가격 차이가 꽤 났다. 그래도 그 차이가 오만 냥까지는 아니었다!

이 수고비가 단숨에 백옥교의 마음을 움직였다. 그녀는 바로 허락했고, 남은 몇만 냥은 갖고 있다가 급할 때 쓸 수 있겠다고 생각했다.

백옥교는 은표를 받으며 말했다.

"내가 허락했으니, 사형이 왜 백독문에 가지 않았는지 말해 줄 수 있겠지?"

"그는 네 사부가 궁지에 빠져서 그를 찾아오길 기다리고 있다!"

영승이 대답했다.

백옥교도 꽤 똑똑했지만, 그래도 어찌 그와 비교가 되겠는가?

"네 말은 사부가 백독문에 가지 않을 거란 뜻이구나."

백옥교가 진지하게 말했다. 그녀 역시 줄곧 그렇게 짐작하고 있었다.

다만 엉뚱한 방향으로 생각했던 것뿐이었다.

그녀는 사부가 가지 않고 사형이 백독문을 위해 나설 거라고 생각했다. 하지만 사형이 사부가 오길 기다린다는 사실은 잊고 있었다!

"사형이 네게 말한 거야?"

백옥교는 확신이 필요했다.

영승은 어깨를 으쓱할 뿐 말이 없었다. 백옥교는 그가 묵인했다고 생각했다.

"영승, 내가 계속 술을 사다 주고, 다른 것도 해 줄 테니 약속해 줘. 사부가 오면, 반드시 사형을 설득해서 다시는 사부의 함정에 걸려들지 않게 해 줘!"

백옥교가 진지하게 말했다.

"우선 빙두강 열 단지를 가져와라. 그렇지 않으면 다 소용없다!"

영승은 말을 마친 후 소매를 떨치며 성큼성큼 나가 버렸다.

백옥교는 망설이지 않고 그날 밤 바로 군영에서 나와 직접 술을 사러 갔다.

이것은 군역사도 단서를 발견할 수 없는 일이었다. 그러나 군역사라면 허락해 주지 않을 수도 있었고, 영승의 술값을 받지 않으려 할 수도 있었다.

하지만 백옥교는 달랐다. 그녀는 영승이 준 은표를 써 줄 것이었다. 그리고 영승이 바라는 게 바로 이 은표들을 흘려보내는 것이었다.

백언청이 정말 백독문으로 갈지 아니면 군역사를 만나러 올지는 영승도 확신이 없었다. 그는 백언청이 백독문으로 가는 쪽에 더 생각이 기울었다.

날짜는 점점 다가왔고, 백언청은 계속 소식이 없었다. 그는 어떤 선택을 내릴까?

정말 기분이 나쁜 용비야

도전 날짜는 다가오는데 백언청의 소식은 들리지 않았고, 백독문은 아무 반응이 없었으며, 한운석마저 깨어나지 못했다.

내일이 바로 약속한 날짜였다!

용비야 일행은 이미 백독문이 있는 대앙산大央山에 도착했다.

대앙산은 서주국 동부 지역에 가장 높은 산으로, 백독문이 점거하여 왕 노릇하는 근거지였다. 서주국 경내에 있었지만, 서주국의 통제를 받지는 않았다. 서주국 황족은 백독문을 어찌할 수 없어 내내 이 문제를 회피하고 있었다. 최근에 와서야 강성황제는 서주국의 주인 노릇을 하며 백독문을 성토하고 여러 손님을 대접했다.

백독문은 대앙산을 점령한 후 이곳에 각종 독초를 가득 심었고, 독사 위주의 독 생명체를 많이 길렀다.

한운석 일행이 이 시기에 온 것은 탁월한 선택이었다. 겨울이 되면서 대부분의 독 생명체가 겨울잠에 들어갔다. 특히 독사가 겨울잠을 자면서 골치 아픈 문제를 꽤 많이 피할 수 있었다.

대앙산에는 각종 작은 궁전과 작은 누각이 널리 퍼져 있었다. 백독문의 정궁인 백독궁百毒宮은 대앙산 정상에 있었는데, 돌계단이 산자락에 있는 대문에서부터 백독궁까지 쭉 이어졌다.

대앙산 아래에는 대앙진大央鎭이라는 마을이 있었다. 백독문이 있는 관계로 이 마을 사람들은 모두 약초 장사로 생계를 유지했다. 약초 판매 대상은 백독문이 아니라, 백독문의 제자가 되어 가르침을 받으려는 사람들과 해독을 부탁하러 오는 사람들이었다.

백독문은 무슨 짓이든 다 했다. 사람을 죽이고 재물을 강탈했으며, 주로 독약을 사고팔았다. 가끔 해독해 주는 제자도 있었지만, 아주 비싼 값을 받았다. 물론 독술사, 독인, 독시를 양성하여 군역사의 명령에 따라 움직이게 하는 것이 더 중요했다.

당시 한운석이 의성에서 군역사가 독고술을 할 줄 안다는 사실을 폭로한 후, 의성은 이 일을 조사하려고 많은 첩자를 백독문에 잠입시키려 했다. 그러나 안타깝게도 지금까지 잠입하지 못했다.

약성의 왕씨 집안은 용비야의 부탁을 받고 몇몇 첩자를 매복시키는 데 성공했다. 하지만 역시 백언청과 제자들, 이 세 사람과 접촉할 기회가 없었고, 쓸모 있는 정보를 얻어 내지 못했다.

이렇게 지략이 통하지 않는 곳은 강공책을 쓸 수밖에 없었다!

용비야 일행은 대앙진에 머물지 않았다. 이들은 비밀리에 도착한 후 대앙진 북쪽 교외 지역에 있는 민가에 머물렀다. 이곳은 약성 왕씨 집안의 소유였다.

강성황제는 대앙진에서 10리 떨어진 곳에 있는 대앙 현성에서 시끌벅적하게 모여든 손님들을 대접하고 있었다. 용천묵은 직접 이곳에 행차했다.

시간은 벌써 정오가 다 되었다. 이는 용비야 일행의 시간이 또 반나절 줄었다는 뜻이었다. 그러나 한운석은 여전히 침상에 누운 채 전혀 움직이지 않았다.

이른 아침에 이 저택에 도착한 후 지금까지, 용비야는 줄곧 한운석 곁에 앉아 그녀의 손을 붙잡고 깍지를 끼고 있었다.

고북월은 옆에서 자리를 지키며 철저히 침묵하고 있었다. 오는 동안 그는 희망을 품은 채 냉정함을 잃지 않고, 용비야의 걱정을 덜어 주며 백독문 일을 계획했다면, 지금 그는 이미 사고를 할 수 없는 지경이 되었다.

그는 용비야에게 아무 말도 하지 않았지만, 불안한 마음을 억제할 수 없었다. 한운석은 이렇게 오래 의식을 잃은 적이 없었다!

모든 수행에는 주화입마의 위험이 존재했고, 독 저장 공간 수행 역시 예외는 아니었다. 만약 한운석이 정말 주화입마에 빠졌다면, 영원히 깨어나지 못하는 건 아닐까?

용비야도 이런 걱정을 했었던 건 아닐까?

지금 운공대륙 사람은 모두 긴장한 채 백독문에 벌어질 일을 기다리고 있었고, 운공대륙의 여러 세력도 백독문 주변으로 몰려들었다.

운공대륙은 아주 오랫동안 이렇게 떠들썩한 적이 없었다. 하지만 이 두 남자는 그런 시끌벅적함은 이미 잊어버렸고, 오로지 한운석이 깨어나는 일만 생각했다. 백독문을 공격하는 데 반드시 그녀가 필요했기 때문이 아니라, 그들의 세상에서 그녀가 없으면 안 되었기 때문이었다.

그렇다고 시간이 멈춰 있지는 않았다. 곧 정오가 지나갔고, 백리명향이 직접 들여보낸 음식들은 아무도 손대지 않은 채 그대로 다시 나왔다.

백리명향은 입구에 서서 두 손을 합장한 채 조용히 기도하고 있었다. 자신이 음식을 만들었지만, 그녀 역시 먹지 않았다. 공주를 보는 것도, 전하와 고 의원을 보는 것도 너무 괴로웠다.

이때 서동림과 고 씨가 돌아왔다.

서동림이 입구에 서서 보고했다.

"전하, 소인이 방금 고 씨와 마을을 한 바퀴 둘러보았는데, 익숙한 얼굴들이 보였습니다!"

공주가 의식불명이 아니었다면, 서동림은 분명 전하를 건너뛰고 공주에게 맞춰 보라고 했을 것이었다. 하지만 지금 공주가 깨어나지 않은 상황에서 그는 전혀 기운이 나지 않았고, 감히 제멋대로 굴 수 없었다.

"소요성의 성주 제종림과 소주 제요천이었습니다. 이들도 시끄러운 무리 속에 함께 있었습니다."

서동림이 사실대로 보고했다.

안 그래도 며칠 동안 기분이 아주 좋지 못했던 용비야는 '소요성'이라는 세 글자를 듣자 분노가 확 치밀어 올랐다.

그는 갑자기 벌떡 일어나 한운석의 손을 이불 속에 집어넣은 후, 목소리를 무겁게 깔고 옆에 있는 고북월에게 분부했다.

"잘 지키고 있거라!"

말을 마친 후, 그는 밖으로 나가 서동림에게 차갑게 말했다.

"안내해라!"

서동림은 얼떨떨해져서 순간 전하의 뜻을 알아차리지 못했다.

용비야는 소름 끼칠 정도로 오싹한 눈빛으로 차갑게 말했다.

"제종림은 어디 있느냐?"

당시 한운석은 그가 붙여 준 여러 고수의 보호를 받으며 천산에서 내려가 중남도독부로 향하고 있었다. 그런데 가는 도중 매복해 있던 소요성 사람과 마주쳤었다!

당당한 성주인 제종림은 직접 소요성의 모든 고수를 끌고 와 무공도 할 줄 모르는 연약한 여자인 한운석을 둘러싸고 공격했다.

이는 한운석을 괴롭힌 것일 뿐 아니라, 한운석의 남자인 그를 모욕한 짓이었다!

고칠소가 제때 도착하지 못했다면, 제종림이 무슨 짓을 했을지 누가 알겠는가. 절대 용서할 수 없는 죄였다!

비록 그가 감히 제종림과 벗하는 자는 곧 용비야를 적으로 두는 것이라고 무림에 큰소리를 쳐 두긴 했지만, 그건 전혀 복수라고 할 수 없었다.

그동안 용비야는 직접 제종림을 찾아가 결판을 낼 틈이 없었다. 그런데 이제 제종림이 제 발로 찾아왔으니, 그의 나쁜 기분만을 탓할 것도 아니었다!

서동림의 안내를 받으며 용비야는 대앙진의 한 기루 입구에 도착했다.

"전하, 제씨 집안 부자가 들어가는 것을 보았습니다."

서동림이 사실대로 보고했다.

"불러내라."

용비야가 담담하게 말했다. 누구보다 깔끔한 사람이 어찌 기루처럼 이런 더러운 곳에 들어가겠는가? 유일한 한 번의 출입도 한운석을 찾기 위해서였다.

그는 눈을 내리깐 채 기루를 쳐다보지도 않았다.

"예."

서동림은 목소리가 떨려 왔다. 그는 전하가 화가 났을 때, 말투가 담담할수록 그 분노가 더 심각하다는 뜻임을 잘 알고 있었다.

서동림은 기루 안으로 들어가면서도 잠시 후 어떤 일이 발생할지 상상할 수 없었다.

서동림은 곧 제요천을 찾아냈다. 이때 제요천은 2층 난간에 기대서서, 아래 대청에서 춤추고 노래하는 광경을 지켜보고 있었다. 그의 왼팔은 텅 비어 있었다.

제요천은 지난번 한운석을 공격할 때 중독되었는데, 제때 해독하지 못해 팔을 잘라 낼 수밖에 없었다.

서동림은 위로 올라가 아주 예의 바르게 말했다.

"소협, 우리 주인께서 뵙고자 하십니다."

제요천이 돌아보며 차갑게 대답했다.

"누구지?"

그를 찾는 사람이라면 그를 죽여 복수하려는 자 아니면 그에게 살인을 부탁하는 자였다. 서동림의 깍듯한 모습에 제요천은 거래가 들어왔다고 생각했다.

"가시면 알 수 있습니다."

서동림은 감히 사실대로 말할 수 없었다. 사실대로 말했다가 제요천이 도망이라도 치면 어쩌나? 따라잡을 수도 없을뿐더러 어디 가서 찾아낸단 말인가.

살수를 찾아와 거래 이야기를 할 때는 대체로 이 정도 몇 마디만 나누면 되었다. 서동림은 일부러 오해를 사고 있었다. 역시 제요천은 더 묻지 않고 말했다.

"안내해라."

"가시죠!"

서동림은 마침내 한숨을 돌렸다.

제요천은 그를 찾아온 사람이 대문 앞에 서 있을 거라고는 생각도 못 했다. 팔 하나를 잘라 냈지만, 고개를 숙인 채 살수의 모습으로 냉혹한 얼굴을 한 그는 여전히 위협적인 분위기를 풍겼다. 2층에서 내려오자 모든 사람이 그를 보고 먼저 길을 내주었다.

문밖에서 용비야는 이미 많은 구경꾼을 불러 모은 상태였다. 보다가 화가 날 만큼 잘생긴 남자가 기루 문앞에 소나무처럼 우뚝 서서 차가운 표정을 짓고 있었다. 이게 대체 무슨 일일까?

대문을 나와서 용비야의 얼굴을 보자마자 제요천은 얼어붙었다. 머리보다 그의 몸이 먼저 반응했다. 얼굴은 새하얗게 질렸고, 바로 몸을 돌려 도망치려 했다.

몸이 머리보다 먼저 반응하는 것은 본능적인 반응이었다. 소요성 사람에게 용비야를 두려워하는 것은 이미 본능이 되었다.

용비야는 검을 꽤 오랫동안 쓰지 않았다. 그러나 주시하고 있던 서동림조차 그의 검 뽑는 동작을 제대로 보지 못했고, 눈부신 검광에 눈을 제대로 뜰 수 없었다.

다시 보았을 때 용비야는 검을 세차게 찍어 내려 제요천의 텅 빈 소매를 베었다. 제요천 역시 용비야의 방금 그 공격을 제대로 보지 못했지만, 용비야의 검기가 얼마나 무시무시한지는 느낄 수 있었다. 전과는 비교가 안 되었다.

천산에서 돌아온 후 용비야의 무공은 대체 얼마나 강해진 걸까?

제요천은 반격은커녕 도망칠 수밖에 없었다. 그러나 곧 그의 귓가에 쌩 하는 검기 소리가 들렸다. 소리와 함께 그의 오른팔이 그대로 잘려 나가면서 피가 온 바닥에 쏟아졌다.

제요천은 본디 팔 하나가 잘린 것만도 분해서 견딜 수 없었다. 그런데 이제는 나머지 팔마저 잘려 검을 들 손조차 없어졌다. 그는 갑자기 고함을 내지르며 용비야를 향해 달려들었다.

그 순간 그는 용비야가 손에 든 검이 쟁쟁 소리와 함께 진동하며 그의 두 다리를 겨누고 있음을 발견했다.

그러니까 용비야는 지금 그의 두 다리를 베려고 하는 건가?

안 돼!

제요천은 바로 무릎을 꿇고 큰 소리로 용서를 구했다.

"용비야, 소요성이 괴롭힌 것은 서진의 공주였습니다. 지금까지 당신에게 불경을 범한 적은 없습니다. 제발 과거에 서로 협력했던 정을 생각하여 목숨만 살려 주십시오! 우리 소요성은 이제부터 당신에게 충성하겠습니다!"

주변 구경꾼들은 그제야 용비야의 신분을 알게 되었다. 모두 아주 뜻밖이었다!

어쩐지 아주 눈에 띄는 남자더라니, 알고 보니 동진의 태자 용비야였구나! 그가 왔다면 서진의 공주 한운석은? 그녀도 왔을까?

당시 소요성이 괴롭힌 것이 서진의 공주였다면, 용비야는 지금 뭘 하는 거지? 서진 공주를 위해 복수하는 건가?

두 사람은 나라와 집안의 원한을 짊어지고 이미 원수 사이가 되었다. 이번 협력도 부득이한 선택에 불과할 터였다. 용비야의 이 행동은 무슨 뜻이지?

모두 의론이 분분했다. 주변을 에워싼 사람들은 대부분 운공대륙 각 지역에서 온 구경꾼들이었다.

용비야가 한마디도 하지 않고 세 번째로 검을 휘두르려고 하는데, 소요성 성주인 제종림의 목소리가 들렸다.

"누가 감히 이렇게 겁도 없이 내……."

제종림은 기루를 이리저리 돌아다니고 있었다. 그런데 방금 방문을 나섰을 때 제요천이 입구에서 공격받고 있다는 기루 여주인의 말이 들렸다. 그 소리에 그는 제대로 물어보지도 않고 서둘러 밖으로 나왔다. 제요천을 공격할 수 있는 사람이라면 무공 실력이 낮을 리 없었다.

제종림은 입구에 도착한 순간, 더는 말을 이어 갈 수 없었다.

심지어 자기 아들의 부상도 알아차리지 못한 채, 놀라서 용비야를 바라보았다.

"너는……."

제요천을 봤을 때 용비야는 그렇게 화가 나진 않았다. 하지만 성주인 제종림을 본 순간, 용비야의 눈 속에는 분노의 불길이 타오르기 시작했다.

본격 싸움 전 준비 운동

제요천에게 향하던 용비야의 검 끝이 살짝 비틀리더니 갑자기 제종림을 내리찍었다.

이번에는 현장에 있는 모든 사람이 그의 동작과 검광을 확실히 보았다.

그의 동작과 검기를 따라 쏟아져 나온 푸른 검광이 정확하게 제종림 머리 위를 지나 누구도 막을 수 없는 파죽지세로 기루 대문을 뚫고 나갔다.

순식간에 콰광 소리가 나면서 커다란 기루 한가운데가 쩍 하니 갈라졌고, 3층 건물이 아주 위험한 상태가 되어 언제든 무너질 것 같았다.

대부분 구경하러 나와 있었고, 기루 안에 있던 많지 않은 사람들도 다들 밖으로 뛰쳐나왔다.

제종림은 하나도 다치지 않았다. 하지만 하나도 다치지 않았기 때문에 너무 놀라서 입이 떡하니 벌어졌다. 고개 숙여 발아래를 내려다보니, 자신이 디디고 있는 땅도 갈라져 있었다!

제종림은 이런 상황에서 자신은 하나도 다치지 않았다는 사실을 도저히 믿을 수 없었다. 하지만 눈앞에 벌어진 사실이었다.

용비야의 검술은 대체 어떤 경지에 도달한 걸까. 그의 내공은 또 얼마나 강해진 걸까. 어떻게 내공을 이렇게 정확하게 제어할 수 있지?

들리는 말에 용비야가 천산에 있을 때 이미 검종 노인과 맞설 수 있었다고 하더니, 그럼 지금은 설마 이미 운공대륙 제일 고수이자 무림에 대적할 자 없는 지존이 된 것인가?

용비야가 이 검으로 그를 해치지 않은 것은 또 어째서일까?

제종림은 이미 여러 생각을 할 겨를이 없었다. 그는 다급하게 용비야 앞에 무릎을 꿇고 방금 제요천이 했던 말을 똑같이 내뱉었다. 항복하고 복종하겠으며 충성을 바치겠다고 했다!

성주나 되는 사람이 패기가 없는 게 아니라, 용비야의 실력이 너무 강한 것이었다. 이런 수준이라면, 혼자 힘으로 하루 만에 소요성을 박살 낼 수 있었다.

제씨 집안 부자는 사람들 앞에서 무릎을 꿇고 항복하며 용서를 구했고, 소요성의 체면은 완전히 바닥에 떨어졌다.

그러나 용비야는 만족할 수 없었다.

이 부자를 죽인다 해도 분이 풀리지 않았다! 그들을 죽이는 것도 너무 봐주는 것이었다!

용비야는 어두운 표정으로 제종림을 향해 검을 겨누었다. 제종림은 궁지에 몰리자 아예 질문을 퍼부었다.

"용비야, 대체 왜 이 늙은이를 죽이려는 거요. 이유를 말해 주지 않으면 납득할 수 없소!"

시종일관 한마디도 하지 않던 용비야가 이제 와서 제종림을 상대해 줄 리는 더더욱 없었다.

제종림은 살길을 찾으려고 묻고 있는 것이었다. 그가 또 다급하게 말했다.

"한운석을 위해 복수하려는 것이라면, 동진의 태자가 무슨 자격이 있소? 아니면, 당신과 한운석은 아직 인연을 끊지 못한 거요?"

그는 말하면서 바로 주변 사람들의 지지를 구했다.

"다들 말해 보시오. 동진 태자와 서진 공주 사이에 무슨 말 못 할 비밀이라도 있는 거 아니겠소? 한운석이 이 늙은이에게 복수하고 싶다면, 직접 와야지!"

용비야가 온몸으로 뿜어내는 노기 때문에 주변 사람들은 감히 가까이 다가올 수도 없었다. 그런데 어찌 제종림을 지지할 수 있을까? 이들은 불만이 있어도 조심스레 마음속에 숨길 수밖에 없었다.

서동림은 믿을 수 없다는 눈빛으로 쳐다봤다. 제종림처럼 이렇게 죽음을 자초하는 사람은 정말 오랜만에 보았다!

'말 못 할 비밀'이라는 말만으로도 충분히 귀에 거슬리는데, 제종림은 심지어 공주보고 직접 찾아와 복수하라고 했다.

사내들이 우르르 몰려와서 여자 하나를 둘러싸고 공격하더니, 이제는 그 여자보고 직접 찾아와서 복수하라고 해?

이게 뭐 하는 짓인가?

서동림은 참지 못하고 한마디 했다.

"제 성주, 이렇게 여자를 괴롭히는 경우는 없다!"

하지만 용비야는 쓸데없는 말을 늘어놓지 않았다.

그는 갑자기 손을 들어 장검을 비스듬히 휘둘렀다. 겉보기에 그냥 멋있는 동작처럼 보였고 파괴력이 대단하지도 않았다. 그런데 제종림의 옷이 순식간에 갈기갈기 찢어졌다. 제종림 옆에서 무릎 꿇고 있던 제요천도 검기의 영향을 받아 겉옷이 다 찢어지고 얇은 속옷만 남았다.

일순간 장내가 조용해졌다. 용비야의 그 차가운 얼굴처럼 무서울 정도로 고요했다. 무릎 꿇고 있는 제종림은 무엇도 걸치지 않은 벌거벗은 몸이 되었다. 축 처진 늙은 몸에 시선이 집중되어, 사람들은 옆에 있는 제요천의 괜찮은 몸매에는 주의를 기울이지 않았다.

"아……, 아……, 아앗……."

무리 속 여자들이 비명을 지르기 시작하자 사람들은 그제야 정신을 차리고 방금 무슨 일이 일어났는지 깨달았다.

제종림은 놀라서 얼른 급소를 가렸다. 늙은 얼굴은 피가 쏠린 듯 벌겠고, 눈까지 빨갛게 충혈되었다.

서동림은 그 모습을 흘끗 보고는, 제종림의 얼굴이 몸에 붙은 살보다 더 보기 흉하다고 생각했다.

"용비야! 가만두지 않겠다!"

그가 미친 듯이 달려들자, 용비야는 검을 들어 그의 눈앞에 검 끝을 들이댔다.

제종림은 부끄러운 나머지 분노를 터뜨리며 거의 실성한 것 같이 굴었다.

그는 자기 앞에 놓인 보검의 존재도 잊고 맨손으로 용비야의 날카로운 검을 밀어내려 했다. 용비야의 검은 그의 분노 때문에 검기가 크게 일어난 상태라, 닿는 것은 둘째 치고 가까이 오기만 해도 검기의 서슬에 다칠 수 있었다!

겨우 정신을 차린 제요천은 달려가서 아버지를 붙잡으려 했다. 하지만 안타깝게도 이미 두 손은 쓸 수 없는 지경이 되었기에, 아버지에게 몸을 부딪칠 수밖에 없었다.

제종림이 부딪혀서 땅에 넘어지자 제요천이 다급하게 말했다.

"아버지, 가시죠!"

제요천은 용비야의 의도가 그들을 죽이는 게 아니라 모욕을 주는 데 있음을 알아차렸다. 가지 않고 있다가는 곧 이들 부자가 대앙진의 웃음거리로 전락할 것이었다.

운공대륙 전체가 백독문을 주시하고 있는 지금, 대앙진은 가장 민감한 지역이었다. 이곳에서 발생하는 모든 일은 대소를 막론하고 모두 바로 소문이 퍼지게 되어 있었다. 백독문의 볼거리는 시작도 하지 않았는데, 소요성이 먼저 천하 사람의 웃음거리로 전락하게 생겼다.

하물며 계속 남아 있다가 만일 용비야가 생각을 바꾸기라도 하면? 용비야의 지금 실력으로는 그들 부자를 순식간에 죽일 수 있었다.

제종림은 그제야 정신을 차리고는 얼른 옆에 있는 사람에게 옷을 뺏으려고 달려들었다. 그 사람이 다급하게 뒤로 물러서며 피하자, 제종림은 한 노인에게 달려들었다. 평범한 일개 백성이었던 노인은 너무 놀라 제자리에 굳어서 꼼짝도 하지 못했다. 다행히 서동림이 그를 잡아당겼다.

그 모습을 본 구경꾼들은 혹 자신이 영향을 받을까 두려워 사방으로 뿔뿔이 흩어졌다.

제종림은 길에 돌아다니는 쥐보다 더 낭패한 꼴이 되었다. 도망치려는 그를 용비야가 불러 세웠다.

"제종림!"

제종림과 제요천은 깜짝 놀랐지만 감히 돌아볼 수 없었다.

그저 용비야가 차갑게 하는 말을 듣기만 할 뿐이었다.

"본 태자는 서진 공주를 위해 복수하여…… 협력하는 성의를 표시한 것이다!"

용비야는 말을 마친 후 제종림 부자가 도망을 치든 말든 상관하지 않고 뒤돌아 가 버렸다.

이 부자가 어찌 죽을 수 있겠는가? 이들은 살아남아 천하 모두에게 모욕을 받아야 했다! 또 그는 이번 기회에 천하 모두에게 앞으로 그와 한운석이 어떤 관계가 되고 어떤 입장에 서든, 한운석을 괴롭히는 자는 절대 좋은 결말을 맺지 못할 것임을 알리고자 했다!

살수계에서는 뛰어난 인물이라 할 수 있는 제종림의 명성은 이렇게 땅에 떨어졌고 딱한 꼴이 되었다.

오늘 이후 누가 소요성 살수를 고용하려 하겠는가? 또 누가 제종림과 협력하고자 하겠는가?

용비야와 한운석의 적수라 해도 제종림이 마음에 들지 않을 것이었다. 운공대륙 역사상 높은 자리에 앉은 인물이 이렇게 모욕을 당한 경우는 없었다.

이번 소동은 백독문 일이 터지기 전의 준비 운동 같았다!

용비야가 미행을 따돌린 후 북쪽 교외의 민가에 도착했을 때, 이 이야기는 이미 대앙 현성에까지 전해졌고, 아주 빠른 속도로 운공대륙 곳곳에 퍼져 나갔다.

정말 통쾌한 복수였고, 엄청난 웃음거리였다. 하지만 안타깝게도 당사자인 한운석은 알지 못했다. 지금 이 순간, 그녀는 아직도 조용히 침상에 누워 있었다. 화장도 하지 않은 민낯임에도 놀랄 만큼 아름다워서 아무리 봐도 싫증 나지 않을 것 같았다. 모르는 사람이 보면 자고 있다고 착각할 정도였고, 용비야가 살짝 부르기만 해도 깨어날 것만 같았다.

하지만 지난 몇 날 밤이 지나도록 용비야가 그녀를 얼마나 많이 불렀는지 아무도 몰랐다. 용비야는 대앙진에서 돌아온 후 한마디도 하지 않았다.

한운석이 깨어나지 않으면, 아무리 분풀이를 해도 그의 기분은 밝아질 수도, 좋아질 수도 없었다. 고북월은 소요성 일에 조금도 관심이 없었다. 용비야와 서동림이 돌아온 것을 보고, 그는 한마디도 묻지 않았다.

밖은 어느새 날이 저물어 밤이 되었다.

대앙진, 대앙 현성, 서주국, 심지어 운공대륙 전체가 시끌벅적했으나, 오로지 이 작은 방 안은 고요하기 그지없었다.

이 고요함은 운공대륙 전체를 고요하게 만들기에 충분했다.

이때, 백독문 사람들도 모두 이 일을 알게 되었다.

군역사와 백옥교를 대신해 관리하는 사람은 백독문 장로회의 원로급 인물이자 독술계의 걸출한 인물인 석구정石九丁이었다.

"석 장로, 알아본 결과 오늘 대앙진에서 일어난 일은 확실히 용비야의 짓이었습니다. 마을에 심어 둔 감시자들이 미행하다가 놓치는 바람에, 지금 용비야가 혼자 왔는지 아니면 한운석과 함께 왔는지는 확실하지 않습니다."

염탐꾼이 보고했다.

"백리 장군부의 소장군이 대앙 현성에 머문다고 하지 않았느냐? 용비야가 거기에 없었어?"

석구정이 물었다. 염탐꾼을 탓하고 있는 게 아니었다. 어차피 이 세상에 용비야를 추적할 수 있는 사람은 많지 않았다.

"없었습니다. 운공상인협회 사람도 대앙 현성에 있습니다만, 소인이 사람을 보내 조사한 결과 한운석도 현성에 없었습니다."

염탐꾼이 대답했다.

석구정은 혼잣말처럼 중얼거리기 시작했다.

"설마 두 사람이 정말 결탁했단 말인가?"

대앙 현성에 많은 귀빈이 몰려들었지만 백독문은 공격할 생각이 없었다. 어차피 그 구경꾼들은 백독문의 목표가 아니었고, 이런 중요한 시기에 백독문이 귀찮은 일을 사서 할 필요는 없었다. 게다가 석구정은 아직도 강성황제가 이렇게 공공연히 나서는 목적이 무엇인지 알지 못했다. 이것이 용비야가 서주국 황제와 손잡고 벌이는 연극이라면, 경솔히 나섰다가 함정에 빠질 수 있다는 걱정을 할 수밖에 없었다.

물론 무엇보다도 이렇게 엄청난 일은 석구정도 마음대로 결정할 수 없었다!

용비야와 한운석이 노문주인 백언청을 노리고 오는데, 노문주는 지금까지 전혀 소식이 없었고, 백독문 내에서는 그의 행적을 아는 이가 없었다. 석구정은 이미 현 문주인 군역사에게 열 통이 넘게 긴급 서신을 보냈지만, 군역사는 지금까지 한마디도 답해 주지 않았다. 석구정은 백옥교를 찾으려고도 시도해보았으나 연락이 닿지 않았다.

이미 밤중이 되었고, 내일 정오가 바로 용비야와 한운석이 도전하러 온다고 약속한 시각이었다. 어찌해야 좋단 말인가?

노문주는 대체 오는 걸까, 안 오는 걸까?

용비야가 오늘 대앙진에서 한 행동을 생각할 때, 노문주가 오지 않으면 용비야는 한운석과 한패가 되어 백독문을 무너뜨릴 가능성이 아주 컸다!

석구정은 생각할수록 긴장됐다. 그는 이미 백독문 앞뒤로 경계를 강화하라고 명령을 내렸지만, 무림 제일의 고수와 독술계의 군계일학 앞에서는 그도 두려워졌다.

수많은 사람이 잠을 이룰 수 없는 밤이었다.

저 멀리 대앙 현성에 있는 용천묵은 방금 강성황제와의 회담을 마치고 방으로 돌아왔다.

영씨 집안 군대와의 전쟁이 끝난 후, 천안국은 서주국과 마찬가지로 잠자코 있으면서 운공대륙에서 벌어지는 큰일에 별로 나서지 않았다. 이번에는 사실 강성황제가 나서는 게 아니라 용천묵이 몰래 강성황제와 협력하는 것이었다.

강성황제는 그에게 이 땅의 주인이라는 명목으로 천하 권세가들과 호걸들을 서주국에 초대하겠다고 약속했다. 그는 강성황제에게 앞으로 동진과 서진이 북려국과 난투를 벌이게 되면, 서주국과 천안국은 동쪽과 서쪽에서 함께 움직이겠다고 약속했다.

강성황제가 이렇게 나섰다가 잘못되면 동진과 서진의 미움을 살 수도 있었다. 그런데도 그가 협력을 원한 것은 용천묵이 그에게 아주 큰 유혹거리를 던져 주었기 때문이었다.

그것은 바로…….

깊숙이 숨어 있던 목씨 집안

용천묵이 강성황제에게 던져 준 유혹거리는 바로 서주국에서 가장 강력한 군대인 초씨 집안 군대에 관한 것이었다!

당시 초씨 집안은 서주국 황족을 배신하고 천녕국에 의탁했다. 초씨 집안 두 노인이 군대를 동원해 내전을 일으키면서 거대한 초씨 집안 군대는 서주국 황제의 통제에서 벗어났다. 이것이 서주국이 짧은 몇 년 사이에 서부 지역 대국에서 오늘 이런 처지로 전락한 가장 큰 원인이었다.

그러나 초씨 집안은 서주국에서 벗어난 후 영승에게 호되게 당하면서, 천녕국을 점령하지 못했을 뿐 아니라, 독립적으로 입지를 굳혀 맹주가 되지도 못해 손해가 아주 막심했다.

이후 초천은은 고북월의 계략에 따라 서주국에 항복하는 척하며 서주국을 위해 천안국과의 협력 기회를 얻어 냈고, 양쪽에서 협공하여 영승에 반격했다. 그 전쟁에서 영승은 내몰리다 못해 어쩔 수 없이 북려국을 방어하기 위해 갖고 있던 홍의대포를 사용했다.

영승은 서주국과 천안국의 협공 속에서도 여전히 우위를 점하며 두 번의 전투에서 승리하긴 했으나, 영씨 집안 군대도 이로 인해 힘이 약해졌다. 그렇지 않았다면 얼마 전 영씨 집안 군대와 백리 장군부가 서로 싸울 때 영씨 집안 군대가 연달아 참패하는 상황이 벌어지진 않았을 것이었다.

북려국은 말 전염병 때문에 전쟁에 참여하지 않아서 용비야가 장악한 중남도독부가 진정한 어부지리를 얻었다.

서주국과 천안국은 천녕국을 사이에 두고 있었다. 이 두 나라의 협력은 당시 초천은이 영승에게 죽임당할 위험을 무릅쓰고 성사시킨 것이었다. 하지만 지금 용천묵은 초씨 집안 군대를 미끼로 강성황제와 협력하고 있었다.

초천은이 이 사실을 안다면 어떤 생각이 들까?

용천묵이 강성황제에게 던진 유혹거리는 바로, 초씨 집안 군대 중 권세가 큰 부장군인 위명시魏明時를 용천묵이 통제하고 있다는 사실이었다.

일곱 귀족의 인원수는 한계가 있었다. 초씨 집안 군대, 영씨 집안 군대, 백리 장군부까지 보통 귀족들은 요직을 맡고 그 후에 유능한 인재를 끌어모아 군사력을 증강시켰다.

위명시는 초운예가 거금을 써서 데려온 무장으로, 그가 인재로 기르며 직접 궁술을 전수해 주기까지 했다.

초천은이 지난번 거짓으로 투항했을 때, 강성황제는 동쪽 국경을 지키기 위해 어쩔 수 없이 많은 병력을 받아들여야 했다. 이제 초씨 집안은 또 서주국 병권을 장악한 셈이 되었다. 전쟁 이후 강성황제는 병권을 철회하기 위해 여러 날 동안 골머리를 앓았다.

용천묵이 이 사람을 추천한 것은 강성황제의 비위를 맞추면서 강성황제를 위협하기 위해서였다.

용천묵이 위명시를 통제할 수 있다는 것은 바로 용천묵이 언제든지 초씨 집안 군대 대부분의 병력이 반란을 일으키도록 할 수 있다는 뜻이었다. 서주국뿐 아니라 초천은도 배신하게 할 수 있었다!

용천묵이 방에 돌아오자, 차 마시는 자리에서 오래 기다리고 있던 목청무가 바로 일어났다.

"폐하, 상황은 어떠합니까?"

용천묵과 목씨 집안은 주종 관계이긴 하나 실제로는 동맹에 가까웠다. 목씨 집안이 없었다면, 용천묵의 정권은 진작 무너졌을 것이었다.

용천묵은 어려서부터 태자로 높임을 받아 왔으나 수년 동안 병에 시달리면서 자신을 단련할 기회가 없었다. 아직 나이도 어린 그가 지난 몇 년 동안 운공대륙에서 벌어진 예상치 못한 변화에 어떻게 대처할 수 있었겠는가?

사실 성품이 강직하고 떳떳하게 행동하는 목청무는 더더욱 대처할 수 없었다. 천안국 정권을 진짜 움직이는 자는 바로 목대장군이었다.

오늘 용천묵은 강성황제와의 비밀 회담에서 정식으로 위명시를 강성황제에게 넘겼다. 오늘 밤부터 위명시는 더는 용천묵에게 충성하지 않고 강성황제의 말을 따를 것이었다. 강성황제는 앞으로 무슨 일이 생겨도 영원히 이 비밀을 지키겠다고 약속했다.

"강성황제가 약속했고 모든 것이 순조롭게 진행되었네."

용천묵이 낮게 말했다.

목청무가 고개를 끄덕였다.

"그럼 당장 매로 서신을 보내겠습니다. 아버지가 초조해하며 기다리고 계실 겁니다."

용천묵은 순간 복잡한 눈빛을 번뜩이며 목청무의 팔을 붙잡았다. 목청무는 살짝 놀랐지만, 그 역시 복잡한 눈빛으로 가득했다.

용천묵이 뭘 묻고 싶어 하는지 그는 알 수 있었다.

"폐하, 이 일은 정말 몰랐습니다. 소장도 며칠 전에야 위명시가 아버지 사람이라는 것을 알았습니다."

목청무가 사실대로 대답했다.

"그럼 다른 일은 안다는 말인가?"

용천묵이 차갑게 물었다.

목 대장군의 손이 초씨 집안 군대까지 뻗쳐 있었다니, 그럼 다른 군대는?

북려국 황제의 철기병 대군 속에, 군역사의 기병들 가운데, 영씨 집안, 아니 심지어 백리 장군부에도 목 대장군이 다른 첩자나 밀정을 심어 둔 게 아닐까?

용천묵은 줄곧 목 대장군에게 존경하는 마음을 갖고 있었지만, 이번에는 경계하지 않을 수 없었다. 목 장군부의 기반은 대체 얼마나 깊은 것인가? 목 대장군은 왜 실력을 숨기는 것일까? 깊이 숨어서 정체를 드러내지 않는 늙은 여우 같은 목 대장군이 진심으로 천안국 황족을 돕는 걸까? 아니면 다른 뜻이 있을까?

용천묵의 말투에서 목청무는 그의 분노와 경계심을 확실히 느낄 수 있었다.

"다른 일이 있는지 없는지도 모릅니다."

목청무가 사실대로 대답했다.

용천묵은 갑자기 목청무의 멱살을 틀어쥐며 분노한 목소리로 말했다.

"너희 부자는 짐이 세 살 먹은 어린애인 줄 아는 건가?"

목청무는 전혀 발버둥치지 않고 말했다.

"폐하, 소장은 지금까지 폐하를 속인 적이 없습니다."

그 말에 용천묵은 냉정함을 되찾았다. 목청무의 성품과 사람됨은 그도 잘 알고 있었다.

처음에 목청무가 거짓으로 그에게 접근한 것도 이재민 구호 식량의 횡령 사건을 조사하기 위해서였다. 그 사건이 태자가 아닌 국구의 짓이었다는 것이 밝혀진 후, 목청무와 그는 점차 못 할 이야기가 없는 군주와 신하 관계가 되었다.

두 사람은 친구가 아니었으나, 이들의 관계는 이미 친구 이상이었다.

목청무의 이 말이 용천묵을 진정시킬 수 있었던 것은, 목청무가 사실을 말했기 때문이었다.

목청무의 그 말은 지금까지 속인 적은 없지만, 앞으로도 속이지 않을 거라는 보장은 할 수 없다는 뜻을 담고 있었다. 그는 아버지의 말을 들을 수밖에 없기 때문이었다.

용천묵은 손을 떼며 말했다.

"자네 아버지는 왜 동진, 서진과 풍족의 은원에 개입하려는 것인가? 그건 자네도 알겠지?"

목청무는 여전히 어쩔 수 없다는 듯 고개를 가로저었다. 아버지의 이번 행동에 그 역시 깜짝 놀랐음을 인정할 수밖에 없었다. 용천묵의 화를 진정시켰지만, 그라고 화가 나지 않을까? 다만 이 모든 것을 마음속 깊이 묻어 둘 뿐이었다.

그는 목씨 집안의 독자였고, 목씨 집안 군대의 유일한 후계자였다. 하지만 아버지는 그를 외부인 취급하며 모든 것을 속였다. 그는 대체 어떤 존재란 말인가?

용천묵이 마음속 가득한 울분을 억누르지 못하고 소매를 떨치며 나가려고 하자 목청무가 붙잡았다.

"폐하, 이곳이 백독문과 꽤 멀리 떨어져 있기는 하나, 그래도 안전하지 못합니다."

그는 용천묵을 막으며 자신이 밖으로 나갔다.

"폐하, 일찍 쉬십시오."

용천묵은 쾅 소리와 함께 방문을 세게 닫아 버리고 차 마시는 자리로 갔다. 그런데 차 탁자 위에 상주서 하나가 접혀 있는 게 보였다. 펼쳐 보니 목 대장군이 그에게 하루속히 용씨 황족 자손을 번성케 하시라고 간언하는 상주서였다!

용천묵은 냉소를 지었다. 그는 제위에 오른 후 지금까지 후궁을 들인 적이 없으며 목유월은 건드린 적이 없었다. 목 대장군은 딸을 위해 나선 것일까?

지금 상황으로 봤을 때 목유월이 용종을 품으면 그는 '선황'이 될지도 몰랐다. 절대 부황의 전철을 밟을 수 없었다.

용천묵은 바로 문밖에 있는 시종을 불렀다.

"후궁을 들일 준비를 하라는 명을 전해라!"

황족을 위해 자손을 번성케 하려면 당연히 모두에게 은혜를 베풀어야 했다! 목유월이 아이를 낳고 싶단 말이지. 그럼 어디 각자 능력대로 해 보자!

용천묵은 상주서를 바닥에 내던지고는 화를 내며 차 마시는 자리에 앉았다.

분노하던 중 자신도 모르게 그의 머릿속에 집중하면서도 엄숙한 표정의 얼굴이 떠올랐다. 한운석을 보지 못한 지도 아주 오래되었다. 그녀가 자신을 진맥해 주었을 때의 그 표정이, 그에게는 가장 깊은 인상으로 남았다.

그는 지금껏 여자가 그렇게까지 아름다운 모습으로 진지할 수 있다는 것을 몰랐었다.

그녀도 이미 왔을까?

오늘 용비야가 대앙진에서 그녀를 위해 복수해 주었는데, 그녀는 기뻐하고 있을까? 그녀와 용비야는 지금 대체 어떤 관계일까?

그는 어려서부터 진황숙을 존경하며 우러러보았다. 진황숙이 천녕국 황족 사람이 아니라는 사실을 안 지금, 그는 분노와 원망, 성토하는 마음이 들기보다 도리어 더 탄복하게 되었다.

다른 이유 때문이 아니라 동진과 서진 황족은 운공대륙에서 가장 존귀한 황족이기 때문이었다. 그들은 더할 수 없이 고귀한 혈통이었다!

한운석이 진황숙의 여자이자 그의 황숙모였을 때, 그는 감히 쓸데없는 생각을 할 수 없었다.

지금 한운석은 그와 항렬상으로 아무 관계가 없었고, 용비야의 적이 되었다. 그러나 그는 여전히 쓸데없는 생각을 할 수 없었다. 그녀가 서진 황족 출신이기 때문이었다.

그녀에게 어울리는 사람은 여전히 용비야뿐이었다.

천안국 황제가 이 밤에 잠을 이루지 못하는 것은 나라의 큰일 때문일까, 아니면 남녀의 사랑 때문일까?

목청무는 직접 문밖을 지키면서 가슴 앞으로 팔짱을 낀 채 소나무처럼 우뚝 서 있었다. 그러나 항상 초롱초롱 빛나며 당당하던 눈빛은 언제부터인지 생기가 없어졌다.

그가 이 밤에 잠을 이루지 못하는 것은 군부의 큰일 때문일까, 아니면 마음에 품고 있는 미인 때문일까?

밤은 점차 깊어졌고, 북풍이 휘휘 몰아쳤다. 운공대륙은 어느새 겨울로 접어들었다.

북려국은 가장 추운 지역이었다. 지금 영승은 자신의 막사 안에서 따뜻한 술을 마시고 있었다. 혼자서 자작하고 있었지만, 아주 시원스럽게 마실 수 있었다!

그는 기분이 좋았다. 다른 것 때문이 아니라 백옥교가 술을 사 오는 일이 아주 순조롭게 진행되었기 때문이었다. 하루도 안 되어서 백옥교는 세 단지를 사 왔다. 백옥교의 능력을 생각할 때, 아마 앞으로 며칠 안에 열 단지를 다 사서 은표의 절반을 써 버릴 게 틀림없었다. 그는 모든 은표에 농간을 부려 놓았다. 북려국의 상인협회 사람이 이 은표를 보면 반드시 알아챌 수 있었고, 만상궁 장로회 쪽에 넘길 게 분명했다.

소식이 전해지면, 그는 뒷일을 걱정하지 않고 군역사와 대결할 수 있었다!

이런 생각이 들자, 영승의 한쪽 눈은 어둠 속에서 천천히 음험한 웃음을 드러냈고, 차갑고 오만한 그의 얼굴에 아주 사악한 기운이 더해졌다. 지금 그는 내일 백독문 소식을 기다리고 있었다.

군역사도 막사 안에서 홀로 술을 따라 마시고 있었다. 그는 하루 꼬박 막사 밖으로 나가지 않았고, 백옥교도 문밖에서 온종일 지키고 있었다.

사형과 사매 두 사람이 기다리고 있는 것은 백독문 소식이 아닌 사부의 소식이었다.

사부는 백독문으로 갈까, 아니면 북려국 천하성으로 올까?

군역사는 술잔을 높이 들어 창밖의 밝은 달에 술을 올렸다. 그의 마음은 달을 향하는데, 달은 도랑을 비추니 어찌하면 좋을까.

그는 스스로 다짐했다. 내일 사부가 오지 않으면 사제지간의 연은 끝이었다!

삼도 암시장 사람들도 내일의 소식을 기다리고 있었으나, 오직 두 사람만은 백독문 일에 별로 관심이 없었다. 바로 당리와 고칠소였다.

고칠소는 이미 화류항에서 금 집사의 행방을 알아보았다. 누군가는 금 집사가 어느 기루 뒤쪽에서 정 숙부와 싸우는 걸 보았지만 승패는 확실하지 않다고 했다. 금 집사가 마차를 사서 삼도 암시장 북문으로 나가는 걸 봤다는 사람도 있었다.

"정 숙부와 금 집사가 결탁한 건 확실하군. 안팎으로 손잡고 영정과 목령아를 납치한 거야!"

당리가 분노한 목소리로 말했다.

"북쪽이라……."

고칠소가 곰곰이 생각했다.

순간 놀란 당리가 말했다.

"설마 그들이……."

한계가 있으면 진짜 사랑이 아니야

"설마 그들이 군역사에게 의탁하려는 걸까?"

당리가 놀라서 말했다.

고칠소는 서슴지 않고 그를 향해 눈을 흘기며 말했다.

"군역사는 그럴 돈이 없어!"

군역사는 금 집사의 빚을 갚아 줄 수 없었고, 강건 전장은 끝까지 추격할 자들이었다. 강건 전장은 상업계에서 결코 가볍게 여길 수 없는 세력인데, 누가 두려워하지 않겠는가?

고칠소는 나중에 강건 전장이 용비야의 소유라는 사실이 밝혀졌을 때, 자신처럼 속 쓰릴 사람이 얼마나 될지 상상도 안 되었다.

지금 용비야 상황에서는 강건 전장이 직접 각 세력 투쟁에 참여하게 할 필요는 없었다. 어쨌든 상업 세력과 군사 세력은 뒤섞일 수 없었다. 이는 퇴로를 마련해 두는 셈이기도 했다.

당리는 잠시 침묵했다가 갑자기 고칠소의 손을 꽉 움켜쥐며 놀란 목소리로 말했다.

"설마 동오국의 노예로 팔 생각일까?"

고칠소는 눈을 흘기는 것조차 하지 않고 차갑게 물었다.

"동오국에 팔면 얼마나 받을 것 같은데? 차라리 너희 당문에 파는 게 낫지."

고칠소도 최근에야 당리와 용비야의 관계를 알게 되었다. 그 후 그는 당리와 지내는 시간이 길어질수록, 용비야에게 이런 바보 같은 동생이 있다는 게 믿어지지 않았다.

“그럼 어디 가서 찾지?”

당리는 바보 같은 게 아니었다. 그저 마음이 무너지기 일보 직전이라 제대로 생각할 수가 없는 것이었다.

고칠소도 초조했다. 그 넓은 북쪽 땅 어디로 가서 찾는단 말인가? 지금까지 늘 목령아가 그를 쫓으며 곳곳을 돌아다녔지, 이렇게 그가 목령아를 쫓아다니는 날이 올 줄은 몰랐다. 처음으로 쫓아 보았는데, 사람을 찾을 수가 없었다.

이제 보니 누군가에게 다다를 수 없는 이 느낌은…… 별로 좋지 못했다.

“가자. 우리도 북쪽으로 가자!”

고칠소가 결단을 내렸다.

이곳에서 시간을 허비하는 것보다 차라리 쫓아가는 게 나았다. 그러다 보면 뭔가 발견할 수 있을지도 몰랐다. 목령아와 영정 모두 멍청하지 않으니, 어떻게든 방법을 생각해서 단서를 남길 수 있을 것이었다.

그의 기억이 맞는다면, 몇 년 전 목령아가 그렇게 말했었다. 천하를 뒤져 그를 찾아다닐 때, 지나갔던 곳에는 표시를 남겨 둔다고 했었다.

고칠소는 이 일을 당리에게 말해 주었고, 당리는 아주 기뻐하며 서둘러 물었다.

"무슨 표시인데?"

그런데 고칠소는 한참 진지하게 생각하다가 이렇게 말했다.

"잊어버렸어."

당리는 너무 화가 나서 하마터면 고칠소를 짐승만도 못한 놈이라고 욕할 뻔했다.

"우선 찾아보자! 각자 나눠서 찾자."

삼도 암시장에서 북쪽으로 향하는 길은 아주 많았지만, 큰 방향은 두 가지였다. 하나는 삼도전장 서쪽이자 삼도 암시장의 서북쪽이었고, 나머지 하나는 삼도전장의 동쪽이자 삼도 암시장의 동북쪽이었다.

삼도 암시장의 서북쪽은 서주국과 북려국의 접경 지역으로, 전란 지역이었다. 국경 관문을 지나면 여러 갈래 길이 나오는데, 그중 서북쪽 큰길이 바로 영승이 머물고 있는 천하성으로 통하는 길이었다.

삼도 암시장의 동북쪽은 천안국과 북려국의 접경 지역으로 산세가 가파르고 험했다. 온통 산길이고 인적 없는 황량한 곳으로, 산간 지대를 넘어가면 북려국 수초가 가장 무성한 동부 지역이었다.

"좋아."

고칠소가 대답했다.

"난 동쪽으로 갈게."

"그럼 난 서북쪽, 무슨 일이 생기면 언제든 연락해."

당리가 진지하게 말했다.

두 사람은 각자 수하들을 이끌고 밤새 달려 삼도 암시장을 벗어나 북쪽으로 향했다. 떠날 때 고칠소는 아랫사람에게 한마디만 했다.

"그 독시들은 모두 도착했느냐?"

당시 그가 소요성 세력에게서 독누이를 구했을 때, 그는 독시 무리를 사용했었다. 그때 그는 제종림에게 그의 독시가 대단한지 아니면 용비야의 비밀 시위가 대단한지 물었었다.

이번에 마침내 그는 용비야에게 비밀 시위가 대단한지 아니면 독시가 대단한지 보여 줄 수 있게 되었다!

그런 생각이 들자 고칠소는 입을 헤 벌리고 득의양양한 웃음을 보였다.

그랬다. 그는 자신의 독누이가 지금까지 의식을 잃고 있다는 사실을 몰랐다. 백독문 싸움은 대체 어떤 모습이 될지, 아주 위태로웠다!

정 숙부와 금 집사도 물론 백독문의 큰일을 주시하고 있었다. 다만 두 사람은 영정과 목령아 앞에서는 한마디도 꺼내지 않았다.

"멈춰요!"

목령아의 커다란 목소리가 한밤중의 고요함을 깨뜨렸다.

정 숙부의 이마에 핏대가 섰다. 이번에 오면서 목령아는 임신부라는 이유로 이것저것을 요구해 댔다. 물건을 많이 요구한 건 둘째 치고, 각종 불만을 늘어놓기까지 했다. 한도 끝도 없이 욕심을 부리는 게 갈수록 심해졌다.

원래부터 그녀에 대한 인상이 좋지 않았던 정 숙부는 지난번 그녀가 몰래 천 조각을 남긴 일까지 더해져서 뼈에 사무치게 그녀가 미웠다. 금 집사가 막지 않았다면 정 숙부는 목령아를 괴롭히고도 남았다.

지난번 금 집사는 목령아와 그녀 배 속 아이는 모두 그의 인질이니, 만에 하나 없어지기라도 하면 정 숙부와 함께 다니지 않겠다며 모진 말을 뱉었다! 정 숙부도 그의 뜻을 따를 수밖에 없었다.

목령아는 마차가 너무 딱딱하다고 불만을 터뜨리며, 더 편안한 방석을 깔아 달라고 요구했다. 사흘 후 이들이 어느 성읍을 지날 때, 금 집사는 정말 그녀에게 방석을 가져다주었다.

목령아가 매일 따뜻한 국물을 마시게 해 달라고 요구했더니, 금 집사는 정말 매일 밤 혼자 근처 마을에 가서 찾아다 주었다. 가끔 찾아내지 못하면, 직접 산짐승을 잡아 끓이기도 했다.

목령아는 안태약을 짓기 위한 약방문도 썼다. 그 안에 쓰인 약재는 족히 스무 가지가 넘었고, 유명하고 진귀한 약도 적지 않았다. 금 집사는 바로 정 숙부에게 은자를 받아서 모든 약재를 다 찾아 주었고, 마차를 멈추고 약을 다 달여서 마차 안에 넣어 주었다.

모르는 사람이 보면 금 집사가 애 아빠라고 착각할 정도였다!

"멈춰."

금 집사가 낮은 목소리로 말했다.

마차를 몰던 정 숙부는 바로 화를 냈다.

"이 한밤중에 저 여자는 대체 뭘 하자는 거냐? 아금, 네가 정말 저 아이 아버지는 아니겠지?"

"멈춰라."

금 집사의 어조가 더 무거워졌다. 흐트러진 앞머리 아래에 있는 칠흑 같은 눈동자에 차갑고 어두운 기운이 서려 경고의 의미가 가득했다.

정 숙부는 정말 갑갑했다. 지난번 천 조각 사건 이후 목령아가 금 집사에게 뭐라고 한 걸까. 원래도 음울한 녀석이 그때부터 지금까지 계속 기분이 나빠 보였다.

설마 이 녀석, 목령아에게 반했나?

하지만 정 숙부는 곧 자기 생각을 부정했다. 목령아는 금 집사가 빚을 지게 한 원흉이었고, 목령아의 저 배만 생각해도…… 금 집사가 어떻게 반할 수 있겠는가?

어쩌면 몸을 잘 추스르게 하고 아이를 지켜 고칠소와 흥정을 잘하기 위해서일지도 몰랐다.

정 숙부가 마차를 멈추자, 마차 안에 있던 영정은 바로 편해졌다. 그녀는 침상에 누워 지내야 했기 때문에 오는 동안 마차에서 내리는 일이 없었다. 그러다 보니 자주 멀미가 나서, 멈춰 쉬어 줘야 했다. 이런 상황은 점점 빈번해지고 있었다.

그녀가 참을 수 없을 때마다 목령아는 각종 이유를 꾸며서 마차를 멈추게 한 후 그녀가 추스를 수 있는 시간을 벌어 주었다.

"토하고 싶어요……."

목령아는 말하자마자 창가에 기대 미친 듯이 토하기 시작했다.

영정은 한쪽에 비스듬히 기댄 채 몰래 웃고 있었다. 그녀는 오는 동안 자신이 목령아와 아주 오래 이야기하고 웃었다는 사실을 알아차리지 못했다. 어려서부터 지금까지 친언니인 영안과도 이렇게 친근하게 지낸 적이 없었다.

정 숙부는 꼼짝하지 않고 앉아 있었고, 금 집사도 눈을 내리깐 채 움직이지 않았다. 목령아는 한참 구토하다가 지쳐 창가에 기댔다.

별다른 기척이 없자 정 숙부는 출발하려고 했다. 그런데 목령아가 막으며 말했다.

"오늘 밤 하루 묵었다가 가요. 진짜 못 견디겠어요!"

정 숙부가 말하기도 전에 금 집사가 무거운 목소리로 말했다.

"가자!"

이들은 도망치는 중이라 길을 재촉해야 했다. 놀러 나온 게 아니었다.

목령아는 급히 약을 꺼내 먹으려고 했다. 그녀가 구해 달라고 한 약재 중 몇 가지를 같이 먹으면 가벼운 구토 증상을 일으켰다. 그렇지 않았다면 오는 동안 그녀가 어떻게 속일 수 있었겠는가?

"그만 먹어! 난 정말 괜찮아."

영정이 말렸다.

"나도 괜찮아. 오늘 언니 안색이 별로 좋지 않아. 억지로 버티지 마."

목령아가 진지하게 말했다.

"난 정말 괜찮아."

영정이 엄숙한 얼굴로 말했다.

"아이 목숨을 가지고 너와 다투지 않아."

결국 목령아는 그렇게 하기로 하고, 몇 번 항의하는 척 연기한 후 창문을 세게 닫았다.

"령아, 금 집사가 널 대하는 게…… 이상해."

영정은 아주 오랫동안 관찰해 왔다. 금 집사가 자기 신분을 인정하지 않았지만, 그녀는 확신했다. 다만 저 노인이 대체 누구인지는 알아맞히지 못했다!

"어떻게 이상한데?"

목령아가 물었다.

"네가…… 요구하면 다 들어주고, 잘해 주잖아."

영정은 목소리를 낮추고 말했다.

"너에게 반한 건 아니겠지?"

그 말에 목령아는 하마터면 참지 못하고 큰 웃음을 터뜨릴 뻔했다. 그녀는 입을 틀어막고 몰래 웃으며 말했다.

"당리야말로 정 언니한테 잘해 주지! 금 집사는 내 배 속 아기에게 무슨 일이 생기면 몸값을 못 받을까 봐 두려운 거야! 정말 나한테 반했다면, 방금 마차를 멈췄을 거야."

목령아는 말하면서 한숨을 내쉬었다.

"한계를 정해 두고 잘해 주는 건 다 다른 목적이 있어서야.

진짜 잘해 주는 게 아니라고!"

좀처럼 설득당하지 않는 영정이 어린 소녀인 목령아에게 단숨에 설득당했다.

영정은 치마 아래 살짝 불러 온 배를 가만히 어루만지며, 당리를, 그의 친절했던 모습을 떠올렸다.

당리의 친절함은 한계가 정해져 있었을까?

갑자기 그가 너무 보고 싶었다…….

마차는 고요한 산속을 달리며 점차 북쪽으로 향했고, 동쪽 하늘 끝이 어슴푸레 환해졌다.

날이 밝았다.

백독문, 대앙진에서는 얼마나 많은 사람이 같은 하늘을 바라보고 있을까?

용비야와 고북월은 또 밤새도록 한운석 곁을 지켰다.

도전 시각까지 남은 시간은 반나절……. 어찌해야 좋을까?

방 안은 너무 고요해서 마치 시간이 멈춘 듯했다. 그런데 갑자기 다급하게 문을 두드리는 소리가 이 정적을 깨뜨렸다.

"전하! 전하! 큰일 났습니다!"

서동림이었다.

"정말 큰일입니다! 전하, 어서 문을 열어 주십시오!"

서동림의 목소리가 더 또렷하게 들려왔다. 진짜 큰일이 아니었다면 서동림도 감히 이렇게 방해할 수 없었다. 하지만 용비야와 고북월은 전혀 동요하지 않았다. 용비야는 여전히 부드러운 눈길로 한운석을 바라보았고, 고북월은 바깥방에 앉아서 죽은 듯이 고요하게 있었다.

"전하, 백언청이 나타났습니다!"

서동림이 큰일이 무엇인지 말한 후에야 두 사람은 깜짝 놀랐다. 서동림이 말했다.

"백언청이 도전을 받아들였습니다. 그자가 백독문 산 아래 술자리를 베풀고 각 측 손님을 초대하여 오늘 싸움에서 증인이 되어 달라고 했습니다!"

서동림이 급하게 말을 이었다.

"전하, 대앙진에 있는 사람들이 모두 백독문 쪽으로 갔습니다!"

고북월이 밖으로 나오자 서동림은 그제야 한숨을 돌릴 수 있었다. 두 사람 모두 공주처럼 의식을 잃는 바람에 나오지 않는 것일까 봐 두려웠다.

"백언청이 이렇게 행동하는 저의가 무엇일까?"

고북월이 담담하게 말했다.

백언청은 용비야와 한운석이 협력하면 자신이 당해 낼 수 없다는 걸 잘 알았다. 그렇지 않았다면 지난번에 도망쳤을 리 없었다.

잡은 인질도 없으니, 모습을 드러내든 안 드러내든 모두 위태로웠다. 그런데 그가 모습을 드러냈을 뿐 아니라, 이렇게 대대적으로 각 측 손님을 다 초대할 줄은 몰랐다.

뭘 하려는 거지?

"그자의 독 저장 공간이 공주보다 더 대단한 게 아닐까요?"

서동림이 걱정스레 물었다.

고북월도 걱정스러웠다. 독 저장 공간에 대해서 그는 세 가지 단계가 있다는 것만 알 뿐 많이 알지는 못했다. 만약 백언청이 세 번째 단계에 도달했다면, 공주보다 얼마나 강할까?

고북월은 고개를 돌려 용비야가 나오지 않는 모습을 보고는 가볍게 탄식한 후 또다시 침묵했다.

공주가 일어나지 않으면 그 아무리 대단한 일이라도 용비야를 불러낼 수 없겠지.

서동림도 침묵한 채 고북월과 입구에서 기다리며 시간이 흘러가게 두었다.

정오는 점점 다가왔고, 백독문 쪽은 이미 아주 시끌벅적했다.

백언청은 왔을까

이제 한 시진 정도만 있으면 정오였다.

용비야와 한운석은 함께 백언청에게 도전장을 보냈다. 이치대로라면 지금쯤 이들은 백독문 입구에 도착했어야 했다.

그러나 지금 다른 사람은 모두 도착했으나, 오직 두 사람만이 보이지 않았다.

백언청은 백독문 산문 앞에 큰 잔치를 벌이고 여러 귀빈을 초대하라 명했고, 심지어 대결을 위해 무대까지 마련했다.

대체 무슨 꿍꿍이인지는 모르겠지만, 적어도 그의 이런 수법은 강성황제보다 더 절묘했다.

이렇게 하면 이번 대결의 세세한 부분은 물론 심지어 그가 용비야, 한운석과 나누는 모든 말이 대중에게 다 공개되었다.

현장에 있는 모든 사람이 이번 대결의 증인이었다. 승패뿐 아니라 대진제국의 당시 내전 원인에 관한 대질에서도 증인이 되는 것이었다.

똑똑한 사람이라면 백언청이 지금 무대를 만드는 이유가 대결을 위해서만이 아니라, 당시 내전 원인을 분명히 밝히기 위해서임을 알아챌 수 있었다.

비무대 양측은 사람들로 가득했다.

물론 다들 백독문이 기회를 틈타 자신들에게 해를 끼칠까 두려워했다. 하지만 백독문의 초청장을 받은 이상 꽁무니를 뺄 수는 없었다. 뒤로 물러나는 순간 웃음거리로 전락할 게 분명했다. 게다가 이렇게 큰 장소라면 백독문도 공공연히 천하를 적으로 돌리며 비열한 짓을 하지는 않을 것이었다.

그래서 서주국과 천안국 두 군왕은 직접 오지 않고 각자의 대표를 보냈다.

강성황제는 어림군御林軍의 통령이자 그가 가까이 부리는 고수 호위 병사 왕용王鏞을 보냈다. 용천묵이 보낸 사람은 목청무였다.

운공상인협회 장로회, 백리 장군부의 소장군 백리율제, 의성 대표, 약성 대표, 그리고 일부 강호 세력, 명문세가 귀족 세력 대표들까지 모두 참석했다.

지금은 다들 서로 머리를 맞대고 소곤거리며 의론이 분분했다.

"어찌 된 일이지? 동진 태자와 서진 공주가 모두를 가지고 논 것인가?"

"안 오는 건 아니겠지? 허허, 이건 장난이 너무 심한데! 내 그러지 않았던가, 동진과 서진이 어찌 협력하겠어?"

"모두를 바보로 알고 농락한 게야!"

"내가 보기에는 거짓일 수가 없어. 백독문이 비무대까지 세웠는데 어찌 거짓이겠나? 용비야와 한운석이 겁에 질린 게지!"

이런 말을 하는 자들은 물론 강호 세력들과 명문세가 귀족들이었다. 동진과 서진 진영 사람은 겉으로는 침착해 보였지만 속마음은 다들 무너질 것 같았다!

그들은 어젯밤에 계속 용비야와 한운석에게 연락했지만, 아무리 해도 찾을 수가 없었다.

밤새도록 걱정하다가, 이제는 의심이 생길 수밖에 없었다. 만약 이대로 나타나지 않는다면 용비야와 한운석은 천하만 농락한 게 아니라, 자기 세력까지 갖고 논 것이었다!

시간이 점점 다가왔지만, 이들은 여전히 그림자도 보이지 않았다. 지독히 추운 날씨에도 불구하고 많은 사람이 초조한 마음에 땀을 줄줄 흘렸다.

"서동림도 서신을 보내지 않았느냐?"

백리율제가 낮은 목소리로 부하에게 물었다.

"오지 않았습니다. 이미 사람을 보내 곳곳을 찾아보았습니다. 소장군, 전하께 설마…… 무슨 일이 생긴 것은 아니겠지요?"

부하가 걱정스레 물었다.

"전하께 무슨 일이 생길 수 있단 말이냐?"

백리율제는 언짢아하며 낮은 목소리로 꾸짖었다. 지금 그는 무엇보다도 한운석이 전하를 꾀어서 이 골치 아픈 상황을 버려두고 두 사람이 멀리 떠났을까 봐 걱정스러웠다.

전하와 한운석 관계는 아버지와 그만 알았다.

한운석은 정말 억울한 상황이었다. 운공상인협회 쪽 몇몇 장로들도 한운석을 의심하고 있었기 때문이었다.

"협력안은 공주가 제시한 것인데 지금 여러 사람을 이곳에 놔두고 뭐 하는 겁니까?"

"만상궁 쪽도 너무 경솔했던 거 아니오? 공주가 제멋대로 하는 거야 그렇다고 해도, 그 말을 그대로 따르다니요? 영 족장께서 계셨으면 오늘 같은 일은 없었소!"

"공주는 대체 어디 계신 거요? 정말 안 오시는 건 아니겠지?"

"어제 동진 태자가 제종림을 개처럼 모욕하고는 공주를 위한 복수라고 했답니다. 지금 이 이야기가 곳곳에 퍼지고 있소. 공주가 동진 태자에게 잡혀간 건 아니겠지요?"

시간이 가까워질수록 사람들은 기다리다 지쳐갔고, 현장에서의 논쟁도 갈수록 뜨거워졌다. 곧 불만의 소리가 터져 나왔다.

"허허, 동진과 서진의 협력은 과연 남다르군. 모두를 갖고 놀다니!"

"그러게 말이오! 한운석은 독종의 직계 자손 아니었소? 그런데 백독문이 도전을 받아 주니 숨어 버린 거요?"

"아이고, 이게 무슨 갖고 논 거라 하겠소? 그냥 손잡고 겁쟁이가 된 거 아니겠소?"

천하가 이리 넓으니 그 가운데 세상 물정 모르는 쓰레기 같은 자들이 있기 마련이었다. 일어나서 큰 소리로 떠들어 대고 있는 저 두 사람도 내력을 알 수 없는 자들이었다.

백리율제는 가만히 앉아 있을 수 없어 벌떡 일어나 큰 소리로 말했다.

"동진 태자는 어제 이미 대앙진에 도착했고, 지금 오시는 중이오! 서진 공주는……."

백리율제는 말을 다 끝내지 않고 운공상인협회를 도발하는 눈빛으로 쳐다봤다.

백리율제가 충동적으로 나서긴 했지만, 그래도 생각이 없지는 않았다. 그는 이 말을 통해 사람들에게 동진의 태자가 이미 도착했고 뒤로 물러서지 않았다는 것을 알리면서 책임을 서진 공주에게로 미뤘다. 동시에 서진을 떠보고 있었다. 어쩌면 저들은 전하와 서진 공주가 지금 어디 있는지, 오는 것인지 아닌지 알지도 몰랐다.

하지만 백리율제는 현재 상황을 너무 얕보았고, 자신의 지혜를 과대평가했다.

일개 군인인 그가 오랜 세월 상업계에서 구르고 구른 운공상인협회 장로들을 어찌 당해 낼 수 있겠는가?

이장로는 냉소를 지으며 백리율제의 말에 답했다.

"서진 공주는 당신들 전하와 동행하는데, 아니, 소장군은 모르고 있었소?"

이 일은 만상궁 사람 외에 현장에 있는 사람은 다 모르는 사실이었다.

이장로의 말은 백리율제보다 한 수 위였다. 첫째, 사람들에게 한운석이 이미 도착했고 뒤로 물러나지 않았음을 알렸다. 둘째, 한운석과 용비야가 동행하고 있으니 무슨 변고라도 생겨서 실종된다면 그것은 남자인 용비야 책임이 더 크다는 것을 말해주었다. 셋째, 그 역시 동진을 떠보고 있었다. 어쩌면 저들은 용비야와 공주에게 무슨 일이 생겼는지, 오는 것인지 아닌지 알지도 몰랐다.

그런데 이장로가 말을 하자마자 백리율제가 분노하며 질문했다.

"무슨 뜻이오?"

안 그래도 다들 두 사람을 주시하고 있었는데, 이제는 넓은 장소가 아주 잠잠해졌다.

백리율제가 크게 반응하는 모습을 보고, 이장로는 계산적인 눈빛을 번뜩인 후 웃으며 말했다.

"그런 뜻이오. 설마 소장군은 사람 말을 못 알아듣소?"

이렇게 큰 장소에서 그 대단한 백리 장군부의 소장군이 추태를 보이거나 상식을 벗어나는 말과 행동을 한다면, 백리 장군부의 명성도 무너질 것이었다.

한운석과 용비야는 동진과 서진의 당시 은원이 오해에 불과하기를, 무엇보다도 오늘이 평화의 시작이기를 간절히 바랐다.

하지만 양측 진영 사람들은 그렇게 생각하지 않았다. 그들은 대질을 위해, 당시 내전의 책임을 상대에게 다 넘기기 위해서 왔다. 현장에 있는 양측 진영 사람들은 모두 이 장소에서 상대방이 망신을 당하고 웃음거리로 전락하기를 간절히 바랐다.

과연 백리율제는 그 자극을 견디지 못하고 바로 탁자를 치며 일어났다.

"어디 자신 있으면 한 번 더 말해 보시지!"

이장로는 콧방귀를 뀌며 계속 상대해 주지 않았다.

백리율제는 바로 무기를 잡고 덤비려 했다! 그런데 그가 한 걸음 내딛는 순간, 고요한 무리 속에서 익숙한 목소리가 들렸다.

"소장군, 그래도 오늘 각 지역에서 온 벗들이 어렵게 이곳에 모였는데, 모두의 체면을 살려 준다 생각하고 말로 하는 게 어떻소."

소리 나는 곳을 돌아보니 말하는 사람 역시 소장군이었다. 바로 천안국 황제의 대리인인 목청무였다!

자극을 받았던 백리율제는 바로 그 뜻을 알아챘고, 마음속 분노가 또 타올랐지만 이번에는 참아 냈다.

다들 전하와 공주를 기다리고 있었고, 어떤 상황인지 모르고 있었다. 그런데 그가 먼저 공격하면 서진은 일을 크게 만들 게 분명했다. 그럼 백독문에게 비웃음을 살 뿐 아니라 천하 모두에게 멸시와 조소를 받게 되니 그의 죄가 너무 커졌다.

목청무의 그 말은 아주 절묘했다. 백리율제를 일깨워 주었을 뿐 아니라 그가 빠져나갈 길을 마련해 주었다.

백리율제는 거침없이 칼을 내려놓고 목청무에게 읍을 하며 말했다.

"좋소, 큰일을 중시해야지요!"

그런데 백리율제가 앉자마자 앞에 있던 백독문의 경비병들 가운데서 웃음소리가 들렸다.

"개니까 사람 말을 못 알아듣겠지?"

말소리와 함께 누군가가 무리 속에서 날아와 비무대 앞에 착지했다. 나이는 쉰 살 정도 되어 보였고, 작게 턱수염을 기른 이 남자는 수수하게 회색 두루마기를 입었으나 타고난 고귀함을 숨길 수 없었다. 그의 웃음에서는 무엇에도 구애받지 않고 속세를 업신여기는 듯한 오만함이 느껴졌다.

아무도 이자가 누구인지 몰랐지만, 백독문 사람인 것만은 확실했다.

"허허, 백리 장군부에 이렇게 비겁한 군인이 있는 줄 몰랐군!"

그는 백리율제를 쳐다보며 더 사납게 웃었다.

"하지만 괜찮다. 제일 비겁한 건 네가 아니라 용비야니까!"

이제 백리율제는 이자가 비웃는 것인지 아니면 일부러 자극하는 것인지 생각할 겨를도 없었다. 그는 바로 검을 뽑고 일어나 그쪽으로 뛰어갔다.

"뭐 하는 놈이냐! 자신 있으면 덤벼 봐라! 비겁한지 아닌지 싸우면 알게 될 거다!"

"허허, 너는 이 늙은이와 싸울 상대가 못 된다! 아직 한 시진이 남았다. 이 늙은이는 이곳에 서 있을 테니, 용비야가 얼마나 비겁한지 잘 봐 둬라! 모두 함께 봐 주시오!"

그는 말을 마치고 갑자기 하늘 높이 뛰어올라 비무대 위에 올라서더니, 뒷짐을 지고 소나무처럼 우뚝 서 있었다!

순간 사람들은 모두 놀랐고, 백리율제의 얼굴도 하얗게 질렸다. 이 늙은이는 지금 비무대에 서서 용비야가 오길 기다리겠다는 건가? 그렇다면 이자는…….

"백언청!"

목청무가 중얼거리듯 말했다.

현장은 곧 조용해졌고, 백리율제는 더는 감히 경거망동할 수 없었다. 그래도 용비야의 체면을 완전히 깎아내리지는 않았다.

그는 곧 정신을 차리고 쏘아보며 말했다.

"백언청, 기다려라, 전하께서 널 손봐 주러 오실 거다!"

백언청은 백리율제와 논쟁하지 않고 코웃음만 칠 뿐이었다. 그는 전혀 동요하지 않고 무대 위에 서서 주변을 쭉 둘러본 후, 눈빛을 앞쪽 길목에 고정했다.

그는 기다렸다!

지난 며칠 동안 그는 내내 용비야와 한운석의 행방을 찾았지만 알아내지 못했다. 그 역시 용비야와 한운석이 왜 지금까지 모습을 드러내지 않는지 아주 궁금했다.

용비야와 한운석이 오늘 나타나기를 누구보다 바라는 사람이 그라는 사실을 아무도 몰랐다. 고북월은 이미 그의 수중에 없었지만, 그는 여전히 용비야와 한운석에게 처참한 패배를 안겨 줄 수 있었다! 지난번 흑루에서는 의외의 상황이 벌어져 적절한 때가 아니었지만, 이번에는 반드시 그렇게 할 수 있었다!

그는 이날을 이미 오랫동안 기다려 왔다.

드넓은 장소가 정적에 휩싸였다. 대부분 백언청을 처음 봐서 놀라고 호기심으로 가득했지만, 그 마음은 속에만 묻어 둔 채 감히 떠들어 대지 못했다.

남은 시간은 한 시진, 백언청은 용비야와 한운석을 기다릴 수 있을까?

이때, 한운석이 막 눈을 떴다.

또 날 두렵게 했구나

한운석은 천천히 눈을 떴다. 아직은 눈빛이 멍했고, 정신이 또렷하지는 않았다.

그녀는 이번에 정신을 잃었을 때 전처럼 독 저장 공간에 들어가지 않았다. 견딜 수 없을 정도로 피곤해서 머릿속은 혼돈으로 가득했다. 하지만 그 혼돈 속에서도 그녀는 꼬맹이의 존재와 꼬맹이가 전보다 훨씬 강해졌음을 느낄 수 있었다.

그녀도 이유를 알 수 없었지만, 어렴풋이 자신의 수행 수준도 많이 성장했음을 느낄 수 있었다.

"운석……."

익숙한 목소리가 아주 가까이서 들려왔다.

한운석은 그제야 정신이 돌아왔고, 얼굴 앞까지 다가온 그 얼굴을 알아봤다. 그녀에게 가장 익숙한 얼굴, 눈을 감아도 구석구석 다 떠올릴 수 있는 얼굴이었다.

"운석……, 대답해 주겠느냐?"

용비야가 아주 조심스럽게 말했다. 너무 크게 말하면 한운석이 또 잠들어 버릴까 봐 두려웠다.

그는 이미 무너지기 일보 직전이었다!

한운석은 자신이 얼마나 오랫동안 의식을 잃고 있었는지 전혀 몰랐다. 그녀는 정신을 차린 후 손을 뻗어 용비야의 까끌까

끌한 수염을 어루만졌다.

"당신……."

그녀가 말을 다 하기도 전에 용비야는 갑자기 그녀의 두 손을 꽉 붙잡더니 자기 얼굴에 바싹 갖다 댔다.

그는 깊은 눈길로 그녀를 바라보며 아무 말도 하지 않고 있다가, 갑자기 그녀의 품속으로 얼굴을 파묻었다.

착각인지 모르지만, 한운석은 이 남자가 떨고 있는 것 같았다. 그녀는 문득 자신이 아주 오래 정신을 잃고 있었던 게 분명하다고 생각했다.

많은 일들이 그녀가 노력하고, 최선을 다하고, 전력을 쏟으면 뜻대로 되었다. 하지만 어떤 일들은 아무리 노력해도 뜻대로 할 수 없었고, 막을 수도 없었다.

예를 들면, 그녀는 독 저장 공간을 완벽하게 이해하고 통제할 수 없었다. 그녀도 자신이 언제 주화입마에 빠져 영원히 깨어나지 못할지 몰랐다.

예를 들면, 그녀는 자신이 남고 떠나는 문제를 통제할 수 없었다. 그녀는 자신이 왜 운공대륙에 왔는지 몰랐고, 언제 떠나게 될지도 알지 못했다.

비록 그녀와 용비야는 그녀가 떠나지 않을 거라고 굳게 믿고 있지만, 그것은 자기 자신과 남을 속이며 서로를 위로하는 것에 불과했다.

"용비야……, 또 당신을 걱정시켰군요."

그녀는 가볍게 탄식했다. 부드러우면서도 어쩔 수 없다는 목소리였다.

용비야가 고개를 들어 그녀를 바라보았다. 하고 싶은 말이 많은 듯했으나 결국에는 그녀를 꼭 껴안고 탄식과 함께 이렇게 말할 뿐이었다.

"또 나를 두렵게 했구나. 어쩌면 좋단 말이냐?"

얼굴 가득한 수염과 충혈된 눈, 지치고 초췌한 그의 모습을 보고 한운석은 이미 마음이 너무 아팠다. 하지만 이토록 힘없고 심지어 절망까지 섞인 그의 탄식을 들으니, 한운석은 갑자기 커다란 손이 자기 심장을 꽉 움켜쥔 듯 답답하여 숨이 멎을 것 같았고, 말할 수 없이 괴로웠다.

"괜찮아요……, 괜찮아……. 야아……, 나 깨어났잖아요. 괜찮아요."

한운석은 계속 이 말을 반복하며 용비야를 꼭 안아 주었다. 마치 그를 꼭 안으면 그를 가지는 것이요, 다시는 헤어지지 않을 것 같았다.

서로 안고 있는 두 사람은 누구도 놔주려 하지 않았다. 평생 이렇게 서로를 안고 지낼 수 있기를 간절히 바랐다.

고북월은 방금 안쪽 방에서 나는 소리를 듣고 이미 달려와 있었다. 하지만 지금 그는 병풍 옆에 서서 조용히 두 사람을 보고 있었다.

그는 아주 평온했고, 그 맑은 눈동자에는 따스함이 가득했다.

한운석을 향한 그의 따스함은 아끼는 마음에서 나오는 연민이었다. 그녀를 사랑하기 때문이었다.

용비야를 향한 그의 따스함은 그의 처지를 알기에 나오는 연민이었다. 그를 이해하기 때문이었다.

그는 외부인이었다. 하지만 이런 그가 얼마나 깊이 감정을 이입하고 마음을 쓰는지 누구도 알지 못했다. 그럼에도 그는 한 번도 헷갈린 적이 없었다.

그는 아주 맑은 정신으로 감정을 이입하고 마음을 썼다. 그는 자신의 위치와 임무를 너무 잘 알았다.

고북월은 잠시 기다렸다가 시간을 보고는, 서로의 품속에 빠져 있는 한운석과 용비야 사이를 과감하게 끊어 내며 말했다.

"전하, 공주가 깨어나셨으면 소신이 진맥을 보게 해 주십시오."

그제야 용비야는 정신을 차렸다. 아쉬웠지만 그래도 한운석을 놔주고, 고북월에게 자리를 내주면서 그녀에게 물었다.

"대체 어찌 된 것이냐? 독 저장 공간 때문이었느냐? 전에는 이렇게 오래 혼절한 적이 없었다!"

"며칠이나 정신을 잃었던 거예요?"

한운석이 물었다.

"대앙진에서 이미 사흘을 지냈다."

용비야가 대답했다.

이동 시간에 이곳에 머문 시간까지 더해서 계산해 본 한운석은 깜짝 놀랐고, 바로 백독문 일을 떠올렸다.

"오늘이 며칠이죠? 약속한 날짜인가요? 백언청은 왔어요?"

그녀가 다급하게 물으며 무의식적으로 손을 뿌리치는 바람에 고북월은 진맥을 할 수 없었다.

용비야는 이 일은 신경도 쓰지 않았다. 그는 한운석에게 대답하지 않고 바로 앞으로 나와서, 패기 있게 그녀의 손을 잡아 침상 머리맡에다 누른 후 고북월이 맥을 짚게 했다.

고북월은 가까이서 한운석의 안색을 보고는 그녀의 몸에 별 이상이 없다고 확신했다. 그의 입가에 어쩔 수 없다는 듯한 미소가 스쳤다. 그리고 다시 한운석의 맥을 짚기 시작했다.

한운석은 애간장이 타서 침착할 수 없었다.

"오늘이 대체 며칠이에요? 고북월, 말해요! 혹시 나……."

그녀는 질겁하여 용비야를 바라봤다.

"혹시 나 때문에 일을 망친 거예요? 백언청이 왔어요?"

용비야와 고북월은 모두 그녀에게 대답해 주지 않았다. 용비야는 두 손으로 그녀의 어깨를 눌러 함부로 움직이지 못하게 했고, 고북월은 눈을 내리깐 채 집중해서 그녀를 진맥했다.

"난 괜찮아요. 나 꼬맹이를 느꼈어요!"

한운석은 다시 말했다.

"나 정말 괜찮아요! 이번에는 전과 달리 꼬맹이가 수행하는 것 같았어요. 그 녀석이 수행하는 걸 느꼈어요! 아마……, 아마도 그 녀석이 내게 영향을 준 것 같아요!"

맥상이 정상인 것을 확인한 후에야 고북월은 입을 뗐다. 한운석이 아니라 용비야에게 하는 말이었다.

"전하, 공주의 맥상은 모두 정상이고, 몸에는 아무 문제가 없습니다."

이것은 그가 완전히 확신할 수 있는 부분이었다. 하지만 독 저장 공간에 관해서 그는 알지 못했다.

용비야는 마침내 조마조마하던 마음을 좀 내려놓을 수 있었다. 그가 바로 질문했다.

"꼬맹이가 어떻다는 것이냐? 왜 네가 그 녀석을 느낄 수 있지? 그 녀석은 어디 있느냐?"

용비야는 지금껏 이렇게 꼬맹이에게 관심을 보인 적이 없었다!

독 저장 공간의 일부 법칙에 관해서는 한운석도 잘 몰랐다. 그녀에게 사부가 있는 것도 아니었고, 지금까지 독 저장 공간에 관한 지식은 스스로 찾아냈거나 독 저장 공간의 수련 비급을 연구하여 알아냈었다.

독 저장 공간의 두 번째 단계에 올랐을 때 그녀는 수련 규칙을 감지했다. 하지만 이 규칙은 모든 규칙이 아니라 수련에 관한 규칙일 뿐이었다.

"그냥 느낌이었어요. 나도 어떻게 된 건지 몰라요. 꼬맹이의 실력이 많이 회복되었고, 나……, 나도 함께 많이 성장한 것 같아요. 다만……, 다만 너무 피곤했어요."

한운석이 사실대로 대답했다.

"설마, 공주와 꼬맹이의 수행이 일치하는 것입니까?"

고북월이 놀라워하며 물었다.

한운석도 그런 생각이 들어 고개를 끄덕였다.

"또 무슨 느낌이 들었느냐? 꼬맹이는 백언청의 독 저장 공간에 있는 것이냐? 도망치지 못하는 것이냐?"

용비야는 많은 의문이 생겼다.

한운석은 고개를 가로저었다.

“잘 모르겠어요. 지금은 그 녀석이 전혀 느껴지지 않아요.”

고북월도 아주 궁금했지만 그는 더 깊이 따지지 않고 이들을 일깨워 주었다.

“전하, 공주, 백언청과 약속한 시간까지 한 시진도 남지 않았습니다. 지금 서둘러 가면 아마 늦지 않을 겁니다.”

그 말에 한운석은 깜짝 놀랐다.

“오늘이에요?”

“그렇습니다.”

고북월이 고개를 끄덕였다.

한운석이 두말하지 않고 침상에서 내려오자 용비야가 그녀의 손을 붙잡았다. 한운석은 용비야가 자신을 막으려는 줄 알고 흥분해서 말했다.

“용비야, 이 일이 얼마나 중요한지 알잖아요!”

용비야가 해명하려는데 한운석이 또 강조하며 말했다.

“이 일은 아주아주 중요해요. 어떤 대가를 치르든 간에 반드시 해야 하는 일이에요!”

그녀는 이미 속으로 한 결심이 있었다. 그녀가 어찌 쉽게 포기하겠는가?

용비야는 그녀가 무슨 결심을 했는지 몰랐지만, 그녀가 얼마나 단호한지는 알 수 있었다. 그는 그저 그녀가 동진과 서진을 위한다고만 여겼다.

동진과 서진의 협력도, 그녀와 그가 당당하게 어깨를 나란히 하고 싸울 수 있게 된 것 모두 쉽지 않은 일이었다. 이 기회는 확실히 쉽게 포기할 수 없었다. 게다가 지금 백독문에는 수많은 사람이 구경하러 몰려와서 그들이 나타나지 않고 웃음거리가 되기를 기다리고 있었다.

한운석 때문에 놀란 그는 이런 것들을 상관하고 싶지 않았다. 지금은 그저 그녀를 안고 한숨 자고 싶을 뿐이었다. 오늘 모습을 드러내지 않아도, 그에게는 이후에 백독문을 처리할 방법이 있었다.

하지만 그래도 그는 한운석의 말을 따르기로 했다.

"여봐라, 말을 준비해라!"

용비야와 한운석이 서둘러 나오자 서동림이 최신 소식을 가져왔다.

"전하, 백언청이 도착했습니다!"

서동림은 백언청이 비무대를 짓고 싸우러 나와서 남긴 말까지 전달했다.

고북월도 이미 그의 손에 없는데, 어째서 이리도 방자하게 구는 것일까?

다른 꿍꿍이가 있는 걸까, 아니면 독 저장 공간 단계가 이미 상승하여 한운석보다 높아진 걸까? 독 저장 공간 단계가 상승했다 한들 뭐 어떤가? 한운석은 독을 써서 그를 상대할 생각이 없었다!

한운석의 독 저장 공간은 방어용이면 충분했다. 진짜 그를 상대할 사람은 용비야였다.

백언청의 영리함이라면 이 정도도 생각하지 못했을 리 없었다. 그런데 백언청이 이렇게 시끄럽게 나타난 것을 보면 다른 꿍꿍이가 있는 게 분명했다!

한운석과 용비야가 상의하면서 말에 올라타자 고북월이 쫓아왔다.

"공주, 전하, 조심하십시오. 백언청이 이렇게 시끄럽게 구는 걸 보면 음모를 꾸미고 있는 게 분명합니다! 동진과 서진의 은원을 건드리려는 게 틀림없습니다!"

용비야가 고개를 끄덕이며 말했다.

"좋은 소식을 기다리고 있거라!"

"안심해요. 반드시 좋은 소식이 있을 거예요. 장담해요!"

한운석의 말투는 용비야보다 더 확고했다.

용비야가 한 손으로 한운석을 안고 다른 손으로 말에 채찍질하면서, 부부 두 사람은 백독문을 향해 질주했다.

말은 아주 빠르게 달렸지만, 이들이 너무 많은 시간을 지체한 게 사실이었다. 곧 용비야가 진지하게 말했다.

"늦겠군. 시간이 다 됐다."

이대로 가다간 정시에 백독문에 도착할 수 없었다. 일단 시간이 지나 버리면 상황이 어떻게 될지 누가 알겠는가?

한운석은 잠시 고민하다가 갑자기 고삐를 잡고 있는 용비야의 손을 누르며 말했다.

"오른쪽 길로 돌아서 뒷산에서 올라가요. 뒷산 길은 가기가 편해요! 뒷산에서 빨리 달리면 시간을 맞출 수 있어요!"

"좋은 생각이다!"

용비야는 곧 방향을 바꾸었다. 준마가 질주하면서 두 사람은 바람처럼 빠르게 산길 속으로 사라졌다.

시간이 가까워지면서 백독문 산문 입구는 더욱 고요해졌다.

적잖은 사람이 한운석과 용비야가 나타나지 않을 거라고 속닥거렸다. 하지만 진짜 그런 일이 벌어진다면, 거의 모든 사람이 믿어지지 않는 사실에 충격을 받을 것이었다.

어쨌든 이번은 백독문에 대한 도전일 뿐 아니라 동진과 서진이 처음으로 협력하여 과거 은원에 관해 대질하는 자리였다.

대체 무슨 이유로 용비야와 한운석이 오지 않는 걸까?

이제 차 한 잔 마실 시간 정도밖에 남지 않자, 다들 가만히 앉아 있을 수 없었다. 백언청은 뒷짐 지고 있는 두 손을 꽉 움켜쥐기 시작했다. 그도 긴장하고 있었다.

곧 독종의 제자가 모래시계를 가져와 무대 위에 올려 두었다. 이 모래시계의 모래가 다 떨어지면 약속 시간이 되었다!

백언청은 그 모래시계를 바라보며 속으로 숫자를 셌다.

"다섯……, 넷……, 셋……."

그가 숫자를 둘까지 세었을 때 갑자기 백독문에서 제자 하나가 튀어나와 낮은 목소리로 말했다.

"사존, 용비야와 한운석이 뒷산에서 공격해 올라왔습니다!"

내리뜨고 있던 백언청의 눈동자가 갑자기 환해졌다. 그가 낮은 목소리로 말했다.

"큰 소리 내지 마라."

그런데 제자가 물러가기도 전에 무리 속에서 누군가가 크게 외쳤다.

"동진의 태자와 서진의 공주가 뒷산에서 공격해 들어왔다!"

용비야, 한번 겨뤄 봐요

한운석과 용비야가 왔다고?

그 소식이 전해지자 장내가 바로 들끓기 시작했다. 백리율제와 운공상인협회의 장로들은 거의 동시에 벌떡 일어나서 감격하며 기뻐했다!

백리율제는 큰 검을 꺼내 칼자루로 쿵쿵쿵 소리를 내며 나무 탁자를 두드렸다. 그 뒤에 있는 열 명이 넘는 병사들도 그를 따라서 함께 두드렸다. 빠르고 질서정연한 그 소리는 마치 군대에서 북 치는 소리 같아서 사람들의 마음을 고조시켰다.

용비야를 응원하는 소리였다!

독술을 꺼리지만 않았어도 백리율제는 일찌감치 사람들을 이끌고 쳐들어갔을 것이었다.

운공상인협회 장로들은 장사꾼들이라 군인들처럼 열정이 넘치지는 않았다. 하지만 이들 역시 모두 환한 표정으로 미소를 짓고 있었다.

비록 이들은 속으로 한운석과 용비야의 연합을 인정하지 않았지만, 그래도 지금은 정말 다행이라고 생각했고, 진심으로 기뻤다. 이들은 목소리를 낮추고 귓속말을 주고받으면서, 다들 한운석이 서진의 울분을 풀어 주길 기대했다!

떠들썩한 무리 가운데 유독 조용한 한 사람이 있었다.

바로 천안국 목 장군부의 소장군인 목청무였다.

당당하고 생기가 넘치는 그의 부리부리한 눈동자가 지금은 멍하니 백독문의 산문을 바라보고 있었다. 혹여라도 놓칠세라 눈 한 번 깜빡이지 않았다.

그는 한운석이 산문을 통해 들어오는 그 순간을 집중해서 기다리고 있었다. 그의 눈동자에 처음으로 긴장과 불안, 매혹됨과 기대감이 조용히 모습을 드러냈다.

그는 아주 오랫동안 한운석을 보지 못했다. 너무 오래된 나머지, 마치 이번 생이 다 흘러가고 운 좋게 다음 생에 그녀를 다시 만나게 된 것만 같았다.

다들 흥분하면서도 유감스러운 마음이 들었다. 한운석과 용비야가 뒷산에서 쳐들어온다면, 백언청이 빨리 가 봐야 했다.

그렇게 되면 백언청과 한운석의 독술 대결도, 용비야의 무공도 볼 수 없었다. 어쨌든 다들 산문 입구까지는 올 수 있었어도 더 들어갈 엄두는 나지 않았다. 백독문 내부는 곳곳이 독으로 가득했기 때문에, 발을 들였다가는 어떻게 죽게 될지 몰랐다.

모두 승패가 갈리고 백언청을 잡은 후 동진과 서진이 대질하는 순간을 기다릴 뿐이었다!

그런데 백언청은 움직이지 않고 낮은 목소리로 제자에게 분부했다.

"저지하지 말고 이곳으로 유인해라."

"예!"

제자는 공손히 명을 받고 갔다.

제자는 한운석과 용비야가 찾는 것은 사존이니, 백독문의 제자가 저항하지 않고 건드리지만 않으면 그들이 자연스레 이쪽 산문을 찾을 거라 생각했다.

하지만 이 제자의 추측은 틀렸다!

한운석과 용비야는 뒷산을 통해 막힘없이 백독궁에 도착한 후 산문으로 가지 않고 백독궁 대전에 들어가 저 높은 주인 자리에 앉았다.

이곳은 백독문이었지만, 멋대로 자리에 앉은 두 사람은 군역사가 앉았을 때보다 더 백독문의 주인 같았고, 산 전체를 내려다보는 모습에서 범치 못할 존귀함이 느껴졌다.

한운석의 기개와 용비야의 패기는 누구와도 비교가 되지 않았다!

몇몇 제자들은 입구에서 몰래 그들을 훔쳐보았다. 잠깐 보기만 해도 바로 몸을 움츠리며 두려움에 떨었다.

용비야는 나른하게 앉아 있었다. 턱에 난 수염은 전혀 지저분해 보이지 않았고 도리어 말로 다 할 수 없는 남성미를 드러냈으며, 성숙하면서도 육감적인 느낌을 선사해 끝없는 상상을 불러일으켰다.

그는 고개를 기울여 한운석을 바라보며 말없이 웃기만 했다. 입가에 살짝 그려진 미소는 사랑으로 가득했다.

한운석은 푹 빠진 눈빛으로 그를 보며 역시 말이 없었다.

전에는 아무리 그녀가 푹 빠진 눈빛으로 그를 오랫동안 쳐다봐도, 그는 태연한 모습으로 관심을 보이지 않고 못 본 척했다.

그런데 언제부터인지 그는 그녀의 눈빛을 견뎌 내지 못했다. 웃음을 참을 수 없었고, 심지어 편히 있지도 못했다.

곧 그는 또다시 한운석을 돌아보며 물었다.

"무엇을 보느냐?"

한운석은 사실 그를 이렇게 오래 쳐다볼 생각이 없었다. 그저 수염 난 모습을 보았을 뿐이었는데, 자신도 모르게 넋이 나가 버렸다.

그녀는 교활하게 웃으며 말했다.

"용비야, 우리 한번 겨뤄 보는 게 어때요?"

"무엇을 겨루느냐?"

용비야가 아주 흥미를 보였다.

산 아래 있는 사람들은 모두 이들을 기다리고 있는데, 두 사람은 이곳에서 한가하게 이야기를 나누고 있다니?

입구에서 엿듣고 있던 제자들은 서로 얼굴만 쳐다봤다. 더 가까이 가서 무슨 말을 하는지 듣고 싶었지만 발각될까 두려워 감히 더 다가가지 못했다.

사실 한운석과 용비야는 오는 동안 방해받지 않았지만, 몰래 그들을 주시하고 있는 사람이 많다는 것을 알고 있었다.

백언청은 산 아래 무대를 마련해 놓았고, 제자들에게 이들을 막지 않고 보내 주게 했다. 이건 분명 이들을 산 아래로 유인하려는 속셈이었다. 하지만 안타깝게도 이들은 그럴 생각이 없었다.

산 아래에는 천하 각 세력의 대표가 모두 지켜보고 있었다.

이들은 가서 구경거리가 될 생각이 없었다. 게다가 두 사람은 각자 사심을 품고 있어, 천하 모두가 보는 앞에서 동진과 서진의 과거 은원에 관해 대질하고 싶지 않았다.

백독문의 제자들이 감시하든 말든, 한운석과 용비야는 여전히 하고 싶은 대로 했다.

한운석이 낮게 말했다.

"누가 먼저 백언청을 산에 올라오게 하는지 겨뤄요."

용비야는 즐거워하며 대답했다.

"좋다! 네가 먼저 방법을 내 보아라."

이미 방법을 다 생각해 놨던 한운석이 웃으며 말했다.

"우리 백독문의 독 보관 비밀 창고를 구경하러 가요."

"좋다."

용비야가 바로 그녀의 손을 잡고 대전을 나섰다.

독 보관 비밀 창고는 백독문에서 가장 유명한 곳으로, 상급 창고와 하급 창고로 나뉘었다. 하급 창고에는 일반 독약을, 상급 창고에는 아주 보기 드물고 진귀한 독약을 보관했다. 이곳은 백독문의 근간이라고 할 수 있었다. 이 독약들이 없으면 백독문은 독문파라고 볼 수도 없었다.

두 사람은 독 보관 비밀 창고에 대한 이야기만 들었을 뿐, 어디 있는지는 몰랐다.

용비야는 한운석을 데리고 가다가 백독궁 대문 입구에서 멈췄다. 몰래 감시하던 제자들은 모두 그가 뭘 하려는 건지 궁금했다. 그런데 용비야가 갑자기 스치듯 움직여서 담 모퉁이에 착지하더니 단숨에 제자 한 명의 목을 움켜쥐고는 한운석 앞으로 끌고 갔다.

백독궁에서 그들을 감시할 수 있는 제자라면 절대 보통 제자는 아니었다. 하지만 그럼에도 이 제자들이 용비야에게 독을 쓰기는 어려웠다. 용비야는 보통 사람과 비교가 안 되게 경계심이 강했기 때문이었다. 게다가 한운석까지 함께 있으니 그들이 공격해 봤자 다 헛수고였다.

한운석이 차갑게 말했다.

"우리를 독 보관 비밀 창고로 안내해라. 그렇지 않으면 어떻게 될지 너도 잘 알겠지. 다양한 방법으로 죽기보다 못한 삶을 살게 해 줄 수 있다!"

이 제자는 죽기보다 못한 삶이란 말에 너무 놀라 식은땀이 흐르고 이가 덜덜덜 떨렸다. 그는 두말하지 않고 두 사람을 데리고 독 보관 비밀 창고 쪽으로 향했다.

멀리 숨어 있던 석구정 장로는 바로 사람을 시켜 백언청에게 보고하게 한 후, 자신은 한운석 일행의 뒤를 쫓았다.

잠시 후 한운석과 용비야는 독 보관 비밀 창고 입구에 도착했다. 이곳은 산속에 숨겨진 지상 2층의 궁전이었는데, 지하로 몇 층까지 나 있는지는 알 수 없었다.

굳게 닫힌 독 보관 비밀 창고의 문에는 커다란 황금 자물쇠가 걸려 있었고, 주변에는 시위 대신 독늑대 다섯 마리가 지키고 있었다.

한운석과 용비야가 다가가자 독늑대들이 바로 이들을 둘러

싸고 빨건 입을 쩍 벌리며 큰 소리로 으르렁댔다.

"조심해요. 침에 독이 있어요."

한운석이 낮게 말했다.

다행히 그녀의 해독시스템은 지능형 시스템이라 각종 독을 판별해서 바로 알림을 보낼 수 있었다. 예를 들어 독 보관 비밀 창고 내부의 독, 독늑대의 공격성을 지닌 독, 그리고 인체에 있는 독까지 각각의 독에 대한 해독시스템의 알림은 다 달랐다.

한운석은 독늑대의 독소를 분석한 후, 몰래 해독시스템을 가동하여 독 보관 비밀 창고 안에 각종 독약이 어떻게 분포되어 있는지 분석했다.

그녀가 독 보관 비밀 창고의 독을 다 털어 가면 백언청은 아까워서라도 쫓아올 것이었다!

"걱정 마라. 가까이 오지 못한다."

용비야가 이 말을 하자마자 독늑대가 갑자기 사방에서 덤벼들었다! 예상을 뛰어넘는 빠른 속도였다.

다행히 한운석이 알려 주었기에 망정이지, 그렇지 않았다면 용비야는 이런 상황에서 독늑대를 가까이 오게 한 후에 죽였을 것이었다.

독늑대가 아무리 빨라도 용비야만 못했다. 그는 바로 한운석을 안고 하늘로 솟아올라 단숨에 독늑대의 포위 공격을 피했다.

용비야는 피함과 동시에 검을 뽑아 들었다. 검광은 번개처럼 빨랐다. 휙휙 베어 내고 나니 모든 독늑대는 죽어 있었다.

보이지 않는 곳에 숨어 있던 석구정은 물론이요, 한운석마저 놀라지 않을 수 없었다. 용비야의 무공이 언제 이렇게 많이 성장했지? 정말 일취월장했잖아?

한운석은 내공 수련을 마친 후 암기 침 사용법을 배우기 시작했지만, 이제 용비야와 몇 번 수련했을 뿐이었고, 대부분 그가 그녀를 가르쳤다. 설마, 두 사람의 쌍수는 이미 시작된 걸까?

한운석은 여러 생각을 할 겨를이 없었다. 용비야가 다시 검을 휘둘러 독 보관 비밀 창고의 자물쇠를 쪼갰고, 매서운 검기로 양쪽 대문을 다 날려 버렸기 때문이었다.

"자, 훔치러 가요!"

한운석은 아주 흥분해서 용비야의 손을 잡아끌었다.

운공대륙의 독술계에서 백독문은 악의 우두머리였고, 운공대륙에서 널리 퍼져 있는 여러 가지 독약은 모두 백독문에서 흘러나온 것이었다.

백독문 약탈은 백성을 위해 화근을 제거하는 일이었다!

한운석만 기뻐한다면, 무엇을 약탈하러 가든지 용비야는 함께 갈 수 있었다. 두 사람은 곧 독 보관 비밀 창고 안으로 들어갔다.

한쪽에 숨어서 지켜보던 석구정은 얼굴이 새파랗게 질려서 초조해하며 물었다.

"노문주께서는 왜 아직도 오지 않으시냐?"

"이미 보고하러 사람을 보냈습니다. 석 장로님, 초조해 마시고 진정하십시오."

옆에 있던 제자가 위로하자마자 산 아래 내려갔던 제자가 돌아왔다. 그는 숨을 몰아쉬며 보고했다.

"노문주님의 말씀입니다. 석 장로님이 방법을 생각해서 어떻게든 저들을 산 아래로 유인해 오라십니다!"

"보고도 모르겠느냐? 용비야와 한운석은 산 아래로 갈 생각이 없다! 저들이 노문주가 산 아래 있다는 것을 모르겠느냐?"

석구정이 분개하며 말했다.

"하지만……, 하지만 노문주는 산에 올라오지 않으신답니다!"

제자도 조바심이 났다. 석구정은 순간 복잡한 눈빛이 되어 제자에게 독 보관 비밀 창고 문을 잘 보고 있으라고 당부한 후 서둘러 산 아래로 내려갔다.

이때 산 아래는 또 시끄러워지기 시작했다.

용비야가 사람을 보내 산 위에서 벌어지는 모든 일을 즉시 산 아래에 있는 사람들에게 알렸기 때문이었다. 제자가 무대 위에 올라와 백언청에게 작은 목소리로 보고할 때마다, 용비야 쪽 사람이 큰 소리로 모든 사람에게 산 정상에서 벌어지는 상황을 알렸다.

다들 궁금해서 견딜 수 없었다. 한운석과 용비야가 이렇게 괴롭히고 있는데도 백언청은 조금도 동요하지 않고 이곳을 지키고 있었다. 백언청은 왜 이러는 것일까?

다들 오랫동안 논쟁을 벌였고, 동진과 서진 진영 사람들도 그 까닭을 알 수 없었다.

석구정은 다급하게 무대 위로 올라와 낮은 목소리로 말했다.

"노문주, 독늑대가 죽었습니다! 한운석과 용비야가 지금 독 보관 비밀 창고에 있습니다. 한운석의 독 감별 능력이면, 우리가 가진 독을 다 털어 갈 겁니다! 어서 가 보십시오!"

무리 가운데서 바로 웃음소리가 나왔다.

"태자 전하와 서진의 공주가 이미 순조롭게 독 보관 비밀 창고로 들어가셨다. 백독문을 다 무너뜨린 후에 산에서 내려와 백언청을 처리하실 거다!"

그런데 백언청은 태산처럼 꼼짝하지 않고 동요하지도 않았다.

"네게 사람을 유인해 오라 했더니 왜 네가 직접 내려왔느냐? 쓸데없는 말 마라! 당장 가거라!"

석구정도 백언청의 저의를 이해할 수 없었다. 그가 설득하려고 하는데, 무리 속에서 큰 웃음소리가 들려왔다.

"전하와 서진 공주는 이미 독 보관 비밀 창고에 들어가셨으니, 백독문은 이제 다 털릴 거다! 겁쟁이 같은 백언청은 그저 여기서 위세나 부리고 있을 뿐이다! 하하, 전하 일행이 산에서 내려오면, 백언청은 혼비백산해서 도망쳐야 하지 않겠느냐?"

백언청은 자극에 넘어가지 않았는데, 석구정이 도리어 화가 나서 고함을 질렀다.

"누구냐, 자신 있으면 나와서 말해라!"

무리 속에서 나온 사람은 남자와 여자, 두 사람이었다. 남자는 바로 용비야의 최측근 시위인 서동림이었다. 그런데 여자는 예상 밖의 인물이었다!

용비야가 파 놓은 함정

서동림 뒤를 따라 나온 여자는 다름 아닌 백리 장군부의 여식이자 백리율제의 누이동생인 백리명향이었다!

처음에 그녀는 도성에 명성이 자자한 대갓집 규수였다. 오랫동안 시집을 가지 않아서 도성 매파들이 문지방이 닳도록 드나들었지만, 결국 마음에 드는 자제를 찾지 못했었다.

나중에 그녀는 기꺼이 몸을 낮추어 진왕부에서 한운석을 모시는 시녀로 들어갔다.

그 후에는 백리 군대에서 그녀와 용비야가 야릇한 관계라는 소문이 났고, 지금까지도 여러 이야기가 돌고 있었다.

누구는 백리명향이 원래부터 음흉한 마음을 품고 있었다며, 진왕부에 시녀로 들어간 것도 용비야에게 접근하기 위해서였고, 나중에 한운석과 용비야가 원수가 되자 그녀가 그 자리를 차지한 것이라고 했다.

또 누구는 용비야가 원래 백리명향에게 마음이 있어서 백리명향을 진왕부에 들였으며, 용비야는 줄곧 한운석을 이용하기만 했다고 떠들었다.

어쨌든 이런저런 말이 많아지면서 천하 사람들은 백리명향이라는 이름에 점차 익숙해졌고 또 기억하게 되었다.

이 여자가 백리율제 옆에 앉아서 남매가 함께 용비야를 응

원한다면 이상하지 않았다. 그런데 그녀가 서동림과 함께 나와 백언청을 도발하는 것은 예상 밖의 일이었다.

설마 백리명향도 이 싸움에 끼어들려는 걸까? 무슨 자격으로?

다들 아주 의외라고 생각하고 있었지만, 백언청은 조금도 의외가 아니었다. 백리명향을 보자마자 그의 담담하던 눈빛이 바로 싸늘하게 변했다.

석구정은 서동림과 백리명향을 알아보고는 도리어 비웃기 시작했다.

"허허, 난 또 누구라고, 이제 보니 용비야의 개였군! 서 시위, 가서 네 주인에게 전해라. 우리 노문주가 특별히 무대를 마련해서 그가 오기를 기다리고 있다고! 계속 한운석 뒤에 숨지 말라고 말이다! 여자 뒤에 숨어서 뭐 하는 짓이냐?"

서동림이 반박하려는데 백리명향이 먼저 나서서 노한 목소리로 말했다.

"우리 전하는 백언청의 독 따위는 두려워하지 않으신다! 산에 감히 올라가지 못하는 것은 백언청이다! 자기 소굴을 남이 헤집고 다니는데도, 여전히 이곳에 서서 자기를 기만하고 남도 속이고 있구나!"

전하를 위해 논쟁할 수 있는 흔치 않은 기회였다. 평소 온화한 백리명향은 마치 다른 사람이 된 것처럼 서슬이 시퍼렇게 말했다.

"허허, 용비야가 독을 두려워하지 않는다면 왜 한운석과 손을 잡았느냐? 두 사람이 한 명을 상대하다니, 용비야도 부끄러운 줄 알아야지!"

석구정은 아주 당당하게 물었다.

백리명향은 기가 막혔다. 백언청은 일대일로 맞서도 독술에서 공주를 당할 수 없었고, 무공에서는 전하를 당할 수 없었다. 절대적인 공평함을 따질 수 없는 일이었다.

그녀는 순간 어떻게 반박해야 할지 몰랐고, 장내는 조용해졌다. 이 난감한 상황에서 백리명향은 아예 이판사판으로 고함을 쳤다.

"석구정, 눈이 삐었느냐? 여기 모인 이 많은 사람이 다 백독문을 노리고 온 게 보이지 않느냐? 백독문처럼 파렴치한 것들은 두 사람이 한 명을 상대해도 많이 봐주는 셈이다!"

사람들은 모두 놀라움을 금할 수 없었다. 이 온순하고 점잖은 여자도 이렇게 고함치고 욕을 할 수 있을 줄은 몰랐다. 백리명향 옆에 있던 서동림도 깜짝 놀랐다.

백리명향의 얼굴은 벌게졌고, 가슴은 쿵쾅쿵쾅 미친 듯이 뛰었다. 그녀도 자기 자신에게 놀랐다. 하지만 주먹을 꽉 쥐고 자신을 진정시켰다.

무슨 일이 있어도 전하와 공주의 명예를 지켜야 했다. 무슨 일이 있어도 전하와 공주의 체면을 떨어뜨릴 수는 없었다!

아까 상황이었다면 현장의 누군가가 나와서 훼방을 놓았을지도 몰랐다. 하지만 지금 용비야와 한운석이 이미 도착한 마당에, 누가 감히 백독문 쪽에 설 수 있겠는가?

백독문은 본디 정의로운 무리가 아니었다. 게다가 용비야와 한운석의 지금 실력과 세력을 생각하면, 구경꾼 중 감히 공개적으로 그들에게 도전할 사람은 없었다.

석구정은 화가 나서 얼굴이 새파랗게 질렸지만 반박할 수 없었다. 그는 낮은 목소리로 말했다.

"노문주, 소신이 우선 이 개 두 마리를 처리하겠습니다!"

"그래."

백언청은 쓸데없는 말을 하지 않았다. 그의 시선은 줄곧 백리명향에게서 떠나지 않았다.

석구정은 즉시 백리명향을 향해 독표창을 날렸다. 백독문의 제자들이 용비야와 한운석에게 저항하지 않은 것은 두 사람을 산 아래로 유인하기 위해서였다. 하지만 산 아래에서는 공격하지 않을 이유가 없었다.

두 사람을 죽여 버리면, 한운석과 용비야도 산에서 내려오겠지!

독표창이 백리명향에게 가까이 오기도 전에 서동림이 발로 차 버렸다. 백독문의 제자는 독술에만 능했지, 무공은 잘하지 못했다. 멀리서 독을 쓸 때는 내공과 암기에 의지해야 했는데, 이 또한 뛰어나지 못했다. 이들은 가까이 있을 때만 보이지 않게 독을 쓸 수 있었다.

서동림은 이미 그 사실을 알고 있었다. 그렇지 않았다면, 그도 감히 백리명향을 데리고 이곳에 나타나지 않았을 것이었다.

독표창 하나가 걷어차이자 석구정은 또 다른 독표창을 날렸다. 이번에는 백리명향의 움직임이 서동림보다 빨랐다. 그녀는 허리에 숨기고 있던 연검을 뽑아 독표창을 쳤다! 그 힘은 강하지 않았지만 독표창을 무대 위로 돌려보내기에는 충분했다!

순간 모든 사람이 깜짝 놀랐다! 백리명향이 무공을 할 줄 알다니!

백언청만은 의외로 여기지 않았다. 그의 깊은 눈빛은 더욱 의미심장하게 빛났다.

백리명향에 관해서는 세상에 이런저런 말이 많이 돌았다. 하지만 이 여자가 무공을 할 줄 알고, 비밀리에 천산에 보내져 치료 명목으로 용비야와 쌍수를 한 사실을 아는 이는 극히 드물었다!

그는 줄곧 사람을 붙여 백리명향을 주시해 왔다. 완벽하게 감시하지는 못했지만, 백리명향의 동태에 대해서는 대략 알고 있었다. 과거에는 늘 아랫사람의 보고를 들었으나, 지금 마침내 두 눈으로 직접 백리명향의 무공을 확인했다.

두 개의 독표창이 연달아 날아가 버리자 석구정은 정말 달갑지 않았다. 그는 바로 하늘 위로 솟아올라 서동림과 백리명향을 향해 날아갔고, 동시에 사방에서 열 명이 넘는 독문 제자들이 이들을 포위했다.

방금 두 사람이 한 명을 상대한다고 비웃더니, 정작 석구정 자신은 다수로 소수를 괴롭히고 있었다. 정말 제 얼굴에 침 뱉는 격이었다! 이런 상황에서 울화통이 터지지 않으려면 저들보다 더 막무가내로 나가야 했다!

막무가내로 나간다는 게 무슨 뜻이겠는가? 결국에는 무력을 쓴다는 소리였다!

서동림은 즉시 백리명향을 붙잡고 하늘 높이 솟아올라 석구정과 백독문 제자들의 포위망에서 벗어났다. 모두 두 사람이 도망치는 줄 알았는데, 두 사람은 멀리 가지 않고 산문 옆에 착지했다.

"죽음을 자초하는구나!"

석구정은 바로 사람들을 데리고 쫓아갔지만, 이들은 몇 걸음 가지 못해서 우뚝 멈춰 섰다.

서동림과 백리명향 뒤에 있는 풀숲에서 산송장 같은 이들이 걸어 나왔다. 모두 검은 옷을 입은 남자였고, 얼굴빛이 시체처럼 시퍼렜다.

"독시……."

석구정이 그 말을 내뱉는 순간, 백언청도 놀라서 돌아봤다.

잠깐 사이에 이미 수많은 독시가 걸어 나왔고, 곧이어 서동림과 백리명향의 뒤쪽뿐 아니라 주변을 둘러싼 숲에서도 독시들이 걸어 나왔다. 그 숫자는 갈수록 많아졌고, 아무리 걸어 나와도 영원히 끝나지 않을 것 같았다.

장내에 있는 모든 사람이 긴장하기 시작했다. 석구정은 백언청을 향해 고개를 돌렸다. 도움을 요청하는 게 분명했다.

이런 거대한 독시 무리 앞에서 그와 독문 제자들 몇 명이 뭘 어찌할 수 있단 말인가?

독시는 결사대와 비슷해서 수명이 채 1년을 넘기지 못했고, 뼈와 피에 작용하는 치명적인 중급 독소에 면역력이 있었다.

몇 명 정도라면 석구정도 상대할 수 있었다. 하지만 이런 무리를 보고 있자니 그도 겁이 났다!

이 독시들은 바로 고칠소가 사람을 시켜 데려가게 한 것으로, 독시를 움직이는 영패는 백리명향이 들고 있었다.

"올라가라!"

백리명향은 영패를 높이 들고 독시들의 엄호를 받으며 서동림과 함께 아주 쉽게 백독문 안으로 들어갔다. 이들 주변에 몇몇 독시가 따라붙어서 백독문의 독공격으로부터 보호받을 수 있었다.

백언청은 마침내 태연하게 있지 않고, 갑자기 하늘 위로 솟아올라 그 뒤를 쫓아갔다.

그 모습을 본 서동림과 백리명향은 모두 기뻐했다. 서동림은 백리명향을 데리고 독시 두 명의 보호를 받으며 산 위쪽으로 달려갔다.

나머지 백 명에 가까운 독시들은 모두 산문 입구에 남아서 백언청을 막으며 시간을 벌어 주었다. 백언청이 독시 앞에 착지했지만, 그가 더 쫓아갈 것인지는 아무도 몰랐다.

그런데 이때, 제자 하나가 다른 쪽에 있는 작은 길에서 달려오더니 다급하게 보고했다.

"노문주, 한운석이 독 보관 비밀 창고의 모든 독약을 휩쓸어 갔습니다. 용비야와 한운석은 지금 독시 보관처에 있는데, 용비야가 아직 문을 열지 못했습니다!"

그 말에 석구정의 안색이 하얗게 질렸다. 그는 백리명향과 서동림을 따라가지 않고 바로 다른 길을 통해 산 위로 올라갔다.

독 보관 비밀 창고가 백독문의 곳간이라면, 독시 보관처는 백독문에서 독인, 독시를 기르고 독고인을 연구하는 금지였다! 이곳을 뺏기면 백독문의 근본이 무너졌다!

애간장이 타는 석구정과 달리, 백언청은 백리명향이 사라진 곳을 아주 복잡한 눈빛으로 바라보고 있었다.

방금 백리명향의 일검에는 힘이 가득 담겨 있었으나 그녀는 공격을 삼갔다. 진짜 실력을 일부러 숨긴 게 분명했다.

그는 용비야와 백리명향이 대체 어떤 관계인지는 상관없었다. 그저 한 가지, 백리명향이 용비야와 쌍수를 할 수 있는 여자이자 무예의 기재인지 확인이 필요했다.

이미 거의 확신하고 있었는데, 이제 직접 백리명향이 실력을 숨기는 모습을 보니 마지막 남은 걱정도 사라졌다.

용비야의 서정력 수련에는 세 단계가 있었다.

첫 번째는 서정인을 받아 그 봉인으로 힘을 숨긴 채 서정력을 길러 내는 것이었다.

두 번째는 서정력을 장악하고 자유롭게 운용하는 것이었다.

세 번째는 서정력과 본래 가진 내공을 하나로 합쳐 무적의 경지에 이르는 것이었다. 그때가 되면 천산 최강의 존자들은 물론, 독으로 길러진 불사불멸의 몸이라 해도 서정력에 의해 무너질 수 있었다!

용비야는 이미 천산에서 서정력을 자유롭게 운용할 수 있는 단계에 올랐다.

용비야가 며칠 전 소요성 제종림 부자를 상대하며 보여 준 실력을 생각하자, 백언청은 용비야의 쌍수가 이미 시작되었고 아주 순조롭게 진행되고 있다고 굳게 믿었다.

쌍수가 끝나면, 용비야는 더는 백리명향이 필요하지 않았다. 하지만 일단 쌍수를 하는 기간 동안은 용비야가 최고의 실력을 발휘하려면 반드시 백리명향과 함께 움직여야 했다.

백언청은 생각하면 할수록 자신의 추측이 옳다고 확신했다!

백리명향이 고칠소의 영패를 들고 독시들을 끌고 가서 용비야와 한운석을 지원하려는 것처럼 보였지만, 사실은 남의 눈을 속이기 위함일 것이었다.

서동림이 그녀를 데리고 산에 올라가면, 용비야와 둘이 힘을 합쳐 독시 보관처를 막고 있는 검은 돌문을 파괴하려는 게 분명했다!

백리명향은 줄곧 실력을 숨기고 있었고, 용비야는 줄곧 그녀의 연극을 돕고 있었다. 그 여자가 용비야의 쌍수 상대인 게 틀림없었다!

지금 죽이지 않으면 언제까지 기다리겠는가?

백언청은 마침내 검을 뽑아 들고 독시 무리를 뚫고 지나가 백리명향을 추격했다.

그러나 방금 백리명향이 검으로 공격할 때 일부러 실력을 숨기는 척했다는 것을, 그는 몰랐다.

산 아래에서 벌어진 이 연극도 용비야의 명령이었다는 것을, 그는 더더욱 몰랐다.

독시 보관처의 그 검은 돌문은 용비야가 일부러 부수지 않고 있는 것이었다.

마침내 백언청이 산에 올라왔다.

후회하는 건 누구

백언청이 처음 도전장을 받았을 때 가장 먼저 한 생각은 백독문을 포기하는 것이었다. 그런데 강성황제와 용천묵의 행동이 그를 일깨워 주었다.

게다가 운공상인협회는 이 일을 천하 모든 사람이 알도록 시끄럽게 떠들었고, 강성황제는 이 땅의 주인이라는 명목으로 여러 손님을 초대했다.

천하 모든 사람이 이렇게 주목하고 있다면, 당연히 이 좋은 기회를 이용해서 한운석을 난처하게 만들고, 동진과 서진 관계를 다시는 돌이킬 수 없게 만들어야 했다!

전에 그는 갖은 애를 써서 그렇게 큰 판을 벌여 놨음에도 한운석과 용비야를 이간질하는 데 실패했다. 그런데 한운석과 용비야가 도리어 그에게 이런 좋은 기회를 마련해 줄 줄은 몰랐다.

용비야와 한운석이 그렇게 대진제국의 당시 내전 원인을 알고 싶다면야!

당연히 그 두 사람에게, 동진과 서진 양쪽 진영에게, 천하 모든 사람에게 큰 소리로 알려 주어야 했다. 대진제국의 당시 내란은 오해가 아니었고, 동진과 서진 황족은 불구대천의 원수 사이이며, 용비야와 한운석은 영원히 함께할 수 없다고!

그는 백독문에 오기 전에 단단히 결심했다. 용비야와 한운석이 백독문을 어떻게 공격하고 그를 얼마나 도발하든지, 그는 산문 입구 앞에, 천하 사람들 앞에 서 있을 생각이었다.

필요하다면 백독문을 희생한다 해도 아깝지 않았다! 그러나 백리명향에 대한 마지막 걱정이 사라진 순간, 그는 주저하지 않고 산으로 쫓아 올라갔다.

지금 그는 산으로 올라가고 있었지만 여전히 이성적이었다.

백리명향 때문이라면 도박도 할 수 있었다. 백리명향을 죽이고 산에서 내려오면, 용비야와 한운석도 압박하여 산에서 내려오게 할 수 있었다!

백리명향을 죽이는 일은 동진과 서진 사이를 이간질하는 것보다 더 중요했다. 그는 심지어 위험을 무릅쓰고 백리명향을 내세워 용비야를 위협하고 싶지도 않았다. 그저 빨리 죽이고 싶을 뿐이었다!

무슨 일이 있어도 절대 용비야가 서정력 세 번째 단계까지 수련하게 둘 수 없었다. 절대 허락할 수 없었다!

독시가 백언청의 퇴로를 끊었음에도 백리명향과 서동림은 그리 멀리 도망치지 못했다. 백언청은 금방 이들을 추격해 왔고, 아주 쉽게 독시를 독살했다. 그는 몇 번 공중제비를 돌더니 백리명향 앞에 착지했다. 이미 검을 뽑은 상태였다.

미리 대비하고 있던 서동림은 제일 먼저 백리명향을 자기 뒤로 보내 보호했다.

백언청의 독은 그의 검보다 훨씬 빨랐다!

이곳은 아직 산 위로 올라가는 산비탈이었다. 서동림이 큰길인 돌계단 길로 가지 않고 잘 드러나지 않은 작은 길을 선택한 덕에, 산 아래 있는 사람들이 이곳 상황을 알기란 쉽지 않았다.

하지만 그렇다 해도 서동림은 백언청의 속도를 얕본 듯했다. 그와 전하가 약속한 장소는 이곳이 아니었다. 좀 더 들어가야 했다!

사실 그는 백언청의 속도를 얕본 게 아니라 이미 최선을 다했다고 봐야 했다. 그의 능력으로는 여기까지밖에 도망칠 수 없었다.

서동림은 백리명향을 보호하며 한 걸음씩 뒤로 물러섰다. 그러나 백언청은 앞으로 나오지 않고 검을 쥔 채 두 사람을 겨누고 있었다.

그와 백리명향 모두 백언청이 지금 독을 쓰고 있는 것인지 아닌지 판단할 수 없었다. 그들은 그저 한 걸음씩 물러나면서 시간을 끌 방법을 생각할 수밖에 없었다.

"백언청, 천심 부인이 어떻게 죽었는지 아느냐?"

서동림은 다른 화제를 꺼냈다.

평범한 화제로는 백언청의 주의를 끌 수 없으니, 서동림은 천심 부인을 생각할 수밖에 없었다. 백언청은 서진 공주의 친아버지이자 천심 부인의 남자일 가능성이 컸다.

천심 부인 이야기를 꺼내면 몇 마디라도 나눌 수 있겠지!

서동림의 생각은 훌륭했으나, 백언청은 아주 단호했다.

그는 한마디도 하지 않았고, 장검에서는 챙 소리가 났다. 서동림과 백리명향은 동시에 아주 괴이한 냄새를 맡았고, 숨을 참기에는 이미 늦었다.

독!

분명 독이었다!

만약 전하와 공주가 제시간에 올 수 있다면 그와 백리명향은 살 수 있었다. 하지만 그렇지 않을 경우, 두 사람의 목숨은 백리명향 손에 있는 당문의 제일 암기, 열화연화에 달려 있었다!

"서동림, 먼저 가요! 저자의 목표는 나예요!"

백리명향은 이미 목숨까지 다 내걸었다.

"함께 돕겠습니다!"

서동림은 낮은 목소리로 말한 후 갑자기 검을 뽑더니 앞뒤 가리지 않고 백언청을 향해 찔렀다.

"명향 낭자, 어서 도망가십시오! 전하는 독시 보관처에 계십니다!"

그러나 말하자마자 서동림은 갑자기 온몸에 힘이 빠지면서 움직일 수 없었다. 방금 앞에 서 있다 보니 백리명향보다 독가루를 훨씬 많이 마셔서 독이 발작한 것이었다!

백언청은 한 발로 서동림의 머리를 밟고 몇 번 짓이긴 후, 백리명향을 차갑게 쳐다봤다. 그는 손동작을 멈추지 않으면서 검을 들었다.

검을 쓰는 것보다 독을 쓰는 게 속도가 더 빨랐지만, 독살보다는 검으로 죽이는 게 훨씬 빨랐다!

백언청은 백리명향을 일검에 죽일 생각이었다!

그런데 백언청이 검을 휘두르려는 순간, 서동림이 갑자기 두 손으로 백언청의 발을 잡고 그를 세게 잡아당겼다.

"백리명향, 어서!"

안 그래도 힘이 없는데 억지로 백언청의 발을 잡아끌다 보니 서동림의 눈, 코, 입에서는 피가 철철 흘러나왔다. 그는 지금 목숨을 걸고 백리명향을 위해 시간을 벌어 주고 있었다!

그는 백리명향에게 어서 도망치라고 하지 않고 '어서'라고만 했다. 백리명향은 그의 뜻을 알아차렸을 테고, 반드시 알아차려야 했다!

백리명향 보고 공격하라는 뜻이었다!

그가 백언청을 꽉 잡고 있으니, 백리명향이 열화연화를 사용하면 백언청은 분명 시신도 온전히 남지 않을 것이었다!

열화연화란 무엇인가?

열화연화는 사람 몸에 꽂혀서 순식간에 몸을 폭발시킬 수 있는 암기였다!

지금 백리명향은 백언청에게 열화연화를 쓸 기회를 찾을 필요가 없었다. 게다가 그녀도 곧 독이 발작할 텐데 그러면 기회는 사라졌다!

지금 백언청이 서동림의 손에서 벗어나기 전에 빨리 공격해야 했다!

기회가 순식간에 지나가는데도 백리명향은 움직이지 않았다.

서동림이 노한 목소리로 고함쳤다.

"백리명향, 자기 본분을 잊지 마십시오!"

전하와 공주가 아직 오지 않은 상태에서 두 사람이 백언청 손에 죽고 백언청이 산 아래로 내려가면, 전하가 무엇을 가지고 다시 백언청을 속여 산으로 올라오게 하겠는가?

이들의 본분은 복종이요, 목숨을 바치는 희생이었다!

백리명향은 잊지 않았다. 하지만 공격할 수가 없었다. 그녀가 공격하면, 백언청뿐 아니라 서동림까지 시체가 온전히 남지 않을 것이었다!

백리명향이 주저하고 있을 때, 백언청은 이미 서동림을 걷어차 버렸다! 한쪽으로 굴러가 버린 서동림은 얼굴 가득 피를 흘리며 정신을 잃었다.

거의 동시에 백리명향의 독이 발작했다. 그녀는 온몸에 힘이 다 뽑혀 나간 것처럼 무력하게 땅에 쓰러졌다. 열화연화를 쏠 힘조차 없었다.

백언청은 일각도 지체하고 싶지 않았다. 그는 쏜살같이 백리명향 앞으로 달려갔다.

"백리명향, 네 진짜 능력을 볼 수 없어 유감이군. 이 독 맛이 어떠냐!"

그는 냉소를 지으며 두 손으로 검을 움켜쥐고 무섭게 찔렀다.

챙!

맑은 소리와 함께 백언청의 검날이 부러졌다. 검날은 한쪽으로 떨어져 나갔고, 백리명향은 얼른 몸을 피했다.

그녀는 정신을 차리지 못한 채, 허공에 떠 있는 부러진 검을 믿을 수 없다는 듯 바라보았다. 그러나 백언청은 망설임 없이 부러진 검을 움켜쥐고 계속해서 찔러 내려갔다!

바로 이때, 아주 맹렬한 검기가 한쪽에서 날아왔다. 쏜살같이 밀려오는 그 기세는 산을 뒤집고 바다를 가를 듯 강렬했다! 이 기세에 백언청이 쥐고 있던 부러진 검이 뒤집혔을 뿐 아니라 백언청도 뒤로 몇 걸음 밀려났다.

백리명향이 돌아보자 멀지 않은 곳에 두 사람의 모습이 보였다. 분명 멀지 않은데도 무엇 때문인지 앞이 흐릿해 잘 보이지 않았다.

그러나 흐릿한 와중에도 그녀는 재기 넘치는 아름다운 모습과 도도하고 훤칠한 모습을 알아볼 수 있었다.

공주와 전하가 마침내 오셨구나!

백언청은 누가 왔는지 보지도 않고 바로 백리명향을 향해 손을 뻗었다. 그러나 용비야가 그를 주시하고 있었다!

용비야의 검기가 바로 그의 팔을 공격했다. 한운석은 이미 한쪽에 가서 서동림을 해독하고 있었다.

백언청은 검기를 피한 후 바로 손을 뻗었다. 그러나 용비야의 검기는 그가 손을 뻗는 속도보다 빨랐다. 이번에는 그의 손이 아니라 아예 그의 몸 전체를 공격했다.

맹렬한 검기가 산을 뒤집을 듯한 기세로 밀려오자, 백언청은 몸을 피해 백리명향으로부터 멀어질 수밖에 없었다.

그의 눈빛이 순간 싸늘해지더니 빠르게 서동림을 해독하고 있는 한운석 쪽으로 스치듯 날아갔다. 그러나 용비야의 실력은 그의 상상 이상이었다! 이번에 용비야가 날린 검기는 좀 전의 몇 배에 달했다!

백언청은 피했음에도 검기의 영향을 받아 너른 소매가 잘려 나갔다.

마침내 백언청은 장검을 던져 버렸다. 그는 제자리에 꼼짝 않고 서서 두 손을 등 뒤에 놓고 괴이한 손동작을 펼쳤다. 순간 사방에 바람이 일어났다. 아주 강하지는 않았지만 얼굴을 스칠 수 있는 바람이었다.

백언청은 독술을 쓰려고 했다!

방금 서동림의 해독을 마친 한운석은 망설임 없이 용비야 곁으로 달려왔다. 동시에 백언청이 갑자기 몸을 돌려 백리명향 쪽으로 가려 했다.

다행히 용비야는 줄곧 그를 주시하고 있었고, 그의 검 또한 멈추지 않고 있었다!

“서동림은 괜찮아요. 백리명향의 독은 차 한 잔 마실 시간 정도만 버틸 수 있어요. 속전속결로 끝내요.”

한운석이 낮게 말했다.

용비야는 한 손으로 그녀의 허리를 감싸고, 다른 한 손에는 검을 쥐고는 갑자기 하늘 위로 솟아올랐다. 그가 멋지게 검을 휘두르자, 수많은 검기가 연달아 백언청을 공격했다.

백언청은 완벽하게 용비야의 검에 발이 묶여 백리명향과 서동림을 어찌할 수 없었다.

게다가 어풍술의 독은 한운석이 완벽하게 막아 버렸다. 한운석만 있으면, 그의 독술은 철저하게 저지당했다!

용비야와 한운석이 손을 잡으면 그의 패배는 확실했다. 그도 이미 잘 알고 있었다.

이번에 도전을 받아들였을 때도 이길 생각은 없었다!

그는 백리명향 때문에 쫓아온 것뿐이었다.

백언청은 이미 후퇴로 작전을 바꾸었다. 그는 용비야의 수많은 검기를 피한 후, 잠시 망설였다가 몸을 돌려 산 아래로 도망쳤다.

"백언청, 네가 스스로 목숨을 끊겠다면, 본 태자가 네 시체는 온전하게 해 주겠다!"

용비야가 차갑게 말했다.

그 말이 떨어지자마자 하늘을 찌를 듯한 검기가 백언청 앞을 가로지르는 바람에 백언청은 뒤로 돌아올 수밖에 없었다.

땅에 내려온 백언청은 도리어 침착한 태도로 차갑게 말했다.

"과연 서정력은 남다르군!"

용비야도 한운석을 안고 착지한 후 차갑게 말했다.

"말해라. 당시 동진과 서진 사이는 대체 어찌 된 거냐? 너희 풍족이 무슨 짓을 한 게 아니냐? 그리고 흑족은 어디 있느냐?"

백언청은 큰 소리로 웃기 시작했다.

"용비야, 백리 장군부와 운공상인협회 사람이 모두 산 아래 있는데, 너는 여기서 이 늙은이에게 그런 질문을 하다니, 참 재미있구나!"

용비야와 한운석은 이미 수많은 독 시위와 여아성에서 온 독 용병을 동원하여 주변을 지키고 있었다. 산 아래 사람은 물론 백독문 사람도 짧은 시간 안에는 가까이 올 수 없었다.

오늘 백언청이 하는 모든 말은 오직 두 사람만 알 수 있었다!

"말하지 않아도 좋다. 하지만 반드시 후회하게 될 거다!"

용비야가 차갑게 경고했다.

백언청은 더 크게 웃으며 말했다.

"용비야, 말해 주마. 하지만 절대 후회하지 말거라! 하하!"

진상, 될 대로 되라지

용비야가 후회할 게 뭐가 있을까?

백언청을 찾아와 진상을 요구한 이상, 그 결과는 두렵지 않았다.

그와 한운석은 뒷산을 통해 들어와 산 아래 있는 구경꾼들을 피해 백언청을 산 위로 유인했다. 이 모든 일은 그냥 한 게 아니었다.

백언청이 무슨 말을 하든, 그는 감당할 준비가 되어 있었다.

그는 다만 당시 무슨 일이 벌어진 것인지, 동진과 서진 중 누가 옳고 그른지 알고 싶을 뿐이었다.

어쩌면 그들의 짐작대로 이 모든 게 누군가의 도발 때문이었을까. 이 도발 속에서 풍족은 뭘 했을까. 흑족도 무슨 짓을 한 건 아닐까. 또 중립을 지키던 리족은 그때 왜 그리 과감하게 그 거대한 군대를 해산했을까.

"얼마든지 말해라!"

용비야가 차갑게 대답했다.

물론 용비야는 백언청의 말을 다 믿을 정도로 어리석지 않았다. 그는 백언청의 말 속에서 단서들을 찾으려 했다.

백언청은 냉소를 금치 못했다. 천하 사람들 앞에서 당시 진상을 말하지 못하더라도, 한운석과 용비야가 함께 있다면 그는 똑같이 말해 줄 수 있었다.

반드시 용비야와 한운석이 후회하게 해 줄 생각이었다!

"그럼 좋다. 두 사람 다 잘 들어라!"

백언청의 표정이 진지해졌다.

용비야와 한운석은 말없이 기다렸다. 멀지 않은 곳에 쓰러져 있는 백리명향도 조용히 듣고 있었다.

"그해에……."

입을 뗀 백언청은 뜸을 들이듯이 일부러 말을 멈추고는 의미심장하게 용비야를 쳐다봤다.

주변은 고요했고, 분위기는 점점 긴장되었다. 백언청의 눈동자에 어린 비웃음도 더욱 짙어졌다.

그는 잠시 멈췄다가 말을 이었다.

"그해, 사강의 수해는 사실……."

"말할 필요 없다!"

한운석이 갑자기 패기 있게 말을 끊었다.

용비야는 진상이 무엇이든 개의치 않았다. 그저 사실을 알고 싶을 뿐이었다. 그러나 한운석은 진상도 알고 싶지 않았다.

이미 삼도 암시장에서 그녀는 당시 동진과 서진 사이에 무슨 일이 발생했는지 무시하기로 결심했다!

백언청은 경악한 듯했다. 용비야는 한운석을 한 번 보기만 할 뿐, 막지 않았다.

"한운석, 너……."

백언청은 한운석의 뜻을 이해할 수 없었다.

한운석은 두 눈을 가늘게 뜨고 차갑게 말했다.

"용비야, 죽여요!"

용비야가 한운석의 타임슬립 사실을 몰랐다면, 그녀에게 이렇게 물었을지도 몰랐다.

"진상을 알고 싶지 않느냐?"

그러나 그는 그녀가 진짜 서진 공주가 아니라는 것을 알고 있기에, 그녀가 왜 이리 과감하고 단호한지 이해했다.

그녀가 알고 싶지 않은데, 그가 무엇하러 더 추궁하겠는가?

그의 마음속에서 아는 것과 모르는 것은 본질적으로 전혀 다르지 않았고, 그의 어떤 정책 결정에도 영향을 주지 못했다.

"네 말대로 하마!"

용비야는 말을 끝내고 장검을 들어 올렸다.

백언청은 도저히 믿어지지 않았다. 이 두 사람 중 한 사람은 서진의 공주였고, 한 사람은 동진의 태자였다! 두 사람이 원한을 무시하고 서로 사랑할 수는 있다고 치자. 하지만 어떻게 진상을 아는 것까지 포기할 수 있을까?

용비야는 한운석을 미워하지 않을 수 있었다. 하지만 어떻게 서진 진영을 원망하지 않을 수 있지?

한운석은 용비야를 미워하지 않을 수 있었다. 하지만 어떻게 당시 동진이 서진을 살육한 것을 잊을 수 있을까?

"너희, 너희는 정말 진상이 무엇인지 알고 싶지 않은 거냐?"

백언청은 노한 목소리로 물었다.

"진상?"

한운석은 패기 있게 백언청에게 말을 내뱉었다.

"될 대로 되라지!"

백언청은 놀라서 말도 나오지 않았다. 한운석과 용비야가 진상을 전혀 개의치 않는다면, 그가 도전을 받아들인 게 무슨 의미가 있는가?

"백언청, 무척 말하고 싶겠지! 미안하지만 그럴 기회는 없어!"

한운석은 말을 마친 후 낮은 목소리로 용비야에게 말했다.

"공격해요!"

용비야는 바로 공격에 들어갔다. 그는 서슴지 않고 검을 내리꽂았다. 백언청은 재빨리 피했지만 기세등등한 검기의 영향에 한쪽으로 내동댕이쳐져 선혈을 쏟아 냈다.

그는 피하면서도 독 쓰는 것을 잊지 않았다. 하지만 안타깝게도 모두 한운석이 막아 버렸다.

"용비야, 네가 그러고도 동진의 선조를 볼 낯이 있겠느냐!"

백언청이 화가 나서 욕을 퍼부었다.

한운석은 제멋대로 굴 수 있다고 쳐도, 용비야는 사내가 아닌가. 게다가 어려서부터 자신이 맡은 사명을 알고 있던 그가 어떻게 이리 쉽게 포기할 수 있단 말인가?

용비야는 한운석의 말을 따라 했다. 한운석처럼 패기 있지는 않았지만, 지극히 차가운 말투였다.

"될 대로…… 되라지."

그 말이 떨어지자마자 또다시 매서운 검의 일격이 날아왔다. 한쪽으로 나뒹굴어진 백언청은 오장육부가 다 찢어지는 것 같았고, 입에서는 끊임없이 피가 흘러나왔다.

백언청도 마침내 검을 뽑았으나, 용비야는 그가 검을 휘두를 기회를 주지 않았다. 용비야의 검은 지독하고 맹렬하면서도 빠르게 날아왔으며, 한순간도 멈추지 않았다.

백언청은 공격을 막느라 정신이 없었다. 그는 피하면서도 한운석에게 고함을 질렀다.

"한운석, 풍족은 서진을 배신하지 않았다! 흑족과 당시 동진 태자가 결탁해서 둑을 무너뜨리고 철광을 보호했다! 동진은 천하를 버리고 백성을 돌보지 않았다. 동진의 명령으로 흑족이 풍족을 향해 군대를 출동시켰다! 동진이 서진을 저버리고 천하를 저버렸다!"

용비야와 한운석 모두 말이 없었다. 백언청에게 대답하는 것은 갈수록 더 강력해지는 용비야의 검기였다.

"한운석, 당시 서진 황족은 모두 몰살당했다. 한 명도 살려 두지 않다니 이 얼마나 잔인하냐? 이 모든 게 동진 때문이었다! 동진 황족은 일찍부터 서진을 삼키려는 야심을 갖고 있었다! 아직도 모르겠느냐?"

백언청은 말을 이었다.

"한운석, 진상이 무엇인지는 용비야가 가장 잘 알고 있다! 저자는 널 계속 속이고 있다!"

이 말이 끝나자 용비야의 검광이 정확하게 백언청의 배를 가격하면서 그를 날려 버렸다. 백언청은 여러 나무를 지나 결국 벼랑 쪽으로 떨어졌다.

백언청의 몸은 온통 피투성이였고 숨이 간당간당했지만, 여전히 고집을 꺾지 않았다.

"한운석, 이 늙은이가 야심이 있었던 것은 사실이다! 하지만 당시 풍족은 절대 역심을 품지 않았다! 용비야는 널 이용해 적족을 없애려는 것인데, 모르겠느냐?"

모르는 사람이 이 광경을 보았다면 백언청이 충신이며 죽음을 무릅쓰고 간언하고 있다고 생각했을 것이었다.

하지만 한운석은 시종일관 대답하지 않았다. 그녀는 줄곧 열심히 용비야를 도와 백언청의 각종 독공격을 막고 있었다.

"한운석, 원통하게 죽은 서진의 망령이 얼마나 많은지 아느냐. 그들을 위해 복수하고 억울한 누명을 벗겨 줘야 하는 것 아니냐?"

백언청은 숨을 몰아쉬며 말했다.

"한운석, 이 늙은이는 죽어도 된다. 하지만 넌 당시 진상을 믿어야 한다!"

백언청은 한 손으로 가슴을 움켜쥐고 다른 한 손으로 바닥을 짚었다. 더는 피하지 않겠다는 자세였다.

그는 정말 진실인 것처럼 말했다.

용비야와 함께 그 많은 일을 겪지 않았다면, 한운석은 백언청을 믿었을지도 몰랐다.

"죽여요."

한운석의 말은 같았고, 결심은 바뀌지 않았다.

이 지경까지 온 이상, 백언청이 진실을 말하든 아니든 그는 반드시 죽어야 했다! 백언청의 교활한 성격에, 죽기 전까지 이들을 이간질하지 않고 배기겠는가?

두 사람이 진상을 신경 쓰지 않고 진실이 무엇이든 개의치 않기로 한 이상, 누구도 이들을 이간질할 수 없고 어떤 일도 이들에게 영향을 줄 수 없었다!

이제 용비야는 검을 휘두르지 않고 그대로 찌르려 했다. 뒤쪽은 벼랑이라 이번 일격을 백언청은 피할 수 없었다.

용비야가 공격하려는 순간, 갑자기 백언청이 막았다.

"잠깐!"

잠깐이라고 외친다고 기다려 줄 리가?

용비야의 검은 지금껏 누구도 기다려 준 적이 없었다. 그런데 백언청이 이렇게 말할 줄은 몰랐다.

"한운석, 난 네 아버지다! 네가 나에게 이러면 안 된다!"

용비야의 검은 결국 멈추고 말았다.

한운석은 독종의 직계 자손이었고, 백언청 역시 독종의 직계 자손이니, 그럴 거라고 짐작은 하고 있었다. 하지만 한운석은 지금까지 알아내려 하지 않았고, 그 역시 더 묻지 않았다.

지금 백언청이 이런 말을 꺼낸 이상, 그는 검을 멈춰야 했다.

"훨씬 전부터 내 신분을 알고 있었으면서 당신은 날 아는 척도 하지 않았어! 대체 무슨 속셈이었지? 분명 날 이용하려 한 거야!"

한운석이 분노하며 반문했다. 용비야는 이미 그녀에게 혁련부인이 첩자라는 사실을 말해 주었다.

혁련 부인이 한씨 집안에 들어간 시기는 늦지 않았다. 다시 말해 백언청은 이미 수년 전에 그녀의 신분을 알았다는 뜻이었다.

"말해라, 내 어머니를 네가 죽였느냐?"

한운석이 성난 목소리로 물었다.

백언청은 감정에 호소하기 시작했다.

"딸아, 네 어머니의 죽음은 내 평생 가장 마음 아픈 일이었다. 무슨 일이 있어도 넌 날 믿어야 한다. 난 절대 그런 악랄한 짓을 저지르지 않았다!"

"그럼 왜 날 아는 척하지 않았지?"

한운석이 다시 물었다.

"내게도 고충이 있었다! 운석아, 이리 오거라. 그 일은 아버지가 다 설명해 주마! 우선 이리로 오거라. 아버지를 믿어야 한다. 용비야는 널 이용하고 있어, 저자에게 속지 마라!"

백언청은 노파심에 거듭 당부했다.

그러나 한운석은 또박또박 말했다.

"용비야, 이 세상에서 난 당신만 믿어요. 뭘 망설이고 있어요?"

용비야는 그 뜻을 알아듣고, 백언청에게 바로 검을 겨누었다.

백언청이 크게 놀라며 말했다.

"한운석, 어찌 되었든 난 네 아버지다. 친아버지다!"

"당신은 아니야! 아니라고!"

한운석이 고함쳤다.

백언청이 더 변론하려고 했으나, 이미 날아간 용비야의 검은 그대로 백언청의 가슴을 뚫었다!

"노문주!"

갑자기 석구정의 목소리가 들렸다.

"독을 조심해요!"

한운석은 용비야를 잡아당기며 석구정의 독가루를 독 저장 공간에 집어넣었다.

백언청이 가슴에 검이 찔린 채 쓰러지는 모습을 보고, 석구정은 도저히 믿을 수 없어 소리쳤다.

"노문주! 노문주!"

백언청이 마지막 남은 힘을 다해 검날을 꽉 움켜쥔 후 검을 뽑아내자, 가슴에서 피가 뿜어져 나왔다.

그는 용비야의 검을 움켜쥐고는 힘겹게 일어서서 한운석을 향해 욕을 퍼부었다.

"아버지를 시해하다니, 천벌을 받을 것이다!"

한운석은 순간 멈칫하며 얼굴이 창백해졌다.

백언청은 그녀의 아버지가 아니었고, 아버지라고 불릴 자격도 없었다. 그렇지만…… 육신의 혈연관계는 바꿀 수 없었다.

바로 이때, 용비야는 살짝 주먹을 쥐어 현한보검을 손에 들어오게 한 후 바로 백언청을 걷어차 심연 아래로 떨어뜨렸다.

"노문주!"

석구정이 소리쳤다.

용비야는 한운석을 데리고 쫓아 내려갔다.

백언청 같은 자는 죽었다 해도 시체까지 확인해야 했다.

그들이 중간쯤 쫓아왔을 때, 백언청은 벼랑 중간에 튀어나온 나무줄기에 걸려 있었다. 용비야는 그의 숨이 이미 끊어진 것을 확인했다.

그는 한운석을 바라봤다. 한운석은 침묵하고 있었다.

그는 여전히 과감했다. 단번에 나무줄기를 잘라 버리고는 한운석에게 담담하게 말했다.

"네가 아니라 내가 죽였다!"

백언청의 시체가 심연 아래로 떨어져 사라진 후에야 용비야는 한운석을 데리고 벼랑 위로 올라왔다.

벼랑 위에서 석구정은 멍하니 제자리에 무릎을 꿇고 앉아 있었다. 서동림은 아직 혼절한 상태였고, 바닥에 쓰러진 백리명향의 안색은 시체처럼 창백했다.

이미 정신을 차린 한운석은 쏜살같이 백리명향에게 달려가 서둘러 해독해 주었다.

해독을 마친 후 그녀는 바닥에 주저앉았다.

오늘 일어난 모든 일은 다 계획했던 것들이었다. 하지만 무엇 때문인지, 그녀의 마음은 말할 수 없이 불안했다.

용비야는 그녀 곁에 선 채, 멀지 않은 곳에 있는 석구정을 주시하고 있었다. 아직 해야 할 일이 많이 남아 있었지만, 그는 한운석에게 충분한 시간을 줄 수 있었다.

어쨌든 '아버지를 시해했다'는 것은 너무 심각한 말이었다.

모든 것이 평온을 찾은 듯했다. 하지만 지금 이 순간 누구도 생각지 못한 일이 심연에서 벌어지고 있었다.

무서운 진실

지금 이 순간, 심연에서는 정말 무시무시한 일이 벌어지고 있었다.

백언청은 분명 죽었다. 검이 가슴을 찔렀고, 그 높은 곳에서 떨어져 용비야도 이미 그의 숨이 끊어진 것을 확인했다. 그런데 그런 그가 비틀거리며 일어났다.

그랬다!

그는 죽지 않았다!

그는 영원히 죽지 않았다!

용비야가 서정력 세 번째 단계에 도달하여 서정력과 범천력을 하나로 합쳐 세상에서 가장 강력한 힘을 가지지 않는 한, 이 세상 누구도 그를 죽일 수 없었다. 시간을 제외하고는…….

자연스러운 노화 현상을 제외하면, 이 세상에서 그는 무적이었다!

독종에서 전설로 내려오는 독고인의 비법을 그가 이미 풀었기 때문이었다. 당시 마음의 상처를 받은 후, 분노에 휩싸인 그는 자신을 독고인으로 만들었다!

그러니 용비야의 서정력은 그의 유일한 천적이었다. 동진과 서진 사이의 이간질을 포기한다고 해도, 백리명향은 죽여야 했다!

물론 그는 자신이 독고인이라는 비밀을 절대 쉽게 폭로하지 않을 것이었다.

그는 천하 모든 사람의 공공의 적이 되고 싶지 않았다!

게다가 미접몽을 해결하는 독 중 하나가 바로 독고인의 피였다. 그의 비밀이 드러나면 아주 골치 아파졌다.

미접몽을 해결하기 위해서는 만독지수, 만독지토, 만독지화, 만독지금, 만독지목의 오행지독이 필요했다. 또 만독지혈인 독짐승의 피, 만년혈옥, 미인혈, 독고의 피가 필요했다.

그는 이 세상에서 하나뿐인 독고의 피를 갖고 있었다.

독짐승의 피는 재생이 되고, 만년혈옥 역시 다시 찾을 수 있으며, 미인혈도 다시 기를 수 있었다. 하지만 독고의 피는 하나뿐이었다! 독고인을 양성하는 비법을 알아냈다고 해도, 두 번째 독고를 길러 낼 수는 없었다.

왜냐하면 독고를 기르는 데 필요한 독약초들은 모두 하나뿐인 것들인데, 그 당시 그가 다 써 버렸기 때문이었다.

전에 의성에서 고칠소의 어린 시절 경험을 들은 후, 그도 고칠소가 비밀리에 길러진 독고인이라서 각종 질병에 면역력이 있는 게 아닐까 의심한 적이 있었다.

하지만 나중에 자세히 고민해 본 후 이 생각을 부정했다.

고칠소가 대체 어떤 체질인지, 그는 몰랐고 별로 관심도 없었다. 지금 그의 원수는 용비야와 한운석이었고, 동진과 서진 진영이었다.

그는 오히려 한운석이 출신을 받아들일 수 없는 것인지, 아니면 뭔가 진상을 알고 있어서 그렇게 단호하게 그를 부인한 것인지 궁금했다.

모든 것을 천천히 알아내고, 더 큰 판을 벌여 저들을 데리고 천천히 놀아 주는 것도 상관없었다.

그는 결국 후회하는 사람은 누구일지 두고 볼 생각이었다!

백언청은 벼랑 위를 올려다보았다. 벼랑은 끝이 보이지 않을 정도로 높았다. 심연 가운데 안개가 껴서 머리 위로 끝없이 하얀 광경만 보일 뿐이었다.

그는 입가의 핏자국을 닦으며 뒤돌아 떠났다. 앙상한 뒷모습이 곧 산속으로 사라졌다.

이때 한참 동안 멍하니 있던 꼬맹이는 그제야 정신을 차렸다.

맙소사, 방금 분명 운석 엄마의 존재를 느꼈다! 그것도 아주 가까이서!

설마 흑공간의 주인이 운석 엄마를 찾아간 걸까? 이 나쁜 놈이 운석 엄마를 찾아서 뭘 하려고? 운석 엄마는 내가 갇힌 걸 알까?

지금은 또 무슨 상황이지? 이제는 또 운석 엄마가 느껴지지 않았다.

초조해지기 시작한 꼬맹이는 온 힘을 다해 앞쪽 어둠 속으로 돌진했다. 하지만 곧 보이지 않는 힘에 의해 튕겨 나왔다.

계약 때문에 꼬맹이는 운석 엄마의 독 저장 공간을 자유롭게 드나들 수 있을 뿐 아니라 외부에서 발생한 일도 느낄 수 있었다. 하지만 지금은 흑공간에 갇혀 있어서 밖에 무슨 일이 일어났는지 감지할 수 없었다. 그저 어렴풋이 운석 엄마가 가까이 있다는 것만 느낄 뿐이었다.

설마, 운석 엄마가 가 버렸나?

꼬맹이는 생각할수록 불안해졌고, 생각을 거듭하다 자신도 모르게 공자를 떠올렸다.

꼬맹이가 갑자기 고개를 들고 '어흥' 하고 소리치자, 그 소리가 드넓은 흑공간 안에서 아주 처량하게 메아리쳐 울렸다.

공자, 죽으면 안 돼요!

운석 엄마, 어디 있어요?

꼬맹이는 다들 너무 보고 싶어요!

이때 한운석과 용비야는 아직 벼랑 위에 있었다.

용비야는 한운석에게 충분한 시간을 주었지만, 그녀는 오래 지체하지 않았다.

한운석은 물론 꼬맹이 일을 걱정하고 있었고, 고북월과 마찬가지로 꼬맹이가 백언청의 독 저장 공간에 갇힌 게 아닐까 의심했다.

그녀는 사람이 죽으면 독 저장 공간도 사라지는 것인지 알지 못했다. 우선 눈앞에 있는 중요한 일을 처리한 후에 다시 꼬맹이를 찾으러 갈 수밖에 없었다.

백언청을 죽이는 것은 수단에 불과했을 뿐, 다음에 벌어지는 일이야말로 이들의 목적이었다! 또 그녀가 애초에 한 진짜 결심이기도 했다.

아무리 불안한 마음이 들어도, 반드시 숨기고 참아야 했다!

여기까지 온 이상, 지금까지 한 노력을 수포로 돌릴 수는 없었다. 마음을 굳게 먹고 끝까지 가야 했다. 적어도 그녀는 자신의 선택이 누구에게도 미안하지 않고, 그 누구도 저버리지 않는다는 것을 알고 있었다.

그녀는 당당하게 용비야와 함께 지낼 것이며, 동진과 서진 사이에 다시는 원한이 없게 하고, 용비야와 손잡고 새로운 나라를 세워 영원히 평화롭게 다스릴 것이었다!

한운석이 일어나서 차갑게 말했다.

"석구정, 본 공주가 네 입을 어떻게 막아야 할지 말해 봐라!"

석구정은 여자 용병과 독 시위가 겹겹이 둘러싼 포위망을 뚫고 이곳까지 찾아왔다. 그는 방금 백언청이 한 모든 말을 들었다. 한운석이 백언청의 딸이라는 이야기까지 다 들었다.

이런 얽히고설킨 은원에 대해 석구정은 너무 충격을 받았다!

"한운석, 넌 아버지를 시해했다!"

석구정이 엄하게 질책했다.

"백언청은 본 태자가 죽였다! 그는 우리 동진을 모독했고, 동진과 서진의 은원을 부추겼으니 죽어 마땅하다!"

용비야가 노한 목소리로 말했다.

"그 당시 전쟁은 너희 동진이 일으켰다! 용비야, 너희 동진이 대진제국을 무너뜨린 주범이다!"

석구정이 비난했다.

용비야가 입을 열려는데, 한운석이 아주 확고한 어조로 말했다.

"아니! 백언청은 방금 그렇게 말하지 않았다! 석구정, 네가 잘못 들었다. 백언청은 동진과 서진의 은원은 풍족 혼자 부추긴 것이며, 동진과 서진의 은원은 오해일 뿐이라고 했다! 모든 원흉은 풍족이었다. 백언청이 방금 자기 입으로 인정했다!"

한운석은 지금 뻔뻔하게 거짓말을 하고 있었다!

사실 그녀는 이미 이 말을 준비해 놓고 있었다. 백언청이 죽기만 하면, 그녀와 용비야의 말이 곧 진상이었다! 그녀는 천하 모두를 속인다 해도, 죽기 살기로 달려들 생각이었다.

서늘한 눈빛을 번뜩이는 한운석의 눈을 바라보며, 원래 노기등등하던 석구정은 겁이 나서 자신도 모르게 뒤로 물러섰다.

한운석이 방금 한 말의 의미를 그는 당연히 알아들었다.

한운석은 지금 자신들의 거짓말에 협조하지 않으면 죽음으로 입을 막겠다고 경고하고 있었다.

석구정은 줄곧 이곳에 틀어박혀서 오로지 군역사를 대신해 백독문을 관장해 왔을 뿐, 동진과 서진의 은원에 대해서는 잘 몰랐다. 그는 한운석이 아주 모진 여자라는 이야기는 들었지만, 정말 이 정도로 지독할 줄은 몰랐다!

이 여자는 아버지를 죽였을 뿐 아니라, 동진과 서진 진영은 물론 천하 모두를 속이려 하고 있었다.

가장 무서운 사실은 눈앞에 있는 이 여자가 전혀 겁내거나 마음에 찔려 하지도 않고, 오히려 아주 패기 있고 확고하며, 대범하고 과감하면서 위풍당당하다는 점이었다.

대체 이 여자는 어떤 사람인가?

석구정은 놀라서 말도 제대로 나오지 않는데, 용비야의 검이 어느새 그의 목 앞에 이르렀다.

용비야가 차갑게 말했다.

"네게 주어진 시간은 많지 않다. 이곳에서 죽든지, 아니면 계속 백독문을 관리하든지, 네가 선택해라!"

앞에 당근과 채찍이 동시에 놓였다.

"석 장로, 오늘 백언청은 이미 백독문을 희생할 준비를 하고 왔다. 그런 주인에게 무슨 미련 가질 게 있느냐?"

한운석이 냉소를 지으며 말했다.

"용비야가 오늘 이런 작전을 펼치지 않았다면, 난 독시 보관처를 무너뜨렸을 것이다. 내 장담하는데 독시 보관처가 무너지고 내가 백독문을 불태웠어도, 백언청은 올라오지 않았을 것이다."

석구정은 천하 일에 관해 잘 몰랐고, 백언청이 왜 산 아래 비무대를 세웠는지도 몰랐다. 사실 오늘 백언청이 갑자기 나타난 것도 아주 의외였다. 당시 산에서 초조함에 미칠 지경이 되었을 때, 그는 백언청이 오지 않고 백독문의 체면은 땅에 떨어질 거라 생각했다.

안 그래도 오늘 백언청의 행동에 불만이 있었는데, 한운석의 말을 들으니 정말 마음이 흔들렸다.

석구정의 망설이는 눈빛을 보고 한운석은 그 기세를 몰아 계속 말을 이어갔다.

"석구정, 네가 죽으면, 백독문이 살아남을 것 같으냐?"

그녀는 말하다가 갑자기 가까이 다가와 눈을 가늘게 뜨며 작정하고 경고했다.

"내 장담하는데, 이 산을 다 불태워 버릴 거다. 난 한다면 한다!"

용비야는 한운석이 어떤 남자와도 너무 가까이 있는 게 싫었다. 그런데 그가 한운석을 잡아당기기도 전에 석구정이 놀라서 뒷걸음질 치며 믿을 수 없다는 눈빛으로 한운석을 쳐다봤다.

그는 문주는 아니었지만, 일생을 백독문에 바쳤다. 평생 백독문에 심혈을 기울였는데, 어찌 백독문의 멸문을 두고 볼 수 있겠는가?

용비야는 조용히 손을 내려놓았다. 그리고 계속 아무 내색도 하지 않고 한운석이 석구정을 굴복시키는 모습을 쳐다봤다.

백언청이 죽었으니 산 아래 사람들에게 그와 한운석의 말을 믿게 하기란 쉽지 않았다. 하지만 석구정이 나선다면 수고를 덜 수 있었다.

"석구정, 난 독종의 직계 자손이자 독종의 종주다. 지금 의성에서는 이미 내 신분을 인정했고, 독종의 억울한 누명을 풀어 주었다. 네가 내게 항복하면 내가 널 박대하겠느냐? 내 보장하마. 백독문 문주 자리는 네 것이다. 또 백독문은 앞으로 다시는 의성과 약성에게 배척당하지 않을 것이다."

한운석이 또 말했다.

그녀가 석구정에게 두 가지 길을 제시했다. 하나는 죽음의 길이었고, 또 다른 하나는 탄탄대로였다!

석구정이 충성한 것은 백독문이지, 백언청도 군역사도 아니었다. 그가 어찌 마음이 동하지 않을까? 다만 그는 여전히 망설여졌다. 천하에 어떻게 이런 좋은 일이 생길 수 있단 말인가?

한운석이 정말 저렇게 그를 신뢰할 수 있을까? 나중에 그가 진상을 폭로할까 두렵지 않은 걸까?

석구정이 떠보려고 하는데, 한운석이 그에게 독약 한 병을 던지며 차갑게 말했다.

"죽고 싶지 않다면 이 독약을 마셔라. 네게 차 한 잔 마실 시간만 주겠다."

손에 든 독약을 보자 석구정은 오히려 홀가분함을 느꼈다.

그는 백독문이 살아남기를 바랐다. 백독문이 언젠가 운공대륙에서 당당한 세력이 되길 바랐고, 무엇보다도 자신이 살아남기를 바랐다.

석구정은 더는 망설이지 않고 단숨에 병에 든 독약을 들이켰다. 그는 독술의 고수였지만 직접 복용하고도 이것이 무슨 독약인지 알 수 없었다. 그저 기한을 두고 발작하는 독이라는 사실만 알 뿐이었다.

석구정이 독약을 마신 것을 확인한 한운석은 남몰래 한숨을 돌렸다. 그녀가 말했다.

"열흘에 한 번씩 사람을 통해 해약을 보내겠다. 만약 독이 발작해 어떻게 되는지 알고 싶다면 시험해 봐도 좋다. 하지만 후회하게 될 거다!"

석구정은 확실히 궁금했지만, 한운석의 말을 듣고는 감히 시도할 엄두가 나지 않았다. 독을 만드는 사람이라면 누구나 독 발작 직후 이어지는 죽음만도 못한 삶이 얼마나 무시무시한지 잘 알았다.

한운석은 휘파람으로 독 시위를 불러 혼절한 서동림을 산 아래로 보냈다. 백리명향은 해독 후 기력을 회복했다.

그녀는 소매 속 열화연화를 꼭 움켜쥔 채 불안해서 안절부절못하다가 결국 앞으로 나왔다.

"공주, 전하, 소인은……."

믿을 것인가

"공주, 전하……, 소인이 임무를 저버렸습니다."

백리명향은 안절부절못하며 말했다.

지금 그녀에게 후회하냐고 묻는다면 그녀도 어찌 대답해야 할지 몰랐다. 어쨌든 그녀는 서동림이 죽는 것을 눈 뜨고 볼 만큼 마음을 모질게 먹을 수 없었다.

일은 이미 벌어졌고, 백언청도 죽었다. 백리명향은 이 일에서 이미 별로 쓸모가 없어졌다. 용비야는 별다른 말없이 그저 담담하게 말했다.

"산에서 내려가 군대로 돌아가라."

군에서 나올 때, 용비야는 백리명향에게 계급을 수여했다. 백언청 일이 마무리된 후에 그녀는 군으로 돌아가 자리를 굳게 지켜야 했다.

비록 아쉬움이 남았지만, 백리명향은 남몰래 한숨을 돌렸다. 그녀는 이들을 떠나는 것이 그녀 일생에 가장 큰 구원, 바로 자신을 구원하는 일임을 누구보다 잘 알고 있었다.

"열화연화는……."

백리명향이 낮은 목소리로 말했다. 이 물건을 돌려주고 싶었다.

그런데 한운석이 말했다.

"그럴 필요 없어요. 지니고 있으면서 몸을 지키도록 해요. 백언청은 죽었지만 당신이 꼭 안전하다고 볼 수는 없어요."

백언청이 쌍수에 관해 다른 사람에게 알렸을지 누가 알겠는가? 용비야는 전에 그 많은 오해를 만들어 냈고, 백리명향에 관해 많은 이야기를 지어냈다. 일단 백언청이 이 일을 폭로했다면, 천하에 백리명향의 목숨을 노리는 자는 결코 적지 않을 것이었다.

"감사합니다, 공주마마."

백리명향은 몸을 굽혀 인사한 후 잠시 주저하다가 진지하게 말했다.

"공주, 몸조심하십시오. 명향은 이제 시중을 들어 드릴 수 없게 되었습니다."

한운석은 그제야 이번에 헤어지면 오랫동안 볼 수 없음을 깨달았다. 백리명향이 군으로 돌아가면, 평생 그들 곁에 돌아오지 않을 가능성이 컸다.

"당신도 몸조심해요."

그녀는 백리명향을 일으킨 후, 가만히 얼음처럼 차가운 백리명향의 손을 잡았다.

만약 군대에 떠도는 소문이 없었다면, 그날 밤 모닥불 야외연회에서 사람들이 놀리지 않았다면, 두 사람 사이는 그렇게 어색하지 않았을 것이었다.

한운석은 그저 가볍게 탄식할 뿐이었다. 그녀는 곧 여자 용병 몇 명을 붙여 백리명향을 호송하게 한 후 진지하게 당부했다.

"몇 명을 변장시켜 다른 방향으로 보내 미행이 따라붙지 못하게 해라. 그리고 군에 도착하면 반드시 조용히 있어야 한다."

서동림은 의식을 잃었으니, 석구정 외에 방금 백언청이 한 말을 들은 사람은 백리명향뿐이었다.

그러나 용비야와 한운석은 백리명향을 전혀 경계하지 않았다. 백리명향이 정말 배신할 마음이 있었다면, 지금까지 기다리지도 않았을 것이다.

백리명향을 보내고 한운석과 용비야는 석구정과 함께 산에서 내려갔다. 내려오는 동안 한운석은 계속 석구정과 이야기했고, 용비야는 참견하지 않으며 옆에서 조용히 듣고 있었다.

용비야는 한운석이 내내 눈을 내리깔고 있으며 사실 기분이 전혀 좋지 못하다는 것을 알아챘다.

백언청을 죽이고 '진상'을 손에 넣었다. 이제 산 아래 사람들을 설득하기만 하면, 앞으로 동진과 서진 사이에 원한은 없어졌고, 뛰어넘을 수 없는 간극 따위는 사라졌다. 모두 두 사람이 함께 기대하던 것들이 아닌가?

그러나 좀 전부터 지금까지 한운석은 기뻐하는 기색을 전혀 보이지 않았다. 아무리 깊이 숨기고 있어도, 용비야는 '아버지를 시해했다'는 말이 그녀에게 얼마나 큰 영향을 미쳤는지 알 수 있었다.

이때, 산 아래에 있는 사람들 대부분은 자리에서 일어나 기다리고 있었다. 사람들은 물론 백독문 제자들도 상황을 알지 못했다.

"대체 어떤 상황일까? 싸우기 시작한 건가? 누가 이겼을까?"

"아직도 싸우고 있나? 어디 있는 거지? 대체 언제까지 싸우는 거야? 용비야와 한운석이 연합했는데 백언청을 무찌르지 못하는 건 아니겠지?"

"누가 나와서 말을 좀 해 보게, 그 석 장로는 어디 있나? 나와서 설명을 좀 해 보라고!"

많은 사람이 기다리지 못하고 시끄럽게 떠들기 시작했다. 하지만 시끄럽게 떠드는 대다수는 이름 없는 하찮은 범인들이었고, 진짜 거물들은 모두 한마디도 하지 않고 조용히 앉아 기다리고 있었다. 목청무가 그랬고, 동진과 서진 진영 사람들이 그러했다.

이들은 도무지 종잡을 수가 없었다. 용비야와 한운석이 백독문에 쳐들어왔다는 데도 백언청은 조금도 동요하지 않았다. 그런데 백리명향과 서동림이 독시들을 데리고 산으로 올라가자, 백언청은 바로 그 뒤를 쫓아갔다.

어째서일까?

백리율제는 백리명향의 거짓 쌍수에 관한 비밀은 알고 있었다. 하지만 그리 많이 알지 못했고, 이것이 용비야가 백언청을 산 위로 유인하기 위해 펼친 작전임을 알 만큼 똑똑하지 못했다.

사실 동진과 서진 진영이든 목청무든, 모두 이번 대결의 승패는 걱정하지 않았다. 이들은 용비야와 한운석에 대한 믿음이 있었다. 다만 용비야와 한운석이 속히 백언청을 잡은 후, 산에서 내려와 당시 동진과 서진의 은원에 대해 제대로 대질하기를 기대하고 있을 뿐이었다.

곧 용비야와 한운석이 사람들 앞에 모습을 드러냈다.

용비야와 한운석은 한 걸음씩 산에서 내려오더니 또 비무대 위로 한 걸음씩 올라갔다. 석구정도 그 뒤를 따라서 그들 곁에 섰다.

순간 모든 사람이 멍해졌고, 앉아 있던 사람들도 자리에서 일어났다. 그러나 목청무는 한운석을 보자 다른 일은 전부 잊어버렸다. 그의 머릿속에는 온통 그녀뿐이었다.

백리율제는 일찍부터 전하와 한운석의 관계를 알고 있었다. 그가 가장 관심을 가지는 부분은 동진과 서진의 은원이었다. 그는 전하와 한운석이 필요하다면 반드시 전쟁을 일으켜 싸우겠다고 약속한 것을 기억하고 있었다.

백리율제가 가장 먼저 입을 열었다.

"전하, 백언청은 어디 있습니까?"

용비야는 말이 없었고, 도리어 석구정이 입을 열었다.

"여러분, 소생 석구정은 백독문 장로회 수장입니다. 백언청이 백독문에 들어오기도 전부터 소생은 이미 백독문의 제자였습니다! 백언청은 독종의 후예이자 풍족의 후예였으나, 줄곧 그 신분을 숨겨 왔습니다. 백독문 사람 중에는 그의 내력을 아는 자가 없었습니다. 오늘 백언청과 서진 공주, 동진 태자의 논쟁을 듣고 나서야 소생은 진상을 알게 되었습니다."

그 말에 웅성거리던 현장이 조용해졌다.

그러나 이어지는 석구정의 폭탄 발언에 현장은 단숨에 시끌벅적하게 달아올랐다.

"백언청은 이미 동진 태자의 검에 죽음을 맞았습니다. 시체는 대앙산 뒤쪽 심연으로 떨어졌습니다."

"죽었다고?"

"백언청이 진짜 죽었어?"

"그런……."

운공상인협회 삼장로가 바로 질문했다.

"공주마마, 왜 백언청을 산 아래로 잡아 오지 않았습니까? 애초에 내전에 관해 백언청에게 묻고 동진과 대질하기로 하지 않았습니까!"

"백언청은 본 공주가 죽인 게 아니네. 그 질문은 동진 태자에게 해야지."

한운석이 담담하게 대답했다.

삼장로는 용비야에게 의문의 눈빛을 보냈다. 그러나 안타깝게도 용비야는 아예 거들떠보지도 않으며 못 본 척했다.

석구정은 운공상인협회의 장로들을 바라보며 진지하게 말했다.

"여러분, 동진과 서진은 이미 대질할 필요가 없습니다. 당시 대진제국의 내전은 서진의 잘못도, 동진의 죄도 아니라……."

석구정의 말이 끝나기도 전에 무리 속에서 누군가 큰 소리로 끊고 나섰다.

"석 장로, 어디까지 참견할 텐가? 당신이 언제부터 동진과 서진의 은원에 대해 말할 수 있게 됐지? 동진과 서진의 두 주인도 가만히 있는데, 뭐가 그리 급한가? 정말 우습군!"

아주 비꼬는 말이었다.

그러나 이는 그 자리에 있는 사람들이 의혹을 품는 부분이기도 했다. 석구정은 백독문의 장로이자 진정한 관리자였다. 그런 그가 무슨 자격으로 이곳에 서서 말을 한단 말인가!

백독문의 제자들을 이끌고 사람 해치는 짓을 그렇게 많이 한 그가 공공의 적이 되지 않은 것만도 다행이었다!

석구정도 보통 사람은 아니었다. 그는 여전히 태산처럼 끄떡도 하지 않았고 도리어 말한 사람을 비난했다.

"어디서 온 분이길래 이리 쓸데없이 참견합니까? 그쪽은 뭐가 그리 급하시오?"

말한 사람은 동진 사람도 서진 사람도 아니었기 때문에 할 말이 없었다.

그런데 백리율제가 참지 못하고 차갑게 물었다.

"석구정, 넌 대체 뭐 하는 놈이냐? 동진과 서진 일은 네가 참견할 일이 아니다! 내전은 서진이 딴마음을 먹고 일으킨 것인데, 네가 뭘 안다고 허튼소리를 늘어놓느냐? 당장 꺼져라!"

석구정은 과연 장로다웠다. 그는 여전히 침착함을 유지하며 진지하게 말했다.

"소생은 동진과 서진의 은원에 대해 여러 말할 자격이 없습니다. 하지만 백독문의 장로로서 백언청을 성토할 권리는 있지요! 백언청이 한 모든 짓을 밝히겠습니다!"

이 말이 나오자 사람들은 그제야 잠잠해졌다. 이런 이유라면 충분히 납득할 수 있었다!

"당시 동진과 서진의 은원은 모두 풍족 혼자 부추긴 것이었습니다. 풍족은 동진이 철광을 보호하고 둑을 무너뜨리려 한다고 모함했고, 유언비어까지 퍼뜨리며 당시 동진의 주군을 헐뜯었습니다. 풍족에게 이간질당한 동진은 풍족에게 군대를 보냈지만, 풍족은 이 일을 크게 만들어 두 황족이 서로 오해하게 만들었습니다. 오늘 백언청은 백독문의 노문주이면서도 백독문의 희생까지 불사하며 서진 공주와 동진 태자 사이를 이간질하려 했습니다. 장로회 수장으로서 소생은 이 사실을 알릴 필요가 있었습니다."

여기까지 말하자 장내는 더할 나위 없이 조용해졌고, 모든 사람이 복잡한 표정이 되었다. 정말 이럴 줄은 몰랐다.

모두 믿어지지가 않았다!

석구정은 잠시 멈췄다가 다시 말했다.

"소생이 산속에서 백언청과 동진, 서진의 두 주인이 언쟁을 벌이며 진상을 말하는 것을 보지 못했다면, 소생과 백독문의 제자들은 지금까지 아무것도 모르고 있었을 겁니다! 백언청이 동진과 서진의 두 주인이 백독문을 공격하든 말든 상관하지 않고 줄곧 산 아래에 서 있었던 것은, 두 사람이 산에서 내려오기를 기다렸다가 모두가 보는 앞에서 동진과 서진의 대질 기회를 틈타 두 황족을 도발하기 위해서였습니다!"

여기까지 듣자, 다들 방금 백언청이 산에 올라가지 않은 것에 품었던 의문이 다 풀렸다.

적잖은 사람들이 점점 석구정의 말을 믿기 시작했다. 동진과 서진 진영에서도 풍족이 내전을 부추겼다는 말을 생각해 보는 사람이 생겼다.

석구정은 한 발 앞으로 나와 무리에게 읍을 하며 말했다.

"여러분, 나 석구정은 서진 공주에게 목숨을 빚졌습니다. 이제 백독문 전체를 이끌고 바른 길로 돌아서서 독종 문하로 들어가려 합니다. 오늘 백언청의 진면목과 풍족의 음모가 밝혀졌으니, 여기 계신 모든 분이 백독문에게 개과천선의 기회를 주시기를 바랍니다!"

커다란 장내는 정적만이 감돌았다. 백독문이 어떠어떠하다는 데는 아무도 관심이 없었다. 다들 동진과 서진의 진상에 대해 놀라고 있었다. 동진과 서진 사이에 누가 옳고 그름이 없었고, 결국 다 오해였다고?

어떻게……, 어떻게 이럴 수 있지?

두 황족의 은원은 이미 삼, 사대에 걸쳐서 이어져 왔는데!

만약 석구정이 올라오자마자 동진과 서진을 위해 변명을 늘어놓았다면, 아무도 그를 믿지 않고 도리어 그가 매수되었다고 의심했을 수도 있었다.

그러나 석구정은 백독문의 장로 신분으로 백언청을 성토하면서 그러는 김에 내전 원인을 폭로했으니 효과는 달랐다. 적어도 절반 정도는 그를 믿게 되었다.

백리율제는 복잡한 눈빛을 번뜩이며 아무 말도 하지 않았다.

그는 아무래도 뭔가 이상하다는 생각이 들었지만, 말로 표현하기 힘들었다. 그러나 운공상인협회의 늙은 여우는 그리 쉽게 속아 넘어가지 않았다.

삼장로가 차갑게 말했다.

"석구정, 우리가 무슨 근거로 널 믿겠느냐?"

석구정도 만만한 자가 아니었다. 그가 냉소를 지으며 대답했다.

"소생은 백독문을 대표해서 말했을 뿐입니다. 동진과 서진 일에 대해서는 당신도 말할 권리가 없는데, 하물며 소생은 어떻겠습니까? 동진과 서진의 일은 당연히 두 주인의 말씀을 따라야지요!"

그리고 그는 말을 덧붙였다.

"서진의 공주는 이미 소생의 투항을 받아 주셨습니다. 만약 삼장로가 믿지 못하겠다면, 흐흐, 그렇다면……."

석구정은 아주 교묘하게 말했다. 만약 삼장로가 그의 말을 믿지 않는다면, 한운석을 믿지 않는 것이었다!

누가 공공연히 자기 주인을 믿지 않는다고 하겠는가. 그가 반역하려는 게 아니라면…….

당당하게

석구정의 한마디에 삼장로는 할 말이 없어졌다.

그러나 삼장로는 말로는 승복해도 마음으로는 승복할 수 없었다. 그는 눈살을 찌푸리며 한운석을 바라봤다. 방금 들은 모든 내용을 도저히 믿을 수 없었다.

몇 대에 걸친 은원이요, 두 황족 간에 얽힌 응어리였다. 두 진영의 원한이 어찌 몇 마디 말로 완전히 풀리겠는가? 직접 귀로 듣지 못했으니, 이들은 믿을 수 없었다.

삼장로는 공손하게 읍을 하며 말했다.

"공주, 이 일은 너무도 수상하니 공주께서 신중히 판단해 주십시오!"

삼장로는 역시 똑똑했다. 그는 대놓고 한운석에게 반대하거나 의문을 던지지 않았다. 대신 권고하는 방식으로 자신의 의심을 드러냈다.

한운석은 만상궁 장로회에서는 이미 위엄을 세웠지만, 운공상인협회 장로회는 완벽하게 굴복시키지 못했고, 아직 누구도 반박하지 못할 만큼의 위치에 오르지 못했다.

그러나 한운석도 삼장로와 대놓고 충돌하여 천하 모든 사람 앞에서 웃음거리가 될 만큼 바보는 아니었다.

그녀가 진지하게 말했다.

"삼장로, 옳은 말을 했네. 방금 현장에는 나 하나만이 아니라 많은 사람이 있었네! 동진 태자, 백리 장군부의 명향 낭자, 그리고 동진의 비밀 시위 수장인 서동림, 백독문의 석 장로, 백독문의 여러 제자, 그리고 본 공주 수하에 있는 여러 독 시위, 용병들까지 모두 자리에 있었네. 본 공주가 잘못 듣고 오판을 내린 게 아니라네."

한운석이 열거한 사람들은 각기 양쪽 진영에 속한 사람들로 증인이 되어 줄 수 있었다.

그녀의 말에 양쪽 진영을 제외한 현장의 외부인들도 대부분이 결과를 믿게 되었다. 어쨌든 그토록 심각한 나라와 집안의 원한인데, 누군들 복수하고 싶지 않겠는가?

만약 진상이 이렇지 않다면, 용비야와 한운석이 어찌 이리도 쉽게 화해할 수 있겠는가?

그래서 주변에서는 여러 의견을 떠들어 댔고, 다들 이 진상에 몹시 놀라며 긴장하기 시작했다. 운공대륙의 정세를 바꿔 놓을 진상이었다.

만약 한운석과 용비야가 전에 부부 사이가 아니었다면, 지금 동진과 서진은 둘 사이에 은원이 없어도 운공대륙 통치권을 차지하기 위해 동일하게 전쟁을 일으킬 것이었다. 대진제국 시절의 평화를 회복하는 것은 불가능했다.

그러나 한운석과 용비야의 원래 관계 때문에 현재 시국은 불확실한 요소가 너무 많았다.

만약 한운석과 용비야가 예전 관계로 돌아갈 뜻이 없다면,

두 사람은 결국 서로를 적대시하며 물과 불처럼 어울릴 수 없었다.

만약 한운석과 용비야가 예전 관계로 돌아간다면, 동진과 서진은 협력할 게 분명했다. 동진과 서진이 협력하면, 양쪽 진영에 누군가 불만을 품고 이 기회에 따로 나오려 하지 않을까?

한운석과 용비야의 협력 여부는 향후 몇 년간의 운공대륙 형세를 결정했고, 심지어 운공대륙의 미래를 결정지을 수도 있었다.

외부인들은 아주 먼 미래까지 생각하는 데 비해, 양측 진영 사람들은 여전히 오늘 일에 집착하고 있었다. 사실 이들은 의심보다 달갑지 않은 마음이 더 컸다.

서진 진영과 달리 동진 진영 쪽은 용비야가 절대적인 주도권을 잡고 있기 때문에, 백리율제는 의심스러웠지만 감히 한마디도 꺼내지 못했다.

그는 돌아가서 여동생에게 어찌 된 일인지 물어볼 생각이었다. 너무 엄청난 일이라 그도 확신이 서지 않았고, 전하를 간섭할 수도 없었다. 돌아가서 아버지와 상의해야 했다.

운공상인협회의 장로들은 서로 얼굴만 쳐다보고 있었다. 그들은 한운석이 용비야의 군영에 인질로 갔던 사실을 몰랐고, 지금 한운석과 용비야의 '협력' 관계에 어떤 내막이 있는지도 몰랐다.

그러나 두 황족의 은원에 대해서는 절대 이대로 넘어갈 수 없었다.

삼장로는 한운석의 대답에 의문을 제기하지 않았지만, 수용하는 태도도 보이지 않고 침묵하고 있었다.

진상이 밝혀졌고, 오해는 풀렸으며, 원한은 사라졌다. 분명 경축해야 할 일이었다. 하지만 현장에서는 외부인들만 왈가왈부할 뿐, 양측 진영 사람 중 누구도 감격하지 않았다.

분위기가 정말 안 좋았다.

외부인들의 의견은 한계가 있었다. 대국에 진짜 영향을 미치는 것은 양측 진영 대표의 의견이었다. 백리율제와 운공상인협회 장로들이 아무 말이 없자, 다들 뭔가 이상함을 느끼고 잠잠해지기 시작했다.

목청무는 비무대에 올라가 있는 두 사람을 바라보며 속으로 생각했다. 천하가 저 두 사람의 것이라면 인정하지 못할 게 무엇이 있겠는가?

운공상인협회 장로들은 백리율제가 일어나서 뭐라도 말할 줄 알았다. 그런데 아무리 기다려도 백리율제는 한마디도 하지 않았고, 석구정이 말한 진상을 완전히 인정하는 듯했다.

이대로 침묵하고만 있는 것도 방법은 아니었다. 장로들은 마침내 더는 진정할 수 없었다.

"영 족장께서 계셨다면 좋았을 텐데."

삼장로가 낮은 목소리로 탄식했다.

"이 일은……, 이 일은 분명 뭔가 잘못됐어!"

"방금 산에서 공주는 혼자 있었고, 다른 사람들은 결국 다 동진 쪽 사람이오. 공주가 저들에게 속은 게 아닐까요?"

사장로가 걱정스레 말했다.

"영 족장은 대체 어디 계신 거요? 납치를 당했다면, 협박하러 오기라도 해야 할 것 아니오!"

삼장로는 걱정으로 가득했다.

"하지만……."

오장로는 잠시 주저하다가 결국 진지하게 말했다.

"두 분, 만약 이 일에 수상한 점이 있다면 동진 태자가 알아채지 않았겠소? 게다가 백언청은 거짓을 꾸밀 이유가 없소!"

삼장로와 사장로는 이 말을 듣고 더욱 침묵했다.

동진과 서진의 은원은 서진 쪽에서 일방적으로 동진을 미워하는 게 아니었다. 양측 모두 각기 자기주장을 고집하며, 모두 상대측이 내전을 일으켰고 당시 평화를 깨뜨렸다고 확신했다.

용비야가 어떻게 이런 엄청난 문제에서 어리석음을 범하겠는가?

만약 진상이 이렇지 않다면, 동진 태자인 용비야가 이리 쉽게 서진을 놔주고, 당시 은원을 청산할 수 있겠는가?

삼장로와 사장로는 서로 바라보며 모두 오장로의 생각을 인정했다. 그러나 여전히 그들이 완전히 '진상'을 믿게 설득하기에는 부족했다.

이런 결정적인 순간에, 천하 사람들 앞에서 장로회가 한운석에게 너무 많은 질문을 던지고 그녀를 거스르는 것은 좋지 못했다. 하지만 지금 아무 말도 하지 않으면, 앞으로 한운석은 더 그들의 말을 듣지 않을 것이었다.

"삼장로, 우리 입장을 안 밝히는 게 어떻소? 이 일……, 이 일에 관해서는 다음에 다시 이야기하자고 하고, 공주를 우리와 함께 돌아가게 하는 거요."

사장로가 소리를 낮추고 말했다.

삼장로도 그렇게 생각했다. 일을 질질 끌고 오늘 여기서 입장을 밝히지 않으면, 이후에 이 일에 대해 인정하지 않을 수 있었다.

사실 백번 양보해서 두 황족 사이에 정말 원한이 없었다 해도, 이들은 원한을 만들어 내야 했다! 그렇지 않고 만일 한운석과 용비야가 다시 결합하면, 서진이 어떻게 동진과 운공대륙 천하를 놓고 싸울 수 있겠는가?

한운석은 백 년에 한 번 볼까 말까 한 기이한 여자였지만, 그녀의 능력이 아무리 훌륭하다고 해도 사내대장부인 용비야를 당해 낼 수 없었다.

장로회가 주저하고 있는 이때, 용비야가 입을 열었다.

그는 도도하게 비무대 위에 서서 장내를 쭉 돌아보았다. 심오하면서도 싸늘한 그의 눈빛은 온 천하를 깔보는 듯했다.

역시 용비야였다. 그는 눈빛 하나만으로 장내 모든 사람을 압도했다. 말을 꺼내려던 삼장로도 저도 모르게 입을 다물었다.

용비야가 차갑게 말했다.

"당시 대진제국에 내란이 일어나 나라가 무너지고 사람들은 뿔뿔이 흩어졌다. 두 황족 간에 원한이 백 년 가까이 이어지다가 드디어 오늘 진상이 천하에 드러났다. 당시의 내란, 그리고 동진과 서진 황족 간의 은원은 모두 풍족이 이간질해서 부추긴 것이었다! 오늘 본 태자가 직접 풍족의 후예 백언청을 죽였지만, 아직 복수는 끝나지 않았다! 백언청의 제자, 백독문의 문주인 군역사가 북려국 군대를 끌고 우리 남쪽 지역 옥토를 노리고 있다."

여기까지 말하고 용비야는 말을 멈추었다.

장내는 쥐 죽은 듯 조용했고, 모든 사람은 그에게 시선을 집중한 채 계속 말하기를 기다렸다.

백언청을 없앤 후 군역사가 공공의 적이 되었으니, 군역사를 어떻게 상대할지에 모든 관심이 쏠렸다.

그러나 용비야의 다음 행동에 현장은 순식간에 떠들썩해졌다.

그는 한운석과 깍지를 낀 후 손을 높이 들었다!

이건…….

이건 무슨 뜻이지?

사실 이미 그 어떤 말도 필요치 않았다!

서로 깍지를 낀 손은 용비야와 한운석이 다시 부부가 되었고, 연합하여 군역사와 북려국에게 맞선다는 뜻이었다!

용비야가 말을 계속하기도 전에 삼장로가 바로 소리를 냈다.

"공주마마……."

하지만 안타깝게도 용비야는 그가 계속 말할 기회를 주지 않았다. 용비야의 얼음장처럼 차가운 목소리가 삼장로를 눌러 버려서, 삼장로는 말을 계속할 수 없었을 뿐 아니라 현장에 있는 모든 사람도 삼장로의 말을 무시해 버렸다.

삼장로는 아주 난감한 상태로 용비야의 차가운 음성을 들을 뿐이었다.

"본 태자가 선포한다. 오늘부터 동진은 서진과 힘을 합쳐 협력하고, 함께 북려국 철기병의 침입과 약탈을 막아 내며, 중원과 남쪽 지역의 평화를 지킬 것이다!"

그 말이 떨어지자마자 놀라움의 아우성이 사방에서 쏟아졌다.

용비야와 한운석이 손잡은 모습이 사람들의 마음을 흔들어 놓았다면, 용비야의 이 말은 운공대륙 전체를 흔들어 놓았다.

지금껏 이렇게 당당하고 힘차게 그녀의 손을 잡고 천하 사람을 마주한 적이 없었다.

처음이었고, 앞으로 무수하게 벌어질 장면의 시작이기도 했다.

한운석의 마음은 복잡한 감정으로 가득했다. 모두 말로 표현하기 어려운 느낌이었다.

그녀는 운공상인협회의 장로회가 어떻게 생각하든 상관없었다. 한운석이 큰 소리로 말했다.

"서진의 공주이자 용비야의 지어미인 나는 오늘부터 그와 손잡고 어깨를 나란히 하여 함께 적을 막고 대진제국의 태평성세를 다시 일으키겠다!"

그 말에 사람들의 소리는 더욱 커졌고, 심지어 한운석을 향한 환호성과 갈채까지 이어졌다.

그 어떤 고백이 이 말을 뛰어넘을 수 있을까?

그 어떤 고백이 이토록 패기 있고 강력할 수 있을까?

그 어떤 고백이 이렇게 감동적일 수 있을까?

그 어떤 여자가 한운석보다 더 용감하고 흔들림 없을 수 있을까?

한운석은 수많은 군중을 바라보며 결연하고 침착한 태도를 보였다. 그녀는 흔들리지 않는 사람이었다. 일단 한 결심은 바꾸지 않았고, 뒤돌아보지 않았다.

그녀는 이 결정이 자기 평생 가장 용감한 결심이었음을 알고 있었다.

지금 앞을 바라보는 그녀의 눈빛은 대중이 아니라 더 멀리, 미래를 향하고 있었다.

용비야는 어느새 고개를 돌려 그녀를 바라보고 있었다. 전에 없이 부드럽고 푹 빠진 눈빛이었다. 용비야는 자신이 그녀의 아름다운 옆얼굴을 넋이 나갈 정도로 바라보는 날이 올 줄은 생각도 못 했었다.

장내는 시끌벅적해졌고, 여러 목소리가 들려왔다. 의문의 소리도 적지 않았지만, 주로 환호성이 많았다.

이렇게 될 줄 진작 예상했던 백리율제는 그래도 차분한 편이었고, 목청무는 쓴웃음을 짓고 있었다. 그가 왜 웃고 있는지는 오직 그 자신만 알 뿐이었다.

운공상인협회의 장로들의 안색은 모두 하얗게 질렸다.

그들은 절대 이런 일이 일어나는 것을 허락할 수 없었다. 만상궁 장로회도 허락하지 않을 거라 믿었다!

한운석은 용비야와의 부부 관계를 인정했다. 두 사람의 연합은 평범한 협력 관계가 아니었다! 동진과 서진이 하나가 되게 생겼다!

나중에는 적족도 용비야의 명령에 따라야 하는 것 아닌가?

더는 참을 수 없었던 삼장로는 바로 비무대 앞으로 돌진해 노한 목소리로 말했다.

"공주! 이게……."

그러나 안타깝게도 갑자기 주변에서 쏟아지는 함성 소리에 그의 뒷말은 완전히 묻혀 버렸다.

비무대 위에서 용비야가…….

적족의 반란

왜 장내 구경꾼들이 갑자기 단체로 함성을 질렀을까?

저 높은 비무대 위에서 용비야가 갑자기 몸을 돌려 한 손으로 한운석의 허리를 감싸며 확 잡아당긴 후, 다른 한 손으로 그녀의 턱을 세워 아주 격렬하고 거침없이 입을 맞췄기 때문이었다.

예상치 못한 상황이었지만 한운석은 저항하지 않았다. 그녀는 두 손으로 용비야의 허리를 감싼 후 그의 격렬함을 즐김과 동시에 그녀 역시 패기 있게 받아 주었다.

그녀가 받아 주자 그는 더욱 거침없이 공격하며 강탈해 들어갔다. 입맞춤은 갈수록 더욱 깊어지고 격해졌으며, 주변에 있는 수백 명의 사람을 공기 취급했다.

평상시였다면 한운석은 피했을지도 몰랐다.

하지만 지금 그녀는 이미 모든 것을 잊고 열심히 용비야를 받아 주었다. 그가 부족하다고 느낄까, 만족하지 못할까, 그의 열정을 저버릴까 두려웠다.

쏟아지는 환호성 속에서 서로를 꼭 껴안고 격렬하게 입 맞추는 한운석과 용비야의 모습은 불꽃처럼 격렬하고 애절했다.

그들은 천하를 장악했고, 천하 모두의 주목을 받고 있었다. 그러나 이 순간, 두 사람은 천하를 잊었고, 눈과 마음에는 오로지 서로만이 존재했다.

이들에게는 서로가 바로 천하였다.

삼장로를 포함한 운공상인협회의 장로들은 모두 멍하니 이 모습을 보고 있었다. 장로들은 지금 이 나이 먹도록 이렇게 대담한 행동을 본 적이 없었다. 두 사람은 대체 뭘 하려는 걸까?

백리율제도 침착할 수 없었다. 그가 아는 전하는 절대 개방적인 사람이 아니었고, 이런 쪽으로는 아주 보수적이었다. 설마 한운석이 나쁜 길로 유혹한 걸까?

현장에서 오직 한 사람만은 비무대를 보지 않고 있었다. 바로 목청무였다.

그는 고개를 숙이고 자기 발만 쳐다봤다. 부끄러워해야 할 사람은 비무대 위에서 '낯 두껍게' 행동하는 두 사람인데, 구경하고 있는 목청무가 도리어 귀뿌리까지 벌게진 채 감히 무대 위를 쳐다보지 못했다.

다행히 다들 비무대를 주시하고 있었기에 망정이지, 그렇지 않았다면 목청무의 순진한 모습이 백독문 싸움에서 가장 큰 놀림감으로 전해졌을지도 몰랐다.

과거 그가 겉옷을 벗고 목유월 대신 거리를 뛰었을 때, 얼마나 큰 결심을 해야 했던가?

용비야와 한운석은 아주 오랫동안 입을 맞추다가 서로 숨쉬기 힘들어졌다. 하지만 용비야는 그녀를 살짝 놔주며 잠시 숨만 돌리고 바로 다시 입을 맞추기 시작했다.

한운석은 이대로 계속 입을 맞추다가 누가 이성을 잃을까 봐 두려웠지만, 다행히 용비야는 멈춰 주었다.

용비야는 입술을 떼고 한운석을 자기 품에 안은 후 몸을 돌려 대중을 바라봤다. 그러자 사람들은 바로 잠잠해졌다.

행동파 남자는 쓸데없는 말을 하는 일이 없었다.

방금 그의 행동은 군중에게, 특히 동진과 서진 진영을 향해 그가 한운석 이 여자를 원하고, 동진과 서진의 협력은 반드시 이루어져야 한다고 말한 것이었다.

백리율제는 끝까지 침묵했고, 운공상인협회 장로들은 아직도 정신을 차리지 못하고 있었다. 특히나 삼장로는 높은 비무대 앞에 멍하니 선 채 자신이 뭐 하러 거기까지 왔는지도 잊은 듯했다.

용비야는 이곳에서 시간을 허비할 틈이 없었다. 그가 한운석을 데리고 떠나려는데, 갑자기 군인 차림의 중년 남성이 운공상인협회 장로들 뒤에서 걸어 나왔다.

이 사람은 다름 아닌 영승이 가장 신뢰하는 부장, 설薛 부장이었다.

갑옷 차림을 한 그 모습은 상당히 눈에 띄었고, 몸 앞쪽의 '적狄' 자는 더욱 눈길을 끌었다. 다들 그가 누구인지는 몰라도, 적족 군대 대표라는 것은 알 수 있었다.

"공주마마, 백언청이 말한 진상에 대해 소장은 승복할 수 없고, 영씨 집안 군대도 승복할 수 없습니다! 공주마마, 개인의 감정과 국가대사를 구분해 주십시오. 복수와 나라 재건의 대계를 절대 사사로운 정과 동일시하지 마시고, 속임수에 넘어가 서진 황족의 체면을 땅에 떨어뜨리지 말아 주십시오."

아주 노골적인 말이었다!

모든 사람이 금세 조용해졌다. 설 부장을 바라보는 한운석의 눈빛이 순간 복잡해졌다. 그녀는 진짜 골치 아픈 상대는 운공상인협회가 아니라 영씨 집안 군대라는 사실을 잘 알고 있었다.

상인은 이익을 중시하지만, 군인은 명령과 의리를 중요시했다. 장로회의 늙은 여우들은 상황 파악을 잘해서 분수에 맞게 행동했고 나갈 때와 물러서야 할 때를 알았다. 하지만 영씨 집안 군대는 그리 쉽게 타협하지 않았다.

설 부장이 일단 나섰으니, 더는 그녀의 공주 신분을 꺼리지 않을 게 분명했다.

영씨 집안 군대는 그녀가 아닌 영승에게 복종했다.

한운석의 생각이 맞았다. 설 부장은 곧이어 아주 무례하게 말했다.

“용비야, 왜 백언청을 산 아래로 데려와 대질시키지 않고 단칼에 죽였느냐! 뭔가 켕기는 게 있는 것이냐? 백언청이 진상을 말할까 두려웠느냐? 백언청을 죽여 입을 막으려고 한 것은 아니겠지?”

사실 그런 가능성이야 그 자리에 있는 모든 사람도 짐작할 수 있었다.

다만 대부분 용비야와 한운석이 그렇게 할 이유가 없다고 생각했다. 동진과 서진의 원한은 그들 가문의 원한이었다! 용비야와 한운석은 바로 이 원한 때문에 불구대천의 원수 사이가 되었었다.

그런 그들이 어찌 연합하여 자신과 남을 기만하고 천하 모두를 속일 수 있겠는가?

복수해야 할 당사자는 두 사람이었다. 남들이 뭐라 해 봤자 결국은 구경꾼에 불과했다.

"공주마마, 서진 황족과 적족의 충심을 저버리시면 안 됩니다!"

"공주마마, 절대 용비야에게 속지 마십시오! 용비야는 지금까지 공주마마를 이용해 왔습니다. 아직도 모르시겠습니까?"

"공주마마, 백언청이 대체 뭐라고 했습니까? 공주마마는 다 알고 계실 테지요, 양심에 거리낌 없이 이야기해 주셔야 합니다!"

장로들도 흥분해서 모든 것을 다 내걸고 솔직한 간언을 올렸다.

한운석은 일이 그리 순조롭지 않을 것을 예상했었다. 하지만 운공상인협회와 적족 군대가 나중에 사적으로 그녀에게 물어볼 거라 생각했지, 군대 쪽 사람이 공공연히 그녀에게 도전할 줄은 몰랐다!

반란을 일으키려는 것일까?

만약 오늘 그녀가 용비야와 손을 잡겠다고 고집하면, 영씨 집안 군대는 정말 반란을 일으킬까?

만약 영승이 있었다면, 영승은 어떤 입장이었을까?

아마도 군대, 상인협회와 같은 입장일지도 몰랐다. 어쨌든 군대와 상인협회는 영승에게 절대적으로 복종했다.

설마 적족은 천하 모두가 보는 앞에서 퇴위를 요구하는 건가?

그녀를 위협하는 걸까? 용비야와 적족 중 하나만 선택하라고 협박하는 걸까?

조금 불안하긴 했지만 한운석은 여전히 아주 침착하게 대답했다.

"설 부장, 본 공주를 대체 어떻게 생각하는 것이냐? 본 공주가 어찌 남녀 간의 애정 때문에 나라와 집안의 원한을 잊겠느냐? 본 공주도 서진 황족 몰살의 피해자다. 본 공주는 어려서부터 남의 집에 얹혀살면서 한씨 집안에서 갖은 억울한 일을 다 겪었고, 20여 년의 세월을 헛되이 보낸 후에야 진짜 신분을 알게 되었다. 이 모든 것을 본 공주는 다 기억하고 있다. 당시 내란만 아니었어도, 본 공주는 그렇게 많은 고생을 할 필요가 없었고, 여기 서서 너희 남자들에게 질문 받을 일도 없었다! 잘 들어라. 집안의 원한은 곧 우리 서진 황족의 원한이요, 나라의 원수도 먼저는 우리 서진 황족의 원수다! 너희의 이런 질문은 본 공주와 우리 서진 황족을 모독하는 짓이다! 대체 무슨 자격으로 본 공주에게 물어보는 것이냐? 대체 저의가 무엇이냐?"

'진상'에 관한 일은 한운석이 확실히 거짓으로 꾸며 냈다.

하지만 지금 그녀는 거짓이 아닌 진심으로 분개하고 있었다.

적족은 말끝마다 서진 황족을 지지하고 충성한다고 떠들지만, 만상궁의 오장로 외에 적족 중 그 누가 진정으로 공주인 그녀에게 충성을 바쳤단 말인가?

이 시대의 군주와 신하는 장군과 병사와 같아서 절대적인 복종이 중요했고, 군주와 군대의 명령은 절대 어겨서는 안 되었다. 그런데 적족의 이 무리 어디에서 신하의 모습을 찾아볼 수 있단 말인가?

용비야가 동진 진영을 장악한 것에 비해서 한운석은 정말 자신이 공주나 황족의 유일한 후예처럼 느껴지지 않았다.

"설 부장, 본 공주는 원한을 잊지 않았고, 적이 누구인지 확실히 알았다! 본 공주가 오늘 진상을 확실히 밝히지 않았다면 계속 다른 사람의 이간질에 넘어갔을 테고, 동진과 서진 사이는 영원히 평화롭지 못했을 것이다."

한운석은 말하면서 군중을 바라봤다.

"모두에게 묻겠소. 동진과 서진 관계가 영원히 평화롭지 못하면, 운공대륙에 평화로운 시대가 오겠으며, 백성들이 평안히 살 수 있겠소?"

한운석은 낭랑하고 힘 있는 어조로 말하며, 조금도 켕겨 하지 않았다.

그녀가 보기에 과거의 은원은 이미 다 지난 일이었고, 개인이든 나라든 모두 앞을 바라봐야 했기 때문이었다. 과거의 은원에 집착하는 것보다 현재를 제대로 살아가며 미래를 계획하는 것이 나았다.

과거에 매여 사는 사람은 평화를 사랑하지 않는 사람이었다.

넓은 관점으로 볼 때 은원과 시시비비를 판단하는 기준은 오직 하나, 운공대륙에 평화를 가져올 수 있는지 여부였다.

운공대륙은 본디 하나로 모두 대진제국에 속해 있었다. 공리公利를 생각하는 자나 여기서 과거 은원이며 나라와 집안의 원한을 따지고 있지, 백성들은 그런 것들을 따지지 않았다. 백성들은 그저 평화와 안정, 평온한 나날들만 바랄 뿐이었다.

한운석은 이런 신념과 의지를 갖고, 침착하고 냉정하게 장내 모든 사람을 내려다보았다!

곧 사람들 속에서 환호성이 터져 나왔다.

이미 고개를 들고 그녀를 바라보던 목청무는 자신도 모르게 입가에 미소를 짓고 있었다. 한운석에 대한 목청무의 감정은 마음 깊이 숨겨 둔 남모를 연정도 있지만, 인간적인 호감이 더 컸다.

한운석의 이 말은 정말이지 완벽하게 그의 마음에 와닿았다!

군인으로서 그는 줄곧 나라를 지키는 참된 의미는 복수가 아니라 백성들의 평화로운 생활을 지키는 데 있다고 생각했다. 수많은 사람이 나라를 지키고 평화를 수호한다는 핑계로 전쟁을 일으켰으나, 실제로는 자신이 권세를 얻으려 했다.

이런 부분에서 목청무는 여러 차례 아버지와 충돌했었다. 무수한 질책을 받았고, 심지어 아버지를 수없이 실망시키기도 했지만, 그는 여전히 자신의 신념을 고수하고 있었다.

오늘 인간적인 호감을 느꼈던 이 여자가 이런 진정한 대의를 말하자, 목청무의 마음속 호감은 어느새 숭배로 바뀌었다.

그는 용비야를 숭배하는 것과 마찬가지로, 한운석에 대해서도 존경하는 마음이 더해졌다.

한운석을 보는 용비야는 꽤 의외인 듯했다. 그는 한운석을 더욱 꼭 껴안아 주는 것으로 그녀의 말에 동의함을 드러냈다.

한운석은 정의로운 동시에 똑똑하기도 했다.

그녀가 '운공대륙 평화'의 관점으로 화제를 돌려 버리니, 설 부장이 계속 논쟁을 이어 갔다가는 불의하고 인정도 없는 사람으로 전락할 수밖에 없었다.

그런데 설 부장은 논쟁도, 복종도 하지 않았다. 그는 뜻밖에 읍을 하고 한마디를 내뱉었다.

"저는 이만 물러나겠습니다!"

그리고는 뒤돌아 가 버렸다.

설 부장이 떠나자 다른 부장들도 그를 따라갔다. 운공상인협회 장로들은 심지어 한운석에게 작별 인사도 하지 않고 그를 따라서 가 버렸다.

그들의 뒷모습을 바라보며 용비야가 나지막하게 말했다.

"적족은 반드시 반란을 일으킬 거다!"

한운석은 순간 복잡한 눈빛이 되었다. 적족 세력은 서진 진영의 전체 세력이나 마찬가지였다. 적족이 반란을 일으키면, 이 천하가 혼란에 빠지지 않겠는가?

"난 인정사정 봐주지 않겠다."

용비야가 차갑게 말했다.

그가 적족을 없애는 데는 병사 한 명도 동원할 필요가 없었다. 지금 만상궁 상황에서 그는 아주 쉽게 적족의 돈줄을 끊어 버릴 수 있었다.

적족의 돈줄을 끊어 버리기만 하면, 그들은 기껏해야 1년 정도 버틸 수 있을 뿐이었다.

"용비야, 무슨 일이 있어도 적족과 시간을 허비해서는 안 돼요. 군역사와 북려국 황제가 우리를 주시하고 있다고요!"

한운석이 진지하게 말했다.

산 하나에 호랑이가 둘일 수는 없는 법

숨이 끊어진 백언청이 사실은 아직 살아 있다는 사실을 한운석과 용비야가 어찌 생각이나 했을까?

적족의 반란 자체는 사실 용비야에게 별일이 아니었다.

만상궁의 도박장과 경매장 사건은 한운석 덕분에 해결되었지만, 현재 만상궁의 이 두 사업은 이미 그들 손안에 있었다.

용비야의 강건 전장이 경매장과의 협력을 끝내면, 경매장 사업은 순식간에 무너졌다. 도박장의 경우 이들이 백독문에 온 며칠 동안 새 도박장이 막 개장했지만, 그 내막이 밝혀지기만 하면 새 도박장은 끝이었다. 만상궁이 지불한 칠억 냥이나 되는 땅값도 도로 아미타불이 되는 셈이었다.

만상궁은 현재 각종 적자 거래를 감당하며 사업의 어려운 시기를 견디는 한편, 적족 내부의 각종 비용, 특히 영씨 집안 군대 비용을 지출해야 했다. 기껏해야 겨우 1년 정도 버틸 수 있었다. 게다가 전쟁이 시작되면 한겨울에는 군사 장비가 더 많이 소모되니 1년도 못 버틸 수 있었다.

전쟁하러 나갈 때는 군량과 마초를 미리 준비해 놔야 하는데, 군사 장비가 충분하지 못하니 절반은 지고 들어가는 싸움이었다! 적족이 무엇으로 용비야와 싸우겠는가?

이런 사실들은 한운석도 다 알고 있었다. 다만 그녀는 북려국과 강성황제를 염려하고 있었다.

"안심해라. 군역사와 강성황제는 영원히 화해할 수 없다. 군역사는 이번 1년간은 남쪽으로 군대를 보낼 능력이 없다."

용비야는 북려국 형세를 아주 정확하게 파악하고 있었다.

혁련취향은 한운일을 보호하기 위해 소 귀비의 모든 요구를 들어주기로 했고, 북려국 황제 앞에서 백언청과 군역사가 오랫동안 꾸며 온 음모를 밝혔다. 북려국 황제가 앞서 군역사의 군비를 끊어 버렸으니, 이제는 행동에 나설 게 분명했다.

물론 군역사에게도 군비를 구할 다른 경로가 있었다. 바로 적족과 암암리에 협력하는 것이었다. 그러나 전에는 적족이 군역사를 지원할 만큼 재력이 있었는지 몰라도, 지금 적족은 제 코가 석 자였다!

어떤 의미에서 용비야와 한운석은 고칠소에게 고마워해야 했다. 고칠소가 금익궁의 이익을 희생하면서까지 삼도 암시장의 도박장을 어지럽히고 만상궁의 경매장까지 뒤흔들지 않았다면, 지금 이들은 적족의 돈줄을 완벽하게 누르지 못했을 수도 있었다.

용비야의 이 말에 한운석은 정신을 차렸다. 왜 잊고 있었을까. 그녀가 아직 적족 군대에 있을 때, 용비야는 이미 북려국을 견제했고 적족에 맞설 충분한 병력과 재력을 갖고 있었다. 적족은 그때 이미 연이어 참패하면서 많은 성을 빼겼었다.

용비야가 그때 먼저 화해 이야기를 꺼낸 것은 모두 그녀 때문이었다!

지금 적족이 반란을 일으킨다면, 병력이든 여론에서든 좋을 게 하나도 없었다. 적족이 구태여 그럴 필요가 있을까?

정말 서진에게 충성한다면, 공주인 그녀에게 충성하는 것부터 시작해야 하지 않나?

“용비야, 다른 방법은 없어요? 양쪽 군대가 전쟁을 일으키면 백성도 고생시키고 재물도 낭비하게 돼요.”

한운석이 낮은 목소리로 말했다.

용비야가 가볍게 웃으며 말했다.

“바보 같으니, 너와 내가 손을 잡으면, 적족은 우리 부하로 전락하게 될 텐데, 그들이 어찌 달가워하겠느냐?”

그 말이 한운석을 일깨워 주었다.

알고 보니 ‘진상’을 믿지 않는다는 것은 변명에 불과했다. 적족은 그녀와 용비야가 손을 잡으면 적족이 영원히 압제당하고 심지어 동진 진영 세력에게 먹힐까 봐 걱정하고 있었다. 그러니 반항할 힘이 없음을 알면서도 끝까지 맞서 싸우려는 것이었다.

한운석이 웃으며 말했다.

“그러니까 저들은 내가 당신을 이기지 못해서, 결국 서진 세력이 전부 당신 손에 들어갈까 봐 걱정하는 거군요?”

“우리가 연합해도, 난 네 쪽 병사는 단 하나도 건드리지 않을 거다.”

용비야가 담담하게 말했다. 그는 한운석에게 늘 주기만 할 뿐, 무엇도 요구하지 않았다.

“난 믿지만 저들은 믿지 않을 거예요.”

한운석은 유감스러웠다. 어쩌면 삼도 암시장에 한번 가 봐야 할 것 같았다. 최선을 다해 만상궁 쪽에 손을 써서, 전쟁을 피할 수 있다면 최대한 피하려 했다. 만상궁의 장로들은 운공상인협회 장로들과 설 부장보다 더 사리에 밝았다.

만약 양측 협력이 순조롭게 진행되면, 이들은 당장 군역사를 공격할 수 있었다. 순조롭지 못할 경우, 상황이 어떻게 될지는 알 수 없었다.

"용비야, 나에게 시간을 좀 더 줘요."

한운석이 낮은 목소리로 말했다. 어쨌든 그녀는 아직 완벽하게 적족을 장악하지 못했다.

이때 장내 사람들은 모두 기다리고 있었다. 현장에 있는 자들은 모두 명망 있는 인물들이었고 바보도 아니었기에, 당연히 서진 진영의 불협화음을 알아챘다. 방금 많은 구경꾼이 충돌하는 장면을 보게 되기를 기대했으나, 아쉽게도 적족 대표는 모두 떠나 버렸다.

서진 진영 내부에 불화가 있다면, 서진과 동진의 협력도 순조로울 수 없었다. 앞으로 재미있는 볼거리가 생길 게 틀림없었고, 기대하는 호사가들도 적지 않았다.

"소장군, 적족이 다른 마음을 품은 것 같습니다."

목청무 곁에 있던 시종이 낮은 목소리로 말했다.

목청무는 그를 한 번 보고 아무 말도 하지 않았다. 그는 용천묵과 마찬가지로 내내 한 가지 문제로 고민 중이었다. 아버지는 이번에 왜 백독문 싸움에 개입하려고 했을까?

아버지가 강성황제의 손을 빌려 이번 판을 그리도 시끌벅적하게 만든 이유가 무엇일까? 이곳 상황은 거의 마무리되었지만, 그는 아무것도 알아채지 못했다.

사실 그가 보기에 동진과 서진의 은원은 풀릴 수 없는 문제가 아니었다. 풍족이 이간질한 진상을 밝히지 않았어도, 용비야와 한운석 두 사람이 앉아서 협력을 이야기하고 모든 원한을 한 번의 웃음으로 털어 버리는 게 왜 불가능하겠는가?

이 원한이 지금까지 이어지며 양측이 집착하게 된 배후에는 이익 충돌과 권세 다툼이 있기 때문이었다.

당시 대진제국은 두 황제가 동서로 나뉘어 통치했기 때문에 원래부터 각종 갈등이 존재해 왔다. 그렇지 않고서야 어찌 그리 쉽게 부추김을 당했겠는가? 어찌 홍수 하나 때문에 내전이 발생했겠는가?

각종 은원의 배후는 결국 이 한마디로 설명되었다.

'산 하나에 호랑이가 둘일 수는 없는 법!'

한운석과 용비야가 애정이 깊어 다시 관계를 회복하고 오늘 오해를 풀지 않았다면, 동진과 서진 양 진영이 정말 진심으로 협력할 수 있었을까? 계속 이전처럼 영토와 권세를 차지하기 위해 목숨 걸고 싸우지 않았을까.

은원이며 나라와 집안의 원한이라는 것은 결국 그저 변명 거리에 불과했다! 한운석과 용비야의 개인적인 문제가 아니라, 양쪽 진영의 문제였다.

목청무가 보기에 이번 백독문 싸움은 대세에 영향을 주기에 충분했다. '진상'이 밝혀지고 동진과 서진의 은원이 해결되었기 때문이 아니라, 용비야와 한운석이 예전 관계를 회복하고 진정으로 손을 잡았기 때문이었다.

그래서 그는 용비야가 동진 진영을 전적으로 통제할 수 있다는 게 다행으로 여겨졌다. 그렇지 않고 동진 진영에도 내분이 일어났다면, 이번 일이 얼마나 엉망이 됐을지 알 수 없는 일이었다.

이때 비무대 위에서 용비야가 백리율제를 바라보며 차갑게 물었다.

"백리율제, 적족은 문제가 많군. 너희 백족은 어떠하냐?"

백리율제는 거의 울 지경이었다. 그는 입만 떼지 않으면 입장을 밝히지 않는 셈이니 괜찮을 줄 알았다. 돌아가서 아버지에게 다시 전하와 논쟁하시라고 할 생각이었는데, 뜻밖에 전하가 모든 사람 앞에서 그를 지목할 줄은 몰랐다.

어떻게 대답해야 할까?

만약 찬성한다면 돌아가서 아버지가 뭐라고 하실까? 그는 오늘 백족을 대표해서 온 것인데!

만약 반대하는 입장이라 부딪치고 싶다 해도, 천하 모든 사람이 보는 앞에서 전하에게 도전할 배짱은 없었다!

모든 사람의 눈빛이 바로 백리율제에게 집중되었다. 백리율제는 생각할 시간이 없었다. 그저 공손하게 읍을 한 후 큰 소리로 대답할 뿐이었다.

"모든 것은 전하의 분부대로 따르겠습니다!"

이것이야말로 아랫사람으로서 보여야 할 태도였다!

이에 비해 한운석은 자신의 이 '서진 공주' 자리는 그저 허울 좋은 명목일 뿐이라는 생각이 자꾸만 들었다.

"속히 군대로 돌아가 함께 계획을 논의한 후 북상하여 군역사를 토벌해라!"

용비야는 이 말로 백독문 싸움을 끝냈다. 이 말은 현장에 있는 사람들의 의론과 의문을 불러왔을 뿐 아니라, 겉으로 평온해 보였던 운공대륙을 뒤흔들어 놓았다. 그리고 각 세력은 모두 암암리에 준비를 시작했다.

일단 용비야가 북상하여 군역사를 토벌한다면, 운공대륙에서 진짜 큰 전쟁이 벌어진다는 뜻이었다!

사람들의 시선에서 벗어난 후에야 용비야는 한운석의 손을 자신의 입술에 갖다 댔다. 그는 웃으며 혼잣말처럼 말했다.

"용비야의 지어미?"

한운석은 사람들 앞에서는 전혀 거리낌이 없지만, 이 인간 앞에만 서면 아주 쑥스러워졌다. 그녀가 손을 빼며 말하려는데, 비밀 시위 몇 명이 고북월을 데리고 왔다.

"공주, 백언청이 정말…… 죽었습니까?"

방금 옆에서 이야기를 듣고 있던 고북월은 백언청이 이렇게 죽었다는 사실이 믿어지지 않았다.

"검을 가슴에 찔러 넣었고, 숨이 끊어진 것을 확인했다. 시체는 내가 뒷산 심연 아래로 차 버렸다."

용비야가 대답했다.

고북월은 그제야 믿을 수 있었다. 다만 그는 미간을 잔뜩 찌푸린 채 오늘 이 일에 대해 뭔가 불안함을 느끼는 듯했다. 하지만 이미 이렇게 된 이상, 쓸데없는 말을 할 필요는 없었다. 그가 서둘러 두 사람을 만나러 온 것은 다른 중요한 일 때문이었다.

"공주, 꼬맹이 소식은 없습니까?"

고북월이 다급하게 물었다.

한운석도 내내 이 일을 걱정하고 있었다. 그녀는 고개를 가로저으며 말했다.

"꼬맹이가 백언청에게 갇혀 있었다면, 백언청이 죽은 후 독 저장 공간도 파괴됐을까요?"

그녀는 정말 독 저장 공간에 대해 잘 몰랐다. 그녀는 독 저장 공간을 제어하지 못했다. 도리어 독 저장 공간이 그녀를 제어하며 한 걸음씩 수련하도록 몰아가는 것 같았지, 그녀에게는 별로 주도권이 없었다.

고북월도 독 저장 공간에 대해 잘 알지 못했다. 그가 진지하게 분석하며 말했다.

"공주, 만약 독 저장 공간이 파괴됐다면, 꼬맹이는 이미 공주를 찾아왔을 겁니다."

천하에 꼬맹이를 가둘 수 있는 곳은 독 저장 공간뿐이었다. 백언청에게 직접 듣지는 못했지만, 꼬맹이는 십중팔구 독 저장 공간에 갇힌 게 분명했다.

같은 산에 있는 동안 꼬맹이가 자유를 얻었다면 바로 한운석을 찾아낼 수 있었다. 그렇다면 백언청의 독 저장 공간은 파괴

되지 않았다는 말이었다.

"그럼 백언청의 독 저장 공간이 파괴되지 않았다는 뜻인가요?"

한운석이 놀라서 말했다.

사람이 죽었는데도 독 저장 공간이 파괴되지 않았다. 설마 육신이 죽어도 백언청의 영혼은 독 저장 공간에 남아 독 저장 공간을 유지한단 말인가?

그런 생각이 들자 한운석은 손에 소름이 돋았다. 독 저장 공간은 대체 어떤 공간이지? 그녀의 영혼이 타임슬립해서 오게 된 것과 관계가 있을까?

그녀를 돌아보는 용비야의 표정은 엄숙했고, 그 눈빛은 끝이 보이지 않을 정도로 아주 깊었다.

고북월도 아주 놀랐다. 그는 잠시 주저하다가 의견을 냈다.

"전하, 공주, 시체를 확인한 후에 다시 이야기하는 게 어떻습니까?"

용비야는 반대하지 않았다. 세 사람은 비밀 시위들을 데리고 뒷산의 그 절벽을 향해 갔다.

그들은 곧 절벽에 도착했다. 절벽에 흩뿌려진 백언청의 피는 이미 말라 있었다.

해독시스템은 기록되지 않은 수많은 독약을 다 분석할 수는 없지만, 이상을 감지하고 한운석에게 알릴 수는 있었다.

만약 온 산에 독초와 독 생명체가 가득한 백독문이 아니었다면, 한운석은 백언청의 핏자국이 이상하다는 사실을 알아챘을 수도 있었다. 백언청을 죽인 후, 한운석은 끊임없이 뚜뚜뚜

거리며 울리는 알림 소리를 견딜 수 없어 해독시스템을 꺼 버렸다.

용비야는 한운석을, 비밀 시위는 고북월을 데리고 곧 절벽 위에 착지했고, 심연 속으로 들어갔다.

불사의 몸 발견

용비야가 먼저 한운석을 데리고 착지했다. 이 심연은 그들이 상상한 것보다 더 깊었다. 마치 깊은 계곡처럼 시냇물이 흐르고 있었고, 무성한 초목이 온 하늘을 가려 어둡고 으슬으슬했으며, 공기마저 축축했다.

한운석과 용비야는 주변을 둘러보아도 백언청의 시체를 발견하지 못했지만, 아직 이상하다고 느끼지 않았다.

어쨌든 용비야가 직접 백언청의 가슴에 칼을 꽂았다. 게다가 백언청이 벼랑으로 떨어져 튀어나온 나무줄기에 시체가 걸렸을 때도, 용비야가 직접 숨이 끊어진 것을 확인한 후에 시체를 심연 아래로 걷어찼다.

가까스로 마지막 숨이 붙어 있었다고 해도 이렇게 높은 곳에서 떨어졌는데 어찌 죽지 않겠는가? 시체가 온전하지 못할 수도 있었다.

이들은 시체가 근처에 있을 거라 생각하며 서둘러 찾으러 가지 않고 그 자리에서 비밀 시위가 고북월을 데리고 내려오길 기다렸다.

한운석은 기분이 별로 좋지 않았다. 특히 이 심연 속으로 들어오자 우울한 기분이 얼굴에 고스란히 드러났다.

이미 그 사실을 알아챈 용비야가 작게 말했다.

"마음을 편히 가져라. 네가 죽인 게 아니다."

그는 그녀가 '아버지를 시해했다'는 말을 내려놓지 못하고 있음을 알았다. 그때 백언청이 그런 말을 할 줄은, 그런 결정적인 순간에 딸을 인정할 줄은 용비야도 생각지 못했다.

어쩌면 한운석은 그 순간부터 냉정할 수 없었던 것인지도 몰랐다.

한운석은 용비야를 바라보며 물었다.

"내가…… 당신에게 죽이라고 한 거죠?"

그때 그녀는 확실히 냉정하지 못했고, 제대로 사고할 수 없었다. 지금 생각해도 그녀는 그때 자신이 용비야에게 뭐라고 했는지 기억나지 않았다.

용비야는 선명하게 기억했다. 백언청이 딸이라고 인정했을 때 한운석은 꽤 오랫동안 멍하니 있다가 결국 그에게 이렇게 말했다.

'이 세상에서 난 당신만 믿어요. 뭘 망설이고 있어요?'

그녀는 아버지를 시해하려던 게 아니었다. 백언청 같은 사람을 아버지로 인정하길 거부한 것뿐이었다.

용비야는 그녀의 손을 꽉 잡았다.

"한운석, 기억해라. 네가 아니라 내가 죽인 것이다! 과거 풍족은 흑족, 적족 등 세력과 손잡고 우리 동진을 무너뜨렸다. 이 빚을 나는 반드시 제대로 갚아야 했다!"

그 당시 동진과 서진이 서로 원한을 갖고 있었으나, 진짜 서진 황족을 공격하여 몰살한 것은 흑족이었고, 나중에 군대를 동원하여 동진 황족을 몰살한 것은 풍족이었다.

오늘 한운석이 결심하지 않았어도, 용비야는 절대 봐주지 않았을 것이었다!

한운석이 그제야 고개를 들어 용비야를 바라보자, 용비야가 또 말했다.

"백언청은 네 아버지가 아니다. 너는 한씨 집안의 한운석이 아니다!"

"아니, 그자는……."

한운석의 말이 끝나기도 전에 용비야가 끊으며 말했다.

"천심 부인이 왜 정체를 숨기고 한씨 집안에 시집왔겠느냐? 왜 난산을 했을까? 백언청은 네 신분을 알면서 지금까지 널 아는 척하지 않았다! 이 일이 너무도 수상하지 않으냐? 생사의 갈림길에서 너를 자기 딸이라고 인정하다니, 이 말을 다 믿을 수 있느냐?"

용비야의 위로 섞인 말이었지만, 완전히 틀린 말도 아니었다.

한운석은 그를 바라보며 뭔가 말을 하려는 듯하다가 결국에는 아무 말도 하지 않았다. 그녀는 자신이 충동적으로 나선 것은 아닌지 반성 중이었다. 백언청이 이렇게 죽으면, 천심 부인의 과거에 대해 누가 알겠는가?

만일 백언청이 정말 그녀의 아버지가 아니라면, 그녀의 아버지는 또 누구인가? 죽었을까, 살았을까? 어디 가서 물어야 한단 말인가?

한운석이 침묵하고 있자 용비야도 별다른 말을 하지 않았다.

그는 그녀의 손을 잡고 깍지를 끼었다.

사실 말은 가장 무력했다. 도리어 한 번의 포옹과 꽉 잡은 손이 더 사람을 안심시킬 수 있었다.

잠시 후, 비밀 시위가 고북월을 데리고 쫓아 내려왔다.

"시체를 찾았습니까?"

고북월이 진지하게 물었다.

"널 기다리고 있었다. 시체는 분명 근처에 있을 테니 흩어져서 찾아보자."

용비야가 담담하게 말했다.

고북월은 한운석을 한 번 보고는 그녀의 기분이 심상치 않음을 알아챘다. 고북월의 입가에 미소가 스쳤다. 용비야는 그를 기다린 게 아니라, 한운석이 진정할 수 있도록 시간을 준 게 분명했다.

그가 보기에 이번 백독문 일에서 용비야와 한운석이 좀 충동적으로 행동한 것은 사실이었다.

고북월은 쓸데없는 말을 하지는 않았다. 오늘 그들이 충동적으로 행동하긴 했으나, 더 나은 방법도 없었다. 백언청이 산 아래서 그렇게 오래 버틴 것을 보면, 당시 동진과 서진의 진상이 어떠했든 간에 백언청은 천하 모든 사람 앞에서 끝까지 이간질했을 게 분명했다.

지금 운공대륙 정세와 용비야와 한운석의 상황을 생각할 때, 이번 기회에 협력할 이유를 찾지 못하면, 백언청이 죽고 나서 동진과 서진 관계는 또 어떻게 되겠는가?

이들은 곧 각자 흩어져 백언청의 시체를 찾으러 갔다. 그러나 주변을 한 바퀴 돌아본 후, 이들은 모두 당황하고 말았다.

주변 어디에도, 야트막한 시냇물 속에도 백언청의 시체는 보이지 않았다. 그저 멀지 않은 곳에 피가 흥건했던 흔적만 남아 있을 뿐이었다.

"전하, 백언청이 죽은 것이 확실합니까?"

안 그래도 창백했던 고북월의 안색이 지금은 핏기 하나 없이 새하얘졌다.

만약 백언청이 죽지 않았다면, 상황은 아주 심각했다!

그러나 용비야와 한운석의 안색은 더 좋지 못했다. 용비야가 진지하게 말했다.

"내가 직접 코에 손을 대 보고 숨이 끊어진 것을 확인했다! 검이 가슴을 찔렀……."

여기까지 말한 후, 용비야는 갑자기 뭔가 생각난 듯 말을 멈추었다.

과거에도 이와 마찬가지로 그의 비수에 가슴이 찔리고도 멀쩡히 살아난 자가 있지 않았던가?

용비야의 이상한 낌새를 눈치챈 고북월이 다급하게 물었다.

"대체 무슨 일입니까?"

"확실히 죽였다. 다시 찾아보자!"

용비야는 한운석과 고북월 앞이라 해도 고칠소의 비밀을 말하지 않았다.

"예!"

고북월도 더는 캐묻지 않았다.

이들은 각자 남북으로 나뉘어서 다음 날 새벽이 될 때까지 골짜기 전체를 샅샅이 뒤진 후에야 원래 자리로 돌아왔다.

"누가 시체를 훔친 게 아닐까요?"

한운석은 그런 가능성밖에 생각나지 않았다.

그녀는 두 눈으로 백언청의 가슴에 검이 꽂히는 것을 보았다. 그것도 검기에 다친 게 아니라 현한보검을 직접 내리꽂았다. 이런 상황에서 어떻게 목숨을 부지할 수 있단 말인가?

용비야는 그 후에 백언청의 호흡도 확인했다. 사실 그녀가 보기에 용비야는 이미 충분히 신중했고, 심지어 필요 이상의 확인까지 했다.

"시체를 훔쳤을 가능성은 크지 않습니다."

고북월이 진지하게 말했다.

백독문에서 백언청과 군역사는 무공 실력이 뛰어났지만, 그 외 나머지는 주로 독술을 이용해서 싸웠다. 백옥교조차도 그 무공 실력은 아주 평범했다. 백독문 사람 중 이렇게 깊은 심연까지 내려올 수 있는 사람은 거의 없었다.

게다가 석구정은 그 자리에서 한운석에게 투항했다. 백독문에서 누가 감히 이런 위험을 무릅쓰고 백언청의 시체를 찾겠는가? 이미 죽은 마당에 찾아도 쓸모가 없었다.

"혹시 독짐승이 물어 갔을까요?"

한운석이 또 물었다. 하지만 본인이 말하고도 말이 안 된다고 생각했다.

시체를 먹는 독짐승은 아주 드물기도 했거니와, 있다고 해도 독짐승 짓이라면 시체를 그 자리에서 해결했든 끌고 갔든 흔적이 남아야 했다! 하지만 이들은 피가 쏟아진 흔적 외에 다른 흔적은 전혀 찾을 수 없었다.

세 사람은 침묵했다. 사실 모두 같은 걱정을 하고 있었지만, 입 밖으로 꺼내지 않았을 뿐이었다.

결국 고북월이 먼저 입을 열었다.

"전하, 공주, 백언청은 아마도…… 죽은 척한 것 같습니다."

"하지만 분명……."

한운석이 반박하려는데 용비야가 중간에 끊고 말했다.

"독종의 독고인에 대해 들어 본 적이 있느냐?"

당시 고칠소의 '검에 가슴이 찔려도 죽지 않는 비밀'을 알게 된 후, 그는 줄곧 그 원인을 알아보았다.

독종은 당시 독고인을 기르는 비법을 연구했다는 이유로 의성에게 약점을 잡혔고 결국에는 전체가 몰살당했다.

소문에 따르면, 그 당시 독고인을 기르는 비법 연구는 성공하지 못했고, 고칠소의 아버지인 고 원장도 줄곧 비밀리에 독고인을 기르는 비법을 연구하고 있었다.

혹시 당시 독종 직계 자손 중 누군가 비법 연구에 성공했고, 나중에 독종의 후예가 이 비법을 가지고 독고인을 기르는 데 성공한 건 아닐까? 누가 확실하게 말할 수 있을까? 누가 장담할 수 있지?

용비야는 원래 이 사실을 그다지 믿지 않았으나, 고칠소가 나타난 이후 생각이 바뀌었다.

당시 의성의 의술을 겨루는 대회에서 고운천의 비밀이 폭로되었다. 고운천은 줄곧 비밀리에 독종의 비술을 연구해 왔으나, 지하 밀실에서 찾아낸 물건을 보면 고운천은 연구에 성공하지 못했음을 알 수 있었다. 그렇다면 고칠소는 고운천에 의해 독고인으로 길러진 것은 아니었다.

하지만 고칠소가 불사의 몸인 것은 부정할 수 없는 사실이었다. 고칠소는 왜 죽지 않는 걸까? 고칠소는 독종의 모든 것을 잘 알고 있는데, 혹시 다른 경로를 통해 자신을 독고인으로 길러 낸 걸까?

지금 용비야는 고칠소의 일에 대해 쓸데없이 생각할 겨를이 없었다. 그는 다만 이 세상에 확실히 불사의 몸을 가진 사람이 존재한다는 것을 알 뿐이었다.

그는 백언청을 죽일 때 그 사실을 고려하지 않았다. 당시 시간이 아주 촉박했기 때문이었는데 그 이유는 첫째, 여자 용병과 독 시위가 너무 오래 막고 있을 수 없었다. 더 시간을 끌게 되면 석구정뿐 아니라 다른 사람도 올 수 있었고, 많은 사람이 그 일을 알게 되면 더 골치 아파졌다. 둘째, 백리명향도 중독된 상황이라 한운석은 한정된 시간 내에 해독해야 했다. 셋째, 산 아래 사람들을 그리 오랫동안 기다리게 할 수 없었다.

지금 자세히 생각해 보니, 독종의 직계 자손인 백언청이 검에 맞고도 죽지 않은 걸 보면, 독고인이 분명했다!

"독고인……."

고북월은 놀라서 온몸에 식은땀이 흘렀다.

한운석은 안색이 창백해져 한마디도 하지 못했다.

두 사람도 뒤늦게 깨달았다. 독고인이라면, 시체가 사라진 이 기이한 일이 충분히 설명되었다.

백언청이 죽지 않은 것만도 문제는 심각했다.

백언청이 불사의 몸이라니, 문제는 더더욱 심각했다!

용비야는 세 사람 중 가장 침착함을 유지하며 진지하게 말했다.

"독고인은 대체 어떤 존재냐?"

독고인에 관해 전해지는 이야기는 아주 많았다. 불사不死와 불멸不滅에 불로不老의 몸이라는 말도 있었다. 누군가는 창과 칼에도 찔리지 않으며, 수많은 독에도 영향을 받지 않는다고 했다. 또 어떤 사람은 독고인은 독시가 진화한 것으로, 길러 낸 사람에게 통제받는다고도 했다.

고북월은 고개를 가로저었고, 한운석도 마찬가지였다.

독고인은 원래 독종의 전설이었다. 그들뿐 아니라 의성의 노인들도 확실한 답을 내놓을 수 있을지 미지수였다.

용비야는 순간 복잡한 눈빛이 되었다. 아무래도 고칠소와 다시 만나야 할 듯싶었다. 신용을 지킬 줄 모르는 그런 인간과는 평생 다시 만나고 싶지 않았지만 말이다.

"독고인을 죽일 방법이 있느냐?"

용비야가 다시 물었다.

"전하, 지금 문제는 백언청을 죽이는 게 아니라, 그를 어떻게 막느냐입니다!"

고북월이 진지하게 말했다.

"그자가 일단 모습을 드러내면, 오늘 우리가 한 말은 완전히 뒤집힐 거예요!"

한운석이 걱정하는 부분도 이것이었다.

백언청이 나타나기만 하면, 아무 말 하지 않아도 그녀와 용비야가 오늘 한 이야기를 완전히 뒤집을 수 있었다. 그렇게 되면 천하 사람이 어떻게 보는가는 둘째 치고, 동진과 서진 진영 내부에서 불만이 생길 게 분명했다. 그녀만이 아니라 용비야도 신뢰를 받기 힘들어졌다.

"전하, 오늘 일은 확실히 생각이 부족했습니다."

고북월은 본디 쓸데없는 말을 하고 싶지 않았으나, 백언청이 죽지 않았다고 하니 이 말을 할 수밖에 없었다.

고북월과 한운석은 백언청이 오늘 그들의 거짓말을 폭로할까 걱정하고 있었다. 그러나 용비야는 그리 걱정하지 않는 듯했다.

그는 한운석을 바라보며 물었다.

"후회하느냐?"

그녀가 후회하지 않으면 충분하다

후회?

한운석의 첫 번째 반응은 바로 고개를 젓는 것이었다. 그녀는 삼도 암시장에서 내린 이 결정을 지금까지 고수해 왔다. 비록 지금은 잘못된 결정처럼 보이지만, 그래도 후회하지 않았고 후회하고 싶지도 않았다!

이 결정을 내린 것은 용비야의 유년 시절 일을 알게 된 이후였다. 한운석에게는 오로지 한 가지 바람뿐이었다. 용비야와 손을 잡고 나란히 서서, 정정당당하게 함께 있고 싶었다.

이 남자는 누구도 비할 수 없는 지략과 용기를 지녔고, 누구도 따를 수 없는 높은 이상을 품고 있었다. 더욱이 자라는 동안 누구도 상상할 수 없는 고초를 겪기도 했다.

그녀는 그를 사랑하고, 존경하고, 또 안타깝게 여겼다.

이런 남자는 원한 속에 묶여 있어서도 안 되며, 오로지 동진을 위해서만 살아서도 안 되었다. 이런 남자는 마땅히 자기 자신을 위해 살아야 했다.

이상이어도 좋고 야심이어도 상관없었다. 그는 더욱더 멀리 나아가고 더욱더 높이 날아오를 자격이 있었다. 그녀는 동진과 서진의 원한이 그의 발목을 잡는 것을 원치 않았다. 특히 그녀 자신 때문에 그가 자꾸 양보하는 것은 더욱 원치 않았다.

그녀는 그의 발목을 잡기보다 그의 힘이 되어 주고 싶었다.

이런 상황에서 백독문의 싸움은 그들에게 주어진 최고의 기회였다. 이 기회를 놓쳤더라면 얼마나 더 기다려야 했을까. 어쩌면 백독문을 떠난 뒤 곧바로 헤어져야 할지도 몰랐다.

고개를 젓는 한운석의 반응이 부족하게 느껴졌는지, 용비야는 그녀를 바라보며 진지하게 말했다.

"대답해 다오."

한운석은 온 힘을 다해 큰 소리로 대답했다.

"후회하지 않아요! 동진과 서진 사이엔 아무 은원도 없고, 당신과 나 사이에도 평생 아무런 원한이 없을 거예요!"

용비야가 기다린 것도 바로 이 말이었다.

그는 한 손으로 한운석을 감싸 힘차게 끌어안았다가 놓아주었다.

그녀가 후회하지 않는다면 그걸로 충분했다. 그녀가 무슨 난장을 치든 그가 전부 수습할 수 있었다.

이제 고북월도 돌아왔다. 그러니 용비야가 어떻게든 손에 넣으려 하는 이 천하는, 제아무리 백언청이라 해도 함부로 흔들어 놓지 못할 터였다.

용비야는 입을 열었다.

"우리에게 진실은 필요 없다. 필요한 것은 협력할 동기뿐이다. 널린 것이 사람의 입이고, 그 수많은 입이 제각각 옳으니 그르니 떠들어 대는 것이 세상이다. 설령 백언청이 나타나 오늘 있었던 일을 모두 폭로한다 한들 어떠냐? 그자가 말한다고 해서 세상 사람들이 다 믿으리라는 보장은 없다."

말을 마친 용비야는 돌아서서 비밀 시위에게 분부했다.

"명령이다. 백언청이 검에 심장을 찔렸으나 죽은 척하고 달아났다는 소식을 퍼트려라."

용비야의 말이 떨어지자 내내 굳은 표정이던 고북월이 갑자기 긴장을 탁 풀고 빙그레 웃었다. 권모술수에 있어서라면, 결국 그가 용비야보다 한 수 아래였다.

용비야는 백언청이 수작을 부리지 못하게 미리 선수를 치려는 계획이었다!

백언청이 나타난 다음에야 오늘 일을 해명하면, 세상 사람들은 그들을 믿어 주지 않을 것이 분명했다. 하지만 선수를 쳐서 백언청의 가짜 죽음을 퍼트리면, 나중에 백언청이 나타나더라도 여론은 여전히 그들 쪽으로 좀 더 기울 터였다.

더욱이 '검에 심장을 찔렸으나 죽지 않았다'라는 이야기가 퍼져 나가면 운공대륙 전체가 발칵 뒤집혀도 이상하지 않았다! 독종의 후예라는 백언청의 출신 때문에, 세상 사람들은 틀림없이 전설로 전해지는 독고인을 연상할 것이다.

지난날 독종은 독고인을 만드는 비법을 연구했다는 이유로 천하의 공적公敵이 되었는데, 백언청 같은 상황은 오죽할까?

그가 진짜 독고인이든 아니든, 세상 사람들은 그를 꺼리고 적대시할 뿐 아니라 쉽게 믿어 주지도 않을 터였다!

그의 말을 듣자 불안하게 흔들리던 한운석의 마음도 가라앉았다. 정말이지 무자비하고 인정사정없는 계획이었다. 이 소식이 퍼진 뒤 운공대륙이 얼마나 들끓을지 상상되었다.

그녀는 독종의 종주로서 불난 집에 부채질을 해 줘야겠다고 생각했다.

"독종에도 명령을 전해라. 백언청을 독종 직계 후손에서 제명하겠다고."

한운석의 분부가 떨어졌다.

독 시위는 잠시 망설이다가 물었다.

"공주, 그것뿐입니까?"

"그것뿐이다. 주절주절 설명하지 말고 세상 사람들이 제각각 추측하도록 놔둬!"

우울하던 한운석의 기분이 훨씬 밝아졌다.

이제 보니 그녀는 '아버지를 시해했다'는 죄를 짊어질 필요가 없었다.

백언청과 그녀는 똑같은 독종의 직계 후손이니 그들 사이를 의심하는 사람이 있기 마련이었다. 이럴 때 그녀가 독종 종주의 신분으로 백언청을 제명하면, 첫째로는 가까스로 누명을 벗은 독종이 백언청의 악명에 영향받는 것을 피할 수 있고, 둘째로는 백언청이 딸이랍시고 그녀를 찾아왔을 때 한바탕 질책했다가 필요에 따라 세상 사람들 앞에서 그와의 관계를 끊어 대의멸친할 수도 있었다.

"전하, 공주. 지금 급선무 중 하나는 적족을 진정시키는 것이고, 또 하나는 독고인을 깨뜨리는 방법을 찾는 것입니다! 독고인을 기르는 비법이 있다면, 깨뜨리는 비법도 틀림없이 있습니다!"

고북월이 진지하게 말했다.

용비야와 한운석도 그 두 가지를 서둘러 처리해야 한다고 인정했다. 경중을 따져 볼 때 독고인을 깨뜨리는 방법을 찾는 것이 적족을 진정시키는 것보다 더 급했다.

전에는 백언청이 독고인인 줄 몰라 위협을 느끼지 못했지만, 진실을 알게 된 지금 생각해 보니 뒤늦게 소름이 끼쳤다.

진짜 실력을 발휘해 싸웠다면, 사실 그들 두 사람이 힘을 합쳐도 백언청을 당해 낼 수 없었다! 백언청이 진짜 실력을 숨긴 까닭은 틀림없이 천하의 공적이 되는 것을 꺼려서일 것이다.

이 세상 누구나 불사불멸의 몸과 영원한 삶을 동경하지만, 아무리 때려도 죽일 수 없는 괴물이 정말로 나타난다면 두려워하지 않을 사람이 있을까? 그 괴물을 없애 버리고 싶어 하지 않을 사람이 있을까?

아무리 큰 세력들일지라도 그 괴물을 부리지 못한다면 틀림없이 온갖 수를 써서 기필코 죽여 없애려 할 터였다. 그런 괴물은 보통 사람의 안전을 위협할 뿐 아니라 큰 세력들의 통치 권력에도 위협적이었다.

"적족은 일단 강건 전장이 압력을 가해 보기로 하지."

용비야가 말했다.

만상궁 장로회는 강건 전장이 용비야의 것인 줄 모르지만, 강건 전장과 한운석의 관계가 아주 가깝다는 것은 알고 있었다.

강건 전장이 경매장에 압력을 가하기만 하면, 만상궁 장로들은 한운석이 적족의 재물 창고에 손대려 한다는 것을 알아낼 터였다. 그들이 선택할 수 있는 길은 두 가지뿐이었다. 한운석을 도와 운공상인협회와 영씨 집안 군대를 굴복시키거나, 운공상인협회 및 영씨 집안 군대와 함께 한운석에게 대항하거나.

적족 내부에도 다양한 파벌이 있었다. 그들을 장악하려면 당연히 잘 알아본 다음 계획을 세워야 했다.

"좋아요."

한운석은 고개를 끄덕였다. 그녀도 적족 가운데 평화를 주장하는 목소리가 얼마나 되는지 알아보고 싶었다.

영승은 백옥교에게 납치된 뒤 여태까지 아무 소식이 없었다. 영승이 있었다면 일이 좀 더 명쾌했을 터였다.

적족을 장악하는 가장 효과적이고 직접적인 방법은, 바로 영승을 통하는 것이었다. 사실은 그녀도 그들을 장악하고자 하는 마음이 그다지 강하지 않았다. 그보다는 영승이 오랜 집념을 내려놓고 용비야와 함께 풍족에 맞설 수 있기를 바랐다.

가업인 장사를 버리고 군대에 들어가 일반 병사에서부터 시작해서 오늘날 저 방대한 군대를 거느리기까지, 영승이 걸어온 길은 절대 쉽지 않았을 것이다. 적족은 상인 집안으로 대대로 상업에 종사해 왔다. 그런 적족에 가장 필요한 것은 태평성세였다!

한운석은 늘 이런 생각을 했다. 만약 영승이 군에 몸담지 않았더라면, 적족이 군사에 이렇게까지 신경을 쏟지 않았더라면 어땠을까?

그랬다면 지금 운공대륙에서 가장 큰 전장은 강건 전장이 아닐 수도 있었다. 그랬다면 용비야도 운공상인협회가 차지한 거래를 그처럼 쉽게 뿌리 뽑지 못했을 수도 있었다.

영씨 집안 군대의 치명적인 문제점은, 그 오랜 세월 동안 국고에서 받은 군비가 적어도 너무 적다는 것이었다. 영승은 순전히 운공상인협회를 통해 군대를 길렀다. 운공상인협회 재정에 문제가 생기면 적족 전체가 어려움에 부닥치는 수밖에 없었다.

용비야는 달랐다. 그는 재력가였지만, 백리 장군의 수군은 천녕국 조정이 조직했고 내란이 벌어져 천휘황제가 실각할 때까지 나라에서 길렀다. 남부의 군대에도 용비야가 지원하는 군비는 극히 적었다. 남부의 군대는 남부 명문세가와 재단財團이 길렀다. 용비야에게는 명문세가와 재단이 그 자신에게 가하는 견제를 조율하는 능력이 있었다. 군비를 준다고 해서 그들을 완전히 복종시킬 수는 없었다.

설령 백리 장군부가 용비야에게 불만을 품더라도 남부 명문세가와 재단은 여전히 용비야를 지지했다. 남부 명문세가와 재단이 용비야와 충돌을 일으키는 유일한 문제는 한운석이었다. 하지만 아직 사이가 틀어질 정도는 아니었다. 지난번 그녀가 중남도독부에서 그들과 맞섰을 때도, 명문세가 가주들은 그녀만 공격했지 감히 용비야를 건드리지는 못했다.

그 명문세가와 재단은 용비야에게 딸을 시집보내 인척이 되고자 했으나 아직은 먼일이었다. 적어도 그들은 아직 용비야에게 기대어 천하를 도모해야 했다. 용비야가 갖가지 유리한 조건을 제공해 주었기에 차마 지나치게 트집을 잡을 수는 없었다.

백리 장군부가 배신하더라도 용비야에게는 남부의 군대가 있었다. 백족은 동진과 서진의 은원에 집착하지만, 남부의 명문세가와 재단은 아니었다. 그들이 원하는 것은 실질적인 이득이었다.

용비야와 비교할 때, 영승은 위험 분산이 부족했다.

적족은 재물 덕분에 일어섰지만, 아마도 재물 때문에 무너질 것이다.

적족을 견제하려면 병사를 하나씩 쓰러뜨릴 필요조차 없었다. 단순히 만상궁만 견제하면 끝이었다!

적족 쪽은 우선 탐문만 하고, 독고인 문제를 우선순위에 두어야 했다. 하지만 이 일은 쉽게 처리할 수 있는 것이 아니었다.

어딜 가야 괴물 같은 독고인의 정보를 얻을 수 있을까?

"독종 금지에 한번 다녀오시지요."

고북월이 진지하게 말했다.

한운석은 잠시 생각하다가 별안간 놀란 목소리로 외쳤다.

"독종의 제단! 몰자비!"

지난번 독종 금지를 찾아갔던 그녀는 우연히 독종의 제단에 들어가 아득히 오래되고 신비한 몰자비를 보았고, 그 후 그곳에 관한 꿈을 꿨다. 꿈에서 본 몰자비 위의 내용은 바로 독 저장 공간 수련법이었다. 하지만 글자가 너무 많아서 전부 볼 겨를조차 없었다. 그녀가 기억하는 것은, 독 저장 공간에는 세 단계가 있다는 것과 각 단계를 수련하는 방법이었다.

그 몰자비에 독고인에 관한 설명이 쓰여 있을까? 아니면 독종의 다른 비밀에 관한 설명이 쓰여 있지는 않을까? 그것도 아니면 그 제단에서 무슨 실마리를 찾아낼 수 있지 않을까?

한운석은 백언청 혼자 독고인을 기르는 비법을 만들어 냈다고 믿지 않았다. 그는 독종 금지에서 뭔가 발견하고 전수받은 게 분명했다.

한운석은 용비야와 고북월에게 그 생각을 말했다.

용비야는 곧바로 결단을 내렸다.

"당장 독종 금지로 간다!"

고북월도 고개를 끄덕였다. 그도 당연히 의성에 한번 다녀와야 했다.

"꼬맹이는 아직 백언청에게 있는 것 같아요."

한운석은 한숨을 푹 쉬었다. 말을 꺼내지 않았으면 모를까, 일단 꺼내자 고 녀석이 무척 보고 싶었다.

고북월의 눈빛도 부드러워졌다. 그 역시 꼬맹이가 보고 싶었다.

그날 한운석은 석구정을 만나 독 시위와 용병 몇 명을 백독문에 배치하게 하는 한편, 백옥교의 소식을 물었다. 뜻밖에도 석구정은 백옥교가 보낸 서신을 받았다고 했지만, 서신에는 그녀가 어디 있는지 적혀 있지 않았다. 애석한 일이었다.

한운석은 석구정에게 1년을 주며, 백독문을 쇄신하고 독약 장사를 포기하는 동시에 그 스스로 백독문이 살길을 마련하라고 했다.

1년 후에도 백독문이 개과천선하지 못하면 백독문을 해산하겠다는 호언장담도 덧붙였다.

백독문 일을 처리한 다음, 한운석 일행은 곧바로 여정에 올라 비밀리에 의성으로 달려갔다.

마차에 오르기 전, 용비야는 세 가지 비밀 명령을 내렸다.

인연을 끊겠다

용비야가 내린 세 가지 비밀 명령이란, 고칠소에게 오지 않으면 뒷일은 알아서 하라며 경고하는 것과 백리명향에게 길을 돌려 의성에 가서 기다리라고 전하는 것, 그리고 백독문에서 북려국으로 통하는 모든 길을 단단히 감시하며 백언청이 군역사에게 의탁하고자 북으로 올라가는 것을 막으라는 것이었다.

의성은 백독문 동북쪽, 백독문에서 장도전장으로 가는 길목에 있었다. 용비야는 이번 출행에 몹시 신중했다.

백언청이 불사의 몸이라니, 만약 복수하려 들면 용비야의 무공이 아무리 높아도 상대가 되지 않았다. 이 때문에 용비야는 비밀 시위 다섯 무리를 자신으로 위장시켜 백독문에서부터 각기 다른 방향으로 내보냈다. 그리고 그 자신과 한운석, 고북월은 독 시위 몇 사람만 데리고 서주국 동부의 깊은 산과 울창한 숲을 통해 비밀리에 독종 금지로 향했다.

적어도 백독문 싸움은 성공이었다. 다른 것은 몰라도 백언청이 불사의 몸임을 알아낸 것이 최대 성과였다.

백언청의 비밀을 몰랐다면 무슨 결과가 벌어졌을지 상상조차 할 수 없었다.

백언청은 용비야가 자신의 시체를 절벽 아래로 걷어차 버린 마당에 일부러 다시 내려와서 확인할 줄은 생각지도 못한 것이 분명했다.

지금 백언청은 서쪽으로 가고 있었다. 그는 북려국에 있는 군역사에게 의탁할 계획은 없었다. 서쪽이라면, 어디로 가려는 것일까? 아는 사람은 그 자신뿐이었다.

용비야 일행이 떠난 뒤 백언청이 독고인이라는 소식은 아주 빠르게 퍼졌다. 아직 대앙 현성에 있던 강성황제와 용천묵 등도 곧 그 소식을 접했다.

그들 두 사람은 물론이고 목청무 역시 까무러치게 놀랐다.

"독고인이라니. 그……, 그게 가능한 일이오?"

강성황제는 오후 내내 좌불안석이었다.

용천묵은 말이 없었지만 안색은 별로 좋지 못했다.

용천묵이 말이 없자 그 아랫사람인 목청무 역시 남들 앞에서 너무 예의 없이 굴 수 없었다. 그 역시 침묵했다.

강성황제는 막 자리에 앉았다가 곧바로 다시 일어나며 말했다.

"용비야와 한운석의 음모가 아니겠소? 그런 일이…… 어떻게 가능하단 말이오? 독종은 지난날 의성 손에 무너지지 않았소?"

"그들이…… 그런 유언비어를 지어낼 이유가 없소."

용천묵은 담담하게 말했다.

"무엇이 두려우시오? 백언청은 우리와는 아무 원한이 없소. 하늘이 무너지더라도 동진과 서진, 북려국이 짊어질 일이오!"

강성황제는 용천묵의 의견에 맞장구치지 않고 진지하게 말했다.

"그리 말할 수는 없지. 백언청이 정말 독고인이라면 이 세상이 그자의 천하가 되는 것은 시간문제 아니겠소? 독시 하나가 병사 수십 명에 필적하는데 독고인은 더 대단하지 않겠소? 동진과 서진, 북려국이 무너지면 우리도 안전할 수 없소!"

"우선 상황을 지켜봅시다!"

사실 용천묵도 어느 정도 불안하긴 했다.

이런 시국에 그라고 별달리 큰 야심이 있는 것은 아니었다. 그저 천안국의 조그마한 국토를 지키며 전쟁을 피하고 한쪽에 할거하고 싶을 뿐이었다.

최근에야 용천묵도 목 대장군의 야심이 작지 않은 것은 깨달았지만, 목 대장군이 무슨 이유로 백독문 사건을 이렇게 키웠는지는 아직 알아내지 못했다.

오늘 오전 동안 강성황제는 그 문제로 적잖이 그를 떠봤고 그는 건성으로 받아넘겼다. 그러다가 독고인 이야기가 들려오자 강성황제도 더는 그 일을 거론하지 않았다.

"시간이 늦었으니 짐은 그만 가 봐야겠소."

용천묵이 몸을 일으켰다.

강성황제도 만류하지 않고 몇 마디 작별 인사를 한 다음 처소 입구까지 배웅했다. 막 마차에 오르려던 용천묵은 별안간 다른 일을 떠올리고 웃으며 말했다.

"서주국과 천안국이 함께 나아가고 함께 물러나기로 한 이상 예전의 인척 관계를 지속하지 못할 이유가 없지 않소?"

이 말이 떨어지자 강성황제는 몹시 기뻐했다. 용천묵에게는 아직 황후 한 사람뿐이고 후계자도 없었다. 그런 그가 인척 관계를 맺자는 것은 서주국 공주를 천안국에 시집보내라는 말이었다.

"아주 좋소! 아주 좋아!"

강성황제는 웃으며 고개를 끄덕였다. 천안국에 있는 공주는 염탐꾼 노릇을 할 수도 있고, 동시에 양국의 교분을 공고히 해 줄 수도 있었다.

예전에는 야심만만했던 서주국 황제도 여러 번 전쟁을 겪고 동진 황족과 서진 황족 세력까지 마주하게 되자 어려움을 알고 포기한 지 오래였다. 그도 용천묵처럼 한쪽에 할거하면서 태평한 나라를 만들고자 했다.

서주국과 천안국 사이에 동진과 서진 세력이 끼어 있어, 서주국이든 천안국이든 동진과 서진 세력을 뛰어넘어 서로를 공격할 방도는 없었다.

두 황제 사이에 직접적인 충돌도 없었으니, 혼인 동맹은 그들 관계를 돈독히 하는 가장 좋은 방법이었다. 시집간 서주국 공주는 당연히 완전히 뒷전으로 밀려나거나 경계를 살 일도 없었다.

강성황제는 아무래도 호락호락한 사람이 아니었다. 천안국 황후 목유월의 처지를 들어 아는 그는 용천묵이 이렇게 제안하자 용천묵과 목 장군부 사이에 암투가 있다는 것을 어느 정도 눈치챘다.

서주국에서 보낸 공주가 반드시 총애를 받는다고 말할 수는 없지만, 천안국 황실에 첫 번째 자손을 안겨 주게 될지도 몰랐다!

강성황제는 그 자리에서 승낙하고, 서주국 덕화德和 공주를 용천묵의 비로 시집보내기로 했다.

덕화 공주는 후궁 소생으로, 이름은 단목근端木瑾이고 올해 막 열여섯 살이 되었다. 그녀는 서주국에서 가장 어린 공주이자 강성황제가 단목요 다음으로 가장 아끼는 딸이었다.

몇 년 전만 해도 강성황제는 단목근이 성년이 되면 초천은과 짝지어 초씨 집안을 견제하려고 했다. 그 역시 초씨 집안이 그처럼 빨리 반란을 일으킬 줄은 상상조차 하지 못했었다.

소문에 따르면, 단목요는 황족에서 쫓겨나기 전에 단목근을 꽤나 괴롭혔다고 했다. 단목요와 황후가 모두 사라진 지금, 이 막내 공주는 강성황제가 가장 애지중지하는 사람이 되었다.

용천묵은 단목근이 어떤 사람인지 몰랐고, 어떻게 생겼는지도 몰랐다. 그런 것에는 관심도 없었다. 이번에 환궁하면 후궁 선발이 기다리고 있었다. 그에게는 목유월을 누를 수 있는 귀비가 필요했다.

목 대장군이 서주국과 협력할 마음이 있다니, 서주국 공주를 데려오면 이보다 더 좋을 수 없었다.

용천묵과 강성황제의 회담은 순조로운 편이어서, 두 사람 다 기뻐하며 낮은 소리로 몇 마디 더 나눈 뒤 헤어졌다.

용천묵 뒤에 서 있던 목청무는 화친 이야기를 듣고 마음이 무거웠다.

후궁 선발 때문에 목유월이 벌써 몇 번이나 궁을 발칵 뒤집어 놓았지만, 그는 차마 그 소식을 보고할 용기가 나지 않았다. 화친 소식까지 전해지면 천안국 후궁이 어떤 꼴이 될지 짐작도 가지 않았다.

목청무는 갑자기 돌아가고 싶지 않아졌다. 하지만 반드시 용천묵을 호송해야 했고, 몇몇 일들에 관해 반드시 아버지에게 똑똑히 물어봐야 했다.

용비야와 한운석이 떠나고 강성황제와 용천묵도 떠나자 다른 사람들도 차례차례 흩어졌다. 사흘도 못 되어 백언청이 독고인이라는 이야기가 운공대륙에 쫙 퍼져 대륙 전체의 민심이 흉흉해졌다.

큰 세력을 가진 여러 집안이 의성에 연명서를 보내 명확한 설명을 해 달라고 요청했다. 의학원과 독종은 연합 공고문을 통해 이번 일을 인정하고, 백언청을 독종에서 축출했다.

균역사도 곧 이 일을 알게 되었다. 그는 손에 들고 있던 밀서를 툭 떨어뜨리더니 비틀거리며 주저앉았다.

사부가 백독문으로 돌아가는 쪽을 선택했고, 천하성으로 자신을 찾아오지 않았다는 사실만으로도 그는 이미 철저하게 실망했다. 사부가 지난날 대진제국 내란의 진실을 발설할 줄이야! 게다가 이미 자기 자신을 독고인으로 만들었을 줄이야!

백언청에게 독술을 배운 그는 독종이 연구했다는 독고인의 비법에 관해 여러 차례 물어보았지만, 그때마다 백언청의 대답은 한마디, '모른다'였다.

백언청이 그렇게 꼭꼭 숨긴 것은 대체 무엇 때문일까? 그 오랜 세월 동안 사부라고 불렀던 사람인데, 그 사람 마음속에 사제의 정 따위는 요만큼도 없었다!

"독고인……. 하하하, 훌륭하구나, 독고인! 좋아……, 아주 좋아!"

그는 중얼중얼 혼잣말하다가 별안간 고개를 번쩍 쳐들고 고함쳤다.

"백언청! 날 속였구나!"

여태 마음속에 쌓여 있던 원한이 마침내 폭발하고, 분노 때문에 눈동자마저 시뻘게졌다.

"백언청, 우리 흑족은 너와 인연을 끊겠다. 이제 우리는 공존할 수 없다!"

군역사는 하룻밤을 꼬박 새워 마음을 가라앉히고, 사제의 정을 잊어버리자고 자신을 철저하게 설득했다. 백언청이 뭘 하려고 하건 다음에 만나면 그들은 적이었다.

날이 밝자 군역사는 곧바로 영승을 찾아갔다. 어쨌거나 그에게는 아직 더 중요한 일이 있었다.

용비야와 한운석이 옛정을 되찾았는데 동진과 서진을 단순한 동맹이라 할 수 있을까? 이제 그들은 한집안이나 마찬가지였다!

영승을 찾아가 이번 일을 어떻게 생각하는지 물어봐야만

했다.

군역사가 왔을 때 영승은 막 일어난 참이었다. 바닥에는 술 단지가 뒹굴고 공기 속에는 술 냄새가 진동했다.

물론, 이 술 단지는 모두 군에서 구한 것이지, 백옥교가 사다 준 것은 아니었다.

"아니, 술기운으로 시름을 잊어 보려는 것이냐?"

군역사가 비웃음 띤 말투로 물었다.

"너희 서진 공주가 결국 정정당당하게 용비야와 함께하게 됐군. 영승, 너는 가망이 없다!"

영승은 고개를 들어 그를 바라보았다. 눈은 취기에 게슴츠레해지고 표정은 낙담하고 절망에 빠져 있었다. 그는 냉소를 지으며 되물었다.

"후후, 진작 희망이 없지 않았더냐?"

갑자기 군역사가 그의 옷깃을 와락 움켜쥐며 화난 소리로 말했다.

"천하는 내 것이고 한운석은 네 것이라고 그 입으로 말하지 않았느냐! 일어나라! 군마 삼만을 달라고? 당장 주지!"

술기운에 젖은 영승의 하나뿐인 눈에 날카로운 빛이 스쳤다. 하지만 그는 일부러 낙담한 척 군역사의 손을 뿌리치며 몸을 돌리다가 쿵 하고 바닥으로 떨어졌다. 그는 군역사를 손가락질하며 잔뜩 취한 얼굴로 히죽였다.

"좋지, 바로 그거야! 천하는 용비야의 것이고, 한운석……, 한운석도 용비야의 것이다! 용비야의 것! 하하하!"

본래도 화나 있던 군역사는 그 말을 듣자 더욱더 노기충천했다.

그는 냉수 한 대야를 가져와 망설임 없이 영승의 머리 위에 확 쏟아붓고는, 대야로 그 얼굴을 거칠게 짓눌렀다.

"영승, 정신 차려라! 당장 정신 차려!"

영승은 관자놀이를 매만지며 막 잠에서 깬 얼굴로 군역사를 흘끗 바라보더니 말없이 곧장 밖으로 나갔다.

"멈춰라!"

군역사가 차갑게 불렀다.

영승은 그래도 계속 걸어갔다. 그간 그와 군역사는 사실상 대치 상태였다. 군역사는 그에게 군마를 내주지 않았고 그 역시 군역사에게 군비를 제공하지 않았다.

"영승, 당장 만상궁에 서신을 써서 영씨 군대를 준비시켜라. 천하성의 군마 삼만을 내주겠다!"

군역사가 시원스럽게 제안했다.

조금 전에도 했던 말이었다. 영승이 줄곧 연기해 온 것은 그저 그의 의심을 철저히 지워 내기 위해서였다. 군역사가 곧바로 군비 이야기를 꺼내지 않았다는 것은, 영승이 앞서 제시한 조건을 받아들인다는 뜻이었다.

그 조건이란, 영씨 집안 군대가 군마를 손에 넣어야만 군비를 제공할 뿐 그 외에는 일절 협상하지 않겠다는 것이었다.

"좋다!"

영승은 고개를 돌리지도 않았고 기뻐하지도 않았다. 오히려 복잡한 표정이었다.

어젯밤 그는 술을 마신 것이 아니라 밤새도록 적족의 누구에게 서신을 써야 할지 고민했다.

군역사가 검열할 것이 분명해서 서신 한 통 쓰기가 몹시 어려웠다.

한참을 고민한 끝에 마침내 한 사람이 떠올랐다.

그 사람은…….

하늘의 뜻에 달렸다

영승이 떠올린 사람은 다름 아닌 만상궁 오장로였다!

오장로는 다른 장로들과는 달리 서진 황족에 절대복종하고 절대충성하는 사람이었다. 서신이 오장로의 손에 들어간 뒤 어떻게 될지는 영승도 확신이 없었지만, 다른 사람보다는 오장로 손에 들어가는 편이 낫다고 믿었다.

오장로는 그 태도나 성격으로 볼 때, 최소한 지나치게 충동적으로 굴지는 않을 터였다. 그렇게 되면 좀 더 시간을 벌 수 있었다.

백옥교가 쓴 은표가 만상궁 장로회 손에 들어가기만 하면 모든 것이 수월했다.

군역사가 지켜보는 가운데 영승은 재빨리 붓을 들었다.

서신에 써 넣을 글자 하나하나까지 고심해야 했다.

군역사가 저렇게 지켜보고 있으니, 이곳에 연금되어 있다는 사실을 드러낼 수도 없고, 계속 서진에 충성하며 전력을 다해 한운석에게 협력하라고 명령할 수도 없었다. 그뿐 아니라 그가 적족을 이끌고 한운석과 용비야에게 대항하려는 것으로 군역사가 믿게끔 거짓된 모습을 보여 줘야 했다.

영승은 적족의 삼대 주요 세력인 만상궁, 운공상인협회, 영씨 집안 군대를 모두 손에 쥐고 있었고 장로회와 부장들에 관해서도 누구보다 잘 알고 있었다.

용비야와 한운석이 백언청을 죽인 다음 동진과 서진의 오해를 밝힌 방식은 모두를 완벽하게 설득하지 못했다. 백언청이 사람들 앞에 나와 제 입으로 지난날 대진제국 내란이 풍족과 흑족의 이간질이었다고 밝힌다 한들, 적족의 노인들은 믿지 않을 테고 믿으려 하지도 않을 터였다.

그 노인들은 그와 똑같이 옛 원한에 집착하고 있었다. 사실 군역사에게서 그때의 진실을 직접 듣지 않았다면, 영승 역시 대진제국의 내란이 의심스럽다던 한운석과 용비야의 말을 믿지 않았을 것이다.

게다가 그 노인들은 하나같이 적족의 원로들이고, 적족을 향한 충성심이 서진 황족을 향한 충성심보다 훨씬 깊었다. 그들은 많든 적든 사심을 품고 적족이 서진 제국을 부흥시킨 대 공신이 되기를, 적족이 서진 제국의 최대 세력이 되기를, 심지어 황족과 인척을 맺어 영원히 그 지위와 권력을 지킬 수 있기를 바랐다.

한운석과 용비야가 공개적으로 재결합했으니, 적족 장로회는 적족이 용비야의 신하로 전락할까 염려할 것이 분명했다. 그러니 무슨 일이 있어도 반드시 배신하려 할 터였다.

이런 상황에서 그의 은표를 받지 못한 만상궁은 진실을 똑똑히 알 수 없었다. 그럴 때 군역사의 군마 삼만이 손에 들어오면, 그들은 뒷일을 생각지 않고 기필코 먼저 전쟁을 일으킬 게 분명했다.

영승은 붓을 들고 두 번 세 번 생각한 끝에 한 줄을 써냈다.

천하성 군마 삼만을 거두고 명을 기다려라. 군비 오억을 준비해 천룡 전장 북려국 분점으로 보내라.

명을 기다리라고 한 것은 영승이 자신과 적족에 남겨 주는 여지이자 한운석에게 해 줄 수 있는 최대한의 노력이었다.

뒤에 쓴 군비 이야기는 군역사를 안심시키기 위해서였다. 설사 군비 오억이 천룡 전장 북려국 분점에 오더라도 그가 나서지 않는 한 아무도 받아 갈 수 없었다.

"오억?"

군역사는 눈을 찡그리며 물었다. 그가 요구한 건 십억이었다.

"군마가 도착하면 선급으로 오억을 주겠다. 그 정도면 네가 쓰기에 충분할 것이다. 앞으로 우리가 힘을 합칠 나날이 긴데 뭘 그리 서두르느냐?"

영승이 되물었다.

확실히, 오억이면 군역사가 재기하기에 충분했다. 영승이 군비를 조달하려는 것을 가까스로 보게 된 군역사는 더는 까다롭게 요구하지 않았다.

영승은 서신을 봉투에 넣고 과감하게 오장로를 수신인으로 적었다.

군역사는 서신을 받아 가면서 한마디 남겼다.

"그럼, 군비를 기다리겠다!"

군역사가 멀리 사라진 것을 보자 영승은 두 손으로 얼굴을 몇 번이나 문질러 정신을 깨웠다.

"재결합?"

그는 가벼운 웃음을 터트리며 중얼거렸다.

"한운석, 당신과 내가 적이 될지 친구가 될지는 하늘의 뜻에 달렸다."

그의 은표가 군마보다 먼저 적족 손에 들어간다면, 그 역시 진정으로 용비야, 한운석과 손잡을 수 있었다.

반면 군마가 은표보다 먼저 적족 손에 들어가 적족이 돌아서면, 그는 영원히 씻을 수 없는 죄를 짓게 되는 셈이었다.

영승이 장막 입구에 한동안 서 있었더니 백옥교가 허둥지둥 달려왔다.

"영승, 날 따라 감옥에 다녀와야겠어! 서둘러!"

백옥교는 몹시 마음이 급했다.

영승은 느긋한 표정으로 그녀를 흘낏 보더니 돌아서서 안으로 들어가려 했다. 하지만 백옥교가 그를 잡아챘다.

"사람 목숨이 달려 있어!"

영승이 눈을 차갑게 빛내며 뿌리치려 했으나 이어진 백옥교의 말은 무척 뜻밖이었다.

"소소옥이 다 죽어가! 당신이 가서 설득해 봐. 당신이라면 설득할 수 있을지도 모르잖아!"

소소옥?

영승은 깜짝 놀랐지만, 그래도 사정없이 백옥교의 손을 뿌리쳤다.

영승은 이게 함정일지도 모른다고 생각했다. 군역사와 백옥교가 손잡고 그를 떠보는 것일지도 몰랐다.

하지만 뜻밖에도 백옥교는 이렇게 말했다.

"영승, 소소옥은 한운석이 가장 아끼는 하녀야. 그 애 목숨을 살리면 분명히 한운석이 고마워할 거야! 당신에게 호감을 느낄 거라고! 당장 가서 설득해 봐. 탕약도 안 마시고 있어."

백옥교가 이런 이유를 대자 영승은 자연스레 밖으로 걸음을 옮겼다. 백옥교도 즉시 따라가면서 상황을 간략하게 이야기해 주었다.

한마디로 요약하면, 소소옥이 병이 났는데 계속 약을 먹지 않고 지금까지 버티다가 목숨이 위험해졌다는 것이었다.

옥방 입구에 이르자 백옥교는 걸음을 멈추고 말했다.

"난 안 들어갈래. 당신 혼자 가 봐. 속여도 좋고 달래도 좋아. 그래도 당신은 조금 믿을 테니까!"

옥방으로 들어가 소소옥을 본 영승은 참지 못하고 찬 숨을 들이켰다.

소소옥은 이미 형틀에서 풀려나 돌침대 위에 눠어 있었다. 다 해진 옷을 걸치고 머리카락은 산발인 데다 얼굴은 더럽기 짝이 없었다. 본래도 작고 마른 몸은 피골이 상접할 정도로 야위어 있었다.

두 눈을 꼭 감고 양손으로 주먹을 꽉 쥔 그녀는 병이 깊은 상태에서도 온몸에 팽팽하게 힘을 주고 있었다. 긴장한 건지, 아니면 경계하는 건지 알 수가 없었다.

손바닥처럼 조그마한 얼굴은 핏기 하나 없이 창백했지만 표정은 언제나처럼 고집스럽고 완강했다.

영승같이 야박한 사람조차 그 모습을 보자 다소 안타까운 생각이 들 정도였다. 한운석 그 여자가 아이의 이 모습을 봤다면 틀림없이 마음 아파했을 것이다.

이 넓은 천하성 마장에 있는 수많은 사람 중에 이 어린 시녀만이 자신과 같은 편이라는 것을, 영승은 문득 깨달았다.

아무것도 발설하고 싶지 않고 인질이 되고 싶지도 않기에, 오로지 죽으려고만 하는 것일까?

언젠가 그도 대항할 힘을 잃고 군역사에게 마음대로 이용당할 수밖에 없게 된다면, 오늘 본 소소옥의 모습이 바로 그의 모습이 되지 않을까?

영승은 주위에 아무도 없는 것을 확인한 다음 몸을 숙였다. 이렇게 따뜻하게 행동해 본 적은 살아평생 단 한 번도 없었다.

그는 조심조심 소소옥의 얼굴을 덮은 머리카락을 걷어 주고 나지막이 말했다.

"아이야, 우선 나와 함께 있어 다오. 죽을 때가 오면 이 오라버니도 너와 함께 죽겠다."

소소옥은 꼼짝도 하지 않았지만, 영승은 그녀의 기다란 속눈썹이 다시 떨리는 것을 분명히 보았다.

그는 더욱 소리를 죽였다.

"나는 영승이다. 적족의 수장이지."

그 말에 소소옥이 눈을 반짝 떴다. 비록 천하성까지 끌려오면서 영승과 마주칠 기회는 없었지만, 소소옥은 영승이 자신과 똑같이 잡혀 온 것은 알고 있었고, 지난번 흑루에 숨어든 비밀 시위에게서 영승 이야기를 들은 적도 있었다.

이자는 서진 황족의 추종자이자 용비야의 적이었다.

"오……, 오라버니란 말은 집어치워. 나, 난 당신을…… 몰라!"

허약해져 겨우 숨만 붙어 있는데도 소소옥의 말투는 여전히 거칠고 제멋대로였다.

영승은 웃었다.

"적어도 나와 이야기할 마음은 있군."

소소옥은 곧 영승이 쓴 봉황 깃 가면을 발견했다. 어딘지 모양이 낯익은데 어디서 봤는지 확실하지 않았다.

"그……, 그건 봉황 깃이야?"

말만 하는 데도 몹시 힘이 들었다.

그녀는 일찍이 저 봉황 깃 모양을 본 적이 있었다. 지난날 초천은이 그녀를 한운석 곁에 잠입시키며 한운석에게 봉황 깃 모양 모반이 있는지 확인하라고 했을 때 보여 준 것이었다.

물론 소소옥은 그 일을 기억하지 못했지만, 서진 공주 등에 봉황 깃 모양 모반이 있다는 것은 알고 있었다.

"그렇다."

영승은 시인했다.

"당신 눈은…… 어떻게 된 거야?"

소소옥이 물었다.

"보지 말아야 할 것을 보는 바람에 실명했지."

뜻밖에도 영승은 웃음을 터트렸다.

소소옥은 어리둥절했지만 이것저것 따질 힘이 없었다. 그녀가 물었다.

"저들이…… 당신을 보냈어?"

영승은 속으로 탄식을 지었다. 이 아이는 정말이지 노련하고 영리했다. 성년이 된 다른 하녀들보다 몇 배나 나았다.

"그렇다. 약을 먹도록 너를 설득하라더군."

영승은 이번에도 시인했다.

소소옥은 웃음을 터트렸다. 사실은 소리를 낼 힘조차 없어서 얼굴로 웃을 뿐이었지만. 그녀가 물었다.

"다, 당신이…… 뭔데?"

영승은 거리낌 없이 큰 소리로 대답했다.

"내가 네 주인을 좋아하기 때문이다!"

그가 느닷없이 몸을 숙여 소소옥의 귓가에 대고 속삭였다.

"한 달 더 살아라. 그때도 내가 널 구해 내지 못하면 나도 너와 함께 죽겠다!"

말을 마친 영승은 곧바로 물러나 몸을 일으켰다.

소소옥은 그제야 이 남자가 얼마나 키가 크고 몸이 좋은지 알았다. 그녀는 그를 올려다보면서 귀신에 홀린 듯이 고개를 끄덕였다.

한 달 정도 더 살아도 무방했다.

영승이 나가자 백옥교가 황급히 물었다.

"어때?"

"내가 한운석에게 잘 보이기 위해 구해 주겠다고 하니 믿더군."

영승은 담담하게 말한 뒤 떠나려다가 다시 멈추고 한마디 했다.

"심문이 다 끝나면 잊지 말고 내게 넘겨라. 한운석은 분명히 저 선물을 반길 것이다."

정말이지 영승의 연기력은 으뜸이었다.

백옥교도 깊이 생각하지 않고 병사를 시켜 약을 달이게 한 다음 손수 의녀를 데리고 들어가 침을 놓게 했다.

소소옥은 눈을 뜬 채 꼼짝하지 않았다.

백옥교도 쓸데없는 말은 하지 않고 한쪽에 서서 지켜보기만 했다. 의녀는 맥을 짚은 다음 소소옥에게 상의를 벗고 돌침대에 엎드리라고 했다.

소소옥은 너무 약해져 손을 들 힘조차 없어서 옴짝달싹하지 못했다. 군영에는 본래 하녀가 없는데다 이곳은 특히 그랬다. 어쩔 수 없이 백옥교가 손수 도왔다.

그녀는 노련하게 소소옥의 옷을 벗기고 몸을 뒤집었다. 그런데 그 순간 갑자기 얼어붙고 말았다.

의녀가 소소옥의 등에 침을 놓기 시작하자 어느새 눈을 감았던 소소옥이 살짝 몸을 움직였다. 온몸에서 힘을 쑥 뽑아낸 것처럼 늘어지고 잠이 쏟아졌다.

이내 이상한 것을 깨달은 의녀가 놀란 목소리로 소리쳤다.

"이런!"

의녀는 허둥지둥 소소옥을 돌아 눕힌 뒤 필사적으로 인중혈人中穴(코와 입 사이에 있는 혈 자리. 의식 불명, 심장 통증 등을 치료하는 데 사용됨)을 눌렀다.

"얘, 자면 안 돼! 자면 큰일 나! 일어나!"

그제야 정신이 돌아온 백옥교가 갑자기 당황했다.

"어떻게 된 거야?"

"잠들면 다시는 깨어나지 못해요! 약은 다 되었나요? 약이 없으면 우선 단국이라도 가져오세요! 어서요!"

의녀는 초조함을 감추지 못하며 계속해서 인중혈을 몇 번이나 누르고 소소옥의 눈꺼풀을 뒤집어 보았다.

사실 이런 응급 상황이 처음인 것도 아닌데, 이상하게도 백옥교는 얼굴이 하얗게 질린 채 제자리에 못 박혀 어쩔 줄을 몰라 했다. 콩알만 한 눈물방울이 쉼 없이 아래로 굴러 떨어졌다.

백옥교는 왜 그러는 걸까?

〈천재소독비〉 20권에서 계속